U0813129

好好活着

栾世君◎著

作家出版社

图书在版编目（CIP）数据

好好活着 / 栾世君著. -- 北京：作家出版社，2023.4
ISBN 978-7-5212-2144-2

Ⅰ. ①好…　Ⅱ. ①栾…　Ⅲ. ①长篇小说 - 中国 - 当代
Ⅳ. ① I247.5

中国版本图书馆 CIP 数据核字（2022）第 250350 号

好好活着

作　　者：栾世君
责任编辑：杨新月
装帧设计：周思陶
出版发行：作家出版社有限公司
社　　址：北京农展馆南里 10 号　　**邮　　编：**100125
电话传真：86-10-65067186（发行中心及邮购部）
86-10-65004079（总编室）
E-mail:zuojia@zuojia.net.cn
http://www.zuojiachubanshe.com
印　　刷：北京中科印刷有限公司
成品尺寸：152 × 230
字　　数：348 千字
印　　张：25.25
版　　次：2023 年 4 月第 1 版
印　　次：2023 年 4 月第 1 次印刷
ISBN 978-7-5212-2144-2
定　　价：52.00 元

作家版图书，版权所有，侵权必究。
作家版图书，印装错误可随时退换。

1

我九岁那年，比我大十一岁的老姨出了件大事，以至老姨为此付出了一生的代价。

老姨在沙金村小学做代课老师。1976 年暑假开学的第二天，老姨被学校开除了。姥爷去办公室打电话问校长：“郝秀丽犯什么错误了？到了被学校开除的地步？”

梁校长回答干脆：“作风问题！”随即放下电话。姥爷再打梁校长就不接电话了。

接着老姨玩起了失踪。妈妈和姥姥、姥爷以及几个亲属开始寻找。河边、铁路、水井、山坳，凡是能制造自杀和隐藏死亡的地方，都是他们寻找的重点。

我升入小学二年级。新书发到手，老师就开始讲新课。课堂上，老师的粉笔头准确地击中我的脑门，可我精神还是溜号。老姨的影子总是在我眼前闪现，老姨去城郊沙金村学校报到那天，是妈妈领着我去送的。

两年前的夏天，老姨从岳城第一中学毕业，应该下乡到农村去。可老姨遇到贵人，没有让她跟着大批应届毕业生去青年点。这个贵人就是当时的县革委会副主任。他去学校检查工作，看到我老姨在学校大门旁边的黑板报前写板报，惊喜地站在后面观看。这个扎着羊角辫的女学生写得一手好字，粉笔画像水粉画似的层次分明、色泽艳丽。校长自豪地告诉领导，这是我们学校的才女郝秀丽。她的毛笔字、钢笔字写得都很好。这黑板报的内容都是她写的。领导赞许地点头说，这个年代有如此才华的好学生不多呀！咱县里农村小学缺教师，需要这样的人才去做代课教师。这样吧，你们学校物色几名有才华的学生，二中再物色几名，留下来去农村小学任代课教师。

老姨走出一中大门，就分配到离家不远的沙金村小学担任语文代课老师。这是老姨一次命运的转折。没有想到这次机遇，改变了老姨做知青的命运，却让老姨的人生充满坎坷和艰辛。

那天妈妈领着我去送老姨。沙金村大队派一辆三驾马车来县城接老姨。老姨的行装很简单，一套行李、一个木箱以及我妈妈给买的搪瓷脸盆和洗漱用具。大马车停在姥姥家门前。这是北钢职工家属住宅区，一片红砖瓦房，一家一个小院，家家紧密相连。左邻右舍的叔叔阿姨看到马车停在姥姥家门前，听说是来接郝家二女儿去乡下学校当老师，便啧啧称赞。老郝家的二女儿，从小看大就有出息。十几岁就能写过年的春联，前后左右的邻居哪家过年没贴过小秀丽写的春联。

老姨是在一片赞扬声中离开家的。马车一路颠簸，老姨坐在车中间的木箱子上，望着远处的青山，掩饰不住内心的激动哼唱起小曲。我坐在老姨身边，老姨抚摩我的头，对我妈妈说："大鹏长大了不知道还有没有下乡知青了？"

妈妈无奈地叹口气："他要是有你这样的特长该有多好哇！就有机会留城了。"

我抬眼看着老姨："不嘛，我不学老姨去做老师，我要像伯伯一样赶马车！"

赶马车的中年人一路无语，听了我的话，扭过头咧嘴一笑："跟俺学有啥出息？当老师那可是祖坟冒青烟的事儿啊！"

“妈妈，什么是祖坟冒青烟？”我懵懂地问。

妈妈笑着说：“祖坟就是爷爷的爷爷们永远安息的地方，冒青烟是比喻他们后代人有出息，给他们家族争光了！”

老姨严肃地说：“姐，你不能给大鹏灌输封建迷信的东西。哎，赶车的同志，谁家的坟能冒青烟？这是迷信！你以后在村子里不许对小学生乱讲这些迷信呀！”

那个赶车的伯伯像乌龟似的缩进脖子，抱着鞭子再也不吭声了。

沙金村小学校由四排土坯茅草房，围成一个大院。操场很大，场地坑洼不平，有的地方还有一摊摊雨水。看到这凄凉的景象，妈妈问老姨：“小丽，这里的环境挺艰苦，你能坚持住吗？”

车还没停稳，老姨就跳下车，环顾一下四周，爽快地说：“姐，我感觉挺爱当老师的。我肯定能做一个好老师，再苦我也能坚持！”

老姨在沙金村当了两年老师，一直兢兢业业。在我有限的认知中，老姨是热爱老师工作的。现在我看到姥爷脸色难看，他气愤而又小声地告诉姥姥和我妈妈：“作风问题！”一家人目瞪口呆。我问妈妈：“什么是作风问题？”妈妈啪一下打了我的嘴巴：“小孩子什么都问！闭嘴！”

三天过去，老姨死活仍然没有结果。姥姥家坐满了亲朋好友，他们在商量下步该怎么办，甚至想到了老姨的后事处理。姥姥是钢厂子弟学校的老师，病退在家。老姨出事后，姥姥一直默默地抹眼泪，而姥爷却一声不吭。姥爷是北钢总厂的工程师，平时在家话就少。这几天姥爷两个眼窝塌陷下去，目光呆滞。我不敢看姥姥和姥爷的眼睛，感觉他们干涸的眼窝里要淌出眼泪。

“秀美，你去趟学校，见见梁校长，小秀丽到底是犯什么错误了？是工作作风问题？还是生活作风问题？”姥爷的话打破了屋里的沉闷。

“秀美，小妹是怎么跟你说的？”远房的大舅问我妈妈。

妈妈眉头紧蹙，回想当时老姨给她打电话的情景：“那天我是白班，下午三点钟我在病房查床，护士喊我接电话。我拿起话筒，秀丽就委屈地哭起来。她哭泣地说，她被学校开除了。我问为什么。秀丽说，你们千万别来学校问，姐，你们不要找我了，我对不起父母，对不起你们！说完秀丽就把电话放下了。”

妈妈的眼泪唰唰地流下来。

姥爷恼怒地说："这个秀丽就是任性！要是犯了生活作风错误，同事们知道了，我郝恩原怎么是这个家风？伤风败俗！"

妈妈劝姥爷："爸，您别生气了。我去学校问问到底是怎么回事？"

妈妈推着自行车准备走，大门外走进来一个女人，站在院子里东张西望，像是走错了院子。

妈妈问："你找谁家？"

那女人怔怔地看了妈妈一眼，高兴地说："大姐，你不认识我了？我是秀丽的同学郭慧芝啊！"

妈妈迟疑了片刻，眼睛一亮："我想起来了，你是秀丽的同学！两年前陪你妈妈住院来着。"妈妈眼睛黯淡下来，搪塞地说，"秀丽没在家，她跟学校请事假出门了。"

郭慧芝显得很尴尬，说："大姐，是秀丽让我来的。"

妈妈惊疑地看着她："你知道秀丽在哪儿？快进屋里说！"

郭慧芝面对屋里齐刷刷射向她脸上的惊疑目光，却显得很镇静。她微微一笑："大伯、姐，秀丽在我家。她知道你们都惦记她，让我来向你们报个平安，也顺便拿几件换洗衣服。她挺好的，你们不用惦记，也不用找她了，到时候她会回来的。"

全家人面面相觑，惊喜而又疑惑地看着郭慧芝。

妈妈亲切地拉住郭慧芝的手："慧芝同学，这都是家里人。你慢慢说，秀丽到底发生了什么事儿？学校为什么把她开除了？"

郭慧芝欲言又止，一脸为难的样子。

妈妈声音很轻，仿佛声音一大就能惊飞了小鸟："你是郝秀丽的同学，她在这个时候能住在你家里，可见你俩亲如姐妹。我没有说错吧？”

郭慧芝点头：“同学中我俩是最要好的！”

妈妈继续说：“这几天我们到处找秀丽，心情非常焦急。不管她发生了什么事儿，家里人知道她很安全就放心了。谢谢你们家人对她的照顾和帮助。可是，秀丽住在你们家也不是个事儿啊，她什么时候回家来？”

郭慧芝喃喃地说：“秀丽说她暂时不回家来住了，怕你们生气。”

妈妈急切地问：“秀丽是在学校搞对象了？还是她的学生出事了？你告诉我们吧！”

郭慧芝怯懦地摇摇头：“我不能说。”

姥爷再也忍耐不住了，厉声道：“你跟郝秀丽是好同学，那你就要对她的家人们负责任！她的事情家人不知道，一旦出现什么大问题，有恶劣的后果，你能承担得了责任吗？”

郭慧芝哇一声哭了。她两手捂在眼睛上，双肩不住地抖动，像个受了莫大委屈的孩子。

姥姥拿条毛巾，递给郭慧芝，劝慰道：“孩子，擦把脸，别哭了。你是对小秀丽好，或许还对她有承诺，不说就不说吧，我们不为难你了。”

郭慧芝接过毛巾，擦干脸上的泪水，感激地向姥姥鞠了一躬：“谢谢大姨！郝秀丽要的换洗衣服拿给我吧！”

姥姥去柜子里找老姨的衣服。妈妈把郭慧芝拉到身边坐下，把她额头上的一绺头发捋上去，轻轻地说：“秀丽给你们家添麻烦了，我们谢谢你的父母！秀丽总在你家也不是事儿，你还是做做她的思想工作，有什么事情回家说，父母是能原谅她的！”

郭慧芝凝视妈妈，泪水在眼眶里打转，瞬间无声地流下来。

妈妈用毛巾轻轻地擦干郭慧芝脸上的泪珠，悄声地说：“慧芝，你是为难哪！秀丽的事儿挺大，你想告诉我们，却又不敢说。这样吧，你单独跟我说，我替秀丽保密。”

姥姥把衣服装进包里，递给郭慧芝。

郭慧芝站起身，看下屋里人，犹豫片刻，说:“我知道你们的心情，你们别跟我一起去，明天你们去我家。秀丽会把真相告诉你们的。”郭慧芝像卸下身上的一个包袱，眼睛亮了起来。她拿起包又说:“我家在郭家屯，进村打听郭老二家都知道。我爸小名叫郭老二。”

郭慧芝轻松地走了，而我们全家人的心情却沉重起来。老姨有了确切消息，可她究竟发生了什么事情仍然是个谜。姥爷的吼，妈妈的哄，都没有撬开郭慧芝的嘴。可见在老姨身上发生的事情，一定很严重！这让家人更加担心。

姥爷气恼地说:“明天我去，我看她跟不跟我回家！”

姥姥轻轻咳嗽一声，劝姥爷:“你不能去，还是秀美去吧。姐俩有什么话都能说。”

2

妈妈是领我去找老姨的。妈妈骑着自行车，我坐在车后座上，一路上妈妈没说话，连平时嘱咐我那句“把住了”的话都忘记说了。妈妈想什么，我不知道。而我在想，我和老姨有很长时间没见面了。要是在过去和老姨这么长时间没见面，老姨肯定会给我买瓶八王寺汽水喝的。这次见面就别想了，老姨的“作风问题”比大人丢了钱包都重要吗？我心里在嘀咕。

妈妈要出城北关的时候，突然喊：“大鹏，下车！”

我腾地跳下车，妈妈也迅速从车子上蹦下来。

妈妈把车靠到路边：“你在这儿看车子，我进商店买点东西，不能空手进人家门哪！”

妈妈从商店里出来，拎着两包糕点和两瓶苹果罐头，放到车筐里。

沙金村真的很远，出了破落的青砖大城门，是条笔直的土路。路上行人和车辆稀稀落落，偶尔行驶过去的汽车，扬起的灰尘遮住了双眼。这个时候妈妈的车子就开始左右晃荡。妈妈急喊：“把住了！”

一路颠簸，好不容易来到了郭家屯。

妈妈推着车子在村里走，我跟在后面。遇到一辆牛车慢悠悠地迎面过来，妈妈迎上前，问：“同志，麻烦你，我打听一个人！”

牛车上装满青草，赶车的是个光头老爷爷。他坐在上面，怀里抱着半截鞭子。听到有人跟他说话，立刻打起精神，“吁”一声，老牛稳稳地站住。

“你跟我说话吗？”老大爷居高临下地看着我和妈妈。

妈妈说：“是啊，郭二家在哪儿住？”

老大爷和蔼地笑着说：“你说的郭二是郭老二吧？”妈妈腼腆地微笑点头，老爷爷继续说，“你顺路往前走，道北面的哪家房子顶上有个小房子，就是郭老二家。”

我和妈妈顺着村里凹凸不平的路往前走，路两边的房子相互之间都有个空地，每家都有个大院子。有的是用树枝围成的栅栏，有的没有栅栏，有的院子种着苹果树、苞米，把房子遮挡得只能看到房檐。

我眼睛一直寻找房顶上的小房子。看到前面一座房顶上有个尖顶木板房，上面站着一排羽毛雪白的鸽子。我惊喜地喊：“妈妈，看，那家的房顶上有鸟房子！”

妈妈嘱咐我：“到人家老实点儿，别看什么都好奇地乱喊乱跑哇！”

我嗯一声，跟着妈妈来到郭老二家的大门前。郭老二家的大院子是用石块砌的，刷着暗红漆的大木门紧闭，看不到里面。

妈妈用力敲大门：“有人吗？”

院子里有个男人粗犷的声音传出来：“谁呀？你找谁？”

“我是城里的，姓郝。我找老郭家！”

院子里鸦雀无声。半天才有沙沙的脚步声。大木门无声地打开一道缝，一个男人闪出来，用奇怪的目光看着妈妈和我。

“你是郝秀丽的姐姐？”那男人有点驼背，身体单薄，话音却很洪亮。

妈妈微笑地拍拍我的肩膀：“是啊，郭叔叔，我叫郝秀美，这是我儿子大鹏。”

郭老二十分热情，压低了声：“我就知道秀丽的家人肯定能找来。我和慧芝她妈劝过秀丽，想开了，不当小孩王就不当了。回城里找个单位上班不更好嘛！”

妈妈追问：“秀丽的事很严重吗？”

郭老二咧着嘴，吞吞吐吐地说：“这个……这个我也不知道，她俩成天在里屋嘀嘀咕咕的。慧芝告诉她妈，她最好的同学在家里住些日子。我说住吧，也不差一口吃的。”

妈妈说：“谢谢郭叔叔！我进屋可以吗？”

郭老二把大门推开：“别客气，快进来吧，跟到自己家一样随便！”

妈妈推着车子走进院里。我猜想老姨能高兴地跑出来。快进屋了也没见老姨的影子。

妈妈拎起车筐里的东西进屋，我也跟在妈妈身后走进来。

老姨在郭慧芝的搀扶下，站在屋里。我一下子就惊呆了，老姨头发凌乱，面容憔悴，像几天没有洗脸梳头。看我的目光也不像过去那样亲切了，眼泪却唰地流下来。

老姨有气无力地喊声：“姐姐……”

妈妈上前一把搂住老姨，痛心地说：“秀丽，你怎么变成这样了？爸妈都着急上火了！”

老姨抽泣起来，像遭受了莫大的痛苦，无言地向亲人诉说着。我上前拉住老姨的手，也轻轻地哽咽起来。

我低声的抽泣惊醒了妈妈。妈妈对我说：“你去院里玩，大人的事，小孩子别往跟前靠！”

妈妈把买的罐头和糕点递给郭老二说：“大叔，我来得匆忙，没准备什么，这点东西略表心意！”

郭老二高兴地接到手里，笑眯眯地说：“破费了，用不着这么讲究。你们姐俩到里屋唠吧，慧芝，你领着大鹏到院里玩，我手头有活出去下。晌午就别走了，慧芝她妈一大早赶集去了，回来就做晌午饭。”

妈妈和老姨走进里屋，老姨回头看我一眼，那眼神显得很无奈。

我在院子里看到鸽子在房檐站成一排，咕咕地叫。我挥动两臂做出轰赶动作，鸽子呼啦一下飞起来，划了一道弧线飞远了。

我不知道老姨都跟妈妈说了什么，是委屈？还是冤枉？多年以后，我已是少年，才知道那年老姨陷入情感之中，备受折磨。

老姨在沙金村学校一晃快两年了。老姨虚心好学，由原来只能担任语文课老师，一年过后就担任一年级班主任了。老姨在学校是最年轻的女老师，学校教职员工有二十多人，他们大多都是农村住家，有的在本村住，有的在附近的村子住。校长叫梁永孝，四十七八岁，原来是县城篮球队的，打不动球了，就分配到他老家的小学做体育老师。几年工夫就熬到了副校长的位置。老姨刚来学校那年，他就是校长了。梁校长不上体育课了却保持着体育老师的习惯，胸前挂个哨子，总爱在学校的操场上晃悠，神出鬼没，挨个儿在教室的窗前溜达。见到哪个教室有听课溜号的学生，他就嘟嘟地吹两声哨子。在操场想找哪个老师，先嘟嘟地吹两声哨子，再喊那位老师。学校老师们私下说，不怕寒风凉，就怕校长哨子响。

梁校长对我老姨很好，从来不挑剔老姨工作上的毛病。有的老师被校长批评了，感到委屈，问校长，郝老师班级的学生也有逃课的，你怎么不批评？梁校长手一挥，大度地说，人家是城里来的，能在咱这儿安心地干下去，咱们就烧高香了！梁校长对我老姨的关心，老姨是能感觉出来的。老姨觉得校长对她越好，工作越应该干好。生怕出现一点错误和瑕疵，给校长脸上抹黑。

梁校长的家住在朱家屯，离学校六里地，他每天是早来晚走。有一天他下班没走，把我老姨叫到他的办公室，嘘寒问暖，显得格外热情。老姨心里一阵慌乱，梁校长的笑脸还不如严肃起来让人舒服。梁校长绕了半天圈子，才对我老姨说，郝老师，你工作认真，虚心好学是个好青年！我给你介绍一个男朋友。这个男青年是我内弟，叫叶国庆，在城里粮库上班。那可是个好单位，家里不缺粮。

个头儿比我矮点，差不多有一米八八。模样英俊，你们俩搞对象是绝对的般配。我跟他亲姐，就是我媳妇说了你，我媳妇前几天还特意来学校看了你。一眼就看上你了，把她弟弟的对象定了，非你不可了！你俩可是天上一对，地下一双啊！

老姨的脸呼呼发热，羞怯地低着头。她不知道怎么回答梁校长的话，拒绝？同意？都不是老姨要表达的意思。

梁校长似乎看出我老姨的心思，笑呵呵地说，不忙，现在不需要你表态。你别光听我说，你们处处看，这是两厢情愿的事。我小舅子是肯定能看好你，你俩见见面，你有了第一印象，回家还要跟父母说，听下老人家的意见。所以这事不着急，着急吃不到热豆腐。梁校长说完爽朗地笑起来。

老姨感觉梁校长是通情达理的，这样的大事是要回家跟父母和姐姐说一下。老姨星期天回城，到了家里却没好意思说这件事。回到学校上班，梁校长也没问。一周时间又快过去，周六下午学生放假离校，老师学习两个小时后也要提前下班。老姨骑车回城，可是梁校长吹响一声哨子，喊住已经推着自行车走出校门的老姨。

梁校长对我老姨说："郝老师，你晚点走，叶国庆一会儿来。他今天下午有时间，你们见面认识一下。"老姨没有理由拒绝，只好乖乖地把自行车放到车棚里，回到办公室。

不大一会儿，梁校长领着一个人走进来。瘦高的个子，梳着大分头，遮住半个额头，大步走到我老姨面前，扁平的脑袋向后一甩，伸手抓住我老姨的手，情不自禁地自我介绍："我叫叶国庆，梁校长是我亲姐夫。很高兴认识你！"

老姨满脸通红，吓得不敢抬头看叶国庆。梁校长哈哈笑起来说："国庆啊，在女人面前要矜持，要学会深沉，有素养。"梁校长向我老姨递眼色，说："你们好好谈谈，相互了解了解，我出去了。"老姨面对陌生的男人，不知所措，也不敢抬头正视叶国庆。那次见面几乎从开始就嗯嗯，一直嗯嗯到天黑，也记不清叶国庆都说了些什么。老姨那晚没有回城，住在宿舍了，把门插好还不放心，又把桌子挪到门口堵上。

叶国庆从那天见到我老姨后，开始对老姨发起穷追不舍的攻势。每天晚上都来电话，每周固定寄来两封情书，每周六下午都要来学校，然后陪着老姨再回城里。老姨从心里厌烦这个男人，可又不敢拒绝，怕得罪了梁校长，只能若即若离、不冷不热地应酬，从不给他回一封信。叶国庆感觉出我老姨是在应付他，就跟他姐夫梁校长说了。梁校长问我老姨，你们处了这么长时间，也该有个明确的说法了。老姨只好推到父母身上，父母说我的年龄小，正是学习干工作的时候，不让我分心去谈恋爱。梁校长相信了我老姨的话，似笑非笑地说："好吧，我哪天有时间去你家走访，做一下他们的思想工作。"从那天开始，老姨就怕梁校长来家里走访。

叶国庆对我老姨的攻势却不减，依然如故。老姨见他就感到头昏脑涨的，像股烟雾在眼前缭绕。有一天叶国庆陪着老姨从学校回城里，在十字路口分手的时候，叶国庆恋恋不舍地握住我老姨的手，老姨猛地抽回手，骑车到家就开始洗手，左一遍右一遍地洗，像什么东西粘在手上洗不掉了。姥姥奇怪地问："你的手粘上什么了？"老姨气恼地说："牛粪！"

老姨星期一踏进学校大门，就惧怕起来。怕电话铃响，怕邮递员自行车铃声响，怕梁校长的哨声冲着她吹响。

这天下午村子忽然热闹起来，村里驶进三台装满打井设备的汽车。这是省城地质大队来村子在南岗那个山包上探矿。二十几个工人不一会儿就把钻机竖立起来，隐约的钻井声隆隆响起。工人们住的帐篷搭建在学校不远处，炊烟袅袅升起，炒菜的香气飘进了校园。万籁俱寂，一阵悠扬的口琴声划破寂静在夜空中回荡。

老姨坐在宿舍的书桌前，练习毛笔字。同宿舍的小于老师躺在床上看书。她们听到口琴声，惊讶地挤到窗前，向地质队营地望去。口琴声是从那个方向飘来的。《莫斯科郊外的晚上》！她俩异口同声喊出来。这是她们初中的时候，在同学中传唱的歌曲。老姨那时有个小本子，抄了十几首苏联歌曲。那晚，远处窗外的口琴声，几乎都是老姨本子上抄写的歌曲。老姨把本子找出来，她和小于老师跟着口琴声，照着歌词低声哼唱起来。《山楂树》《三套车》《红莓花儿开》。

几天后，老姨认识了这个吹口琴的男青年。他是地质队的技术员，叫姜辉，家住省城，比老姨大三岁。姜辉说话幽默，性格开朗。可能是常年在野外作业的原因，他脸色黧黑，中等身材显得格外敦实，笑声充满了力量。老姨那时正处于叶国庆的纠缠之中，认识了姜辉，她的心一下子敞开了，自己要处男朋友，就要处这样的。老姨鼓起勇气，果断拒绝了叶国庆的追求。

梁校长什么也没说，见到我老姨，脸就变成了铁青色，从来不正眼看我老姨一眼。老姨想，又不是给校长工作，自己工作时间兢兢业业，不出问题，让校长找不出毛病。下班后是自己的时间，跟谁在一起，这是自己的自由。

暑假期间，老姨回城里休假。姜辉三两天就进城见我老姨。他俩确定了恋爱关系。姜辉告诉我老姨，他们结婚后，按照队里的规定，家属可以调进省城地质大队的后勤部门工作。老姨非常感动，他们单位能有这样好的规定。老姨想把姜辉领到家里，让家人认识一下。可老姨感到相处时间太短，担心父母说她太草率，处一段时间感到成熟了，再认识双方的家人也不晚。

暑假结束，老姨到校上班。地质队完成勘探任务，钻探设备装车运走了。生活区帐篷还没有拆除，留下几个工人准备第二天撤出。姜辉本应该随着拉设备的车走，可他为了见我老姨，留下来第二天走。

晚风习习，姜辉和我老姨在学校周围散步，时而吹起一阵口琴，老姨跟着轻声吟唱，他们陶醉在快乐之中。天色阴暗下来，满天闪烁的星星被阴云遮住，冷飕飕的风突然刮起来。姜辉常年在野外作业，经常遇到这样的突变天气。一场急风暴雨要来临。姜辉护送老姨回到学校宿舍，狂风大作，电闪雷鸣，瓢泼大雨随之而降。老姨同宿舍的小于老师请假没有来，姜辉问我老姨，你害怕吗？老姨嗯一声说，害怕。姜辉搂住我老姨说，那我陪你一夜吧。老姨羞怯地低下头。

半夜，雷声远去了，雨打窗户的哗啦声也渐渐消失了。突然，哨子声响起来。老姨从梦中惊醒，那刺耳的哨子声就在窗外一声紧跟一声地尖叫。两道耀眼的手电光从窗外射进来。姜辉和我老姨慌乱地把衣服穿上，宿舍的门就被踹开了。

老姨和姜辉被沙金村大队治保主任和两个民兵带到村里的大队部，审了一夜。老姨跟姜辉的口供一样，确定是一对正在恋爱的男女。学校却定性为乱搞男女关系。

梁校长第二天就到县城教育局汇报。教育局当天就发出通告，郝秀丽道德败坏，乱搞两性关系，为了保持教师队伍的纯洁性，开除郝秀丽。

3

妈妈领着老姨回家了。姥姥含着泪说："回来就好，本来你是应该下乡的，让你当老师是天上掉下来的事儿。咱不该有当老师的命，认了吧！"

妈妈安慰自己的妹妹，失去了工作，得到了爱情，也算值得。提到爱情，老姨的眼睛顿时一亮，霍地站起身，拉住我妈的手，说："姐，快领我去你们医院，我给他打个长途电话！"老姨说着从兜里翻出一个纸条说，"这是他留的单位号码，我早应该联系他，不知道单位处分他没有？"

妈妈跟老姨去打长途电话。我留在姥姥家等她们回来。姥爷这时候才跟姥姥说话。

"小秀丽这么短时间就跟那个人处朋友，她了解那个人吗？是不是太草率了？"姥爷充满担心地说。

姥姥却很放心地说："我们就别跟着操心了！秀丽也不是小孩子了，是好是坏，她自己会掂量的。我倒是想，地质部门的工资待遇不会差了。秀丽以后没有工作，丈夫也能养起这个家的。"

妈妈和老姨很快回来了，妈妈手里还拎着芹菜和一块猪肉。老姨满脸喜气，两个浅浅的酒窝溢出多日不见的笑意。

姥姥接过妈妈手里的东西，问："电话打通了？"

妈妈瞧眼老姨，轻声地说："秀丽脸上写着呢。"

"姐，你烦人！"老姨嗔怪地瞪一眼妈妈，拉起我的手，"大鹏，走，老姨教你写字去。"

来到里屋，老姨根本没有教我写字，而是躺在床上，眼望天棚，一会儿抿嘴笑一下，一会儿严肃地摇摇头。

我奇怪地问："老姨，怎么不教我写毛笔字呢？"

老姨抑制不住兴奋地说："他要来了！"

我站在床边傻愣愣地看着老姨，老姨抬脚轻轻地蹬了我一下："大鹏，你想什么呢？记住，见了面叫他姜舅舅。懂点礼貌哇！"

两天后，姜舅舅来到姥姥家。我下午放学回家，妈妈提前从医院回来，在家等我。我一进门，妈妈就急不可待地说："快去洗洗脸，把这个新背心换上，你老姨夫来了。啊，现在不能叫老姨夫，叫舅舅。我们去姥姥家吃饭。"

我马上说："老姨早就告诉我叫姜舅舅了。"我急忙洗把脸，换上白色的新背心，跟着妈妈去姥姥家。妈妈嘱咐我："在客人面前要懂礼貌，客人吃饭小孩子不准上桌。"

姥姥在厨房忙，妈妈进屋就到厨房帮姥姥忙去了。屋里只有姥爷戴着老花镜翻一本什么书。

我问姥爷："老姨呢？"

姥爷没说话，指下里屋。我明白那意思，老姨在里屋。我腾地打开里屋门，探进脑袋看，老姨和姜舅舅搂在一起，两个嘴巴紧紧地贴在一起。听到门响声，才惊慌地分开。

"大鹏，你就是不懂事！"老姨脸红得像个苹果，瞪我一眼。

"啊，大鹏进来，舅舅给你一个礼物。"姜舅舅友好地拉住我的手，从桌子上的黄书包里拿出一个文具盒。

我高兴地说："谢谢姜舅舅！"

姜舅舅拍着我的脑袋说："大鹏真懂事！"

老姨撵我："出去吧，再进屋敲敲门，学礼貌点！"

我跑到厨房，把文具盒给妈妈看。妈妈一下子就猜到：“是姜舅舅给你的？”我点头。姥姥跟我妈妈说：“小姜这小伙子很会来事儿，家里人都给买点礼物。给你买了一个拉毛围脖，给我买了一双北京布鞋，给你爸买了一副老花镜，还买了糕点和两瓶白酒。”

妈妈啧啧道：“要花不少钱哪！告诉秀丽，以后再来可别让他这么花钱了！”

桌子上摆满了各种炒菜。妈妈喊老姨吃饭，老姨拉着姜舅舅的手，坐到桌子前。姥爷、姥姥都上桌了。妈妈瞧我一眼，看到我眼泪汪汪的样子，从桌子上的餐盘里夹了一个茄合放到空碗里，让我去厨房吃。

“大姐，让大鹏上桌一起吃吧。我也不是外人！”姜舅舅说着向我招手。

妈妈却看着姥爷，似乎在等姥爷发话。“上来吃吧！”姥爷终于发话了。

姜舅舅不喝酒，他站起身，给我姥爷斟满一小杯酒。

一阵寒暄，一阵谦让，姜舅舅才有点放松。一阵客套，一阵评价，夸奖姥姥的菜做得如何有味道后，话才转入正题。

姥爷抿了一口酒，问：“小姜，你家里都有什么人哪？”

姜辉放下筷子，毕恭毕敬地说：“父亲、母亲还有个妹妹。父母亲都在省地矿局工作，妹妹念中学。我在省地质大队 205 队担任技术员。”

姥爷端杯又抿了一口酒，慢声慢语地问：“你们家是干部家庭，又是省城的，你跟秀丽自由恋爱，你的父母知道吗？他们是什么意见？”

老姨抬头看一眼姜辉，说：“他父母都知道，同意我们相处。”

姥爷放下酒杯，脸色阴沉地看眼老姨，说：“我没问你，我问小姜！”

“大伯，我父母都同意我跟秀丽相处。我母亲还要我领秀丽去家里，跟他们见面。”

姥爷微微地点下头，又问："秀丽现在没有工作，结婚了就要两地生活，你有这个思想准备吗？"

姥爷一连串的问，让姜辉感到猝不及防，一紧张手里的筷子竟然滑落地上。妈妈弯腰捡起来，对姥爷说："爸，我们先吃饭吧，菜要凉了。"

姥姥也说："小姜，快吃菜呀！"

姥爷依旧板着面孔说："该说的话，我们当老人的要说清楚，年轻人自由恋爱，我们不反对。在学校出现的问题过去了，我不责怪你们，可以后要有道德约束！"

姜辉应声道："嗯，大伯，我听着呢！"他的脸唰地红起来。

姥爷继续说："你们结婚的前提是，要解决秀丽的工作。这个你们家能做到吗？"

姥姥看到姥爷一个劲儿地对姜辉发起进攻，又把妈妈的话重复一遍："老郝，我们先吃饭吧，菜要凉了。"

姥爷瞪一眼姥姥，口气坚定地说："这是大事儿，现在不说清楚，以后他们在一起的生活是很麻烦的！"

老姨没有畏惧姥爷的威严，说："爸，您就不用挂着了，姜辉有安排。我现在必须先有工作，结婚后才能办理工作调转。姜辉，是这样的吧？"

姜辉迟疑下，点点头："大伯，有工作单位就可以调转，我们地质队有好几对夫妻都是这样解决两地生活的。"

姥爷抿一口酒，闭上眼睛品味片刻。姥爷睁开眼睛，嘴角露出一丝笑意："来，小姜，吃菜。"

紧张沉闷的气氛似乎有些缓解，大家都开始动筷夹菜。

我夹起一个茄合，还没吃完，姥爷又说话了。

姥爷端起酒盅，慢慢地抿了一口，说："小姜，我还要说几句。你们相处的时间不长，你俩有什么缺点还没暴露出来，是不是都在刻意隐瞒，这个我不妄下结论。我可以说说小秀丽的缺点。"

老姨冲着姥爷紧蹙眉头："爸，我们刚吃两口菜，你又说话了。"

姥爷的脸上出现少有的笑容："我说话，也不耽误你们吃。小秀丽是家里最小的，基本不做什么家务活，从小到大没有吃过苦。小秀丽的优点是，虚心好学，有不服输的劲头。她练毛笔字就是靠钻劲儿取得一点成绩，这一点我做父亲的感到骄傲。小秀丽做教师，也一定能做个好教师。可惜机会错过了。以后不管干什么工作，还得有这个钻劲儿。小姜，你的工作情况我不清楚，你们就要相互学习。"

"爸，姜辉年年是单位的先进生产者。去年还入党了。"老姨抬起头，对姥爷说。

姥爷眼睛一亮，像是才认识姜辉："啊，好哇，年轻人有出息！"

我感觉这个时候，笼罩在屋子里的紧张气氛才真正轻松起来。

4

老姨跟姜舅舅恋爱后，就开始臭美起来。把我妈上学时穿的绿色布拉吉裙子找出来，送到街道的缝纫铺认真地熨烫一遍，把雪白的衬衣改成了大翻领。两条黑粗的短辫子编成麦穗盘在后脑勺上，整齐的刘海儿挂在脑门儿上，两个浅浅的酒窝流不尽的笑意在荡漾。一走进姥姥家，总能听到老姨在哼哼歌曲。

姜辉跟着地质队又来县城附近的山上搞勘探，这给老姨和姜辉的见面创造了机会。姜辉每个周末都来姥姥家，老姨和姜辉已经形影不离了。

这天我跟妈妈正在家里吃晚饭，姥爷来了。姥爷是很少来我们家的，尽管我们都在钢厂家属区居住，我们家在后趟街，跟姥爷家相隔两趟街，姥爷几乎一年能来一次，那是我爸每年探亲回来，请姥爷姥姥来家里吃饭。姥爷突然造访，妈妈感到很奇怪，忙问姥爷："爸，有什么事吗？"

姥爷瞧一眼饭桌，玉米楂子粥，一盘土豆片炒辣椒，一小碟酱泡小咸菜，说："你娘儿俩真能对付！你家里的鸡蛋和肉票不要给你妈了。大鹏正长身体的时候，多给孩子吃吧。"姥爷说完拎起一个板凳到院子里坐下。

妈妈草草吃了几口，放下饭碗也到院子里去了。我把盘子里剩下的菜倒进饭碗里，端着碗也出来，坐在外屋门槛上吃饭。

院子三面是红砖院墙，院墙不是很高，墙上爬满黄瓜秧子。邻居家的院子里没有说话声，周围很安静。

姥爷的声音很低：“小秀丽跟小姜成天在一起，这也不是个事儿啊！应该给小秀丽办个工作，他们结婚了，也好调转哪。”

妈妈拿着大芭蕉扇给姥爷扇风：“是啊，工作是大事儿。他们那届学生都下乡了，留城的也分配到大集体企业了。我能去找教育局，看看能不能改变决定，他们那时处对象，也不是乱搞关系。”

姥爷忙摆手说：“不要去教育局丢脸了！我看小秀丽能去大集体企业工作也不错！”

妈妈惋惜地说：“大集体也有好岗位，秀丽要是从事文字工作，她是最合适的！”

姥爷坦率地说：“是金子到哪儿都发光！别夸她，写字好不一定就是人才。你明天去趟钢厂附属建材厂找张厂长，说我让他给秀丽安排个工作。至于干什么工作，让他看看小秀丽适合干什么。”

妈妈第二天就去北钢附属建材厂去找张厂长。事情办得很顺利，张厂长立刻答应，向总厂申请招工指标。指标下来就上班。

妈妈回来问姥爷：“爸，你跟张厂长什么交情，我说是郝恩原的女儿，他非常热情。当时就答应给办。”

姥爷听了很高兴，对妈妈说：“十年前我帮助过他，那时他还是个小技术员，小伙子搞了一项技术革新，当时争议很大，我支持他，并指导他进行了修改，后来成功了。”

妈妈陪着老姨去厂子报到。妈妈回来说，老姨到厂子填表，当时就惊呆了办公室的人，这个女孩字写得这么好。张厂长高兴地说，厂办就需要一个能写会画的人，没想到就来了。

姥爷、姥姥也高兴得不得了，姥爷舍不得骑的一台永久牌自行车给老姨了，从此姥爷自己徒步去钢厂大楼上班。

国庆节要到了，姜辉要领老姨去省城见他的家人。老姨那几天感兴趣的就是日历牌，几乎天天翻看，就像那呆板的日历牌里跳动着快乐的音符，翻看一遍就享受快乐一回。国庆节终于在老姨的期盼中如约而至。我和妈妈去车站送的老姨和姜舅舅。绿皮列车缓缓开动的那一刻，老姨的眼泪竟然流下来，像要跟我们分别很久那样依依不舍。

没过两天，老姨就回来了。老姨下了火车就来我家，进门一声不吭趴到炕上就哭泣。妈妈向门外看，不见姜辉的影子。

“你们吵架了？姜辉呢？”妈妈问。

老姨欢天喜地地走，泣不成声地回，我感到很好奇。妈妈撵我出去玩，我拿起书包到外屋的饭桌上佯装写作业，其实老师没留作业。

妈妈问老姨到底发生了什么事儿。老姨仿佛受了莫大的委屈，抽泣着说：“我和姜辉到了他家，可他父母对我并不是很热情，尤其他母亲对我冷若冰霜。晚上都没让我在他家住，给我安排一个招待所。半夜姜辉跑到招待所，说跟他母亲吵起来了。他母亲说，这个女孩子哪儿的都可以，就是小县城的姑娘不可以。姜辉说，她在县城也有工作，结婚了可以办调转到省城工作。姜辉的母亲却说，不是调转工作的事儿，我们家就是不能找农村的女孩子。姜辉辩驳，县城也是城市，他们家父母都是钢厂职工，秀丽的父亲还是钢厂的总工程师，她是干部子女！姜辉的母亲还是坚持，不能找一个县城的女孩，要找对象必须找省城的、父母都是干部的！”

妈妈听了非常气愤地说：“县城的女孩子哪个不比省城的姑娘强。娇生惯养的，一身臭毛病。我们医院来个小护士，是省城的。你看她说话娇滴滴的，给病人打个针，把脑袋都能拧到后腰上。”妈妈又问老姨：“姜辉是什么态度？他怎么没跟你一起回来？”

老姨止住抽泣，说：“姜辉不听父母的，非我不娶。他说结婚就在我们这里安家。姜辉和我一起回来了，下车就回队里了。明天下班过来。”

妈妈用责备的口气说：“你哭什么？只要姜辉爱你，你就不用看他家任何人的脸子。你以后是跟姜辉一起生活，又不是跟他母亲一起生活。”

老姨听了妈妈的话，好像茅塞顿开。老姨坐起身，擦干脸上的泪珠，竟然扑哧一声笑了：“他说爱我海枯石烂心不变！”

那晚老姨在我家吃完饭才回家，走出门口，像想起了什么，又跑进屋，说：“姐，你别对爸说姜辉父母不同意的事！爸要是知道了，肯定也阻止我！”

妈妈说：“我知道哇，但以后有机会要跟爸说实话。”

转眼我放寒假了。妈妈抽调到医疗小分队送医下乡，时间半个月。我到姥姥家睡。老姨和姜辉吃完晚饭出去遛弯儿，我要跟他们一起去遛弯儿，老姨不领我，把我撵回家。

天亮老姨才回家。姥爷脸色阴沉着问：“干什么去了，一夜不回家？”

老姨眼睛一瞪，有点理直气壮地说：“我在姐家睡的，姐把钥匙给我了，让我给她看家！”

姥爷冷冷地问：“小姜呢？”

老姨咧嘴一笑：“看我爸这个关心，他回队里了，不回要受处分的！”

姥爷想了一下，说：“明晚大鹏跟你去你姐家住！”

姥爷又把我撵回家住，我有点不高兴。姥姥看到我闷闷不乐的样子，就对姥爷说：“我跟秀丽去吧，大鹏跟你在家吧。”

老姨恼怒地说：“爸，我不是小孩了，我知道自己该怎么做！”说完，老姨推着车子出门上班去了。

晚饭的时候，姥爷没有上桌，戴着花镜在翻看报纸。姥姥悄声问老姨：“小姜怎么还不来？”

老姨也悄声地说：“我爸像防贼似的，我不让他来了。”我听他们说悄悄话，老姨用筷头点我一下，“小屁孩，吃饭，吃完了跟我走，给你姥爷当密探！”

老姨说我是姥爷的密探，我不明白是什么意思，但我隐约感到老姨是不喜欢让我跟她回家睡觉的。

妈妈不在家，屋里显得格外清冷。老姨把外屋炉子点着火，屋里渐渐地暖和起来。老姨把我的被铺好，让我上炕睡觉。被窝还没有焐热乎，我钻进去佝偻成一团，被子里漆黑一片，不一会儿我就感到憋气。我把被子撬开一道缝，一抹亮光随即也钻进被窝里，我立刻觉得自己不孤独了，也觉得被窝里暖和许多。

好像是半夜，我听到了窸窸窣窣的声音。我蒙眬地看到老姨的身上有什么东西在动，一起一伏，老姨好像很痛苦地在叫。我忽地起来，问：“老姨，你怎么了？”

老姨身上的东西一晃掉到炕头上。老姨回身摁我躺下：“我的小祖宗，你怎么醒了？老姨肚子疼，让你吓得不疼了。你睡吧！”

我不知道什么时候睡着了。当我睁开眼睛，窗外一道霞光透过窗帘照进屋里，把屋子照得通亮。我一抬头看到，姜舅舅站在地上穿衣服。我没说话，忽地把头蒙在被子里。十岁的我，虽然对两性关系还处在未知领域，对大人们的事情还很懵懂，但此时姜舅舅出现在老姨身边，我似乎明白姥爷为什么不让老姨单独住在我家了。

老姨拉着我的手回姥爷家吃早饭。快进院子的时候，老姨站住，眼睛直直地看着我，像我做错了什么事。

“大鹏，姥爷要是问你，昨晚你看没看到姜舅舅，你怎么说？”

我说：“昨晚没看到，是今天早晨看到了。”

“哎呀，你这个傻小子！”老姨气得一跺脚喝道，“再想想怎么说！”

我眨巴一下眼睛，试探着说：“没看见……”

老姨捧住我的头，在我冰凉的脸蛋上亲了一口：“这就对了！”

5

大年初三，姜辉从省城来姥姥家串门。这是年前老姨跟我妈妈商量好的，让姜辉这天来。我爸爸从太原休假回家过年，见到姜辉十分热情，中午在姥姥家吃饭的时候，他们跟姥爷一起喝酒。

酒兴正浓，老爷突然问姜辉：“小姜，你来看我们了，秀丽也要去看望你的父母！你们定在哪天去？”

姥爷问得很突然，姜辉竟然支支吾吾起来，眼睛盯着老姨。

老姨不慌不忙地说：“爸，我跟姜辉约好了，上班后选择个星期天再串休一天，去看望他父母。姜辉都跟父母说好了。是吧，姜辉？”

姜辉忙点头：“是的，郝伯伯，我们都定好了！”

姥姥对姥爷说：“他们都定好了，你就别操心了。家胜过年才回来几天，大家聚一块不容易，你们慢慢喝酒，唠唠别的嗑。”

家胜是我爸的名字。爸爸笑着对姥爷说：“爸，秀丽和小姜会把自己的事情安排好的。爸，咱们喝酒！”

晚上，我和妈妈在姥姥家睡，爸和姜辉回家睡。妈妈领着我睡在老姨的房间。

我睡在炕头，盖着被子没有蒙头。老姨跟妈妈说悄悄话，声音不大，可能是怕外屋的姥爷和姥姥听到。

老姨："姐，我可能惹事儿了。"

妈妈惊愕地问："什么？你惹什么事儿了？在单位吗？"

老姨轻声嬉笑："看给你吓的，小点声。你看下大鹏睡了没有？"

妈妈翻过身，给我掖了一下被子。我紧紧地闭着眼睛，佯装睡着了。

妈妈又翻身面对老姨，问："到底惹什么事儿了？姜辉知道不？"

漆黑的屋里静极了，老姨喘着粗气的声音，我都听到了。半天，老姨轻轻地哼一声："姐，我可能怀孕了。真烦人……"

妈妈："你去医院看了？身体有哪些反应？"

老姨："不用看，我在你家找了本书，一对照就是妊娠反应。两个月没来了，头几天老呕吐，在单位都不敢在办公室待着。怕屋里的同事看出来。姐，怎么办？"

妈妈埋怨："你就不注意！女孩子在男人面前要清醒。男人做这事儿是不计后果的，一点责任感都没有。麻烦事儿来了，痛苦的是你！"

老姨："姐，说那些没用了！我怎么办哪？"

妈妈："爸让你去姜辉家看望他父母，就是担心姜辉父母不同意你们的婚事。姜辉知道你怀孕了吗？"

老姨："我今天上午才跟他说。"

妈妈："他怎么说的？"

老姨："他能怎么说，傻眼了呗。他痛快时不想后果，惹出事儿了连个主意都没有！"

妈妈："明天你跟我去医院妇科做个检查。怀孕时间超过三个月了吗？"

老姨："你们下乡那几天，我在你家睡的。"

妈妈："刚到三个月，要做人流必须抓紧了。"

老姨忽地爬起来，气呼呼地说："姐，我不做！既然这个生命来了，我不忍心害他！我就要留下这个孩子！"

妈妈也坐起身，声音很激动："秀丽，你别任性了！要么你跟姜辉尽快结婚，再拖下去，做人流就麻烦了。怀孕了还不结婚，爸妈的脸往哪儿搁？你还能到单位上班吗？"

老姨不吭声了。妈妈起身把被子披在老姨身上，说："这事儿你要跟姜辉彻底谈一下，能不能说服他的父母，同意你们尽快结婚。"

老姨："我明天跟姜辉谈，让他决定吧！"

第二天吃完早饭，老姨没有让姜辉回队里，他们要去逛街。姥爷说："你们把大鹏领着，别让他在家里淘气。"

我感觉姥爷还是像上次那样，又让我做他的密探了。那天我跟老姨进了家门，老姨去厨房的时候，姥爷就问我，你看没看到姜舅舅。我说没看见。姥爷相信了我的诚实，这次又委以我重任。我和老姨心照不宣，老姨冲我一笑："走吧，小跟屁虫！"

老姨拉着我的手，和姜舅舅并肩走在大清河边。光秃秃的高大柳树有两只喜鹊在叽叽喳喳地叫，河面上一些小朋友在滑冰车，嬉嬉闹闹地吸引着我。我要下河去玩，老姨却紧紧地拉住我的手，不让我离开她。

老姨和姜舅舅无声地走了一会儿，姜舅舅站住，凝视着老姨，声音果断地说："秀丽，我想好了，我们尽快结婚！"

老姨问："你父母不同意怎么办？"

姜舅舅说："我跟他们再谈一次。我告诉他们同不同意我都要跟郝秀丽结婚。他们阻拦不了我！"

老姨脸颊通红，低垂了眼睑，轻声地说："最好跟父母的关系搞好，闹僵了我以后怎么进你们家门？"

老姨和姜舅舅无声地走了一会儿，姜舅舅站住，凝视着老姨说："秀丽，我会说服父母的！"

1977 年 5 月的一个星期天，太阳从东面的山冈钻出来的时候，妈妈领着我就来到老姨的新房，开始往窗户上贴大红喜字。新房是妈妈给老姨借的一间房，大红喜字是姥姥给剪的。大门和房门的对联，是老姨自己写的。

老姨开始梳妆打扮。郭慧芝给老姨编辫子，两条粗黑的辫子像两个麦穗，盘在老姨脑后。老姨的眼睛那么深邃，像两汪水似的。嘴唇没涂口红，脸蛋没施胭脂粉黛，却是那么红润。老姨穿着红羊毛衫、蓝裤子、黑皮鞋、红袜子，头上还插着一朵红色塑料玫瑰花。老姨两个浅浅的酒窝盛满了笑意，这种含羞而甜蜜的笑是从心里涌出来的。

老姨的婚礼简朴得再不能简朴了，没有任何仪式。上午九点多钟，老姨夫在他的几个工友陪同下，从东方红招待所走到新房。老姨新房前围满了看热闹的人。有人咋舌，老郝家老姑娘怎么找个倒插门的女婿？妈妈进院时听到了，停下来笑着对他们说，秀丽对象小姜是省城的，他工作的地质队正在咱们县城勘探矿山，为了不耽误工作，婚礼就在这里进行了。

妈妈在姥姥家对姥爷也是这么说的。

老姨夫穿着崭新的蓝色工作服，头发油黑锃亮，两眼眯成一条线，笑吟吟地向周围的陌生人点头。老姨和老姨夫并肩站在院子里，主持人是勘探队队长，戴着眼镜，声音洪亮："新郎新娘互戴大红花！"

老姨和老姨夫互相给对方的胸前戴上大红花。

主持人："新郎新娘互赠纪念品！"

老姨从妈妈手里接过毛选四卷，递给老姨夫；老姨夫从工友手里接过一个笔记本和一支英雄牌钢笔，送给老姨。

主持人："请诸位同志吃喜糖，新郎新娘入洞房！"

老姨夫的工友们从兜里掏出一把把喜糖，向看热闹的人堆里撒喜糖。一片欢声笑语在新婚房子的院子里快乐响起。

老姨和老姨夫在屋里稍坐一会儿就出来了，他们俩去东方红照相馆照相。妈妈领着我来到长春路的人民饭店，亲戚朋友和姥爷姥姥围坐在两张大圆桌子旁，上面已经摆上饭菜，有肉有鱼，很是丰盛。

6

老姨平静而欢快地度过了蜜月生活。

老姨夫每天都骑着老姨的自行车通勤。老姨上班则是徒步走到单位。每天晚饭我和妈妈、老姨、老姨夫都在姥姥家吃饭。那是我们家人最快乐的时刻。一家人围着大饭桌，有说有笑地共进晚餐。姥爷很爱跟老姨夫唠嗑，打听老姨夫勘探队找矿的经过。

老姨问姥爷："爸，钻井的事儿您也要研究研究？"姥爷抿了一口小酒，说："小姜地质队和我们炼钢厂的都是上下游的产业。他们矿找得越多，品位越好，我们炼钢人才能炼出好钢，支援社会主义建设！"

老姨夫赞同："爸说得对，我们勘探队漫山遍野地跑，夜以继日地钻井，就是为了钢厂能炼出好钢，为社会主义建设多做贡献！"

姥爷赞许地说："说得好哇！你们地质工作者是最辛苦的。小秀丽，在家里是最小的，家务活不会做。你们成家了，小秀丽就要学着做了。在生活上要好好照顾小姜，让他安心工作。"

老姨夫站起身，声音激动地说："谢谢爸妈、大姐。我不用秀丽做家务，只要我在家，所有的家务活我都干，我不让秀丽受累！"

老姨满脸通红，举手轻轻地打了老姨夫的后腰，嗔怪地说："就像我很懒似的！”

老姨夫认真地看着老姨，说：“秀丽，不用你做家务活。衣服我洗，饭我做，将来咱们的宝宝的尿褯子都是我洗。”

家人禁不住都哈哈地笑起来。

老姨夫莫名其妙地摸着头，喃喃地说：“我说的是真话呀！”

姥姥慈祥地笑着说：“小姜，你说的是真心话。家里的事儿就是俩人的事儿，商量着来。家务活谁得手谁就多干点儿。将来你们有孩子了，家里事儿就多了，秀丽啊，你可要学着伺候孩子、做家务活呀。”

这样轻松乐和的气氛，一直在我的记忆中闪现。因为我记忆中这样的场面实在太少了，在我们家亲人中，老姨夫留给我们的记忆太少了。

那是星期一的晚上，老姨在姥姥家吃晚饭，又给老姨夫装了一盒饭菜带回家。老姨夫下班晚，从勘探队工地到家骑自行车要一小时的路程。

半夜时分，老姨敲我家门。我迷迷糊糊地听到老姨在门外说：“姐，姜辉现在还没有回来。”

妈妈起床，把门打开，老姨进来。妈妈说：“是不是队上有事儿今晚不回来了？山上也没有电话，没有办法告诉你。”

老姨担心地问：“姐，姜辉不会有什么事儿吧？”

妈妈肯定地说：“不会有事儿的。你要害怕，让大鹏陪你吧。”

老姨神色慌张地说：“嗯，我不知道为什么心里发慌！”

妈妈安慰地说：“你别胡思乱想。地质队工作性质就这样，没有准时回家的。以后这样的事儿，可能多着呢，习惯就好了……大鹏，你是在装睡？眼睛眨巴眨巴的，快起来，跟老姨走。”

我跟老姨来到她家。新婚的喜庆气氛依旧弥漫在这不大的屋子里，墙上挂着老姨和老姨夫的新婚照片。被子褥子都是红色的，墙上的大红喜字、塑料拉花还是那么鲜艳。老姨从衣柜里拿出一床新被，铺在炕梢上，我脱下衣服就钻进被窝。老姨睡在中间，炕头摆着一个枕头，上面铺着枕巾，枕巾上是一对彩色的鸳鸯刺绣。老姨面对空枕头，一会儿手臂伸出来搭在空枕头上，一会儿佝偻着身子，把头蒙在被子里。老姨折腾到什么时候，我也不知道，我睡着了。

第二天我睁开眼睛，老姨披着衣服坐在窗前。窗帘已经拉开，晨光映亮了屋子。我伸个懒腰，打个喷嚏，老姨像没有听到一样，呆呆地望着窗外。

院外有说话声。老姨惊慌地说："是地质队的人！"

老姨跳下地，鞋子都没顾得上穿，急匆匆地跑出去，惊恐地问："姜辉呢？"

地质队的两个人看着老姨，低头缄默。

"快说，姜辉呢？"老姨几乎是哭着喊。

"嫂子，姜技术员昨天下午抢修设备，下班晚了。八点钟从队里走的，快到护城河大桥的时候，被车撞了，掉到沟里。肇事的车跑了，早晨交警从他的身上找到工作证，才通知我们。"

老姨瘫倒地上，昏厥过去……

死亡的概念，就这样像一道狰狞的闪电，立刻在我对生死都毫无感知的脑海里留下一道痕迹。我望着湛蓝的天空，一行人字形的春归大雁向远处飞去。我想不管大雁飞到哪儿，还能回到我头上的蓝天中。老姨夫死了，他就再不能回来了吗？老姨炕上摆放的那个枕头，他永远也枕不到了！老姨撕心裂肺的哭声，妈妈和姥姥的悲恸哽咽声，让我感到死亡的可怕和恐惧。我呜呜地哭着跟在送葬的队伍里，心中无比凄楚和悲凉。

老姨离开了度过甜美蜜月的新房，回到了姥姥家住。老姨的眼睛哭得通红，已经没有泪水流出来了。妈妈三天没有上班，在家陪着老姨。姥姥做好的饭菜反复回锅热几次，老姨也不吃。

妈妈对老姨说："你不吃饿着，你肚里的孩子能有营养吗？要想不要就饿着！"

妈妈的话一下子就触到了老姨和全家人的痛处。老姨乖乖地去吃饭了，可姥姥和姥爷却愁云满脸。趁老姨去厨房的机会，姥姥问妈妈："秀美，你可要给你妹妹拿个主意呀！这孩子是否要可要想好了！要了孩子，以后秀丽可不好成家了。"

姥爷闭着眼睛，声音很大，也不怕老姨听到："不能要！"

姥姥吓得直摆手，想要把这声音拦住，不让声音飘到厨房让老姨听到。姥姥压低声音说："别说了，秀丽的眼睛都哭干了！"

妈妈说："妈，我跟秀丽谈谈再说，时间还赶趟。"

两天后我放学回家，老姨在我们家。妈妈在厨房做饭，老姨呆呆地坐在屋里。我奇怪地问妈妈："怎么不去姥姥家吃饭了？"

妈妈说："姥姥和姥爷去老乡家串门去了，你老姨今晚就在这儿睡了。"

老姨的眼皮红肿，头发也多日没梳。结婚时编的麦穗辫子早已散开，盘个发髻在脑后，显得很随意。

我们无声地吃完饭，妈妈开始烧水，然后灌满两个暖瓶。妈妈对老姨说："秀丽，把外衣脱了，我给你洗洗头。"

老姨开始脱外衣。妈妈把洗脸盆放到架上，兑好一盆热水，把老姨的发髻打开，老姨弓腰，黑发像瀑布一样流淌在水盆里。妈妈轻轻地往老姨的头发上撩水，然后把洗发膏抹在头发上，泛起白色的泡沫。妈妈又换了一盆清水，把老姨的黑发冲洗干净。妈妈站在老姨身后，用毛巾给老姨擦干披肩的黑发。

"小妹，你的头发真好！"妈妈紧咬嘴唇，泪水还是默默地流下来。

老姨扭过身，搂住妈妈失声痛哭："姐，我怎么是这个苦命……"

妈妈也哭了起来。我迷茫地看着她们，不知道老姨说的"苦命"是什么意思，是一杯苦水，舌尖一碰就知道它的苦味？

她们相拥低声哭了一阵后，妈妈不哭了，劝老姨，又用毛巾擦干老姨脸颊上的泪水。

晚上睡觉的时候，我看到妈妈抚摩一下老姨的肚子，悄声地说："都显怀了，再拖延时间就要引产了，引产是非常遭罪的。"

老姨猛地把妈妈的手打掉，惊恐地问："是爸爸让你来劝我的？"

妈妈的声音很小，怕我没有睡着，听见她们的谈话："小妹，要了这个孩子，以后你再找男人标准就得降低。哪个未婚男人能找一个有孩子的女人？再说了，姜辉的父母对你那么冷淡，来处理姜辉后事那天，他们还说不知道姜辉结婚。你想他们能认这个孩子吗？"

"他们认不认也是姜家的后代，不能是别人家的后代！"老姨气愤地说。

妈妈又说："就算他们认这个孩子是姜家的后代，可他的父母能抚养这个孩子吗？"

老姨异常激动："姐，你不要劝我了，你告诉爸妈，这个孩子我肯定要生下来。以后再找男人，只要对我的孩子好，我就嫁，找不到这样的男人，我就领着孩子自己生活。我一定把孩子抚养成人，对得起姜辉！"

妈妈沉默了。只有柜上的座钟嘀嗒地响。

7

1980年的日历翻开新的一页，一场大雪漫天飞舞。就在大雪飘飞的夜晚，老姨的女儿来到了这个世上。中午阳光刺眼，风雪停下的时候，妈妈抱着老姨的女儿从北钢医院回到姥姥家。

姥爷把炉火烧得通红，屋里温暖如春。妈妈把襁褓缓慢地打开，一个粉嘟嘟的婴儿，张开粉嫩的肉乎乎的四肢，哇哇地啼哭起来，惹得姥姥妈妈一阵笑声。老姨眼里滚动泪珠，两个酒窝溢出欣慰的笑："乳名就叫平平吧，平平安安地长大！"

我拉住她的小手，我感觉碰一下那粉色的皮肤都能破了，吓得马上松开。

老姨休完产假上班了。姥爷戴着眼镜一个劲地翻字典，要给平平起大名。在决定小平平是随父姓还是母姓的时候，老姨主张随母姓。姥爷和姥姥都不同意。

姥爷果断地说："随我们的姓氏，名不正言不顺呀！这是姜家的后代，不能姓郝！"

姥姥忧心忡忡地说："不随人家的姓，以后孩子长大了，姜家能管这个孩子吗？"

妈妈说："姓什么现在不用着急定，上户口也赶趟。秀丽应该把孩子出生的消息告诉孩子的爷爷和奶奶。他们要是来看孩子，说明他们接受这个孩子；要是不来，他们确实是铁石心肠，放弃了他们的后代。那么这个后代就是我们郝家的！”

姥爷觉得妈妈说得有道理：“听秀美的，明天秀丽写信给孩子的爷爷奶奶。我们等他们一个月。”

一个月后，平平的爷爷奶奶没有来。我似乎也看明白了，平平的爷爷奶奶不喜欢她。我的爷爷奶奶在辽西农村，爸爸只要回去一趟，都带回来一筐鸡蛋，爷爷奶奶给我攒的。

姥爷给平平的名字起好了，叫郝欣慰。

郝欣慰的到来，给我们家带来了快乐。尤其是姥爷和姥姥，非常喜爱这个小丫头蛋子。我从来不知道什么是忌妒心，在这个逐渐长大的小丫头蛋子身上彻底地体会到了。

自从有了平平，我放学后风雨无阻地去姥姥家，一边写作业，一边跟平平玩。我有时挺烦她的，因为过去姥姥家的好吃的，都是我独享，现在是见面分一半不说，随着她的长大，几乎她都要独吞了。姥姥还开导我，你妹妹小，让着她点儿。尽管我有时候来气，趁姥姥不注意，我冲她瞪眼睛，做鬼脸，得到机会还打她一下。但我还是爱跟这个小妹妹在一起。

平平三岁了，长得真好看。黑乎乎的大眼睛，一头自然卷的头发，左嘴角还有个浅浅的小酒窝。大家围着平平研究她的长相。眼睛和嘴角的酒窝像她妈妈，只是少了一个酒窝；皮肤也像她妈妈。唯有头发带点自然卷，像她爸爸的头发。她的两片嘴可会说话了，有时从她嘴里冒出的话，像是谁教她说的。

有天晚上我们正在吃饭，平平已经笨拙地使用筷子夹菜，可她根本不会用，把盘子里的菜弄得里一半外一半。老姨哄着平平，要把筷子从小手上拿下来。可平平小嘴嘟嘟着就是不松手，老姨伸手拍了平平一下，平平哇一声哭了起来。姥爷生气地训斥老姨，孩子对错都不能动手打。老姨辩解：“我用手轻轻地碰她一下，她就夸张地哭起来，纯是装的！”

平平哭咧咧地揉着老姨刚刚拍过的地方，对姥爷说："姥爷，妈妈打这儿，疼。"

姥姥怜爱地说："看把孩子疼的，姥姥给揉揉吧。"

平平却说："姥爷给平平揉揉。"

姥爷把平平抱在怀里，给平平揉揉肩头。妈妈问平平："你怎么不让姥姥揉？"

平平眨巴一下眼睛，说："姥姥不爱平平。"

我替姥姥鸣不平，姥姥偏向她，姥姥给我吃的东西小丫头蛋子肯定有，而给她的好吃东西，我却不一定有。我说："平平，别瞎说，姥姥最爱你的！"

平平一点也不示弱，口齿伶俐地说："姥姥从来不批评妈妈，姥爷最爱批评妈妈！"

我们都笑了。老姨笑得眼泪都流出来了。大家的笑声还没有停止，平平伸出小手，搂住姥爷的脖子声音清脆地说："平平长大了挣钱给姥爷花！"

我在大人们开心的笑声中，感觉到这个小丫头蛋子，已经把大人们对我的青睐彻底夺走了。比她大十一岁的我，瞪着眼睛想到头疼也不会说出让姥爷哈哈大笑的话。难怪姥爷里屋的床上，平平可以随便在上面打滚，而我坐到床边，姥爷不说话，严肃地一指床头的四个大字：太公在此。

我麻溜起身，这个光头的两腮塌陷的"太公"我惹不起呀！

冰封的大清河开化了。岸边的柳枝，挂满了绿芽，在清风的吹拂下轻轻地摇摆。星期天的下午，姥爷领着我和平平在河边散步。从姥爷退休后，他最爱领着平平在大清河边散步。我难得有这么开心的机会跟他们出来遛弯儿。尽管我们距离高考还有初中和高中两个台阶，可老师和家长的眼睛都瞪得溜圆，早早就给我们套上了夹板，仿佛我们明年就要参加高考了似的。老师留作业往死里留，家长往死看着写作业。我的作业提前写完，才有机会跟着姥爷出来。

姥爷牵着平平的手，我跟在姥爷身后，在青草漫堤、柳枝滴翠的平坦大坝上溜达。平平的一只小手，胡乱地比比画画，嘴里还嘟囔着什么。

这时一个骑自行车的叔叔从我们身边慢慢地骑过去，车后座上坐个跟平平年龄差不多的小女孩。小女孩看到平平跟着大人在坝上走，喊道："爸爸，我也要下去走！"

那个叔叔下车，把车后座的女孩抱下车，小女孩蹦跳地往前跑。那个叔叔喊小女孩："过来跟爸爸走！"

小女孩站住，哀求地说："爸爸，让我自己玩一会儿呗！"

平平惊呆地看着那个叔叔，自言自语地说："爸爸？"

平平拉住姥爷的手，瞪着迷茫的眼睛问："姥爷，我怎么没有爸爸？"

姥爷走了几步，蹲下身对平平说："你有爸爸，长大了就知道爸爸去哪儿了。妈妈还会给你再找个爸爸的。"

平平记住了姥爷的话，时常就想起来问老姨："妈妈，什么时候给平平找爸爸啊？"

老姨愣了半天。当问清楚是姥爷告诉她的，妈妈还会给她找个爸爸，老姨发火了。这是我记忆中老姨第一次对姥爷发火："爸，你这么草率地说这话，是对孩子说谎！"

姥爷却十分镇静地说："我可不是随便说的。你还能一辈子独自地领着孩子过吗？"

姥姥忙打圆场，对老姨说："秀丽，你爸是为你考虑。趁年轻有合适的就找一个成家吧。我和你爸年龄都大了，能陪你几年？"

"妈，你们一直陪着我，陪着平平长大成人！"老姨已有哭音了。

姥姥怜惜地看着老姨，说："孩子，别说傻话了。我和你爸都六十五六岁的人了，能陪你几年？有合适的男人，别错过了。平平该有父爱了！"

老姨不说话了，紧紧地搂着平平，眼泪唰唰地流下来。

也许真是姥姥说的那样，平平该有父爱了。不多日子姥姥的同事孙老师来到姥姥家，给老姨提亲。老姨没有下班，我在做作业。平平在我旁边拿着笔，学我的样子在一张废纸上乱画。看我缓气的工夫，哀求我："哥哥，教教我呗。"

我没心思写作业了，更没有心思教平平写字。我隐约听到孙老师在里屋跟姥姥低声说话。

姥姥低声地问："他原来的媳妇呢？"

孙老师："俩人感情不和就离婚了，那个女的是农村的，领着孩子回老家了。"

姥姥："有孩子呀？男孩女孩？多大了？"

孙老师笑道："男孩，比你外孙女大五岁。你是害怕外孙女受欺负？不能啊，小刘这个人挺好的，为人热情，单位还好，是电业局的司机，挣得多。我们都听说孩子掉后妈手里了，没听说孩子掉后爸手里了。"

孙老师情不自禁地笑起来。姥姥却没笑，姥姥忧心忡忡地说："走一家，进一家不容易呀！秀丽心善，性格犟，心眼儿实。我怕她吃亏呀！"

孙老师收敛了笑声，说："大姐，你放心吧，只要秀丽看好了，觉得这个男人还行，我担保，他一定对秀丽和平平好！"

孙老师说媒过去不长时间，老姨就和这个男人见了面，几天后那个男人来到姥姥家。老姨让我叫他刘舅舅。刘舅舅高大魁梧，梳着背头，头发油黑锃亮，说话声音像东城门上的大铜钟似的嗡嗡回响。他穿着一件雪白的的确良衬衣，上衣兜插着一支钢笔。看到他，我想起老姨夫。他们两个人相比，我还是感觉老姨夫好。尽管老姨夫身材单薄，说话声音不大，上衣兜从来不插钢笔，但我怎么看老姨夫才是有文化的人。

老姨和刘舅舅相处了几个月后，刘舅舅把我们全家人请到岳城当时最高档的酒店吃饭。那次几乎是我们全家人第一次看到鱼片还可以生吃，林蛙像蛤蟆，吃一口满嘴黑籽。刘舅舅脑门儿红润发亮，说话抑扬顿挫，天南海北无所不知。我记得当年老姨夫跟我们吃饭的时候，都是姥爷在说话。

老姨似乎没有听刘舅舅说话，低头给平平夹菜吃。偶尔抬起头，一脸无奈的样子，像是听课听腻了，不得不挨到下课。

姥爷用筷子敲下桌子，刘舅舅一怔："您老有事儿？"

姥爷沉着脸，说："我们都吃得差不多了。小刘，我问你一句话，你想好了回答我。"

刘舅舅谦恭地说："您老请问。"

姥爷刚要说话，老姨脸色慌张地对姥爷说："爸，我们先吃饭吧，吃完了再唠嗑。"

姥爷瞪一眼老姨，说："我吃饱了！"转过脸说："小刘，秀丽领着孩子嫁给你，你也有孩子，你能不能对两个孩子一视同仁？"

刘舅舅眼睛瞪得比姥爷还圆，声音洪亮，异常激动地说："大叔、大婶、大姐，请你们相信我刘启田的话，平平就是我的亲生女儿。秀丽，咱俩相处快三个月了，你说，我说的是不是实话？"

老姨垂下眼睑，拿筷子给平平夹了一口菜，声音低沉地说："启田是好心人，说的是实话。"

多年以后，我回想起那场面，才感觉到老姨是很不情愿地说出这话的。老姨发现刘启田在口若悬河中，一瓶酒不动声色地喝下去。老姨感觉他是个酒鬼，越接近晚宴结束，老姨的脸色越冷淡。

刘启田却异常兴奋，眯眼笑着对平平说："平平，我就是你的亲爸爸。平平，叫爸爸……"

平平眸子明亮，怯生生地叫道："爸爸。"

8

老姨和刘启田结婚一年后的冬天，在我的记忆里是非常寒冷的。这种寒冷不是冻得瑟瑟发抖的那种冷，而是那种彻骨的心冷。那天上午我的姥姥溘然去世。

姥姥早晨起来告诉姥爷她有点头晕。姥姥虽有慢性病，但没有卧床。妈妈也经常给姥姥、姥爷量血压，没有发现姥姥的血压有异常。姥爷的血压偏高，每天按时吃降压药。姥姥说她头晕，姥爷没有在意。姥姥准备晚饭吃饺子，上午就要把饺子馅拌好，和好面。老姨下午回来，就可以和姥姥一起包饺子。妈妈在班上，我在学校参加迎新春联欢会。

姥姥从菜缸里捞出一棵腌好的酸菜，转身要去洗菜，却一头栽倒了。姥爷呼叫着，姥姥的眼睛没有睁开。姥爷急忙打电话给妈妈。妈妈带着救护车很快来到姥姥家，把姥姥送到医院抢救。可是姥姥却永远地闭上了眼睛。

老姨腆着大肚子，领着平平赶到医院。妈妈不让老姨哭，让老姨注意身体。可老姨不管肚子里的婴儿，搂住妈妈恸哭起来。

我领着平平在存放姥姥遗体的太平房外面的墙角处抽泣地哭着。刺骨的寒风把我们流出的泪珠和鼻涕冻成了冰柱。平平头上戴着毛线织的红色套帽，两个小辫子围在脖颈上。而我却光着头，不住地打着哆嗦。平平把帽子摘下来，递给我，哭咧咧地说：“哥哥，你戴着吧。”

我冰凉的心一下热乎起来，四岁的小妹妹已经懂事了。我说不冷。平平依旧哭咧咧地说：“你的大鼻涕都冻在嘴巴上了！”

“你还说我呢，你的大鼻涕像两个冰溜子挂在上面。”我边嘲笑平平，边擦鼻孔下的鼻涕，擦得满嘴巴黏黏糊糊的。

平平伸出小手捂住嘴巴，仿佛怕人看到似的。冻得像小红萝卜的小手，使劲儿擤鼻涕。

一辆车门子上写着“电力抢修”的皮卡车疾驶进院，吱嘎一声停下。车门打开，司机从驾驶室探出身子来。

“平平，你爸爸来了！”我一眼看出来是刘启田。

平平像见到了害怕的怪物似的，一下子躲到我的身后，哀求我：“哥哥，你不要动，挡住我！”

我纹丝不动，把平平挡得严严实实的。刘启田穿着油黑锃亮的皮夹克，大摇大摆地走进太平房里。

我说：“平平，你爸爸进屋里了。”

平平像个小猫似的从我身后钻出来，惊悸地问我：“哥哥，他哪儿去了？”

我奇怪地问：“平平，你怎么不叫爸爸？”

平平嘟囔道：“他是酒鬼，我才不叫他爸爸。他喝了酒就打妈妈，还骂我。”

我怔怔地看着平平，要说什么，可什么也没有说出来。这时刘启田搀扶着老姨从房子里出来，姥爷和妈妈被邻居的阿姨搀扶着，跟在后面。

老姨和姥爷、妈妈都坐进车里，他们突然想起我和平平。缓缓移动的车停下来，妈妈下车寻找我们。妈妈看到我和平平站在远处的墙根下，跑过来搂住平平眼泪唰唰地流下来。

姥姥的葬礼是在陡峭的寒风中进行的。老姨因为怀孕不能过度悲伤，刘启田不让老姨参加。老姨领着平平和姥爷在家里。我和妈妈一路跟在送葬的队伍里。姥姥下葬的公墓地在岳城东面的龙凤山上。钢厂来了一辆大客车，刘启田带来两台吉普车。还有一辆小货车装满花圈。在当时，姥姥的葬礼显得挺有场面的。这都是刘启田一手张罗的。

姥爷更加沉默寡言了。我和妈妈都在姥爷家住了，老姨和平平也经常回来看姥爷。老姨穿着肥大的棉大衣，也没有遮挡住隆起的肚子。老姨满脸忧伤，也不爱说话。有时候目光发呆，妈妈跟她说话也心不在焉。刘启田开车来接老姨和平平的时候，老姨神色慌乱，而平平又像上次那样躲到我的身后，就像我是她的保护伞。

那天很晚了，刘启田来到姥爷家。他满身的酒气，舌根子发硬了。

“爸，您老……放心，有我启田……您不会掉……掉到地上的。”

姥爷气恼地说：“我干吗掉到地上？晦气！”

刘启田一怔，脑袋似乎清醒了，愣愣地看着老姨，说：“媳妇，我说的是好话呀！老爷子怎么好赖话听不出来了？”

姥爷颤抖地抬起手指着他：“你说谁好赖话听不出来？”

老姨脸色煞白，愤愤地说：“启田，你的脸是让你丢尽了！走，回家！”

老姨拉起平平就要走，平平哇一声哭起来，挣扎着不愿跟着走。老姨抬手一巴掌打在平平的脸上，平平立刻咽下了哭声，抽泣着，眼泪唰唰地往下流。

妈妈把平平揽到怀里，瞪一眼刘启田，冲着老姨说：“你拿孩子撒什么气！”

姥爷气得喘粗气：“你们都走！”

刘启田抬手捋一下自己光亮的头发，似笑非笑地说：“好好，老爷子，我们再不回来了！”

刘启田拿起老姨的外套，往老姨身上穿。老姨一把夺下来自己穿在身上，然后要给平平穿外套。

妈妈搂住平平说："你们走吧，平平今晚跟我睡。明天让大鹏领她回家。"

老姨含泪往外走，到了门口转身看眼姥爷，说："爸，您别生气！"

刘启田挺着脖颈子，搀扶老姨走了。

屋里一下子静了下来，平平的抽泣声也停止了。妈妈去外屋给姥爷烧热水烫脚，我看到平平的脸上满是泪痕，便拿起毛巾给她擦脸。

妈妈给姥爷洗完脚，换盆水，又给平平洗脚。妈妈在水盆里一边搓着平平的小脚丫一边问："平平，爸爸是不是经常喝酒回来耍酒疯？"

平平垂下眼睛："嗯，他喝酒回来就欺负妈妈。妈妈说他，他就打妈妈，我哭就打我。"

平平晶莹的泪珠滚落下来。

妈妈气愤地说："嗨，你妈受了这么大的委屈，回家从来不说！"

姥爷已经躺下了，嘟囔一句："小秀丽干吗还要这个孩子！"

妈妈忙对姥爷说："爸，秀丽的事儿，您不用操心。夫妻间吵架很正常。启田这个人社会交往多，总在外面喝酒，秀丽看不惯就磨叽。启田不爱听磨叽，俩人就吵架。"

妈妈的解释，姥爷相信了，而我却不信。我觉得从老姨跟刘启田结婚后，老姨的眼睛里总有幽怨的目光，好像隐藏着什么。那时我已经十五岁了，能够用最简单的标准分清好和坏。

我送平平回家。老姨家在城关里，属于城里的闹市区。在小区中唯有电业局这十几栋楼是暖气楼。这两年街头的小商贩越来越多，炸麻花、油条、糖火烧都有卖的。我兜里有一块钱，这是妈妈给我买练习本的。走在卖麻花的摊位前，平平就挪不动脚步了，眼睛直勾勾地看着香喷喷的麻花。我毫不犹豫地掏出一块钱买了两根麻花。

老姨家住在四楼。我们要上楼了，平平还不把麻花从纸袋里拿出来吃。

我急着问："平平，我给你买了两根麻花，你还不给我吃一点儿啊？"

平平一下子捂住纸袋，惊慌地说："大鹏哥，我不能给你吃，我要留着给妈妈一根，给刘启田一根。"

我疑惑地问："平平，你恨刘启田，不管他叫爸，干吗给他吃？"

平平的眼睛眨巴两下，泪珠滚落下来："是让他喝完酒别再骂妈妈，对妈妈好一点儿。"

我的眼眶发涩，平平真是懂事的孩子。

我在屋里转悠，老姨不回来，我不敢把平平单独留在家里。老姨的家收拾得很干净，三朝阳的屋，厨房在中间。一个小餐桌靠在墙边，上面放着一个透明的圆形塑料桶，装着多半桶白酒。

"平平，这是刘启田喝的酒吗？"

"嗯。"

我拿起酒桶，真想把酒倒进厕所里。可我只是想想而已，如果这些酒没有了，刘启田就赖在老姨头上，还要骂老姨。我把酒桶放回原处，抬头看见碗架上有两个罐头瓶，装着半瓶白色的东西。我用舌头一舔是咸盐，另一罐是白糖，还有半瓶白醋。我毫不犹豫地在每个瓶罐里抓一把放进酒桶里，又把半瓶白醋都倒进酒桶里。

"哥，这是干什么？"平平好奇地问。

我把酒桶盖拧好，说："给刘启田的酒加点味道。他要问这酒怎么变味了，你别说我往里面放东西了。记住没？"

"嗯，记住了。"

老姨和刘启田回来了。老姨的肚子越来越大，走路像企鹅似的左右晃动。老姨每天上下班，都是刘启田开车接送。刘启田看到我在屋里，向我友好地微笑了一下。

我要走，老姨不让我走。老姨说："你老姨夫知道你送平平回来，特意买了酱猪蹄爪、炸虾丸子。吃完饭再回家，听话。"

刘启田把手里的一个大塑料袋子举起来，向我抖动一下，示意袋子里的食物。

我真不想在老姨家吃饭，我担心刘启田要是喝酒怎么办？那酒里放进咸盐、白糖和白醋会是什么反应？我不清楚。我想坦白，可又没有勇气。

老姨淘米做饭，刘启田在厨房炒菜。他拎起醋瓶子问："秀丽，我早晨还用醋了，记得还有半瓶，怎么没有了呢？"

老姨不以为然地说："你看错了吧？谁也不能把它喝了。"

刘启田拿着醋瓶子在琢磨，是怀疑自己的记忆，还是看出什么破绽。我的心在突突地跳。

这时，平平拿着麻花跑过来，举着麻花说："爸爸，给你麻花吃！"

老姨疑问："平平，谁给你的麻花？"

平平说："妈妈，这根给你的。是大鹏哥给我买的。"

我说："老姨，平平都没舍得吃，告诉我是给爸爸和妈妈留的。"

刘启田放下醋瓶子，脸上堆起笑容："平平懂事了，是个孝顺的孩子！"

平平这个时候把麻花给刘启田，转移了他对醋瓶子的怀疑。可是，我紧张的心并没有缓解，我担心的是吃饭的时候，刘启田打开酒桶喝酒肯定能喝出什么怪味来。我走不出去了，老姨不能放我走。我极力稳住神，渡过这一关，可我的心发慌。

刘启田炒了两个青菜，端到餐桌上。又把猪蹄改刀，装在一个大盘子里，和一盘虾丸子都摆上餐桌。

平平围着餐桌摆碗筷，一边摆一边自言自语地说："这是爸爸的，这是妈妈的，这是大鹏哥的，这是平平的。"平平又摆了一把羹匙，说，"这是我小弟的。"

刘启田哈哈大笑："好哇，平平像个小姐姐。小弟弟也一定喜欢小姐姐！"

我们围着餐桌坐下。我非常拘谨，不敢直视刘启田，偷偷地看他的举动。他给我们每人盛了一碗米饭，说："你们吃吧，我抽根烟再吃。"

我闷头吃饭，也不敢啃猪蹄爪。我想趁他抽烟的工夫，完成吃饭任务，老姨给我夹了块蹄爪放进碗里，笑着说：“大鹏，你慢点吃，没人跟你抢！”

我的额头出汗了。平平拿来毛巾给我，我顾不上擦汗，用手一抹额头，继续往嘴里扒拉大米饭。

刘启田扔掉烟头上桌了。他拿起一个玻璃杯，拎起酒桶往杯里倒酒。我眼睛盯着那酒杯发呆。

“大鹏，你的眼神很恋酒哇！你也来抿两口？”刘启田笑呵呵地说。

老姨瞪他一眼：“你的恶习别教给孩子！”

刘启田端起杯，抿了一口酒，猛地一愣，吧嗒吧嗒嘴，凝视着酒杯，自言自语道：“怎么这个味？”

刘启田又喝下一口，没有咽下去，起身去卫生间吐了。刘启田骂骂唧唧地说：“他妈的这酒怎么酸溜溜甜嗖嗖咸了吧唧的！我早晨喝还不是这味呢！”

刘启田瞪起眼睛看厨房的醋瓶子，瞧眼我，又瞪眼看着平平。

平平正在啃猪蹄，抬头看见刘启田怒视着她，平平手里的猪蹄掉到地上，哇一声哭起来，抽泣地说：“不是我干的！”

我的心剧烈地跳，我霍地站起来，搂住平平大声说：“是我往酒桶里放的，跟平平无关！”

刘启田撸起衬衣袖子，气得哆嗦起来：“你小子胆子真大！你爹妈不教育你，我教育你！”

老姨一下子站到我前面，指着刘启田怒吼道：“刘启田，今天你敢动大鹏一个手指头，我就跟你拼命！”

刘启田脸色煞白，脑袋直晃荡，油黑的头发滑落在额头，气恼地问我：“你……你个小孩崽子干吗这么坏？”

我有老姨护着，不害怕他了，我也提高嗓门说：“你喝完酒干吗打我老姨和平平？你再打我老姨和平平，我长大了就打你！”

刘启田惊愕地看着我，半天没有说话。

9

老姨生下小石头那天是1985年的五一节。头天晚上，刘启田开车拉着老姨来到姥爷家。他车停在门口，在车里一个劲儿摁车喇叭。妈妈感到奇怪，谁的车在外面嘀嘀响个不停。妈妈让我出去看看。我还没走近车边，就听到老姨在车里哎呀地痛苦地呻吟着。

“你出来有屁用！快叫你妈出来！”刘启田把头探出车外喊。

我跑回去告诉妈妈，老姨在车里直叫唤。妈妈惊讶道：“这是要生了！”

妈妈跑出去，焦急地说：“快，送中心医院！”

老姨哼哼呀呀地说：“姐，平平在家，让大鹏把她接回来。”

老姨的话没说完，刘启田一脚油门，车嗖地开走了。妈妈冲着车窗外的我喊：“平平！”

我隐约听到妈妈喊的是平平，一定是让我去接她来姥爷家。

我骑上妈妈的自行车一路飞奔来到老姨家。上楼走到门口就听到平平在屋里呜呜的哭声。

我敲门，在门外喊：“平平，我是大鹏哥，快开门！”

平平见到我，哭声更大了，好像受了很大委屈。我问她：“刘启田打你了吗？”

平平抽泣着说："妈妈肚子疼，刘启田送妈妈去医院，妈妈让他把我送到姥爷家，他不送，领着妈妈就走了。"

我狠狠骂一句："你的后爸真坏！"

我把平平抱在自行车大梁上，骑上车在大街上慢慢地逛，来到市里的红旗广场。

夜晚的市中心，已经不像几年前那样，路灯暗淡，没有多少行人，广场两侧的商场没等路灯亮就打烊了。现在来到这儿，让我眼睛一亮。南侧的红旗商场、北侧的百货大楼灯火通明。广场周围有摆摊卖小吃的，卖馄饨的，卖豆腐脑的，还有烤肉串的小摊。

我和平平第一次看到烤羊肉串，那股野蛮的香味疯狂地刺激着我们的神经。我兜里还有五毛钱，这是我平时攒的。

我问烤肉串的大姨："多少钱一串？"

烤串女人把一大把肉串铺到烧着通红炭火的烤炉上，一股油烟升起，烤炉上噼里啪啦地响。那女人歪着头，说："两毛一串，一元六串。"

我掏出五毛钱恳求地说："大姨，五毛钱卖我两串半好吗？"

那女人扭头瞧我和平平一眼，说："你真会算账啊，两串半你给你妹妹两串，你吃半串？"

"嗯，我就尝一口什么味就行，都给妹妹吃。"

那女人一笑："你挺有哥哥样啊！这十串烤得有点过火了，我怕人不爱要，忙过了自己吃。来，还热乎的，五毛钱卖给你吧。"

我和平平像得到宝贝似的，躲在僻静的地方。我给平平六串，我留四串，我们开始了人生的第一次撸串。几年以后，我独自喝着雪花啤酒、撸着号称新疆大肉串的时候，眼前总会浮现出平平那双迷恋肉串的贪婪而又明亮的眼睛。

我和平平好像半天才把十个竹扦撸得干干净净，进到嘴里咀嚼的感觉是那么香，那么美好。我们都没有解馋，可没有办法，望了一眼那飘香的烤肉摊，蹬上车子回家了。

姥爷还没有睡觉，问我们去哪儿了，这么晚才回来。平平向姥爷绘声绘色地讲了红旗广场的热闹和羊肉串的好吃。然后，平平问：“姥爷，你馋不馋？”

姥爷眯眼笑着说：“我不像你们满肚子馋虫，我肚子里没有。”

平平依偎在姥爷怀里，撒娇地说：“好姥爷，你不馋，可我和大鹏哥馋了，你给我们一元钱呗。明天大鹏哥还领我去吃羊肉串。”

姥爷很少给我们钱买零食。他曾说过，不能惯孩子买零嘴吃。妈妈和老姨给我们零钱买冰棍、糖葫芦的时候，都是背着姥爷的。这会儿平平能要出姥爷的钱，我根本不抱希望。

姥爷皱着眉头，像要做出什么重大决定似的，犹豫半天终于开口：“我给你俩每人两元钱。但这钱不是给你们吃羊肉串的，是让你们买书看的。”

平平嘟嘟嘴，说：“姥爷，我还没上学，也不认识字啊！”

我忙说：“姥爷是让你攒着，过两年上学了，再拿出来买书看呗。对吧？姥爷。”

姥爷眯起笑眼点头说：“你们赶上好时候了！好好念书就可以上大学了！”

姥爷把钱给我们，然后从衣兜里掏出钥匙打开箱子，把他的记账本拿出来，在本子上写下：1985 年 4 月 30 日，田大鹏，两元；郝欣慰，两元。

平平的小手攥着钱睡着了。

我醒的时候，妈妈回来了，显得很倦怠。姥爷问：“秀丽平安吗？”

妈妈脸上布满愁云：“挺顺利，生个胖小子。嗐，秀丽以后要操心哪！”

妈妈跟姥爷嘀咕一阵，我不知道怎么回事。两年过去，我才知道，妈妈那晚看到刚出生的小石头感觉有点不正常。妈妈虽然是护士，可在钢厂医院也经常护理产妇，接触过很多刚出生的婴儿。妈妈感到小石头出生有点异样，跟正常孩子不一样。

经过医院检查确诊，小石头是唐氏综合征婴儿。老姨每天默默地流眼泪，只要见到妈妈，就对妈妈说：“姐，你在医院工作，经常问问医生，现在医疗技术都在提高，有没有医治这种病的办法。要是有，我倾家荡产也要治好小石头的病！”

妈妈和老姨翻遍医学知识书籍，咨询市里医院比较有名的医生，得到的答案都是一个，这种病无法医治，只能终生带病生存。

老姨如五雷轰顶，抱着小石头以泪洗面。而刘启田却怨恨老姨，成天醉醺醺地回到家里就辱骂老姨和平平。平平已经上一年级了，每天放学不爱回家，有时穿过马路走上两站，来到五中门前等我，跟我一起回姥爷家。老姨每天上班背着小石头，企业有托儿所，老姨为了更好地照顾儿子，找到厂党委书记，要求到托儿所工作。老书记不解地说，托儿所是后勤单位，属于二线，工资要掉一级的。老姨果断地说，掉两级也要去那里上班。老书记看留不住，又说，党委要提拔你担任宣传科副科长。老姨说，提拔我当厂长我也不干，我就要照顾我的儿子。

刘启田在单位混上了给领导开小车的差事，开的崭新的小轿车。刘启田更不着家了，老姨几乎见不到他的身影。要是回到家里，一定喝得酩酊大醉。有几次老姨看他回来，满身酒气，目光僵直，老姨便知道他又要耍酒疯了。老姨领着平平，抱着小石头破门出逃，回到姥爷家住。几天之后，刘启田来姥爷家接老姨。刘启田再重演一遍表决心，坚决不喝酒了，不耍酒疯了。老姨无奈继续重演以前的套路，再次警告他，下一次再犯来接也不回去。

1986 年的夏天傍晚，刘启田老毛病又犯了，喝得醉醺醺地回家，进屋就开始耍酒疯。摔了花盆，又砸锅。老姨搂着惊恐万状的平平，抱着小石头畏缩在墙角。刘启田薅住老姨的头发，歇斯底里地骂:“你他妈的给我生个废品！你跑哇，再跑我把你的腿敲断！”

老姨吓得直哆嗦，平平嗷嗷直哭。刘启田疯狂一阵后，要逼着老姨跟她上床。老姨哀求道，孩子睡了再上床。刘启田晃悠着身子，进到卫生间。老姨立刻拉着平平，抱着小石头，连鞋子都顾不上穿落荒而逃。

老姨在姥爷家住了三天，第四天是星期天，我在姥爷家复习课程。半上午，老姨正在洗衣服。电业局两个人和两个警察来到姥爷家。

戴眼镜的电业局干部，进门向警察介绍："她就是刘启田的妻子。"

警察问："刘启田几天没有回家了？"

老姨惊悸地说："我和孩子在父亲家住了三天了，不知道他回没回家。"

警察说："你跟我们走一趟吧，确认一下那个人是不是你的丈夫刘启田。"

老姨惊恐地问警察："他怎么了？"

警察和电业局的人相互瞧一眼，似乎有点难于启齿的样子。警察说："你跟我们去辨认一下吧！"

老姨惊愕地问："您快说，他怎么了？"

警察环视一下屋里，老的小的都用惊惧的眼神看着他。他叹口气，说："你还是跟我走吧，到了你就知道了。"

老姨紧张地跟着警察走，姥爷突然说："秀丽，让大鹏跟你去吧。"

我拎起外衣，警察打量我一下问："你十几了？"

"十六岁了。"我站在警察面前，个头儿差点跟他一般高了。

警察说："走吧。"

我们坐着警车穿过两洞桥，来到岳城的东城区，拐进一条僻静的小街，驶进一个大院停下。

院子四周都是矮层楼房，满院子的人靠在墙边议论着什么。警察一进来，齐刷刷的目光都聚焦在车门。

老姨下车，我跟着下来，感觉院子里所有人的目光都扎在老姨的脸上。警察领着老姨来到一个车库前，车库大门半开，前面还拉起警戒线。我被警察挡在警戒线外。车库里停放着一辆黑色轿车，我认识这台车是刘启田新换的车。

警察把这车后门打开，老姨探身往车里看，像触了电似的马上缩回身子，转身跑出车库。

老姨脸色煞白，双目射出愤恨的目光。

警察问："是你丈夫刘启田吗？"

老姨点点头。

警察对救护车旁边的人员说："可以拉走了。"

医护人员把刘启田从车里拽出来的时候，我看到他是赤裸着身子，被放到担架上，有人用白布单盖上他放到救护车上。又一个担架过来，一个女人也从这车里被拽出来，裸露着下身，也用白布单盖上。

救护车拉着刺耳的嘀嘀声急速开走。

老姨踉跄地要走，差一点栽倒，我一把扶住老姨。老姨紧紧地咬住嘴唇，没有让泪水流出来。

我搀扶着老姨，一步一步走出那个大院。

10

老姨不能在电业局家属楼住了，她感觉一出家门，无数只眼睛都在盯着她。到了单位的托儿所，那些送孩子的妈妈，见到老姨像见到瘟神似的躲着走。岳城不大，发生了这样一件好听不好说的事，就像一股风似的吹遍大半个城。刘启田死了，老姨硬是咬牙没有掉下一滴眼泪，而老姨承受着他留下的臭名声，每天搂着病残的儿子躲在姥爷家默默流泪。

趁着夜色，妈妈和我帮助老姨搬家。老姨只把她、平平和小石头的衣服拿出来，家具和炊具都没拿，扔在屋里。老姨把门锁上，头也不回地离开她生活了四年多的地方。

这天我下午放学回来，老姨也下班回来了。她把小石头放到屋里炕上，给他一个小皮球。小石头拿着皮球呆呆地看着，然后放到嘴里啃，口水顺着嘴角流出来。平平帮助妈妈哄小石头，给小石头擦口水，喂小石头饭。

院子里进来一个女人，领着不到十岁的男孩。姥爷正在院子里收拾那块小菜园子。那女人问姥爷："这是郝秀丽家吗？"

老姨在厨房听到了，急忙跑出来，说："我就是，你是谁？有什么事？"

那女人龇牙一笑:“我叫程桂霞,是刘启田的前妻。这是刘启田的儿子刘大昌。”

老姨愕然地看着她,问:“你有什么事儿?”

程桂霞看下姥爷,说:“这是你家大伯吧?我们进屋说吧。”

我没有心思看书了,从门缝往外屋瞧,那女人和老姨一样梳着齐耳短发,个子比老姨矮一头,脸色黝黑,眼神显得慌张。身边的男孩年龄跟平平差不多,但我感到这个男孩脑袋不住地晃,一只手臂弯在胸前,眼睛斜视,嘴角流着口水。

程桂霞看一眼炕上的小石头,陡然发现了什么,忽地坐到炕上,抱起小石头,仔细看了好一会儿,突然呜呜地哭起来。

“大妹子呀,咱俩的命太苦了!刘启田这个该死的祸害,给我们留下的孩子都是一个终身不能治的病啊!”

老姨蹲下身,端详那个男孩,眼泪也止不住地滚落下来。

程桂霞抱着小石头在地上不住地走动,抽泣声一刻也没有停住:“大妹子啊,我本来是找你要钱的,看你也跟我的命一样,我就没法张嘴了!刘启田这个死鬼,他没有好作了!扔下两个病孩子,我们可咋办哪!”

程桂霞的哭声搅得我们家人一阵慌乱。姥爷脸色难堪地看着程桂霞,说:“你这位同志,请自重点,你的哭声不好,邻里以为我们家出了什么事儿了。”

程桂霞的哭泣声戛然而止。老姨却警觉地看着程桂霞,问:“刚才你说要跟我要钱?你要什么钱?”

程桂霞刚才还是哭丧的脸,立刻变成一张激愤的面孔,两眼瞪着老姨说:“刘启田死了,电业局给你算了多少钱?我虽然跟刘启田离婚了,可他的儿子还有继承权!你得到多少钱,也要分给我们一半!”

老姨镇静了片刻,说:“大姐,你别激动。刘启田不是工伤死亡,单位给了八百元安葬费,都用于他的安葬了。开了一个满月工资和两个月的出车补助费,两项合计七百元钱。”

程桂霞眼睛睁得溜圆："我不相信，不管他死得怎么丢人，他可是死在单位的车库里，死在局长的车里。这就是工伤，应该给工伤待遇。我问明白人了，至少要给五千元！"

老姨冷漠地笑一下，说："工伤？你去电业局问吧！我不跟你说什么了，请你走吧！"

程桂霞摇摇头，说："我不信，是真的吗？如果是真的不给算工伤，你应该去单位闹领导，我陪你去，跟你一起闹。叫唤的孩子有奶吃，这个理你不明白？"

姥爷要说话，老姨制止住，说："死得够丢人了，我没有脸去，谁愿意去谁去！"

程桂霞眼睛瞪得像个玻璃球似的看着老姨，啧啧道："大妹子，钱摆在你面前都不要哇！你跟刘启田是合法夫妻，你出面是合情合理的，我是他的前妻，只能给你助阵。要回钱了，你把我儿子的抚养费给了就行了。"

姥爷一脸怒气，说："郝秀丽不欠你的钱，请你出去！"

程桂霞冲着姥爷冷笑着说："这么说，我还真跟郝秀丽要钱了。法院判决，刘启田每月支付刘宝山抚养费三十元，他已经欠了三个月的了。刚才不是说单位已经把工资给开了嘛，请把三个月的抚养费替那个死鬼给了。"

老姨二话不说，从兜里拿出九十元钱，交给她："不欠你的了！请你走吧！"

程桂霞拉起发呆的儿子，轻蔑地瞥眼姥爷走了。

老姨看着在炕上啃皮球的小石头，眼泪无声地流下来。平平给老姨送条毛巾，哀求着说："妈妈，你别哭了，我长大养小弟弟！"

老姨心疼地抚摩平平的头，苦涩的眼睛露出一丝希望的光。

这天妈妈下班回来在钢厂灯光球场的市场上买了猪肉，回家包饺子。妈妈把馅拌好，开始和面。老姨回来，把小石头放到炕上就开始擀饺子皮。我放学去钢厂子弟小学，把在上一年级的平平领回家。他们的饺子还没有包完，我们家人最不爱看到的人程桂霞又领着儿子来了。

程桂霞故作热情，像来到自己的亲戚家：“哟，包饺子呢！我洗洗手帮你们包吧。”

妈妈显得很热情，说：“你是有事吧？秀丽，你洗洗手，陪客人说话吧。”

程桂霞搭讪道：“还得住城里呀，现在市场上什么都有卖的。我和孩子在乡下住，孩子想吃口肉，都要走上十里路来城里买。”

妈妈疑惑地看着程桂霞，问：“你在乡下住？”

程桂霞伤感地叹了一口气：“刘启田这个该死的把我毁了。那年他们在村里架线，住在我们家。我初中刚毕业回乡务农，他就跟我好上了。当时我是农村户口，他是城里的工人。我问他，我没有工作，又是农村户口，你怎么能看上我？他不害臊地说我比城里女人长得漂亮，喜欢我。还说跟他结婚，我的户口就能办进城里，我就是城市人了。我满心欢喜，就是户口办不进城，我也是找了工人丈夫哇。婚前我跟他流掉了一个孩子，这个孩子是婚后生的。老天报应啊！生了这个病孩子，他就开始打我骂我，每天喝酒回来就折磨我。我实在受不了了，就跟他离婚了。”

程桂霞轻声地啜泣起来。同病相怜，老姨也无声地流下满面的泪水。

妈妈起了恻隐之心，急忙开始烧水煮饺子，让他们母子在家吃。程桂霞感激得泪流满面，搂住目光呆滞的孩子不住地说：“咱娘儿俩遇到好人家了！”

老姨看到她的儿子，用手抓起一个饺子，在他妈妈面前含混不清地嘟囔：“吃，妈。”老姨脸上涌出一阵痛楚，几乎就是小石头未来的影子在她面前出现。

吃饱了，他们娘儿俩放下筷子。妈妈又煮了一锅饺子，姥爷领我和平平才吃。程桂霞吃完了，还不想走，一个劲儿地跟老姨和妈妈套近乎。

老姨看她欲言又止的样子，怀疑她又要晚上借宿，忙说：“程大姐，天已经黑下来了，你领着儿子还是早点走吧。我姐和儿子也住在我父亲这儿，不能留你们娘儿俩住了。”

程桂霞却一丝尴尬的神色都没有，显得格外亲热：“大妹子，你心眼儿真好使，还挂着我和儿子的住宿。不用大妹子挂着了，我在城里有个亲戚，这些天就住在他家里。我不想领着病孩子回农村住了，城里现在让摆地摊做买卖了。我不像你们都有铁饭碗，我就得摆个小摊做生意，养活我们娘儿俩啊。”

妈妈赞许地说：“是啊，你有自强自立精神！现在允许个体经济了，我们医院门前就有卖水果的，每天不少人在摊上买水果。”

程桂霞脸上涌出为难的神色，说：“好是好，可我遇到点困难，还得大妹子帮我一把。看在两个病孩子是亲哥俩儿的分上，大妹子，你一定得帮我呀！”

老姨疑惑：“我能帮上你什么？”

程桂霞眼睛霍然一亮，说：“我在城里没有房子住，总不能住在亲戚家吧。你是要脸面的人，不愿意看到刘启田单位的人，就搬出电业局家属大院了，住到父亲家。那个房子你借给我住吧，空着也是空着，租给我也行，我挣到钱了，就给你房租。你什么时候需要，我什么时候就倒出来。我也在那里生活快十年了，也挺有感情的。我一定给你收拾好，你放心吧，大妹子！”

老姨似乎松了一口气，没有半点犹豫地说：“是这个事儿啊。你住着也行，我回去收拾一下。”

程桂霞惊喜得嘴都合不拢了：“谢谢大妹子，我明天帮你收拾，粗活不能让你干！”

姥爷咳嗽一声，严肃地说：“秀丽，帮人困难之时是美德。但，房子借给人家住，要有手续呀。人家住着安心，你借出去也放心。”

程桂霞笑着说：“大叔说得对，亲戚是亲戚，一码是一码。你们写借条，我签名。”

妈妈看着我，说：“大鹏，你有本有笔，你写一张借条吧。”

我没写过这玩意儿，说：“老姨字写得好，还是老姨写吧。”

老姨揶揄地说：“这跟字写得好坏没有关系，高中生了，写这个还费劲儿吗？”

我从书包拿出一个本，翻开看到是我写给我们班刘晓娜的一封没有写完的信。我瞄一眼，脸有些红。我在那封信的下一页写道：

借　条

郝秀丽在电业局家属楼的房子，借给程桂霞居住。郝秀丽什么时候需要，程桂霞无条件倒出来。

1986 年 6 月 16 日

我写好后，递给姥爷看。姥爷说：“简单了点，把楼的地址、门牌号写清楚哇。”

我又重写，程桂霞在借条上写下自己的名字。

11

1986年6月的高考，还有四个月时间就要降临在我的头上了。想起那天的来临，我既没有兴奋，也没有紧张，心如一潭湖水似的平静。同学们摩拳擦掌，暗自较劲。而我还是那样稀松平常，一点也没有临战那种破釜沉舟的感觉。妈妈说我一点上进心没有，而老姨断定我是志在必得。

可我对自己是稀里糊涂，心里一点底都没有。在班级算是中上等生，在同年级排行榜，我是百名之外的第一名，我的身后还有二百人。其实，我并没有为我成为后二百名的领头人感到焦虑和不安。每天晚上复习功课的时候，眼前总是晃动视我为普通同学的同桌刘晓娜的身影。我承认，我一直在暗恋着她。曾先后写了三封我自以为文笔流畅、慷慨激昂的情书，想趁课间操或是我值日的时候，把信塞进她的书桌或书包里。那天终于鼓起勇气，把第一封信塞进她的书包了。可多少天过去，她竟然对我一点异样表情都没有，哪怕有一丝怨恨的一瞥也行。算我寝食不安、没白费功夫得到的回报。我再没有勇气继续偷送情书了，把那两封写好的情书撕得粉碎。

我趴在桌子上，把书本翻得稀里哗啦地响，在练习本上胡乱划拉一气，脑子却几乎乱成了一团。我不愿意对照老师说的考前焦虑症的特点，来解释自己的心神不定。

多年以后，当我站在爸爸妈妈的遗像前，看到那慈祥的面容，我想起那个夜晚，让我不曾痛苦却终身备受煎熬。

那是农历大年初四。春节的气氛没有罄尽，偶尔一阵鞭炮声在夜空炸响。从来没有看到过的彩色礼花炮在除夕夜，一片一片地在夜空中绽放。我们都在姥爷家过年，尽管老姨的家遭受不幸，但在亲人们的团聚中，冲淡了她忧伤的心情。

今年我们家还高兴的是，我爸爸于去年国庆节终于办妥调转手续，调到岳城的铁路大修段担任工程师，结束了和妈妈十几年的牛郎织女的生活。从此后爸爸不用过完年就急匆匆离开家，去千里之外的太原上班；从今往后爸爸每天晚上都骑着自行车回家，路过市场买菜，回家就下厨房。爸爸回来四个多月，妈妈再没有做过饭。

我对爸爸其实很陌生，小的时候根本没有多少印象。每年回家那么几天，还没有混熟就走了。爸爸的老家是河北滦县的，老家还有个爷爷。爸爸每年从太原乘车到北京换车，可爸爸每次都不是直接回家，而是在滦县这个小站下车，在爷爷家住一晚上，第二天再坐车回到家里。我十几岁的时候，问过老姨，同学们的爸爸都在城里工作，天天都能跟爸爸在一起。我爸怎么在那么远的地方工作？老姨说，你是长大了，终于明白爸爸怎么不在身边。原来爸爸妈妈是在火车上认识的。那年妈妈是市卫生学校的学生，学校停课后，妈妈跟着同学们去北京。那些同学去南方，妈妈想家没有去，自己到北京车站。候车室里人山人海，妈妈看到一些学生翻墙进站。妈妈刚要往墙上爬，被一个穿着铁路工作服的男青年拽下来。这个身材中等圆脸大眼睛的人，后来成为我的爸爸。爸爸问妈妈，你去哪里？妈妈急切地说去大连方向。爸爸一挥手说跟我走。爸爸轻车熟路，领着妈妈从水房进到车站。满站台的人还没有上车，妈妈已经坐在一个靠窗的座位上了。一路上妈妈跟爸爸聊得愉快开心。原来爸爸是锦州铁路学校毕业的，分配到太原铁路大修段工作。爸爸老家在滦县，相互留下联系地址。后来爸爸到岳城几次跟妈妈见面，他们确定了恋爱关系。姥爷当时不同意，原因是两地生活。北钢同事告诉姥爷，铁路部门工作好调动，全国各地的铁老大都是一个系统的，结婚了就可以调动。姥爷同意他们结婚了，可工作却调动了十八年。

爸爸调回岳城工作，我们天天在一起，我对爸爸有了好感甚至是感情。爸爸在北京换车时，给我买了一双意大利进口的运动鞋，一套蓝色的镶着两条白线的运动服。可以说那意大利运动鞋，在岳城第十八中学是独一无二的。妈妈说爸爸，一百多元买双鞋穿，那是我两个多月的工资！爸爸大度一笑，给儿子花钱再多也舍得！爸爸从不叫我的名字，总是喊我“儿子”，而妈妈却直呼“田大鹏”。爸爸从不问我的学习，也不督促我学习；而妈妈总紧盯着我，好像她的眼睛不频繁地扫视我，我就会偷懒耍滑。

这会儿我已经精神溜号了。我在里屋复习，他们都在外屋看电视。那台电视是爸爸调动工作时，爸爸的工友们给买的。十二英寸的北京牌黑白电视。当时在北钢家属区前后十趟房之内，我们家是第一个。

外屋电视的声音，已经调到最小音量。平平已经完成作业，老姨准许她过去看电视。而我还在心猿意马地胡乱解题，写笔记。妈妈坐在门口，好像不堵在门口，我随时都会跑出去似的。妈妈不时地回头瞟一眼我，看我是不是在看书。我很反感，索性在本子上开始给刘晓娜写信。为了不让妈妈发现，我佯装思索的样子，时而皱起眉头，犹如思想者。

爸爸一会儿给姥爷斟茶，一会儿逗小石头，抱起来在屋里走走。也偶尔往里屋看一眼，悄声地对妈妈说，儿子复习挺认真的，让他休息一会儿吧。妈妈立刻拒绝，不行，没有多少时间就高考了，现在是争分夺秒的时候。老姨也帮腔说，姐夫，现在可是到节骨眼儿上了，多考一分，就能甩下万人哪！这个时候可不能可怜他。他们的声音很小，混杂在电视音量的分贝中，我也听得很清楚。我心底嘀咕着，这姐俩真是一个妈生的，沆瀣一气，一个鼻孔出气。

熬到了十点多钟，爸爸说家里的炉子还着着，担心炉火着过劲儿了就封不住了。半夜炉子熄灭了屋子里的土暖气要冷，早晨还要生炉子。岳城那个时期的平房都是靠土暖气来取暖的。家里劈柴、生炉火、和湿煤、掏炉灰、封炉子等一系列活都是爸爸干。妈妈看时间不早了，让我收拾一下回家。我想在姥爷家住，可妈妈不允许，说我早晨睡懒觉不能早起复习。我开始收拾书包。妈妈看到姥爷还没有洗脚，脱下已经穿好的藏蓝色呢子外套，打来一盆热水，蹲下身给姥爷洗脚。

如果说那晚有什么异常，也许是妈妈在要迈出姥爷家门的时候，突然给姥爷打水洗脚。平时妈妈也给姥爷洗过脚，而更多的时候是老姨来做这活。妈妈有时上晚班，只有妈妈休息的时候，才偶尔给姥爷洗洗脚。妈妈没有着急，让姥爷干裂的双脚在温热水盆里多泡一会儿，妈妈双手在水盆里反复地搓揉。老姨看到爸爸和我都在等妈妈，老姨说，姐，你们走吧，我来给爸洗。妈妈说，小石头和平平都困了，你去收拾他俩睡吧。若干年后，我回想起这个夜晚，极力回想妈妈在给姥爷洗最后一次脚的过程有哪些异常，从中体会是不是冥冥之中真的有那种生离死别的预感？妈妈不急不忙，洗得非常慢。我和爸爸还有老姨都在看妈妈给姥爷洗脚。终于洗完了，爸爸把擦脚布递上去，又把洗脚水端到屋外倒掉。妈妈把姥爷安顿好，告诉姥爷明早过来一起吃饭。妈妈穿上外套，我们才离开姥爷家。

路灯光线惨淡昏暗，偶尔有蹿天猴小花炮在夜幕里蹿出来，划出一条细细的弧线，眨眼间消失得无影无踪。路面有冰，妈妈穿着高跟鞋，爸爸搀扶着妈妈的右手臂，妈妈的左手臂挽着我的手臂，一家三口人温情地走在夜路上。不到五百米的路，那晚我感觉走了很长很长时间。

爸爸开门，妈妈像走得很累，进屋喘口粗气。爸爸打开炉盖，通红的炉膛扑出一股灼人热气。爸爸高兴地说，这个时候封炉子最好。煤槽子在炉子边上，满满的一槽子和好的湿煤。爸爸用短把铁锹铲了两锹湿煤，把炉子封住，又用炉穿子在炉膛上扎了三个眼，一直扎到炉箅子上。这是为了透风，有氧气进入炉膛，炉火不能熄灭。

我进到我的屋里。我们北钢家属区大部分都是两间房，孩子大了就这样在厨房隔出一间小屋，让子女住在这个小屋里。北钢人把这个小屋称为道匝。妈妈进来把被子给我铺好说，田大鹏，早点睡吧，明天早点起来复习。我答应好。这是我记忆中妈妈最后一次喊我的名字。

我躺到炕上，从炕席底下拿出黄盒的凤凰牌香烟。这是爸爸的朋友春节前给邮来的。我偷了一盒，藏在我的炕席底下。我怕有香味的烟雾飘到妈妈的屋里，就把北窗打开一道小缝隙，让烟从缝隙中钻出去。

多年以后，我看到公安局现场的一张照片。我们家的烟囱上，一只露着屁股的分辨不清颜色的大雁又像是大鹅，头部扎进二十厘米的瓷管烟囱里。这只午夜时分从天而降的孤雁，在百万分之一的概率下，像 GPS 导航一样准确地扎进我家的烟囱里，我的爸爸妈妈从此再没有醒过来。

12

我——田大鹏在氧气舱里昏迷了三天三夜。在我老姨——郝秀丽完全失去希望的时候，田大鹏缓缓地睁开了眼睛。主治医生张大夫对郝秀丽说，这个小子生命力挺强！

郝秀丽红肿的眼睛流下激动的泪，不住地向张大夫致谢："谢谢张主任，救了我外甥的命。我姐家还留下一个命根子！"

张医生惋惜地说："每年这个季节都是一氧化碳中毒的高发期，炉子犯风了，家里通气不好都要命了。而你姐家也太不幸了，一只受伤的大雁这么巧扎到烟囱里。没燃烧的一氧化碳都排放在室内，窄小的空间变成了毒气室。多亏你外甥的屋里北窗有道缝隙，不然也没命了！"

郝秀丽如同坠入一场噩梦，一夜工夫，她挚爱的姐姐和姐夫就猝然离开了人世。这个现实让她无法接受，可这毕竟是无法挽回的现实。巨大的悲恸之中，唯一能给她一丝慰藉的是，他们的儿子还生命尚存。

"张大夫，我外甥会不会留下后遗症？"郝秀丽担心地问。

张医生扶了一下眼镜，说："这位患者中毒很重，能活下来就是个奇迹了。后遗症肯定是有的。一般有三种情况，痴呆型主要表现为智力下降、记忆力差、严重的意识障碍；精神错乱型，表现为行为紊乱、随意大小便、自言自语、哭笑无常，定向力丧失；运动障碍型，大部分患者一侧腿脚失灵，走路不稳，小碎步，身体僵硬。”

郝秀丽焦急地问：“张主任，您看我外甥是哪种情况？怎么治疗能恢复正常？我不惜一切代价要把他治好，不能让他痴呆，也不能让他腿脚不灵！”

张大夫摇摇头，说：“患者能恢复到什么程度，留下什么后遗症，现在无法预料。我们会根据患者情况，确定可行的治疗方案。你现在去办理住院手续吧。我要召集院里内外科、神经科的主治医生来给患者会诊，确定治疗方案。”

田大鹏经过半年的治疗，身体和神经恢复得要比预期好。田大鹏的眼睛依然像以前那样深邃明亮，只是眼神恍惚、漂游不定。没有自言自语，也没有大小便失禁。留下的后遗症是左腿失灵，再就是医生都琢磨不明白的一种现象，就是不说话。喉科医生检查他的声带，一点也没有受损。在给他按摩的时候，偶尔还蹦出一个字：“疼。”医生断定，他是有心理障碍，慢慢疏导就会说话的。

郝秀丽在单位请了事假。小石头委托程桂霞帮助照料。她从家里到医院两头跑。郝秀丽的父亲郝恩原一下衰老了十岁。神情呆板，目光滞缓，坐在椅子上一坐就是半天。尤其是记忆力衰退，失忆症越来越突出。刚吃完饭，转身就问什么时候吃饭。平平问姥爷，刚放下饭碗就要吃中午饭哪？郝恩原一愣，才想起来刚吃过一会儿。有时突然问，大鹏这个臭小子哪儿去了？更让人痛心的是，郝恩原正吃饭时放下饭碗生气地问，秀美去太原探亲怎么还不回来？郝秀丽明显感到父亲脑子出了问题。她去医院给田大鹏送饭的时候，把父亲带到医院进行检查。检查结果令郝秀丽失望和伤心，父亲患了阿尔茨海默病。郝秀丽问医生，这是什么病？医生说是老年痴呆症。郝秀丽呆呆地看着诊断书，真是雪上加霜。郝秀丽的生活中又多了一项雷打不动的任务，每天三次按时给父亲服药。郝秀丽出门把院门锁上，不让父亲往外走。

早晨五点，郝秀丽起床开始忙碌。把饭做好，喊醒平平起来洗漱吃饭。平平七点钟准时上学。平平在北钢子弟学校上学，从家里出事后，郝秀丽再没有送过平平去学校。平平放学自己回家写作业。郝秀丽在医院陪护田大鹏，不能及时回家做饭。姥爷郝恩原在屋里就一个劲儿喊："小秀丽，我饿了！"平平学着妈妈的样子，给姥爷下挂面，然后煎鸡蛋。第一次忘放盐了，第二次盐放多了。可郝恩原没有挑一点毛病，似乎没有吃出咸淡味。

打发平平上学后，郝秀丽开始伺候父亲。给父亲穿好衣服，打好洗脸水，让他自己坐在凳子上慢慢洗漱。洗漱完开始吃药、吃饭，郝恩原吃饭也能自理，但郝秀丽必须陪伴在身边，有时候端起的饭碗颤抖几下就掉到地上。父亲吃完饭，郝秀丽还要陪父亲去大清河边散步半个小时，父亲看到郝秀丽要搀扶他回家，非要继续溜达。郝秀丽告诉父亲，时间不赶趟了，她要去医院照顾大鹏。父亲却问，大鹏又逃学了？他妈也不管。你带两个孩子够忙的。郝秀丽的眼泪唰地流下来说："爸，你还没傻透，还知道可怜你的老闺女！"

郝秀丽把父亲连说带哄搀扶回家，立即开始给田大鹏做吃的。做好后，装进饭盒里。推着自行车出院门，回身把院门锁上。

郝秀丽赶到医院，正好是探视时间。郝秀丽来到五楼外科住院部田大鹏的病房，病房四张床都躺着患者。田大鹏住在最里面的床上，看到郝秀丽拎着饭盒进来，田大鹏无助而又呆滞的眼睛露出一丝温和渴望的目光。他从床上欠下身，像是礼貌地跟郝秀丽打下招呼。

郝秀丽微笑着说："大外甥是饿了？洗脸洗手，我就喂你饭哪！"

郝秀丽把饭盒放到床头柜上，从床下拿起脸盆出去打水。把水打回来，用毛巾给田大鹏擦脸。又把他双手放到水盆里，用香皂清洗一遍。然后，开始给他喂饭。

田大鹏左手臂一点气力也没有，连空水杯都端不住。为了锻炼他双臂的活动能力，郝秀丽逐渐开始让他自己动手吃饭。郝秀丽端着饭盒，把羹匙递到他右手上。

“大鹏，你拿着羹匙看能不能把饭送到嘴里。”

田大鹏的手颤抖着握住羹匙，用力挖一匙米饭送到嘴里，又挖了一汤匙木樨肉大口吃起来。这是田大鹏从苏醒过来第一次自己动手吃饭。田大鹏的眼睛忽然一亮，脸色竟然红润起来。他抬起眼睛，盯在郝秀丽的脸上，像看陌生人一样充满疑惑和惊慌。

“大鹏，你干吗这样看老姨？你别不说话，别把话憋在肚子里。”郝秀丽佯装生气地看着田大鹏。

田大鹏声音颤抖地问：“我是谁？”

郝秀丽愕然地看着田大鹏，伸手摸下他的前额：“呀，你没高烧哇！你不说话，一说话还把自己名字忘了，你叫田大鹏！”

田大鹏眨巴眨巴眼睛又问：“你是谁？”

郝秀丽慌张起来，这不是田大鹏糊涂了，而是他脑子也留下了后遗症。郝秀丽握住田大鹏的手，说：“大鹏，我是你老姨呀！”

田大鹏缓缓地说：“老姨！”

郝秀丽眼泪无声地流下来。

“大鹏，你记得你的妈妈和爸爸吗？”郝秀丽眼泪汪汪地看着田大鹏。

田大鹏怔怔地看着郝秀丽摇摇头。

郝秀丽搂住田大鹏的头，轻轻地啜泣：“孩子，把你的妈妈爸爸都忘记了，你这是怎么了？”

田大鹏没有眼泪，没有悲伤，也没有喜悦。郝秀丽每天上午把他推进医院的康复中心，进行两个小时的康复锻炼。经过半年的康复性治疗，左手臂恢复很好，端起饭碗不颤抖了。左腿却还是没有知觉，但拄双拐可以下地行走。

张主任对郝秀丽说：“田大鹏恢复得不错，左下肢完全恢复正常是不可能的，恢复好了可以拄单拐。记忆力恢复的可能性不是很大，但也不好说，有可能在以后的生活中，遇到什么事儿触动了他的神经，也许会恢复。”

郝秀丽无奈地说："过去的事儿忘了就忘了吧。他有记忆了，知道妈妈爸爸都去世了该有多痛苦啊！眼前事不忘，生活能自理，我就烧高香了！"

田大鹏出院回家，可他就像走进了陌生的地方。坐在轮椅上东张西望，看到郝恩原也如同见到大街上的行人一样，视而不见。

郝秀丽指着呆坐在院子里的父亲，说："大鹏，这是姥爷，你记得不？"

田大鹏摇摇头。

而郝恩原看见田大鹏，也像不认识，问郝秀丽："这小子是谁？"

郝秀丽哭笑不得地说："这下好，老的不记得眼前的事，小的忘了过去的事。你们爷儿俩正好是一对。一个讲过去，一个说现在。爸，他就是逃学的臭小子，你的外孙子田大鹏。"

郝恩原摆手："不是，不是，大鹏上学还没有回来！"

郝秀丽笑着说："爸，他就是那个上学的大鹏，你记住了，叫他大鹏啊！"

郝恩原不情愿地嘟囔道："那好吧，叫大鹏。"

郝秀丽把轮椅推近郝恩原跟前，对田大鹏说："大鹏，叫姥爷！"

田大鹏生硬地叫了一声："姥爷。"

郝秀丽松了一口气："你们爷儿俩总算重新认识了！大鹏，姥爷不能单独出门。他出了这个院，就找不到家了。我明天上班，你俩就在院子里坐着唠嗑。大鹏，老姨的话记住没有？"

田大鹏点头："老姨，记住了。"

平平放学回来，看到大鹏坐在轮椅上，惊喜地扑上前，拉住田大鹏的手："大鹏哥，我好想你呀！"平平的眼泪流下来，说，"哥哥，你怎么不认识我了？我是平平！"

田大鹏没有说话，却龇牙笑了。

平平惊喜地喊："妈妈你快进屋，大鹏哥认识我！"

郝秀丽急忙从厨房进来，惊讶地看着田大鹏："大外甥啊，你还是跟平平有感情，谁都不认识，还能认识平平！"

田大鹏又龇牙一笑："这个小丫头长得好看！"

郝秀丽扑哧一声也笑了："你一点也不傻，还能看出丑俊来。就是不认人，可咋整啊！她是你的妹妹，叫平平，大名叫郝欣慰。记住了吗？"

田大鹏重复一遍："记住了，叫平平，大名叫郝欣慰。"

平平高兴得几乎要蹦起来，拍着手说："哥哥说我好看，好看就是漂亮啊！"

平平到里屋的柜子里拎出一个书包，拿到田大鹏面前，说："哥哥，这个书包你记得不？"

田大鹏仔细看了一会儿，摇摇头。

平平生气地拍着书包，说："你什么都不记得，这不是你的书包吗？"

平平把书包打开，拿出一个本，翻到一页说："哥哥，刘晓娜是谁？你记得不？"

田大鹏还是摇头。

平平端着本子像朗诵课文："刘晓娜同学，原谅我冒……什么，这个字像'味道'的味……给你写第五封信。不知道为什么，我每次听到你骄人的考试成绩，就像我自己取得了那样的成绩而高兴。可惜我的学习成绩远不如你，我要与你比肩肯定是不可能了。但要缩短与你的距离，进入你的视线，这一点我还是有信心的。考场见！哥哥，我念完了，你想起没有？"

田大鹏嘿嘿地笑了两声，问："这是说什么事儿？"

平平失望地扔下本子："嗨，气死我了！田大鹏，你怎么成傻子了？"

13

郝秀丽去程桂霞家领小石头。搬出这个院三年多了，她一次都没有回来。这是伤心之地，踏进来就感到莫名的痛楚袭上心头。盛夏季节，院子里坐着乘凉的人。郝秀丽骑着车子直到楼梯口，头也不抬地下车，快步上楼。

程桂霞正在给小石头喂饭。郝秀丽抱起小石头，问：“石头，想不想妈妈？”

小石头咧着嘴，像笑又像哭地喃喃道：“想，妈妈想。”

程桂霞的儿子刘大昌突然冲上来，把小石头从郝秀丽的怀里拽下来。这突如其来的举动，让郝秀丽惊吓出一身冷汗。

“不动不动！”大昌吐字含糊，让郝秀丽没有听清楚。

程桂霞非但没有责怪儿子大昌莽撞的举动，高兴地啧啧道：“大昌可有哥哥样了，处处护着弟弟。大昌啊，这是小石头的妈妈，你记住了，叫郝姨。”

大昌那双呆滞的眼睛，充满敌意地看着郝秀丽，含混不清地哇哇地叫着。程桂霞告诉郝秀丽，大昌是不让郝秀丽把小石头抱走。郝秀丽看着这对兄弟，悲伤地说：“哥俩是一根藤上的两个苦瓜呀！”

程桂霞亲热地说："大妹子，我每天起大早去城边蔬菜大棚拿菜，到早市上批发。早市七点就散了，我一天都在家。小石头就交给我吧，你上班，还要伺候孩子的姥爷和哥哥，一天够你呛的！你权当把小石头送托儿所了，我能伺候好。大昌就是话说不清楚，心里可有数了，知道是自己的亲弟弟，吃东西都向着小石头。"

郝秀丽不放心把小石头长时间放在这里。两个智商低下的孩子，耳鬓厮磨地生活在一起，智商只能更加低下。小石头在家里，至少有平平跟他玩，潜移默化中也能对小石头的智商发育起到作用。可这话不能说，说了等于在程桂霞的伤口上撒盐。

"大姐，谢谢你和大昌。小石头回家住几天，我再送过来。我外甥大鹏失去了记忆，看看他能不能想起小石头。家里人把他经历的事儿都说给他听，也没有唤起他的记忆。"郝秀丽担心他们娘儿俩硬要留下小石头，几乎哀求地说。

程桂霞怜悯地说："大姐一家太可怜了，不管怎么的大外甥还活下来了。想不起事儿，就想不起吧，你也别上火。大妹子，你真不容易啊！老的小的都要照顾到。以后有什么事儿，你就吱声，咱俩都不是外人，就像你说的那样，咱们是一根藤上的苦瓜啊！"

郝秀丽的心底涌起一股暖流，感觉有人同情自己就是一种幸福。郝秀丽异常激动："大姐，有你这句话我就知足了。谢谢你！"

程桂霞眯起笑眼，显得十分亲近地说："大妹子，要说谢谢，我更要谢你呀！你要不把这房子借我们娘儿俩住，我和大昌还在农村老家住。我做不了生意，你说我们娘儿俩怎么活？是你给了我们生路，你是我们的恩人哪！"

郝秀丽感到程桂霞是有心人，知道感恩。郝秀丽抱起小石头，奇怪的是大昌听明白他们的对话，伸出抖动的手，嘿嘿地笑。

郝秀丽把小石头接回家，田大鹏冷眼看着陌生的小石头。郝秀丽上班把小石头留在家里，对田大鹏说："大鹏，姥爷和小石头都交给你看着了。不让姥爷出门，小石头也在院子里玩。"

田大鹏嘿嘿笑着，算是答应郝秀丽的话。郝秀丽紧绷着脸，说："大鹏，老姨的话你听明白没有？"

田大鹏看着郝秀丽还是嘿嘿地笑不说话。

郝秀丽两手捧住田大鹏的脸颊，盯着田大鹏的眼睛："大鹏，你说话！老姨安排你在家里做什么？"

田大鹏脸憋得通红："老姨让我……"田大鹏抬手指着坐在木凳上，呆呆地望着天空的郝恩原，说，"不让他出院里。"

郝秀丽放开手，厉声地说："他是姥爷，叫姥爷！"

田大鹏怯生生地说："姥爷。"

郝秀丽怜悯地看着田大鹏，说："大鹏，以后要多说话。你不说话，以后语言就迟钝了，那就是傻子了！记住没有？"

田大鹏低头嘟囔："记住了。"

郝秀丽又大声地说："不行，叫我什么？"

田大鹏喃喃道："老姨，我记住了。"

郝秀丽笑了："这就对了，以后跟我说话叫老姨，跟姥爷说话，叫姥爷。男的叫叔叔，女的叫阿姨。年龄再大一些的叫姥爷、姥姥。比你年龄大一点的叫哥哥、姐姐。"

田大鹏突然问："老姨，比我小的叫平平，叫小石头。"

郝秀丽惊讶地说："大鹏，你有思维，不是傻子呀！比你小的叫小妹妹、小弟弟。平平和小石头是你妹妹和弟弟的小名，别人都有各自的名字。"

郝秀丽担心田大鹏不爱说话，影响他的智商恢复，每天硬逼着他说话，给他讲外面的世界。让平平给他讲学校里同学的事情。每天晚上陪着他看电视。为了使这台黑白电视收视没有雪花点，郝秀丽花钱在院子立了一根电视天线。田大鹏渐渐地喜欢看电视了，有时候还跟郝恩原抢台看。郝恩原大声质问田大鹏，你是谁家的？为什么赖在这里不走？而田大鹏却问郝恩原，姥爷是干什么的？我干吗管你叫姥爷？

郝秀丽看着这病中的一老一小打嘴仗，哭笑不得。但她上班去就放心了，田大鹏尽管腿脚不灵活，只能拄拐或坐轮椅行动，以他现在的智商，看住患有痴呆症的父亲不出门还是能做到的。

这天田大鹏看着电视节目，突发奇想。这电视里的人是怎么出现在屏幕上的？他要看个究竟，便把电视机从电视柜上费尽力气拿到炕上。从抽屉里找出螺丝刀开始拆卸电视机。

郝恩原进屋看到田大鹏把电视机外壳打开，愣了半天，问：“你小子别碰电视机，你给我滚！”

田大鹏好像没有听见姥爷的吼叫声，仍然在专心拆卸电视机。郝恩原上前去拉田大鹏，轮椅顺势往后滚动，撞到地柜上。田大鹏从轮椅上一头栽下来，头碰在木凳上，脑门划破一道口子，鲜血顺着脸颊流下来。

郝恩原呆呆地看着，没有一点反应。田大鹏没有喊，也没有哭。他吃力地往外屋门口爬，他的双拐立在门边。田大鹏爬到门口握住拐杖，支撑着站起身。额头流下的血遮住他的左眼，流进他的嘴角，一股血腥味刺激得他要呕吐。

田大鹏站在屋子中央，看着里屋呆立的郝恩原，脑子忽然产生报复的想法。他用手抹了一把遮住他左眼上血迹，四处寻找什么东西，要对这个姥爷进行报复。田大鹏看到盘成卷的麻绳挂在碗橱侧面，他拄拐过去，把绳子摘下来。田大鹏走到院子里，看到笔直的电视天线木杆子，他把姥爷常坐的椅子拽到木杆旁边。田大鹏进屋把痴呆的姥爷拉到屋外摁在椅子上，然后用绳子把姥爷绑在杆子上。

郝恩原没有挣扎，瞪着混浊的眼睛好像很好奇地看着田大鹏忙活。田大鹏一圈一圈地把绳子缠在郝恩原的椅子和身上，把他牢牢地固定在木杆上，使他动弹不得。绑完了，郝恩原才反应过来，大声喊叫：“哪儿来的臭小子，把我放开！你给我滚走！”

田大鹏笑嘻嘻地说：“你老实在这儿坐着，我找到电视里的小人再给你解开绳子。”

田大鹏拄拐进屋，小石头站在门口，嘴里咬着皮球呆呆地看着他们。田大鹏把小石头拉进屋里，放到炕上吓唬他说：“你再下地，我也把你绑到外面！”

小石头畏缩到炕里，爬到窗台上往外看。

田大鹏拿起螺丝刀又开始拆卸电视机。郝恩原嗷嗷地号叫起来，田大鹏听着不耐烦，从外屋的洗脸架上拽下一条毛巾，来到外面用毛巾把姥爷的嘴堵住，并对郝恩原说：“我看你还喊不喊了！”

田大鹏继续拆卸电视机，而被上刑一样绑在椅子上又堵住嘴的七十多岁老人，在奋力挣扎中心脏病突发，永远地闭上了眼睛。至死也没想到是自己心爱的外孙子把他置于了死地。

14

郝秀丽在悲恸中送走父亲，却对脑子混沌的田大鹏无可奈何。说他傻，他却能把拆卸的电视机全部组装起来再拆卸再组装，只用一把螺丝刀进行的。而且通过这样的操作，他竟然对看书有了热情。把高中的物理书找出来看，研究起电路来。郝秀丽惊讶地问他，你想起念高中的事儿了？他摇摇头，仍然没有记忆。说他精，他却做出傻事把姥爷的性命葬送了。郝秀丽悲戚的哭声，也没有唤醒他心灵上的一丝自责和忏悔。他那麻木甚至是冷酷的表情，让郝秀丽的心感到颤抖。郝秀丽想不能再把他独自圈在家里不与外界接触，使他的性格越发孤僻和冷漠。这样下去说不定还会发生什么不可想象的事情，她担心智商低能的小石头受到伤害。

怎样才能让田大鹏走出家门？郝秀丽看到田大鹏对拆卸安装电视机这样着迷，她突然产生了想法，给他找一个维修电视的师傅学徒。电视机开始普及，街面上出现了电视机维修部。郝秀丽利用星期天，骑着车子挨家看。她要选择一个好人来做田大鹏的师傅，好师傅能带出好徒弟。

郝秀丽来到市中心的红旗广场。大花坛的四周都是临街铺面，昔日老旧的红旗商场门面装饰一新，硕大的广告牌子非常醒目。逛街的人流熙熙攘攘，各种摊位的叫卖声此起彼伏。

走了三家电器维修部，店面很大，每家活都不少。郝秀丽第一印象不好，不是老板给人不舒服的感觉，就是店里有学徒的年轻人。郝秀丽不能把大鹏送进有学徒工的店里，那些年轻人智力肯定比大鹏强，他们会欺负大鹏的。郝秀丽离开热闹的商业区，来到后面的街道。在她的记忆里这是一条僻静的街，可现在也成了热闹的街道。羊汤馆、包子铺、澡堂子、理发店、电器维修部等各种店铺林立。

郝秀丽抬头看到一个电器维修的店铺夹在两个店铺中间，显得店面很小。门前的牌匾是块凹凸不平的铁皮制成的，上面歪歪扭扭地写着：忠诚电器维修部。

郝秀丽把自行车放好走进屋里。一个正在低头维修电视机的人抬起头，问："您要修什么电器？"

郝秀丽环视一下屋里，墙壁黑黢黢的没有装修，几台拆卸的电视机凌乱地堆放在案板上。郝秀丽感觉这家的活不多，显得很冷清。

"我不修电器，我是来看看。"郝秀丽看到这个人很年轻，胖乎乎的脸挂着稚气，又问，"师傅呢？我找师傅有点事儿。"

那人爽快一笑："我就是师傅，也是这儿的主人。我姓郭，叫我小郭就行。有什么事儿？说吧。"

郝秀丽诧异地打量着小郭，说他是个高中生没有谁怀疑，而说他是个电器维修部的小老板，除非眼见为实才能够相信。看相貌他的年龄要比田大鹏小，如果他俩背着书包走在大街上就是同学。

"大姨，你是不是走错地儿了？我这儿可没啥好看的。"小郭依旧满脸笑容，那笑容还有点顽皮。

郝秀丽立刻对他产生了好感，要是他能收留大鹏跟他学徒，能不能学到手艺无所谓，跟在他身边最起码不会受欺负。

"你收徒吗？"

郝秀丽突如其来的问话，弄得他有点蒙头："大姨，你是开玩笑吗？这个小店养活我自己都费劲儿，我还能收徒弟？”

郝秀丽认真地说：“小郭师傅，你别害怕。我把话说清楚，你再表态好吗？”

郝秀丽把田大鹏的情况从头到尾讲给小郭听，小郭听得眼泪汪汪。小郭擦了一下眼睛，说：“姨，我也没有妈妈了。我六岁的时候，妈妈因病去世，父亲给我找个继母，又生个小弟弟。继母对我不好，我初中毕业就不念了，跟着父亲在城里的建筑工地当小工。去年我在报纸上看到省电子协会举办电视机维修培训班，父亲给我报了名，我学了半年，回来开了这个小店。生意一般，勉强维持，主要是我的手艺很差劲儿。大姨，我现在还没有资格收徒弟，但我一定要收下大鹏，我不是收徒弟。我比大鹏大一岁，今年十九岁，大鹏就是我的兄弟！”

郝秀丽看一眼挂在墙上的营业执照，法人代表：郭忠诚。郝秀丽握住小郭的双手，激动地说：“忠诚，你也是我的外甥！我真的感谢你！”

郝秀丽回家把大鹏领出来。田大鹏坐在郝秀丽的自行车后面，一路没有言语。他不愿意出来，每天在家拆拆卸卸的很着迷。老姨让他去学徒，他不明白学徒是干吗的，很生闷气，可能这个老姨不要他了。郝秀丽看出田大鹏不情愿的样子，也不跟他说话。

来到忠诚电器维修部，郝秀丽把田大鹏领进屋里，拄着双拐的田大鹏跨进门口就不往里面走了。郭忠诚迎上去，热情地伸出双手，说：“大鹏老弟，哥哥欢迎你！”

田大鹏没有理会郭忠诚，环顾屋里，突然眼睛一亮，阴沉的脸上露出开心的笑容，双拐用力往前一悠，来到案板前，拍着案板上散落的电视机零件兴奋地说：“我来拆呀，让我来拆！”

郭忠诚笑呵呵地对郝秀丽说：“姨，大鹏在我这儿你就放心吧，我知道怎么带他了。”

郝秀丽握住郭忠诚的手，激动地说：“大外甥，我真的放心了！我不能让你费心，每个月给你五十元操心费。”

郭忠诚笑了："姨，我可不能收你的钱，大鹏在我这儿上班，我还要给他工资呢。"

郝秀丽看到田大鹏已经坐下，拿着配件在往电视机壳里装。郝秀丽拉一把田大鹏，说："大鹏，一定要听郭哥的话呀！"

郝秀丽的话刚落，田大鹏头也不抬地冒出一句："我要轮椅。"

郝秀丽不让他总坐轮椅，在家的时候他就嚷嚷要坐轮椅来。郝秀丽硬是不答应，现在又不忘提出来。郝秀丽板着脸说："不行，你要坚持用拐走路，将来要用手杖走路，老依靠轮椅你就不能独立行走了！"

郭忠诚接话："大鹏，姨说得对，你不能老坐轮椅。再说了，我这屋子小，放个轮椅进来，有客户来了都没地儿站了。那咱们的生意可要受影响啊！"

田大鹏没有吭声，拿起一块线路板，掂量看着，开始安装。

15

北钢厂和附属企业开始大规模地进行房改。原来的家属房都是企业的，这次房改全部卖给职工个人，实行自修自住，企业再不负担房屋维护费用了。经过评估测算，每平米一百二十元。这些房屋都是砖混瓦房，大多建于五十年代，最大面积不超过五十平米。职工们情不情愿都要掏钱买。普查房屋开始了，户主和实际住房者要一致才可以享受房改政策。

郝秀丽姐姐家的房子户主是姐姐的名字，姐姐去世了儿子可以享受继承权，在登记的时候，改成了田大鹏的名字。可登记郝秀丽父亲的房子时，她却遇到了麻烦。户主是郝恩原，而郝秀丽的户口已经迁出，按照房改政策没有资格参与房改，这个房子要收回。

郝秀丽顿时感到六神无主。父母领着九岁的姐姐从包头调到北钢厂，就住在这个房子里。她是在这房子里出生长大的，这里有她太多难以磨灭的记忆。三十多年了，不管走多远，不管在外遇到什么事情，不管是黑夜还是白昼，奔的就是这个家。尽管父母不在只剩归途，但是生存栖息的窝转眼之间就要没有了。郝秀丽无论如何也想不明白。一整夜，她躺在炕上望着窗外深邃的夜空，泪水无声地滚落下来。她想起了母亲，想起了父亲，想起了姐姐一家，那时这个屋子里的每个角落都充满快乐。转眼间亲人们相继离开了她，就连这个屋子都要失去了，自己和孩子被迫要搬出去。郝秀丽越想越感到伤心和失望，好在还有借给程桂霞的那个电业局家属楼可以栖身。

第二天一早，郝秀丽把平平打发上学，给小石头喂饭。小石头吃饱了，就用一条绳子绑在小石头的腰上，另一头拴在窗栏杆上，让他仅能在炕上活动。把父亲留下的一台半导体收音机打开，选好台放到窗台上，小石头乖乖地能听一整天。不管是广告还是音乐，他都痴迷地听。响起歌曲的时候，他眉眼一起笑。

然后，郝秀丽骑车把田大鹏送到店里。田大鹏脑袋似乎开点窍了，对郝秀丽说："我能找到。"

郝秀丽问："你能找到，你要自己去上班？"郝秀丽继续说，"你想给老姨减轻负担，就要锻炼用拐杖走路。坐车也方便了，自己就可以打车到店里。"

田大鹏对郝秀丽的话从来没有反应，这一次竟然嗯了一声。这让郝秀丽压抑的心情透出一丝亮光，如果大鹏懂事了，她能减轻多么大的担子！店门还没开，田大鹏从兜里掏出钥匙开门。这是郭忠诚特意安排的，让田大鹏开门。郝秀丽发现郭忠诚心很细，从一点一点小事开始让田大鹏自己动手做。

郝秀丽骑车来到北钢厂区大门，正是上班时分，她随着自行车流涌进厂区。一进大门就看到厂部白色的五层办公大楼。郝秀丽小时候来这里给父亲送过钥匙，多少年过去大楼依旧，物是人非。郝秀丽呆呆地望了一会儿，父亲的身影在她的眼前闪现。郝秀丽愣了一下，立刻去东侧副楼的房产处。

那里已经聚集了很多人，一个戴眼镜的中年妇女对大家说："大家都是来咨询房改的事儿，请大家到俱乐部二楼等候，王处长一会儿去给大家解答。"

俱乐部楼上的会议室里，坐满了男男女女，不满的声音不绝于耳，涉及个人利益的大事，都有些群情激昂。郝秀丽静坐在后排的角落里，看到熟悉的面孔微笑着打个招呼。

王处长来到会场，开门见山大讲企业房改的重大意义，然后又说明不符合这次房改政策的各种情况。他望着台下说：“我举个房屋财产不在居住者名下的例子。大家都熟悉的厂总工程师郝恩原家。他和老伴都去世了，小女儿也成家了。现在小女儿住在郝总工的家里，而她男人的单位也分给她房子了。这次房改就不享受政策。大家比照一下，类似这样的情况都不能享受这次的房改政策。”

会场一片嘈杂声，各种声音奔涌而出。郝秀丽悄悄地离开会场，心情沉重，没有想到房管处会拿她家作为典型例子，搬出居住了三十多年的老屋是避免不了的了。可她领着孩子去哪儿住？姐姐家的房子她不愿意去，尽管大鹏没有记忆，但她不想再走进那个屋子。姐姐姐夫和大鹏从屋里抬出来的场面，永远不会从她的悲痛记忆中消失，什么时候想起来都是揪心地痛苦。

郝秀丽想起电业局家属楼。那年借给程桂霞的时候，父亲主张写的借条。那张借条还是大鹏写的。这会儿让她倒房，她领着病孩子上哪儿去住？郝秀丽起了怜悯之心，没有去找程桂霞。等这边的房子真要她搬出来，再去跟程桂霞商量让她搬出房子也不晚。

一个月之后，北钢厂房管处下来通知：占用北钢厂家属住房的用户，接到通知之日起，七天之内交出占有住房。逾期不交出住房者，将断水断电，后果自负。

郝秀丽接到通知的晚上，找出那张借条，骑车载着小石头来到电业局家属楼。小石头好像有记忆，一进院里就咧着嘴笑，两手还有节奏地拍着手掌。走进屋里，小石头和刘大昌像久别的老朋友似的相拥在一起。刘大昌含混不清地喊叫着，拍着手，立刻去厨房拿出一盘饺子给小石头。

程桂霞笑着说：“大妹子，这骨血相连太厉害了！咱们家的东西我要拿出一点给别人，大昌就哭叫。大昌知道是自己的弟弟来了，主动把晚上吃的饺子拿出来给弟弟吃。大昌认亲呀！”

郝秀丽看到两个智障的孩子亲情如此深厚，她心生感动。甚至犹豫房子的事儿该不该说，让他们娘儿俩承担困难还不如自己去想办法解决。她看一眼程桂霞，脸上颧骨凸出，明显消瘦了。

“大姐，你是每天很劳累吧，你好像瘦了。要注意休息呀！”郝秀丽感到她也不容易，每天起大早跑市场，够辛苦的了。

程桂霞神色却显得有点紧张，避开郝秀丽的目光说：“啊，我是瘦了点，最近胃有点不舒服。大妹子，你来有事儿吗？”

郝秀丽倒有些不安，仿佛求人家办事羞于张嘴。她犹豫说不说，看到他们母子联想到自己的处境，恻隐之心油然而生。但自己的难处能跟谁说，就能跟她诉说一下，解解心里的憋屈。郝秀丽从兜里掏出北钢厂下发的通知单，递给程桂霞。

程桂霞看了一眼，惊慌地说：“大妹子，你是要我这个房子？”

郝秀丽感觉她的话有点别扭，怎么是她的房子？郝秀丽微微一笑，说：“可我不想让你把房子倒给我，你和大昌也不容易，还是我克服一下暂时去租房，过两年你有能力买房了再说。”

程桂霞脸色红一阵白一阵，目光恍惚，像有什么难言之隐。郝秀丽觉得程桂霞有点不对劲儿，她不是这种怯弱的性格。

郝秀丽疑惑地问：“大姐，你是有什么事儿？你说吧，我能帮上一定帮你！”

程桂霞面露赧色，声音微弱地说：“大妹子，我这几天就想找你，有点事儿跟你说。”

郝秀丽感觉不对劲儿，惊疑地问：“你说吧，什么事儿？”

程桂霞迟疑片刻，说：“电业局也房改了，你的户口本在这儿，这个房子是大昌的了。”

“你说什么？房子是大昌的？我听糊涂了，你把话说清楚！”郝秀丽感到意外，但语气显得很温和。

程桂霞神色不安地说：“大妹子，是这么回事儿，电业局发出通知，让家属拿着户口本去办理房子登记，局里进行房改。我看你们的户口本在柜子里了，我就拿着户口本去办理的登记。房子就写大昌的名字了。”

郝秀丽愕然了：“大姐，这个房子是我借给你的，借条还在我手里。你没有理由改成刘大昌的名字。我和小石头才有继承权！”

程桂霞早有心理准备。这层窗户纸没捅破，她觉得不好意思面对郝秀丽，既然这层纸撕掉了，她就没有什么可躲躲闪闪的了。程桂霞似笑非笑地看着郝秀丽，说：“大妹子，你要这么说话，我也要跟你讲讲道理了。你跟小石头有继承权，我儿子刘大昌也有继承权哪。你是刘启田的老婆，小石头是刘启田的小儿子，那么刘大昌是谁的儿子？他也是刘启田的儿子，是我跟刘启田这个死鬼生的儿子，他不是野种！这一点你不能否认吧？”

郝秀丽猛然紧张起来，她们要撕破脸皮了。郝秀丽尽量保持平静：“这房子与刘大昌是不是他的儿子没有关系，刘启田是在我和他婚姻存续期间死的，我就是户主。这房子应该由我出面办理房改，而不应该是你！”

程桂霞冷笑一声，把抽屉里的户口本拿出来：“你是户主，刘大昌也不是外人，也在他爸爸的户口本上！”

郝秀丽打开户口本，翻到最后一页，刘大昌的名字确实赫然写在上面。郝秀丽想起来，结婚的时候刘启田说过，大昌判给他妈抚养，他每月承担三十元抚养费，大昌户口没有迁走，因为他妈是农村户口。

郝秀丽把户口本拿在手里，气愤地说：“大昌是在我们的户口本上，可他没有房屋继承权，把房主变成刘大昌是错误的！我要去找房改办说明情况。”

程桂霞自知理亏，她是冒充郝秀丽去办理的登记。她拿着户口本去电业局的房管部门，负责登记的女孩可能是新参加工作的，对老职工的情况不熟悉。程桂霞让她把房产证的名字改成刘大昌，那个女孩问为什么。程桂霞告诉她，孩子的爸去世，自己以后要改嫁，这个房子留给儿子。那个女孩给科长打电话请示，科长问她，登记的人和户口本的名字是一个人吗？那个女孩看着户口本问程桂霞，你叫郝秀丽吗？程桂霞点头说，我是孩子他妈一点不错。那个女孩告诉科长，户主是叫郝秀丽。就这样程桂霞蒙混过关，顺利地把房子的户主改成了她儿子刘大昌。程桂霞心里清楚，如果郝秀丽去电业局房管处找肯定露馅。

程桂霞可怜兮兮地说：“大妹子，我当时没有想那么多。你把房子借给我了，你在北钢厂也有房子，这个房子既然是个人的了，我就给你点钱，算是我买了。你还能看我领着病孩子流浪街头吗？你心眼儿好使，是个善良人，大昌和小石头又是亲哥俩，都是苦命的孩子。你一定能可怜我们娘儿俩。”

程桂霞的眼泪唰唰地流出来，轻声饮泣着说：“我和孩子命这么苦哇，要是流浪街头，我就领着孩子去死！”

郝秀丽看一眼刘大昌，他吸吮着手指，痴呆地笑看着依旧痴呆地在玩耍的小石头。看到两个病孩子，她装满心酸的心软了下来。她和程桂霞都是不幸的女人，不能再让不幸的人遭受不幸。郝秀丽无奈地说：“大姐，看到孩子，我原谅你了。但是，你要给我打个条，说明这个房子是我的，有时间我们去电业局把房子的名改过来。你和孩子就在这儿住吧，你有能力买新房再倒给我。”

程桂霞显得很激动：“大妹子，你真是好人，我……我给你磕头了。”

郝秀丽一把拉起跪在地上的程桂霞，双眼噙满泪水。

16

北钢总厂和附属厂像得了瘟疫一样，陆续地不能按月开工资了。郝秀丽所在的北钢建材厂，是依靠北钢总厂炼钢炉产生的钢渣生产矿渣水泥的企业。总厂的几座炼钢炉处于停产半停产状态，建材厂水泥生产线也随之走走停停。

郝秀丽所在的厂宣传科里包括她有四个人，两位科长，一正一副，两个干活的一男一女。郝秀丽的活是每天写广播稿，刻蜡版，写画黑板报。工作干得井井有条，科长一点毛病都挑不出来。那个男科员老宁负责培训、普法教育。工作轻松，一年举办两期普法培训班，忙活十多天就完活。他的年龄比科长大，受全科人尊重。可是，他却突然提出辞职了。

科长要自掏腰包领着全科的人去饭店撮一顿，算是多年老同志们在一起的聚散离合。科长都去总厂开会了，老宁收拾东西，郝秀丽帮助老宁把他的一些书都装进纸壳箱了，老宁把一些普法讲义文稿整理好交给郝秀丽。

“小郝，这些讲稿你留着吧，我这点活看来也要落到你的身上了。”

老宁个头儿瘦小半秃顶，平时在科里的话不多，但站在课堂上立刻变成另外一个人，口若悬河满嘴角冒沫子。他原是北钢厂子弟学校的语文老师，头几年教师工资没有企业挣得多，他挖门盗洞来到企业。现在教师每年工资待遇比企业好了，他想吃回头草，可是学校却不让他吃这把草了。

郝秀丽接过厚厚一沓讲稿，一点感激的心情都没有，满腹惆怅。老宁的辞职给她带来无名的烦恼。不知为什么，她想到自己或许也要走这步。

“宁大哥，你怎么突然辞职了？下海做什么生意？”郝秀丽好奇地问。

老宁推了一下鼻梁上的眼镜，深深地叹了一口气：“小郝，你既然问我了，我就跟你说实话。最近我参加了市里的辅导班，学习中央关于经济体制改革决定，回来现学现卖，又在厂里辅导干部学习。我的体会是，企业以后肯定要进入市场经济。什么是市场经济？那是资本主义国家经济发展了上百年的一种经济模式，核心就是竞争。我不知道咱们的企业被真正推到市场上，能不能竞争过别的同行企业，但我敢准确地说，像我们这些在企业可有可无的部门恐怕难以保留下去了。说来伤感哪，我混了大半辈子什么也不会，下海就得淹死。一个老同学承包了一个培训中心，再三邀请我过去担任讲师。小破被不能叠起来，再拿把就不是玩意儿了。我没多大能耐，靠耍嘴皮子吃口饭。小郝，嗐，我怎么说呢？你的生活担子挺重啊！靠你自己挑也真难为你了，你别苦了自己呀！”

郝秀丽很感动。他们在一个科室工作七年了，老宁第一次跟她说了这么多的话，她感到很温暖。这么多年没有谁对她说过一句关心的话。郝秀丽心里一阵酸楚，眼泪差点流下来。

企业的经营形势正像老宁说的那样，在市场竞争中举步维艰。北钢总厂六台高炉停了三台，随之附属厂的生产处于半死状态。企业开始全面减员，附属厂召开动员会，各车间、科室开始精减人员。厂政工部门合并成一个综合办公室，只留三个人，剩余十五人都要下岗。

郝秀丽一下子陷入迷茫痛苦中。没想到老宁预料到的情况不到半年就出现了，郝秀丽面临下岗有些措手不及，但她还是第一个上交了下岗申请书。

老科长也被优化下来，退居二线。他看着郝秀丽的申请书，无奈地摇摇头说："小郝，你家的情况特殊，你不应该下岗啊。我去找厂长把你的情况跟他介绍一下，看看能不能把你留下。你文字材料写得好，工作又扎实，适合做综合部门的工作。"

郝秀丽苦涩地一笑，这么多年老科长很少对她的工作予以评价。在即将结束自己工作生涯的时候，能得到领导一句中肯的评价，她觉得往日工作中的辛苦和劳累都没有白付出。

郝秀丽相信老科长一定能在厂长面前求情，但她没指望厂长能够开恩把她留在岗位上。郝秀丽骑车踏出厂大门，就没想再走进这个院里了。

郝秀丽走在往日上下班的路上，心情很平静。她像早有思想准备，迟早会有这一天。可她对自己能干点什么心里却一点底都没有，她紧紧地咬着嘴唇，一定要领着孩子生活下去！

郝秀丽回到家里，看到小石头趴在窗台上专心听收音机广播。他见到妈妈不是往常的时间回来，似乎感到意外。

"回，妈妈。"小石头欢快地拍着手说。

郝秀丽把小石头腰间的绳子解开，抱起小石头再也控制不住压抑在心中的委屈和痛苦，她轻轻地饮泣起来。

小石头伸手擦着妈妈脸上的泪水，含混不清地说："脸，水，妈妈。"

郝秀丽哭泣一阵，把小石头放下，打了一盆清水洗脸。看着小石头说："儿子，妈妈哭出来心里能好受些，以后再怎么苦，妈妈不会在你和姐姐面前流泪的！"

小石头似乎听懂了妈妈的话，嚷嚷道："哭，哭，妈妈……"

郝秀丽苦笑地说："傻儿子，你是让妈妈哭出来心里能好受吗？可惜你永远也不会明白妈妈的苦楚哇！妈妈希望你长大了生活能自理，妈妈就知足了！”

小石头呆呆地看着郝秀丽。

郝秀丽给小石头脱下白色的背心，又换上一件新的白色背心。小石头爱穿白色的衣服，而且穿得非常干净，从不弄脏衣服。相比之下刘大昌就显得邋遢了，他不时地吸吮手指头，嘴角流着口水，流到前胸衣襟上。郝秀丽感到欣慰的是，小石头还是比较干净的，这给她减轻了一点负担。

郝秀丽带着小石头走出家门，小石头坐在自行车前面，高兴地直拍手，“哥，哥”地喊。郝秀丽知道小石头心中想的就是刘大昌，他对姐姐却没有这么亲热。也许因为他们天天在一起的关系，显得不那么近乎。郝秀丽说：“我们不去哥哥家，去看大鹏哥哥。”

田大鹏正在低头修电视，郭忠诚在旁边指导。看到郝秀丽领小石头进来，郭忠诚站起来说：“姨，你怎么有空过来了？”

郝秀丽心中的郁闷无处倾诉，虽然大鹏思维逐渐正常，不像在家待着的时候，做事情不知道对错。把姥爷绑在屋外引起心脏病发作致死，在亲人的哀号中他一点都没有感到是自己的过错造成的，一脸麻木的表情。而在忠诚电器修理部，他把一只废弃的显像管碰到地上摔碎，他却能意识到是自己的过失，马上对郭忠诚说：“师傅，对不起！”尽管这样，郝秀丽还是觉得田大鹏跟正常人的思维相差一大截，所以心中的苦跟他说等于白说。

“小郭，我从单位下岗了。嗐，我现在真不知道今后该怎么办？”郝秀丽对郭忠诚印象很好，小伙子性格憨厚。

郭忠诚对郝秀丽的下岗不以为然，嘿嘿地笑着说：“姨，这是好事啊！现在街上做什么生意的都有。干点什么都比你上班挣得多！姨，要不愿意自己做，可以到私企去，那也比在北钢附属厂挣得多呀！”

郝秀丽苦笑着说：“我什么也不会，国企里都混不下去了，私企还能让我混吗？”

郭忠诚一晃脑袋，也觉得郝秀丽说得对，没有专业在哪儿混都很难。郭忠诚想了一下，说：“姨，你别着急。我年底准备报名参军，这个店兑给你和大鹏经营吧。大鹏对过去的事虽然没有记忆，可他对学过的知识却没忘记。毕竟念过高中，接受能力很强，现在电视机小毛病基本都能修理。姨，这个小店维持你们全家的吃饭不成问题。大鹏修电视，你可以在外面卖磁带和光盘。本钱也不需要太多。要不你明天就去省城的电子市场批发一些磁带回来，摆在门口卖。也摆个音箱放流行歌曲，一本磁带赚一元钱，一天卖个三五十本很容易！”

郭忠诚的话音刚落，田大鹏忽然说：“不行！”

“大鹏，为什么不行？”郝秀丽走到田大鹏身边，轻轻地拍着田大鹏的肩膀问。

田大鹏没有抬头，也没有吭声。

郭忠诚上前把田大鹏拉起来，板着脸问：“大鹏，老姨问你话呢，为什么不行？”

田大鹏左手拄着拐杖，身体有点倾斜。他眨巴眨巴眼睛说：“干扰我工作！”

郝秀丽笑起来。从姐姐一家遭受不幸两年多来，她就笑不出声了。人要苦水多，流出的泪都是苦涩的。郝秀丽笑着笑着，苦涩的泪水流进了嘴角。

“大鹏，老姨不干扰你的工作，你跟郭师傅好好学呀！不仅要学技术，还要学为人处世，知道吗？”郝秀丽眼睛含着泪，看着田大鹏。

田大鹏垂下眼睑，像没有听见郝秀丽的话，不住地晃动手里的拐杖。

郭忠诚严肃地问：“田大鹏，你没听明白老姨的话？”

田大鹏像在课堂回答老师的问话：“听明白了。”

郭忠诚严肃地问：“听明白了不回话？”

“我要工作！”田大鹏马上回答。

郝秀丽激动地搂住田人鹏，说：“大鹏，你比老姨强，还有工作！”

17

北钢总厂房产处的两位工作人员来到郝秀丽家。郝秀丽有些紧张，搬出房子的最后期限已经过了，郝秀丽还没有租到房子。

两位负责同志是来通知郝秀丽，北钢总厂对下岗职工给予照顾，房子不用倒了。现住户跟原房主是直系亲属的，有派出所证明就可以办理房屋登记。第二天，郝秀丽到派出所开具了证明，她是郝恩原的二女儿。按照总厂房改规定，交了六百元，房子的产权落到了郝秀丽名下。

郝秀丽压抑的心情得以缓解，房子的事情不用愁了。路过北钢总厂子弟小学，正赶上中午放学。她下车站在学校大门口，羡慕地看着那些欢快地走出校门的孩子。小石头七岁了，如果是正常的孩子，明年秋天就可以上学了，可小石头永远也不会迈进校园了。郝秀丽心里一阵心酸。可怜的孩子，也是来到人世间走一趟，命运对他却不公平，不能享受教育，不能享受快乐和天真。

郝秀丽推车要离开，两位家长的对话，把她吸引住了。

男家长气喘吁吁对一个女家长说："我紧赶慢赶总算赶上儿子还没走出大门！"

女家长抱怨说："我也是刚到这儿，单位事儿多，一上午连口水都没喝。这要有个能接收孩子的短班，是能缓解一下我们这些时间紧的家长负担。”

男家长笑着说：“这事儿用不了多长时间就能出现。市场经济嘛，什么生意赚钱，就有人来干。”

两个家长领着孩子走了，郝秀丽却没有走，她望着两个家长各自牵着孩子远去的背影，心情猛地激动。她不是歆慕他们的工作和聪明活泼的孩子，而是郝秀丽在他俩的对话中捕捉到了商机。哄孩子的活最适合她来做，年轻的时候当了两年多的代课老师，尽管那段经历不堪回首，但她也有过一段带小学生的经验。

郝秀丽连续走了城里五所小学校，在城关小学大门一侧的墙壁上有一张不起眼的小广告，歪歪扭扭的钢笔字写着：

> 红星小饭桌，是家长的好帮手。家长中午没有时间照顾孩子，我可以接孩子来我家，下午上课我再送回学校。我家距离学校二百米，每月收六十元钱，中午一顿饭，两个菜，一个鸡蛋。把孩子交给红星，家长放心。
>
> 地址：学校大门南拐直行二百米，见到烟酒糖茶批发部门市就到了。一楼窗户上有标记。

郝秀丽暗自高兴，有人先行一步，她完全可以借鉴。郝秀丽按照广告上的地址很快找到这家小饭桌。

小饭桌的女主人是个矮胖的中年女人，头上戴着白帽子，腰间扎着围裙，正在厨房里忙活。看到郝秀丽进来，摘掉帽子，解下围裙迎上去。

“你好，你看看我家的环境，饭菜都是我亲自做。你的孩子是几年级的？”那女人很热情，把郝秀丽当成学生的家长考察环境来了。

郝秀丽面有愧色地说：“大姐，我不是来送学生的。我是来学习的。”

女主人怔怔地看着郝秀丽："学习？你来我这儿能学到什么？"

郝秀丽微笑着说："大姐，我也想办个小饭桌。不知道怎么做，看到学校院墙上的广告，我就找过来了。"

女主人脸色陡变，说："你这是学习吗？这是明目张胆地抢我的饭碗！你走，你要在这儿附近开小饭桌，我就敢把你家的玻璃砸了！"

郝秀丽忙解释："大姐，我家住在北钢家属区，附近是北钢子弟学校。"

女主人审视郝秀丽，撇着嘴淡淡地说："嗐，我以为你在这里开小饭桌呢。"

郝秀丽歉意地说："大姐，是我没说明白，让您误解了。我下岗了，也想在北钢子弟学校附近开个小饭桌。我一窍不通，所以找到您这里来学习。"

女主人嘴角露出一丝笑意，说："我也是下岗的，没有本钱，没有能力，只能开个小饭桌哄哄孩子。你在学校跟前有自己的房子吗？"

"我家离学校能有五百米远吧，这个算不算跟前？要不是跟前，我就在学校附近租房子。"

女主人摇头，说："要是租房子你就别干了。一个学生每月收六十元钱，中午一顿饭每人两元钱，一个月四个星期天，有时星期六提前放学不用在小饭桌吃饭。一个学生身上就能赚六七元钱。我这儿现在有十二个学生，比在工厂挣得能多点，就是挣个辛苦钱。你要是租房子，那你就往里搭钱了。"

郝秀丽疑问："我家离学校走路不到十分钟，这行不行？"

女主人说："我这儿离学校也要走七八分钟。路远近都是自己辛苦，到放学钟点了，你得去接学生，到上课点了要提前把学生送到学校大门口。"

女主人热情起来，领着郝秀丽到厨房看她准备的午餐。洋葱已经切成片，放在掉了瓷的盆里，那股辣味还没有散去。摘掉叶子的芹菜洗得干干净净放在菜板子上，一个盆子里泡着粉条。炉台上还有一小盘猪肉片和一小盘切好的葱姜蒜。

女主人说："买菜这里也有学问，买到便宜的菜就能省几个。我都是市场要收摊的时候去买菜，那时菜稀烂贱。能省点儿就省点儿，省钱还要把饭菜做好，这帮学生家长可挑剔了。有时候个别家长搞突然袭击检查，吃得好赖他们不太计较，就是怕不卫生。你看我帽子围巾都洗得干干净净。口碑好了，自然就有家长把学生送来了。文化方面我差劲，几乎什么也不会，要是会讲故事，要是会写字顺便教教学生，家长们更欢迎了，多收几个钱他们都乐意。"

郝秀丽暗自庆幸，觉得这个虽然挣不到大钱却能维持生活的事最适合她来做。可郝秀丽到家，看到小石头趴在窗台上痴迷地听广播，她的心一阵难受，孩子不但受不了教育，而且连受教育的场合都不能进。小石头不能放在家里，学生的家长看到这个病孩子，肯定不会把孩子送来的。

郝秀丽想把姐姐家的房子收拾一下，在那里开小饭桌。可立刻就被自己否决了。这是北钢子弟学校，学生的父母几乎都是北钢厂职工。他们的父母对曾经轰动北钢厂的姐姐家遇难事件，一定记忆犹新，把小饭桌放在那里肯定会引起家长们的反感。

小饭桌还得在家里开，小石头怎么办？郝秀丽看着小石头，小石头从收音机的声音里抬起头，笑嘻嘻地看着妈妈，说："飘、飘……妈妈。"

收音机里正播放"北风那个吹，雪花那个飘"……

郝秀丽心软了下来，不能把孩子孤零零放在姐姐家的空房子里。她想起程桂霞，想起小石头的哥哥刘大昌。把小石头送到他们家，她是最放心的。

郝秀丽两个月没有来她家了，开门进屋猛然怔住了。如果不是程桂霞开门，她一定会认为自己走错了门。程桂霞穿着绣花红衬衫，头发烫着大花卷，下身是笔直的藏青色哔叽裤，脚上是红袜子，趿拉着红色拖鞋。再往屋里看，墙壁粉刷一新，原来老式单人木椅换成黑色人造革长沙发。靠在墙边的两个箱柜换成了一个时髦的大衣柜，更显眼的是天棚上横竖拉着鲜艳的拉花，屋里充满喜庆。

程桂霞没想到敲门的是郝秀丽。她显得局促不安，说："是大妹子呀！进来吧。"

郝秀丽进屋刚要问程桂霞，抬眼看到厨房一个男人在忙活。餐桌上已经摆放着装满菜肴的盘子。

那男人冲着郝秀丽微笑着说："来了，稍坐一会儿，人齐了就开饭！"

程桂霞脸涨得通红，尴尬一笑："我跟老谭结婚了，有几个亲戚要来家坐一会儿。你正好也来了，一起吃顿饭吧。"

郝秀丽的心怦然剧烈跳动，像自己做错了事被别人逮住了，感到羞愧难当。自己的家被人任意践踏，一种被捉弄的感觉油然而生。

"大姐，我找你有事儿，咱俩在这儿说，还是出去说？"

程桂霞瞧一眼在厨房发愣的老谭，说："老谭，你去买点熟食吧，剩下的菜不做了。"

老谭五十多岁，个头儿不高身材微胖，一脸自来熟的笑容，对郝秀丽点下头，换上皮鞋出去了。

郝秀丽去南卧室看一眼，床换了新的，一床大红被铺在上面。北屋成了仓库，南屋的床和柜子都堆放在北屋。郝秀丽感到奇怪，没有看到刘大昌在屋里。

"大昌呢？"郝秀丽疑惑地看着程桂霞。

程桂霞满脸堆笑："这真是血脉相连哪！大妹子进屋就发现不见大昌了。城关有一个新办的智障儿童康复中心。每月五百元，管吃管住，其实就是给照看生活不能自理的孩子。大妹子你不能狠心把小石头送进去。我没有办法呀，遇到这个老谭，人挺好的，遇到了我就要珍惜。你说我能带着病孩子在一起生活吗？老谭倒没说什么，可他是做生意的人，经常有客人来家里。让客人看到他找了一个带病孩子的老婆，多没有面子呀！”

郝秀丽失望地叹口气：“嗨，我还想把小石头送来跟大昌在一起玩呢。”

程桂霞热情说：“那里环境还行，有十多个智商有毛病的孩子。你要是工作忙，把小石头送进去也可以。环境挺好的。我看两个孩子在一起，不会受欺负的。就是收费高点，可细算下也不算多，又吃又住的。”

郝秀丽难过地说：“我下岗了，准备在家开个小饭桌，收留中午不能回家的小学生。小石头就不能留在家里了。”

程桂霞啧啧道：“现在干点什么都比你们工人挣得多。你也把小石头送康复中心吧。你手里要是钱紧，我先给你拿几个。”

郝秀丽满肚子气，被程桂霞的话全化解了。不管是真拿钱还是假拿钱，敢说出这句话就暖心了。

郝秀丽回到家里，小石头看到妈妈回来，手指窗台上的收音机，兴奋地说：“小拉嘛，妈。”

郝秀丽听到是“小喇叭”广播。郝秀丽抱起小石头，教他吐字：“小喇叭。”

“小……拉……嘛。”小石头舌头僵硬地说。

郝秀丽一字一字地教了几遍，小石头还是吐音不准。郝秀丽把小石头放到炕上，说：“儿子，妈妈要送你去康复中心你愿意去吗？”

小石头似乎听懂了妈妈的话，突然捂住耳朵哭起来。郝秀丽心疼地搂着小石头：“儿子，你是不爱离开妈妈？一会儿你姐放学回来，姐姐要是同意你去，你就得去了，妈妈要做点生意挣钱养活你们。”

小石头不哭了，趴到窗台上向外张望。他混沌不清，不明事理。心中有一种模糊的期盼，寄托在姐姐的身上。

平平放学回来，还没进院里，小石头乐得直喊：“姐，妈妈……”

郝秀丽在厨房听到小石头的喊声，抬头看到平平推着自行车进院。每天这个时候，小石头都趴在窗户上迎接平平回家。

平平进到屋里，小石头含糊不清地说：“姐姐，妈妈……走。”

郝秀丽把做好的饭菜端进屋里，小石头自己从炕上下来。

平平心烦地说：“妈，石头嘟囔什么？你是说他了？”

小石头坐到圆桌前等着妈妈把盛满米饭的碗放到他面前，手拿羹匙看着平平就是不吃饭。

郝秀丽笑了，对平平说：“石头饭都不吃了。你程姨把大昌送到城关康复中心了。我也想把你弟弟送那儿去。我回来就对他说，他可能听明白了送他走，就哭起来。我告诉他，等你姐回来，听听你姐的意见。你姐要是同意送你去，你就得去，哭也没有用！”

小石头用渴望的眼神看着平平，仿佛姐姐一张嘴就能从泥坑中把他救出来。

平平故意板着脸说：“你瞅我也没有用，妈妈要送就送！”

小石头嘴一咧，哇一声又哭起来。平平用筷子敲打桌子啪啪地响：“好了，你就知道哭。我明天跟妈妈去那个地方看一下，条件要好，管理也好，你去了不受欺负，你哭也没有用，必须去！妈妈要做生意养活我们！”

小石头抽泣两声，很是委屈，开始吃饭了。

18

郝秀丽没想到平平真的要陪她去城关的康复中心。郝秀丽不让平平耽误课，下半年就念初一了，学习越发紧张。平平的学习成绩在中上游，可她也没下苦功夫。晚上复习的时候，偷偷摸摸看电视。郝秀丽告诉平平，学习的事儿靠自觉，不能靠妈妈看着。平平说知道了，从此她很少溜号看电视了。

平平请了半天假，跟郝秀丽一起去西关那家康复中心。

在辽南地区，岳城属于历史悠久的城市了。早在汉代这儿就是商贾云集的辽南重镇，而在岳城最能体现古城风貌的就是城西关这个城门。高大的城门，斑驳陆离，青砖墙上长满青苔。拱形门正上方三个遒劲大字依稀可辨：德胜门。

走过城门洞是岳城古城区。一片低矮的老式青砖瓦房，像北京的四合院，住着多户人家。郝秀丽按照程桂霞说的路线很快就找到那个康复中心。这是一座二层红砖小楼，与周边的房屋显得不协调。楼前是涂着绿色的铁栅栏，大门挂着一个白色大牌子，上面写着：岳城市西关康复中心。

康复中心女主任姓王，要比郝秀丽年长几岁。见到郝秀丽像是老熟人一样热情。这个康复中心原来是古城街道的养老院，寄宿养老的人都集中到了市里新建的大型养老院，这个养老院就改为康复中心，专门收留那些生活不能自理、家庭无法照顾的智障儿童。王院长的圆脸上一直挂着微笑，说："你的孩子放我这儿就放心吧，比家里吃得好，还有专门的康复医师按照国家正规教程，开发他们的智力，让他们逐渐达到自理能力。"

王院长的话让郝秀丽动心了。王院长领着她们到房间，四个人一个房间，单人木板床，床上的被褥叠得很规矩。墙壁粉刷得洁白光亮，房间里有卫生间。

"阿姨，我弟弟小，还老实，在这里会不会受欺负？"平平担心地问。

王院长笑着摇头："绝不会出现这种情况的。我们的老师责任心都很强，同时我们又采取措施，分年龄段住宿。再说了，这些孩子智力低下，老师的话他们都听。我领你们去课堂看看。"

来到楼上一间宽敞的教室，摆放着跟学校课堂上一样的课桌，前面也有一块大黑板。教室里空无一人，桌子上也没有书本。王院长又把她俩领到活动室，这是一间很宽敞的房间，占据大半个楼层。二十多个儿童坐在地板上，一个男老师拿着篮球在示范如何拍篮球。

郝秀丽一眼就看到刘大昌坐在中间，却没有吸吮手指。他也认出郝秀丽，龇牙一笑，站起身要走过来。男老师突然喊了一句："坐下！"刘大昌像触了电似的立刻坐回原地，呜呜地哭起来。王院长不知道刘大昌认识郝秀丽，她让另一个女老师把刘大昌领出活动室。

郝秀丽上前拉住刘大昌的手，亲切地说："大昌，认出姨了。我要把你小弟也送来，你哥俩有伴了。"

刘大昌眼含泪水咧嘴笑了，哇哇嘟囔起来。

王院长惊疑地问："你们认识？"

郝秀丽掏出纸巾把刘大昌脸上的泪水擦干净，对王院长说："我儿子和他同父异母，他说不出来，可心里有数哇！"

平平又对王院长说：“我小弟来了，要跟大昌住在一个房间，他俩是个伴。”

王院长答应了，又领她们去厨房看了一圈。王院长让厨师把冰柜打开，鱼肉蛋都有，厨房也挺干净。郝秀丽问平平怎么样，平平说：“妈，这儿的条件挺好，把小弟送来吧。”

把小石头送进康复中心，郝秀丽开始收拾家。多年的陈旧物品都清理出去，把室内粉刷一遍，又去商场买了一套新厨具，和两个圆桌、塑料凳子。田大鹏知道老姨要办学习班，拿回来一块小黑板。郝秀丽高兴地夸奖大鹏真的懂事了。田大鹏说话不看老姨的脸，闷声地说：“是师傅给的。”

小黑板挂在外面的门口旁边，院子里又摆放了一排小板凳。孩子吃完饭可以坐在院子里，她可以辅导他们学习。郝秀丽精心地在黑板上用粉笔画了一幅粉笔画，几只小燕子，在细细的柳枝间飞翔。

郝秀丽拿着写好的一张广告纸，来到北钢子弟学校门前，把广告纸贴在大墙上。中午下课的时间还没到，大门口已经来了很多家长接孩子。一位中年男人推着车子走过来，把车子放好，坐在自行车后座上，从兜里掏出的烟盒里抽出一支香烟叼在嘴上，忽然看到墙上的小饭桌招生广告，从座上跳下来走上前好奇地看起来。

“嗨，谁写的广告，丢三落四的连个联系电话都没有！”那男人嘟囔说。

郝秀丽从他走过来看广告就一直注意他，看样子是接学生的家长。郝秀丽上前轻声地说：“你好，我写的，是我开办的小饭桌。”

那男人显得很高兴，说：“你的小饭桌在这儿附近吗？可把我中午接孩子的难题解决了！”

郝秀丽指着家的方向，说：“不远，不到十分钟的路程。你可以去看看环境。”

那男人从兜里掏出一个精致的金属盒，啪一声自动打开，拿出一张名片递给郝秀丽，热情地说：“我叫张雨林，有自己的贸易公司。女儿母亲在物资局上班，女儿念五年级了，中午我和她妈都没有时间，只好我来接孩子。有了你这个小饭桌，可以减轻我的麻烦。你这广告上没写多少钱哪？”

郝秀丽瞧眼广告，不知道怎么把重要的内容漏写了。郝秀丽解释：“忙得忘写了。每月三百元，中午两个菜，一荤一素。”

张雨林两眼含笑，说：“啊，可以，一般家庭都可以接受。这样吧，我回家跟我爱人商量一下，明天上午去你那里看看，可以的话中午就把孩子送进去。”

郝秀丽的心剧烈跳动，犹如谈好了一桩大生意。她极力保持镇静说：“欢迎你去考察！”

张雨林看着广告，笑呵呵地说：“嗨，什么考察？我只是熟悉下门。你给我的第一印象挺好，小饭桌一定不错！这字写得真好，可内容欠缺，重要东西都没写，联系电话、收费标准，怎么连个名字都没有？名不正言不顺嘛！”

郝秀丽感觉到这张小广告写得太仓促了。只写小饭桌带学生，环境干净，重要内容都没写，也没想到起个名字。郝秀丽感到学生家长很热情，连连说谢谢。

下课的铃声响了，学生们蜂拥走出校门。张雨林领着女儿走了，郝秀丽望着他们的背影，心里有一丝安慰，不管怎么样，小饭桌算是接收了一个有意向的学生。接学生的家长领着孩子纷纷离开校门，郝秀丽等了一会儿没有学生家长看到她的广告。郝秀丽把墙上的小广告纸撕下来，骑车往回走。她没回家，直接到离家不远的电信局，询问座机电话价格。住宅座机电话费用三千元，还要排号到两个月后才能装机。她立刻打消想法，小饭桌能否赚到这么多钱，还很难说！

郝秀丽回到家里，她开始翻现代汉语词典，为她的小饭桌起个名字。那个学生家长说得对，名不正则言不顺！翻了半天也没有起个满意的名字。她无意中看到“秀丽”词组。其解释为清秀美丽，美丽脱俗。她仿佛第一次知道这两个字的意义，像困惑中飘来一缕清风，豁然开朗。这是父亲给她起的名字。小学老师夸她长得像名字一样秀气。那时每天都觉得自己生活在温馨和快乐中。

郝秀丽提起毛笔，迟疑下，俯身在淡粉色的铜版纸上写下隽秀的楷书：秀丽小饭桌招生启事。

郝秀丽写完，感觉很满意。田大鹏和平平吃完饭都走了，她立刻收拾家。她盼望那位学生家长能来家里考察一下，她觉得那个男人的心很细，也是位热心人，仅仅看了一眼广告就给她指出很多问题。郝秀丽收拾完，看下墙上的挂钟，快到十点了，应该去学校把广告纸贴出去。

郝秀丽刚推车出去，张雨林推着自行车走到门口，身后还跟着六个推自行车的男女。张雨林兴奋地对身边人说："我说不远吧，就是这位老师。"

郝秀丽迎上去热情地说："张经理，欢迎你们来考察！"

张雨林笑道："多大个事儿，谈不上考察，我给你介绍来六位学生家长，他们都想把孩子送过来。我昨天也忘问你贵姓了。"

"我姓郝，叫郝秀丽。"

"啊，郝老师！我们来认认门吧。"张雨林爽快地说。

郝秀丽的脸颊发热，多少年了没有听到这陌生而又熟悉的称呼。郝秀丽把他们让进院里。他们对郝秀丽家的环境很满意，一个学生家长看到屋外墙壁上的小黑板，很惊讶地问："郝老师，你这是要给来的学生们辅导课呀？"

郝秀丽微微一笑，说："我辅导不了孩子，就是有时间领着学生练练字。"

他们感到很满意，七位家长中午把学生送过来。郝秀丽开始准备七个学生的午餐。

张雨林看到郝秀丽手里的广告纸，说："郝老师，您准备午饭吧，我顺便把广告给贴出去。"

张雨林顺手打开看，没有联系电话。他让郝秀丽把他的大哥大电话号码写上去。郝秀丽提笔写下。他们都惊讶了，张雨林问："郝老师，这都是你写的吗？”

郝秀丽：“是啊。”

几个家长异口同声赞叹道：“这字写得真漂亮！”

张雨林啧啧称赞：“昨天是在白纸上，我也没有细看。郝老师，你就教我们的孩子怎么写字吧！”

“现在老师也不教学生怎么样写好字。郝老师，你要有时间就教孩子写字，我儿子连笔都不会拿，我是纠正不过来了。”一位妈妈说。

家长们的一番夸奖和给予的希望，让郝秀丽激动不已，仿佛回到多年前第一次站到讲台上那种感觉。一双双天真的大眼睛齐刷刷地看着她，她既兴奋又紧张。多年前那种新奇的感觉，又重新激荡在她的身上。

19

秀丽小饭桌的声誉很快在北钢子弟学校周围传开。尽管有三四家小饭桌相继开张，但是要把孩子送秀丽小饭桌的家长很多。可秀丽小饭桌已经满员了，只能收下三十名学生。

田大鹏懂事了，家里晚上也有学生，他占据一个房间，平平没有学习的地儿了。他晚上就在电器店里住。郝秀丽不放心，晚上学生都走了，她到店里看一下，郭忠诚已经把店里用木板隔开一个小间，靠近窗户有一张单人木板床。被褥都是郭忠诚给买的，保温饭盒都买了。田大鹏能够自立懂事，学会简单地修理电视机，全靠郭忠诚的引导和教育。

郝秀丽感激地说："小郭，我真是遇到你这个好人哪！大鹏有你这个师傅，是他的福分哪！"

郭忠诚憨笑着说："姨，遇在一起是缘分。你领着他们生活也不容易，我也帮不上什么。姨，我决定冬季征兵的时候报名参军，这个店就兑给大鹏。"

郝秀丽不解地问："小郭，你这个店干得挺红火，怎么突然要去当兵了？是不是大鹏在这儿花销大了不赚钱了？"

郭忠诚慌忙地说："姨，你理解错了！我从小就想当兵，这是我的志向！我都二十岁了，今年再不报名就错过机会了。大鹏以现在修电器的能力，维修一些小毛病没有问题，这个店维持他的生活绰绰有余。您也不用为他的生活操心了，给家里能减轻一些负担。”

郝秀丽双眼濡湿：“小郭，你处处为姨着想，你真是个好孩子，姨一辈子也忘不了你呀！”

田大鹏正神情专注地用万能表检测一块电路板。郝秀丽问：“大鹏，你听到没有？”

田大鹏头都没抬地嗯了一声。郝秀丽继续问：“你听到什么了？”

田大鹏瞥一眼郝秀丽，生硬地说：“我好好学。”

郝秀丽轻松地笑了：“大鹏，你自立了，就给家里减轻一点负担！”

郭忠诚感觉出郝秀丽那轻松的微笑是发自内心的。“姨，你放心吧，大鹏会自立起来的。”

几年来郝秀丽没有这样轻松过。小饭桌的学生很多，她没有雇帮手，从早晨起来，给平平做早餐开始就忙活。平平上学走了，她去市场买菜。为了让学生们吃上新鲜的蔬菜，她只买当天的。一天在市场看到了程桂霞，她已经不用起大早从郊区的菜农地里收菜，蹲在市场上一斤一斤地卖了。她和她的男人到菜农的大棚里收购蔬菜，用货车运到省城整车批发。程桂霞打扮时尚，红嘴唇，黑眼影，大波浪头发，紧绷屁股的黑色短裙，一双紫色细高跟皮鞋。

程桂霞跟郝秀丽一番热情，寒暄中表露出再嫁后的幸福。她的眼神充满神秘，嘴角一撇说：“大妹子，你遇到合适的男人也别错过了。不老不小的身边应该有个男人，干吗为那个死鬼守着！”

郝秀丽淡然一笑：“我现在没有考虑，以后再说吧。”

郝秀丽在困境的时候，没有想到找个男人来帮她扛起生活的担子。两任丈夫在不到六年的时间先后离去，她不得不对自己的命进行深思。她命运多舛，屡遭不幸。但她看到两个孩子和残疾的外甥，她必须挺住，领着孩子好好活着。她要把平平抚养大，考上大学，有一个稳定的工作，找到一个像她爸爸一样的好男人，成家立业，做母亲的就心满意足了。至于小石头的人生，从来就没有希望在他身上。不让他挨饿受冻，活得质量好一点，不枉在人世间走一回。对于她的外甥田大鹏，他自食其力能够生活，再给他找个好女人成家。她就对得起死去的姐姐和姐夫。

郝秀丽每天忙活得很累，却感到十分充实。来到她这里的学生家长都很善良，没有挑三拣四的。北钢子弟学校在岳城的小学中教学质量和环境是比较好的，不少非北钢职工的人把孩子送进北钢子弟学校。而这些家长基本都有生意做，出手很大方。小饭桌的费用都提前交给郝秀丽。

张雨林在这些学生家长中，生意做得可能很好。开了一台北京吉普车，下车后，胳膊夹个包。他几乎每天都开着车来接女儿，每次站在郝秀丽家的院子里用大哥大打电话的时候，都是谈生意。张雨林很热心，也非常健谈。原来他跟郝秀丽是一届毕业的，他下乡到复县许屯公社。他回城被安排到物资局工作，几年后，停薪留职开办了自己的贸易公司。

一来二去郝秀丽对张雨林不那么陌生了，但她没有向这个男人讲述自己做代课老师的经历，只是说自己也下乡了在沙金村。张雨林闲谈中问郝秀丽，这么长时间，怎么没见到你爱人？郝秀丽最怕学生家长们问她这个话。而那些学生家长很深沉，没有一个问的。她曾想过，如果有学生家长问起，她只说平平父亲。尽管郝秀丽心里有所准备，但张雨林的问话让她显得局促不安。郝秀丽神色慌乱地说，孩子的父亲因工去世了。张雨林似乎猜想到什么，没有感到惊讶，而是说声对不起。郝秀丽却从不问他家里的情况，可她却知道张雨林的妻子肖雪洁也在市物资局上班，她父亲是局长。肖雪洁爱穿裙子，家里有一柜子各种款式各种颜色的裙子和高跟鞋。这些有关张雨林家的事，都是他们家的宝贝女儿张倩倩说出来的。张倩倩比平平小一岁，比平平活泼，爱说话。中午学生们齐聚小饭桌，显得格外忙碌。张倩倩很有姐姐样，不上桌凑热闹，还帮助郝秀丽给低年级学生盛饭盛菜。郝秀丽也非常喜欢张倩倩，感觉她非常懂事。

这天上午，郝秀丽买菜回来，开始择菜洗菜。她出屋倒水的时候，看到院子靠道边的电杆上有人在安装一块广告牌子。郝秀丽看到张雨林的车停靠在墙边，他胳膊夹个黑包，正在指挥杆子上的人干活。

郝秀丽觉得奇怪，仰头看一眼杆子上的白底牌子五个蓝色大字：秀丽小饭桌。下面还有联系的传呼机号。

郝秀丽急忙走出院子，奇怪地问："张总，这是怎么回事？"

张雨林笑着说："我给你做了牌子，你这小饭桌要做成品牌，就要有块招牌呀！"

郝秀丽异常激动。她的小饭桌能顺利办起来，很大程度上得到了他的帮助。郝秀丽心里有数，只是没有机会表示感谢。每次张雨林来接孩子，都是来去匆匆。

"多少钱？我给你钱。"郝秀丽从兜里掏钱。

张雨林看着郝秀丽手里的钱，轻松一笑："我得加价赚你点钱哪！完事儿再算。你先忙去吧！"

郝秀丽回到屋里，透过厨房窄小的有些模糊的玻璃窗户，看到张雨林的身影，忽然勾起深埋在记忆里的姜辉。那是她最美好的一段人生时光，那个男人给了她人生中最甜蜜的一段岁月。如果姜辉尚在人世，外表形象绝不会逊色于这个春风得意的男人。想起自己已逝多年的丈夫，双眼模糊了。

高压锅的蜂鸣声惊醒了郝秀丽，她回过神来开始忙碌。

张雨林掏出一百元钱，付给两个小工，然后走进郝秀丽家的院里。进到屋里像到自己家里那样熟悉，把包放到衣柜上面，从洗漱架上端起脸盆从暖瓶里倒些热水，端到郝秀丽面前。郝秀丽立刻从水缸里舀出一瓢水放进脸盆里。张雨林端到院里，放到木凳上洗手。郝秀丽立刻把香皂和毛巾递过去，她一手托着香皂盒，一手拿着毛巾等在旁边。张雨林慢慢地洗手，嘴角露出一丝不易觉察的惬意的笑，好像很陶醉在这环境中。

张雨林从郝秀丽手里接过毛巾，满脸堆笑：“谢谢郝老师！我在家享受不到这样的待遇呀，感到很温馨！”

郝秀丽脸色通红，像自己做错了什么，忙解释：“对不起，凳子上没地儿放香皂盒。”

张雨林觉得刚才的话太随意了，说：“我的意思是说倩倩她妈在家里不会照顾别人，很自私呀！”

郝秀丽感觉张雨林越说越离谱，赶忙岔开话题，说：“张总，我还没想到外面挂个牌子的事儿。谢谢你啊！多少钱？”

张雨林突然想起包里还有一个传呼机。他拿出来递给郝秀丽，说：“这是新款摩托罗拉汉显机，送给你的。我想帮助你再安装一个座机，已经办理了装机手续，但需要排号。”

郝秀丽像触到了地雷似的，惊恐地说：“不用！我也没有什么业务，用不着电话和这个传呼机。谢谢你了！学生要放学了，我要做菜了。那个牌子多少钱？我必须给你！”

张雨林似乎预料到郝秀丽的拒绝，嘿嘿地笑了两声，说：“你现在最需要通信工具。这么多学生在你这儿就餐，晚上也有学生留下，有时家长们都需要及时联系你。大哥大价格太贵了，不做大生意的买它没多大用。传呼机应该具备一个，谁有事儿呼你，显示汉字。需要回话的，你就去公用电话亭回话。”

郝秀丽犹豫起来，学生家长确实联系不上她，尤其晚上学生家长有特殊情况，晚来接孩子，需要联系她的时候无法联系上。

“传呼机我要了，多少钱？跟牌子的钱都给你。”

张雨林想了一下说：“这样吧，这钱就顶倩倩下半年小饭桌的费用。”

郝秀丽收下了传呼机。

20

郝秀丽事后才反应过来，张雨林的女儿张倩倩下半年就升入初中了。这是张雨林故意推诿不收郝秀丽的钱。郝秀丽不能无缘无故地接受他人的东西，尤其是男人。她感觉张雨林是个热心肠的人，但她心里不能接受别人对她的怜悯。她不想纠结在这件事情上，再见到张雨林，无论他如何推托也要把钱给他。可张雨林几天没有来接女儿张倩倩。郝秀丽问张倩倩，你爸这些天怎么没来接你？张倩倩脸色忧伤地说，爸爸和妈妈又吵架了，爸爸好几天没回家了。

郝秀丽相信张倩倩说的不是谎话，本想让张倩倩把钱捎给她爸爸，她立刻打消了这个念头。

几天以后，张雨林来了。张雨林进屋满脸歉意的笑，像多日没来感到歉疚似的。郝秀丽抬头看他一眼，礼貌地打下招呼。

张雨林穿着半袖的确良白衬衣、藏青色西服裤。脸色红润，像刚从酒桌下来，酒劲儿正在脸上燃烧。张雨林依然夹着黑包，手里拎着一把汽车钥匙，在郝秀丽眼前晃动一下，说："郝老师，我去上海提了台桑塔纳轿车。等了好几天才提出来。全国各地等着买车的人太多了。咱们市不超过十台，你出去看看怎么样？"

郝秀丽对张雨林的话不感兴趣，勉强地笑了笑，说："恭喜你！

我不懂车，也不会欣赏。张总，我把传呼机的钱和做牌子的钱给你。你不收，我心里很不安！”

张雨林苦笑着说：“好吧，我不收下这钱，郝老师寝食不安哪。传呼机市面上销价是一千元左右，给你这机子是我朋友从香港带回来的，二百元，牌子是一家广告公司白给我做的。因为我的公司广告业务都交给他们来做。这点小钱他们怎么好意思要。那两个安装的小工是从市场找来的，每人二十五元钱。总计二百五十元。嘿，这个数不好，你给二百元吧！”

郝秀丽从兜里拿出三百元，递给他：“我知道，传呼机根本不是这个价钱。我领情了！”

张雨林把二百元收下，一百元放到桌子上，无奈地叹口气，说：“我说多少钱就多少钱！郝老师，我们是同龄人，有相同的经历。我的命运比你好一点。下海比较早，靠关系赚了点钱。我看你领着孩子很不容易，想帮帮你。没有别的意思！”

郝秀丽感激地看着张雨林：“你没少帮忙，小饭桌开得这么顺利，是你的功劳！我以后有事，一定求你帮忙！”

张雨林爽快地说：“嗨，别客气呀，谈不上求。需要我帮忙，尽管吱声！”

张雨林很想开着崭新的桑塔纳轿车，拉着郝秀丽在滨海大道上兜风。从认识郝秀丽那天起，他就把她视为青年点的一位大姐。那位大姐是大连知青，比他早一届下乡。张雨林在农村的两年，没少得到大姐的照顾。大姐每次从家回来，都给他带点好吃的。大姐在伙房做饭，他赶不上饭点的时候，大姐总给他留一份饭菜。大姐说他像她下乡在内蒙古的弟弟。而现在张雨林却觉得郝秀丽像那位大姐，感到帮助了她就是回报当年大姐对他的那份情义。

郝秀丽每天很忙，只有星期天才能轻松地喘口气，而这一天她要去西关的康复中心，把小石头一周的换洗衣服送去，再给小石头买点他爱吃的食品，也给刘大昌带一点。上周看到刘大昌的衣服很脏了，散发一股酸味。王院长告诉郝秀丽，刘大昌的母亲有一个月没来看他了，换洗的衣服都没了。郝秀丽又给刘大昌买了几件衣服。

哥俩儿看到郝秀丽，那无神的眼睛立刻亮了起来。小石头含混不清地喊着“妈妈”。刘大昌还是吮着手指，另一只手指着小石头嗷嗷地叫。郝秀丽不明白是什么意思。王院长笑着告诉郝秀丽，刘大昌是告诉你，小石头把洗脸盆当鼓来打，把盆子打破了。王院长说，小石头节奏感非常强，弹琴老师教他们唱歌，或是广播里出现音乐，他就随着音乐拍打盆子。不让他拍打，他就哭。王院长让郝秀丽给他买个小鼓，让音乐老师教他打鼓，其实就是给他买个玩具哄他。

郝秀丽听了王院长的话，抽空到乐器商店去给小石头买小鼓。琳琅满目的乐器应有尽有，属于打击乐器的鼓有十几种。售货女孩子问清楚郝秀丽买鼓是给孩子玩的，就劝她给孩子买个架子鼓，打好了能有出息。郝秀丽一看价格吓了一跳，便宜的也要两千多元。郝秀丽暗自一笑，小石头玩出天籁又有什么用。郝秀丽看好一个不用鼓槌的手拍鼓，声音低沉，用力拍也没有多大噪声。价格不到五十元。郝秀丽就把小鼓买下来送到康复中心交给王院长。

星期一一大早，郝秀丽买菜回来，自己简单地吃一口，开始准备学生们的午饭。临近中午学生们要放学的时候，她的传呼机响了。郝秀丽一看是张雨林发来的信息：

郝老师，麻烦您点事，倩倩今晚在你家住一夜。我和她妈妈有事。

郝秀丽没有给张雨林回信。中午张倩倩放学来吃午饭，郝秀丽对倩倩说：“你爸爸晚上要你住在这儿。”

张倩倩怔了一下，欢快地拍手说：“阿姨，我真不爱回家，在阿姨这儿住多少天我都愿意！”

郝秀丽没有问张倩倩为什么不爱回家，她从孩子的话里隐约感到了什么。从那以后，张倩倩在郝秀丽家住过几次。而且这几次张雨林没有跟郝秀丽打招呼，都是张倩倩中午回来吃饭的时候，对郝秀丽说，姨，我今晚在这儿住。郝秀丽问她，你爸爸妈妈知道吗？张倩倩说，是爸爸让我来住的。郝秀丽没有过问原因，倒是平平问清楚了。平平问她，你怎么不爱在家住哇？张倩倩噘起嘴巴显得很生气地说，爸爸妈妈总吵架，他们一吵架，我的脑袋就疼。恨不得有个地缝钻进去。平平似乎有同感，她记得继父刘启田跟妈妈吵架时，她抱着脑袋都想撞墙。

放暑假了，张倩倩还要在郝秀丽家住。郝秀丽留下她吃晚饭，让平平陪她一起写作业。郝秀丽抽空到街上的电话亭给张雨林打电话，问他："倩倩不回家住，你知道吗？"张雨林笑呵呵地说："倩倩最喜欢在郝老师家住，那就让她住你家吧。"郝秀丽严肃地说："不行，你过来把倩倩接回家！"

张雨林开车过来。张雨林看到郝秀丽脸色凝重，惊疑地问："郝老师，倩倩惹你生气了？"

郝秀丽平静地说："张总，倩倩是个懂事的孩子。她爱来我家住，我欢迎。可是，你知道她不愿意在家的原因吗？"

张雨林愣住，问："什么原因？"

郝秀丽沉吟片刻，说："我不知道该怎么说。这样吧，你们家长要给孩子创造一个好的生活环境，不能给孩子的心里留下阴影。"

张雨林胡须浓重，脸上露出一丝愧色，说："啊，让你笑话了。我跟倩倩她妈，实在是难在一起生活呀！要不是为了倩倩，嗐，一言难尽哪……"

郝秀丽打断他的话："张总，你们家的事情，不要跟我说。我只是让你关心一下你的女儿。她下半年就念初中了，她更需要关心！倩倩已经吃完饭了，你接她回家吧。"

张雨林从兜里掏出钱，说："倩倩这学期的费用，包括她这些天在这儿住的费用。你收下吧！"

郝秀丽拒绝道："倩倩的费用已经收过了。住这几天我不收费用。”

张雨林把钱收起来，说：“欠你的人情，以后有机会还吧。”

张倩倩不情愿地跟张雨林回家，临上车还对郝秀丽说：“姨，我会来看你的！”

郝秀丽鼻子一酸，转身回到屋里。

21

暑假很快过去，秀丽小饭桌的学生少了十几个。六年级的升入初中，学龄前刚上学，家长还舍不得把刚上学的孩子送到小饭桌。郝秀丽也不用去学校门前招学生，顺其自然。

每天上午忙碌一阵，把饭菜做好后，锁上门提前十分钟到学校大门前接学生。这天郝秀丽在家忙碌完，一看时间还有五分钟学校就放学了。从家到学校要十分钟，她怕学生们没有她领着出危险，赶忙往学校跑。快到学校大门前时，校门刚好打开，她踩在一块松动的石板上，身子一歪摔倒在地。旁边一个学生家长把郝秀丽扶起来。可郝秀丽的左脚却不敢落地，她单腿蹦到栅栏边，坐到墙根抬起左脚用手轻轻地扭动几下，疼得揪心。她担心是骨折，那样可就坏了，这小饭桌就要停了。郝秀丽的额头渗出汗珠，现在还不能去医院拍骨片，她咬牙也要坚持把学生的午餐进行完。学生们出来了，低年班高年班的学生聚集在一起，郝秀丽点了下，一个不少。郝秀丽站起身，让一个高个的男学生过来，扶住他的肩膀，慢慢地回到家里。

学生们都非常懂事，吃完饭去刷饭碗，收拾餐桌。郝秀丽不放心让学生们自己去学校，她把田大鹏的拐杖找出来，忍着疼把学生们送到学校大门口，看着他们走进校园。郝秀丽要去北钢医院，平时不到半小时的路程，可现在一个小时也走不到了，她的左脚已经红肿。这条家属区的街上没有公汽，也没有拉脚的三轮车。郝秀丽想到了张雨林。

郝秀丽到公用电话亭给张雨林打电话。张雨林十分惊讶，忙问有什么事。郝秀丽说："你有时间来一趟，没有时间就算了。"张雨林放下正在修改的合同书，开车来到郝秀丽的家。进门一看，郝秀丽的左脚踝红肿，脚背已经变成青紫色了。

张雨林没有问经过，直接抱起郝秀丽上车。张雨林心里清楚，如果是骨折，恐怕已经失去了接骨的最佳时间。骨折处接不好，就要留下残疾。张雨林没有去北钢医院，而是直接来到市正骨医院。

骨片出来，张雨林松了一口气。郝秀丽左踝骨没有骨折，是脚踝扭伤了。由于没有及时处理，脚踝瘀血肿胀。医生处置了一下，又开了消炎药和消肿药水。张雨林把郝秀丽送回家，郝秀丽要用他的大哥大给学生家长打电话，通知他们小饭桌暂停几天。张雨林立刻说，你把小饭桌突然停了，就把这些学生家长的工作生活计划打乱了，给他们增添了麻烦。郝秀丽细想也是这个道理，能把学生送到小饭桌的都是家长脱不开身的。郝秀丽感到很为难，自己拄拐做饭还可以，买菜让平平起早去也可以解决。可是接送学生是个问题，这些学生必须由大人看护，他们才能不乱跑，也不在路上贪玩。

张雨林看出郝秀丽的心思，说："这样吧，我中午也没有什么事儿，学生放学的时候，我去接学生。他们吃完饭，我再给送到学校。我早起遛弯儿，去早市把菜买了。"

郝秀丽不好意思地说："我怎么好麻烦你呀！我还是找个钟点工吧，专门负责接送学生。买菜就叫平平起早去吧！"

张雨林轻笑一声，说："谁还没有点困难？见到有困难帮一把也不算过分。何况倩倩在你这儿住了很多天，也没少给你添麻烦。"

郝秀丽面露赧色，自己确实遇到难以克服的困难。到了举步维艰的时候，也需要别人拉一把。郝秀丽同意了张雨林的帮助。

郝秀丽把菜单写好，连钱一起交给张雨林。早晨张雨林把菜买完送过来，郝秀丽拄着拐在厨房忙活。中午学生放学，张雨林把学生领回来。学生们吃完饭，在院子里玩耍一会儿。张雨林开始收拾饭桌，郝秀丽阻拦他。张雨林显得很无奈地说："你要不想早日恢复脚伤，你就单腿蹦跶。最后是继续瘀血红肿，所有的消炎药都白吃！"

郝秀丽低头看下自己的左脚，确实这两天没有静养又红肿起来。郝秀丽坐到椅子上，看着张雨林收拾饭桌。

张雨林家务活做得很娴熟、利落。郝秀丽想起姜辉，那时候家务活都是姜辉干，他不让郝秀丽动手，从做饭到收拾饭桌，姜辉做得井井有条。郝秀丽看着张雨林，却幻觉出是离她而去多年的姜辉的身影。

"郝老师，你在想什么？"张雨林看着她眼神游离笑着问。

郝秀丽猛然一惊，慌乱地说："啊，没想什么。你在家是常做家务活？"

张雨林把手洗干净擦干，笑吟吟地说："你是看我像模范丈夫？是的，可以说我够一个模范丈夫的标准。嗐，怎么说呢？"

郝秀丽马上打断他的话："你受累了，我真不好意思！我伤好了，请你吃饭哪！"

张雨林得到这个承诺似乎是对他最高的奖赏，他笑着说："我可记住了呀！从明天起，午饭也不用你做，你多休息，脚伤就能好得快！"

不管郝秀丽怎样阻拦，张雨林还是在她家里忙碌一上午。择菜的活都不用郝秀丽做，从做饭到炒菜，有条不紊、不紧不慢地做完，然后去学校接学生。一直到午饭后把锅碗瓢盆收拾干净，送学生们到学校，他才回单位。郝秀丽问："你一上午不到单位能行吗？"张雨林说："没人敢说老板脱岗。公司主要经营煤炭生意，现在属于淡季事不多。"

十多天过去，郝秀丽的脚伤明显好转，但左脚不敢用力走，只能踮脚走路。这天张雨林买完菜放到院子里，去公司处理点事情。郝秀丽告诉他不用回来了，她可以做午饭，到时候把学生接回来就行了。张雨林半上午后回来了，进屋把围裙戴上，就开始忙活做饭菜。郝秀丽打下手，不一会儿就把饭菜做好。张雨林摘下围裙去学校接学生。把学生接回家后，戴上围裙开始给学生们盛饭菜。

院门打开，一个高个女人穿着白色乔其纱裙子款款走进来。郝秀丽怔住，不是学生家长。她踮脚迎出去，礼貌地说："您好，您是学生家长吗？"

那女人傲慢地瞥眼郝秀丽，径直走进屋里。张雨林一抬头惊愣住了，慌张地问："雪洁，你怎么来了？有事回家说，孩子们正在吃饭。"张雨林看到郝秀丽站在门口，说，"郝老师，这是倩倩妈妈，肖雪洁。"

郝秀丽尴尬地说："您好，我是小饭桌的老师郝秀丽。"

肖雪洁轻蔑地哼一声，说："我以为是个什么高贵的地方这么吸引人呢？爷儿俩都爱往这儿跑！张雨林，你在家里也没这么上心哪！"

张雨林赶忙解下围裙拉住肖雪洁，说："雪洁，有什么事儿回家说。郝老师的脚崴了，我帮助她干点家务活。"

"张雨林，你越抹越黑！你这是帮忙吗？你是把这儿当家过！"肖雪洁喊着张雨林的名字，目光鄙夷地看着郝秀丽。

郝秀丽脸色煞白，两腿颤抖，扭伤的脚踝一下子肿疼起来，有点站立不稳。张雨林拉住肖雪洁的手就往外走，肖雪洁一挥手，正好打在一个端着菜汤的女学生的手上，一碗菜汤打翻落地，扣在学生的脚背上。女学生哇一声大哭起来，坐到地上。

张雨林愣然，抬手掴了肖雪洁一个耳光："你真是个混蛋！"

郝秀丽焦急地喊："快送孩子去医院！"

张雨林抱起女孩子出门，急速去了医院。

肖雪洁捂住嘴巴，狠狠地瞪了郝秀丽一眼，扭头跑出院子。

郝秀丽像做了一场噩梦，呆坐在院子里，焦急地等待张雨林回来。没有等到张雨林，却等来了两个身穿制服的人。男同志头上戴着大盖帽，拿出工作证在郝秀丽眼前晃动两下，严肃地说："我们是清河区工商局的。有人举报你私自办班，你办的什么班？有营业执照吗？"

郝秀丽脸色煞白，心里发慌。她吞吐地说："啊，我……我办个小饭桌，中午有几个学生在我这儿吃饭。我……我没有执照。"

穿制服的女同志，眼睛瞪得像玻璃球似的说："这是无照经营，属于违法行为！"

郝秀丽目瞪口呆，不知道说什么。

男同志说："现在停止营业，明天去局里做个笔录。"

女同志从包里拿出一个本夹子，打开在上面写了几笔，然后让郝秀丽签字。女同志撕下这页纸交给郝秀丽，说："这上面有时间地点，明天准时过去。"

两位同志没有再多说话，也不需要听郝秀丽申辩或是解释，他们走了。临出门，男同志指着墙外的那根电线杆子说："明天把那个小饭桌的牌子摘下来，不摘罚款！"

郝秀丽坐立不安。小饭桌勒令停业，她不惋惜，也不懊悔。出了事儿她才意识到看护小学生是要承担风险的，那个女孩子被烫伤，也是给她敲响警钟。情况突变，她怨不得张雨林。她倒是暗自责怪自己不争气，如果脚踝没扭伤，就不会依靠张雨林来帮忙。她甚至都恨不起来肖雪洁，自己的男人到一个寡妇家帮助做活，她恼怒和气愤也是正常的。郝秀丽现在极度不安的是那个女孩子的伤怎么样？她如何面对孩子的家长？

张雨林开车回来了，满脸汗津津的。郝秀丽焦急地问："孩子伤得重吗？"

张雨林却问："肖雪洁走了？"又歉意地说，"郝老师，对不起呀，让你受惊了！"

郝秀丽又问："孩子怎么样了？"

张雨林松了一口气，说：“烫了两个水泡，医生处置一下没有大事。我把孩子送到学校，通过班主任老师找到孩子父亲。说明了情况，我要赔偿钱，孩子父亲挺开明，说什么也不要。只说这是教训，孩子们再聚一起吃饭，安全是大事。明天吃饭再不让学生自己端汤了。”

郝秀丽苦笑一下，说：“没有大事就好哇，可急死我了！没有明天了。麻烦你明天把外面那个牌子拆下来，不拆要罚款！”

张雨林愣了一下问：“谁说的要罚款？”

郝秀丽下意识地看眼桌子上的那张告知单，说：“工商局的人来了，让我明天去他们局里做个笔录。”

张雨林拿起单子看了一眼，愤恨地说：“这肯定是肖雪洁干的！明天你不用去，我找人通融一下！”

郝秀丽豁然一笑说：“不用了，谢谢你！”

22

早晨，郝秀丽是第一个来工商局办事的。坐在长凳子上，看着忙碌的公职人员，她忽然产生一种自责感，不应该给人家添乱。当初下岗的时候干点什么活都可以，为什么无意中干起了违法的事儿？她也不知道自己的事情有多严重，等待的时间很漫长，她越发感到问题严重。她想到了平平，想到了小石头，想到了田大鹏。他们离开她可怎么生活？她的眼角湿润了，不能让他们把自己送到公安局，把她一年来小饭桌挣到的五千元都交给他们，求得宽恕。她紧紧地攥着兜里的钱，为了孩子们，一定要舍得！那沓钱已经被手心的汗水浸湿了。

一个穿制服的女同志端着水杯过来，看到郝秀丽呆呆地坐在那儿，问她办什么事儿。郝秀丽把处罚单递给她看。那女同志指着楼梯口说，到楼上市场管理科。郝秀丽走进市场管理科，把处罚单递给一个年轻的女同志。那女同志没有任何责怪，像是早有准备，简单地问了几句何时开的小饭桌，有什么手续，知不知道违法等问题。郝秀丽一一如实回答。然后在询问笔录上签下自己的名字，那女同志进到里面的套间，不一会儿出来说："领导考虑你是下岗职工，罚最低档，交五百元吧。带钱没有？"郝秀丽连连道谢，立刻把钱交上去。

郝秀丽从清河区工商局出来已近中午，她抬头看眼炫目的阳光，如释重负，感觉身心异常轻松。她一瘸一拐地推着自行车，在林荫道上慢慢地走。她想找个寂静的角落哭一阵，把憋在心里的苦水吐出来。

郝秀丽想去看看小石头，骑车经过碧霞山公园，她看到公园大门前的柳荫下有一排休闲椅子，便下车停留，找到一个僻静的没有人的椅子坐下。上学时每年的清明节都要来山上的烈士陵园扫墓，青春的影子不复存在，可跨过青春门槛的脚步却没有停下，跨进了中年的门槛，还要走到老年的门里。磕磕绊绊地一路走来，她确实有些疲惫了，真想躺在家里歇一歇。

可她告诫自己不能有一点懈怠，郝欣慰还要上学，小石头还要在康复中心生活，用不了几年还要给外甥田大鹏找个媳妇。郝秀丽站起身，怎么能躲在这里享清闲！郝秀丽骑上车去西关的康复中心，快要到了，却想起没给两个孩子买点零食。她寻找小卖店的时候，一位骑着自行车卖冰棍的人从她身边经过，大声喊着："冰棍，百果冰棍……"

郝秀丽喊住卖冰棍的人。那人下车把车子推回来，郝秀丽一看是个年龄跟她差不多的女人。头上戴着草帽，脸部用纱巾遮挡。自行车后座上有一个冰棍箱，外部蒙着厚厚的白棉被。

那女人把脸上的纱巾打开，透出一口气："要什么冰棍？有小豆的、红糖的、白糖的，都是百果农场冰棍厂的。"

百果冰棍是品牌，别家的冰棍卖五分钱一根，百果冰棍一毛钱一根。郝秀丽没有掏钱，那女人又说："你买吧，我这是真的，不像那些卖冰棍的人，去百果农场冰棍厂批发一百根，剩下的都是别家生产的冰棍。吃在嘴里都凉瓦瓦的，可口感不一样。"

郝秀丽掏出钱："小豆和白糖的一样五根。"

那女人疑问："你是自己吃还是往家拿？"

郝秀丽淡淡一笑："我自己能吃这么多呀！给孩子买的。"

那女人也笑了，说:“我没别的意思，你家在前面，我正好往前走，到你家门口再从箱子里拿出来。时间长了，化软了口感就不好了。”

郝秀丽说声谢谢，两人并肩往前走边走边唠嗑。这个女人也是下岗女工，已经卖了两年冰棍了。不用本钱，一年干半年的活。至于一天能赚多少钱，郝秀丽的话到嘴边咽下去了。人家不主动说，她是不好意思问的。郝秀丽把冰棍拿到手，那女人喊着“冰棍，百果冰棍”走了。

郝秀丽回到家里，眼前总是晃动那个卖冰棍的女人。平平放学回来，她把遇到卖冰棍的女人的事说了一遍。平平很敏感，立刻问:“妈，你是要去卖冰棍？”郝秀丽不置可否地点点头。平平又说:“妈，他们看似很轻松，其实很辛苦，风吹日晒的。每天在路上又不安全，我不同意你干这活！”

郝秀丽无奈地轻叹口气，说:“我不出去干点什么，怎么养活你们？做生意咱没有本钱，再说我也没有那个脑子。我先试试看，也不需要多少本钱，做总比不做强。我也不走大马路，就是到住宅小区转悠。”

平平还是不同意妈妈去满街卖冰棍，主要是担心安全问题。第二天早晨，平平上学走了，郝秀丽就来到百果农场的冰棍厂。冰棍厂还没开门，门前就有二十多人推着自行车在排队，每台车后都有一个冰棍箱子。郝秀丽一眼看到昨天卖冰棍的那个女人，她上前打招呼。那女人愣了一下，猛然想起来是昨天买她冰棍的人，笑着问:“吃好了，撵到这儿买冰棍了？”郝秀丽说:“大姐，我也想卖冰棍，来看看怎么批发冰棍。”

那女人上下打量郝秀丽，半信半疑地说:“你不像能吃苦的人哪！这一天跑到晚，天越热越要在太阳底下晒。这点活就是挣点辛苦钱，一个月对付个三头二百的不成问题。”

郝秀丽暗自惊喜，就是每月挣一百元，也比她在企业的工资高出一大截呀。郝秀丽说她能坚持，没有什么活适合她做的了，家里两个孩子要吃饭。那女人告诉她干这一行的潜规则是，俩人再好也不能结伴去卖，虽然没有明确地盘，但卖冰棍的人都有大致的范围。

郝秀丽心领神会，说自己虽然是初入行，但也懂得规矩。郝秀丽问大姐贵姓，以后有不明白的地方要请教。那女人姓宋，是市纺织厂第一批下岗职工。她问郝秀丽原来在哪个企业。郝秀丽告诉她是北钢厂的，宋大姐眯眼笑着看郝秀丽说："你肯定是坐办公室的，跟我们在机台的女工就不一样，你文质彬彬的，不像我们不喊都不会说话！"

郝秀丽经不住别人的夸奖，脸颊发热了。郝秀丽拿定主意，就干这个活了！她家里没有储藏冰棍的木箱子，也忘问宋大姐冰棍箱子是在哪儿买的。郝秀丽急得额头冒汗，如果家里有男人这可能不是个问题，可问题是她没有男人。如果有男人，也许不用自己去靠卖冰棍生活。郝秀丽禁不住打个寒战，怎么胡乱想起这烦心的事了？

她推着车子出了家门，沿着人行路漫无目的地行走。茂盛的树枝透过的光点在郝秀丽的脸上跳动。郝秀丽感到阳光的灼热，心绪烦躁。不能被这点小困难吓倒，找做家具的厂子定做一个冰棍箱。郝秀丽骑上车子去找郭忠诚。

田大鹏自己在店里，看到郝秀丽来了表情木然，没有一丝亲近感。郝秀丽跟他十几天不见面，田大鹏还是那样麻木，跟老姨一点亲近感没有。

郝秀丽佯装生气地说："老姨的脚崴了这么多天，看到老姨也不问声好没好？"

田大鹏声音生硬地问："好没好？"

郝秀丽笑着叹气："大鹏啊，你哪天脑袋能开窍哇！"

郭忠诚回来了，寒暄几句话后，郝秀丽问他哪儿有家具厂，她要做一个装冰棍的木箱子。郭忠诚听明白了，说："姨，做个木箱子找什么家具厂，这事包给我了，我老爹会点木匠活，做个冰棍箱不成问题。我去找个卖冰棍的人，量下尺寸就回家，明天下午我把箱子拿回来。”

第二天下午，郭忠诚果然把一个长方形的木箱子送来。郝秀丽把箱子里面衬上一层棉隔保温。又做了一个白色的棉被盖在箱子上。在箱子外面用毛笔写上四个大字：百果冰棍。旁边用小楷字写着：保真保甜，一毛一根。

郝秀丽戴个口罩和草帽，穿着上班时候的短袖蓝色工作服和裤子出门了。

郝秀丽来到冰棍厂，没有看到宋大姐。开票的会计挺善良的，告诉她生意不是一天做的，第一次卖冰棍不能拿太多。郝秀丽信了她的话，只开了二百根冰棍，加之赠送的四十根，只装了半箱子。郝秀丽心情愉悦，像满载一箱人民币凯旋。可她要张嘴喊“冰棍”的时候，却如骨鲠在喉，怎么也喊不出口。

郝秀丽走到一条僻静的街，附近没有人。她鼓起勇气大喊道：“冰棍，冰棍，一毛钱一根！”

郝秀丽练习几遍，像干了一阵体力活，汗珠从额头滚落下来。郝秀丽重新上路，看到有人群的地方，怯生生地喊出：“冰棍……”

一天跑下来，只卖不到一百根，剩下的一百多根冰棍从保温的箱子里拿出来，冰已经抱不住棍了，成了凉冰冰的一盘水了。平平又好气又好笑地说：“我每天有冰水喝了，可妈你能赔起吗？妈妈，你大声喊卖冰棍，都羞于出口，怎么能打开销路？”

郝秀丽笑了：“你怎么猜到妈妈喊不出口？第一声我真没有喊出来。”

平平说：“妈妈，你什么性格我不清楚吗？这活真不适合你做，还是找点适合你做的事情吧！”

郝秀丽用商量的口吻说：“平平，我现在找不到别的活，先干几天。这也是一种锻炼。”

经过几天磨炼，郝秀丽渐渐成熟起来。平平几乎喝不到冰水了。她每次都把冰棍箱子装满，骑车离开城里，到市郊去卖冰棍。

她那天沿着乡间的土路，不知不觉走到了沙金村。走到村头的学校，一排陈旧的瓦房，学校大门锈迹斑斑。油漆剥落的几个红色大字依稀可辨：沙金村小学。

郝秀丽呆呆地凝视学校大门。自己怎么会来到这个让她伤心而又怀念之地。她曾居住的宿舍后窗，还能辨认出来。教师办公室和隔壁的校长室，她也能认出来。那天梁校长就在教师办公室当着二十名老师的面，宣布开除她的。十五六年过去了，那场面记忆犹新，深深地触痛了她的心。

中午放学的铃声响了，有几个学生围过来买冰棍，郝秀丽才回过神来。不大一会儿，箱子里剩下的四十多根冰棍卖完了，她才骑上车如同逃离是非之地一气到家。

23

郝秀丽连续几周没有休息一天，在风尘中奔波。她每天都有期许，一箱子冰棍，一根根卖出去，回到家把一兜子零钱放到桌子上，把分角元分类挑选好，然后数点清楚，把明天批发冰棍的本钱准备好，其余的钱整齐地放在一个鞋盒子里。这就是她的乐趣，而且是乐此不疲。

这天早晨刚下过雨，她没有急于出门。平平冒雨去上学了，临出门说：“妈妈，你今天休息一天吧。下雨了，没人吃冰棍！”

郝秀丽目送平平推车走出院子，她就坐不住了。下点儿细雨，卖冰棍的人和吃冰棍的人都少了。这时候出去不用跑多远，也可以卖上百根冰棍。在家待着也没有什么事可做。郝秀丽穿上长袖衣服和水靴子，戴上草帽，推车出门。

郝秀丽刚要骑车走，张雨林开车过来了。张雨林从车上下来，看到郝秀丽的车后架子上的冰棍箱，立刻明白了，忙说：“郝老师，真对不起你。这些日子我去山西大同签煤炭合同了，昨天才回来。你到我的公司上班吧，虽然公司不算大，效益还可以，保证你每月开一千元工资是没有问题的。”

郝秀丽微微一笑：“谢谢你！可我不会做什么，我不能去！”

张雨林用手遮挡头上的细雨，和蔼地说：“我们不能在这儿挨雨淋哪，进屋说吧。”

郝秀丽迟疑片刻，说：“你回去吧，不用你说了，我肯定不去。我卖冰棍感到心情很舒畅！”

张雨林放下手臂，激动地说：“肖雪洁把你的饭碗打了，她就是无知的人。实在对不起你！”

郝秀丽避开他的目光，说：“没有什么对不起的！是我给你们添麻烦了！”

郝秀丽说完骑车走了，到了冰棍厂，批发了二百根冰棍，然后就在街上转悠。郝秀丽在城里转了两条街，没有卖出多少。她看看天，满天阴云，细雨蒙蒙，不像有大雨的样子。郝秀丽往城郊走，路过一个建筑工地，民工们都在棚子里避雨闲坐，有的在打扑克。郝秀丽推着冰棍箱过来，打扑克的人哄然大笑，一个人兴奋地说，终于盼来卖冰棍的人。他们不让郝秀丽走，就在旁边等着，谁输了谁请大家吃冰棍。他们玩得热火朝天，输者掏钱，赢者来拿冰棍，所有在棚里避雨的人都有份。撒一圈就是三十多根冰棍，不一会儿就空箱了。这些人唱歌，起哄，打情骂俏。生活中的快乐竟然来得这么容易，忘记了生活的快乐，就来了烦恼。郝秀丽被他们的快乐感染了，置身在他们这些风吹日晒的民工当中，她体会到了久违的快乐。

郝秀丽有点恋恋不舍地离开他们。走到半路雨下大了，豆大的雨点打在草帽上噼里啪啦地响，身上逐渐淋湿了。过了玉韵桥，郝秀丽想找个商店进去避雨。桥上有个高个子的男人在雨中晃荡，嘴里叼个哨子，在哗哗的雨中能听清哨子急促的响声。郝秀丽躲闪着，怕撞到这个人。在她擦肩而过的刹那，她忽然觉得这个模糊的身影很熟悉。尤其那嘟嘟的哨声是那么刺耳，像铁器划在玻璃上让人起鸡皮疙瘩。

郝秀丽站住，她感到这个雨中吹哨人，好像是十几年前沙金村学校的梁校长。大雨中在马路中间踉踉跄跄地乱跑，疯狂地吹着哨子的人，不管是谁都是不正常的，也是危险的。郝秀丽把自行车放到路边，去搀扶那人离开马路中间。郝秀丽把自己头上的草帽给他戴上，那人依然没有感觉，还在用力地吹着哨子。郝秀丽擦了一下雨水蒙住的眼睛，看到那人胸前有块白布上写着姓名：梁永孝，联系电话，789……

郝秀丽惊呆了，真是沙金村小学的梁校长，十多年前梁校长宣布开除她的情景立刻浮现在眼前。郝秀丽从他的头上摘下草帽转身就走，可她没有走几步站住了。她看到梁校长驼背了，个头明显矮了一截。他怎么到了这个地步？仇和恨顷刻间变成了恻隐之心。郝秀丽抬手把草帽扣到他头上，拉着他的手往路边走。

一台轿车从城里疾驰过来，溅起的雨水溅到郝秀丽的身上。那轿车刚驶过去突然戛然停下，迅速调转方向来到郝秀丽面前。车门打开，张雨林从车里下来。

张雨林焦急地说："终于找到你了！快上车！"

郝秀丽抹了一把脸上的雨水，说："你来得正好，快把梁校长拉走，我骑车走。"

张雨林打开车门，把梁永孝扶进车里。然后打开后备厢，过去把自行车推到车边，解下捆绑冰棍箱的绳子，把冰棍箱放到副驾驶座上，把自行车横放到后备厢里。

张雨林已经湿透了。他上车，问郝秀丽往哪儿走。

郝秀丽想了一下，说："先回我家吧。"

到了家门口，郝秀丽把梁永孝扶下车，领进屋里。梁永孝嘴里的哨子响个不停。张雨林看出郝秀丽热心相助的是个精神病人，他伸手从梁永孝的嘴上把哨子夺下来。

梁永孝嗷嗷地号叫起来。郝秀丽马上把哨子又送到他的嘴上，他又呜呜地吹起来。郝秀丽看到张雨林奇怪的眼神，说："他原来是沙金村小学的校长，在学校的时候叼个哨子，在操场上转悠。哪个学生不遵守纪律了，他就吹哨子。不知道他现在怎么成了精神病人？他胸前有电话号码，一定是他家人的电话。你联系一下，让他家人来把他接走。”

张雨林抖抖身上湿透的衣服，头上的雨水顺着脸颊往下流。郝秀丽找出两条新毛巾递给他。郝秀丽歉意地说：“又给你添麻烦了！”

张雨林擦脸，拿出手机拨打电话。接电话的是个女人，声音沙哑地问：“谁呀？”

郝秀丽接过张雨林的电话，问对方：“您是梁校长的亲人吗？”

“是啊，你见到他了？在哪儿？”对方急切地问。

郝秀丽平静地说：“您别急，我路上遇到了，现在我的家里。您来接走吧。我家在北钢家属区清河里，34 栋房 1 号院。”

张雨林看到郝秀丽一身湿透的衣服还没换，说：“秀丽，你去里屋换衣服吧。我在这儿看护梁校长。”

郝秀丽进里屋，从衣柜里拿出只有出门才穿的淡蓝色乔其纱套裙。走出里屋，张雨林眼睛一亮，郝秀丽躲开他的目光，问：“他们怎么还没来？”

张雨林应声：“我出去看看。”

郝秀丽感觉很后悔，这会儿怎么穿上平时不穿的衣服。她敏感地看到一个男人异常的目光。梁永孝的哨声停止了，冲着郝秀丽嘿嘿地笑。

郝秀丽瞪一眼梁永孝，说：“我怎么能遇到你！你还笑，你认识我吗？”

梁永孝还是嘿嘿地笑，然后又把哨子叼在嘴上，“呜呜”地吹起来。

张雨林领着两人进来，一个年轻人对郝秀丽说：“这是叶局长，局长的姐夫从精神病院跑出来了，家里找了两天了。多亏你们领到家来了！”

叶局长伸出手，跟郝秀丽和张雨林握手，说：“我叫叶国庆，谢谢你们！家人找遍了全城，都没有找到！我要感谢你们夫妻俩！小曹，把车上的东西拿下来。”

郝秀丽的心怦怦地跳，她认出来这个高个头的叶局长就是当年追求过她的叶国庆。郝秀丽怕他认出来，赶忙说：“不用谢，你们把病人接走吧！”

小曹拎进来一个袋子，里面是香烟和酒。郝秀丽拒绝，小曹硬是放到桌子上。小曹搀扶梁校长出去。叶国庆拿出一张名片，递给张雨林说：“我在粮食局工作，以后你们在哪个部门办事，需要我帮助，可以给我打电话。”

郝秀丽看着叶国庆的车走了，她紧张的心才平静。心里却像装着五味的瓶子，充满着酸甜苦辣。

张雨林湿透的衣服还在滴答水珠，郝秀丽显得手足无措：“家里也没有男人的衣服给你换，你快回家去吧，把湿衣服换下来别凉着。”

张雨林笑着说：“没事儿，我体质好着呢。在青年点的时候，在大雨中抢修水库大坝，被雨水浇了一天一夜，好几个同学病倒了，我连一个喷嚏都没打。”

郝秀丽避开张雨林的目光，说：“那是年龄小，现在……”

“现在我们也没老哇！秀丽，你我才三十六七岁，正是干事业的时候。我请你到我的公司工作，我们共同创造美好的生活！”张雨林充满激情，两手伸出，似乎要牵郝秀丽的手。

郝秀丽走到门口，把门打开，说：“我没有什么文化和专长，你还是聘任别人吧。你快回去把湿衣服换了！”

张雨林目光充满激情地看着郝秀丽，说：“我和肖雪洁离婚了，我要娶你！”

郝秀丽愕然了，好像这话不是他说的，而是从细雨蒙蒙的门外传进来的。

“秀丽，我说的是心里话！这么多天我一直在想怎么跟你说，我实在抑制不住内心的激动，请你相信我的话！”张雨林一把握住郝秀丽的手，异常激动地说。

郝秀丽神色慌张，像触了电似的，猛地抽回手，惊慌地说：

“这不可能，我的命不好。你不要有这个想法，我不可能再找男人了！”

郝秀丽说完用力把他推出去，把门闩上。

张雨林站在雨中，双眼模糊地看着门里的郝秀丽。

郝秀丽趴到炕上失声痛哭起来。

24

北钢家属区开始大规模拆迁改造，郝秀丽到拆迁办把自己的房子登记上。姐姐的房子在房改时登记在田大鹏名下。拆迁登记要补充一些手续。郝秀丽领着田大鹏往返钢厂、社区、派出所开出姐姐和姐夫的死亡证明，又到公证处做了田大鹏是继承人的公证，才把资料补齐，田大鹏名下的房子才登记上。

郝秀丽送田大鹏回电器店，她对田大鹏说：“等新房下来，老姨张罗给你找个媳妇。”

田大鹏坐在车后不吭声。郝秀丽又追问：“你听到没有？”

田大鹏嘟囔道：“我不要媳妇！”

郝秀丽从自行车上跳下来，田大鹏也跳下来，拄着单拐，一步一步地跟在车后。郝秀丽看到挽着手臂走过的一对恋人，说：“大鹏，你看人家谈恋爱多甜蜜啊，你不羡慕？”

田大鹏噘嘴，像是跟谁生气似的说：“我是瘸子，谁能给我做媳妇？”

郝秀丽轻声一笑：“大鹏，你是自卑呀！老姨以前对你说过，只要你把手艺学到手了，有吃饭的本领就能娶到媳妇！”

田大鹏闷头走，也不吭声。

郝秀丽十多天没有来到店里，柜台上已经堆满了待修的电视机。郭忠诚告诉郝秀丽，店里的生意越来越好。大鹏的维修技术大有长进，一般的毛病他都能处理。郭忠诚兴奋地说："老姨，我报名参军的事儿定下来了。乡武装部来人找我登记了，12月份检查身体，新年前入伍。这个店就交给大鹏了！"

郝秀丽看着郭忠诚兴奋的样子，惋惜地说："小郭，你有手艺，把这个门店做到现在的程度也不容易。适龄青年有的是，也不差你。还是在家做生意吧！"

郭忠诚嘿嘿一笑，说："老姨，怎么说呢？按理我把维修门店干到这个程度，挣不到大钱，吃饭肯定是没有问题。可我当兵的理想一直没实现，我现在还是适龄青年，我想到部队干几年。这个店转给大鹏，他一定能干起来！"

郭忠诚说田大鹏能干起来，可郝秀丽不相信。郝秀丽每天在城郊卖完冰棍，就来店里观察田大鹏维修电器。如果田大鹏干不起来，还不如让郭忠诚把店兑给别人。郝秀丽观察几天，田大鹏闷头干活，在他手里的电视机都修好了，客户高兴地付钱。

郝秀丽放心了，田大鹏有了吃饭的手艺了。

秋天来临，冷饮销售进入淡季。郝秀丽把冰棍箱子收起来，到家政公司去应聘保洁工。夏季卖冰棍，进入秋季就是家庭保洁的黄金期，一直干到来年入夏。郝秀丽很快找到一个家政公司，签了半年的合同，公司收百分之二十管理费。

郝秀丽干活手脚利落，每做过一户保洁，客户在要家政公司保洁员的时候，都点名要郝秀丽。有时郝秀丽的客户都排号预约。国庆节这天，平平的学校放假一天，平平看到妈妈累得腰酸腿疼，要替妈妈干一天活。郝秀丽让她在家复习功课，平平却说成天学习脑袋都发涨了，休息一天不会影响学习成绩，脑子还能清醒清醒。郝秀丽觉得平平说得有点道理，成天啃着书本，家务活从不让她做。

郝秀丽和平平骑着自行车，去御海明珠小区，有两家预约要做保洁。这是岳城的高档小区，坐落在铁东的风景区望儿山脚下。一排排独门独院的别墅掩映在绿树中，每家门前或是院子里都停放着小轿车。平平惊呆了，她没想到在这个喧嚣的城市里，还有这样幽静的高档住宅区。郝秀丽问：“你傻看什么？”

平平羡慕地说：“妈妈，我工作了也要让你住上这样的房子！”

郝秀丽怔了片刻，眼角濡湿了。她拉着平平的手，说：“平平，妈妈不需要，只要生活幸福，妈妈现在再辛苦也值了！”

找到十六号院别墅，走进来感觉像个农家院。地里有黄瓜架，有西红柿。覆盖半个院子的葡萄架，挂满紫色的葡萄。房主人是一对年逾古稀的夫妇。他们的儿子一家人出国旅游去了，临走在家政公司预约的保洁。老夫妻热情善良，忙给平平拿出饮料、水果。老爷爷还到院子里摘下两串葡萄，说是他劳动的成果，一定要她们品尝。

平平落落大方地给妈妈拿了两粒，然后她吃了两粒，由衷地赞道：“爷爷的葡萄真甜哪！”

老爷爷问：“小姑娘十几了？”

平平爽快地说：“十六了，念初三。”

老奶奶啧啧称赞：“跟咱孙女同龄，人家的孩子都能帮妈妈干活了，咱孩子就知道玩，一点儿不懂事！”

老爷爷不满老奶奶对他们孙女的评价，憨笑的话语中充满对老伴儿的责怪：“孩子玩是天性，有的孩子懂事早，有的懂事晚。毛毛就是懂事晚的孩子！”

郝秀丽不愿意用平平来衡量他们的孙女懂不懂事，笑着说：“我女儿也不懂事啊，是我把她拽来帮我干活的。”

平平的脸颊唰地红了。妈妈在跟人说谎，她想辩解，可看到妈妈僵硬的笑容，把话咽了回去。她抬头看见卧室里的梳妆台上有几张精美相框镶嵌的照片，那是爸爸妈妈和女儿的全家照，还有两张是小女孩穿着漂亮的花裙子，在花丛中彰显活泼甜蜜的照片。平平的鼻子发酸，她何曾有过父亲的记忆？她何曾有过一件花裙子？她最好的服装就是校服，她最甜美的事情就是妈妈按时能把学费交上去。

郝秀丽开始做活了，她不让平平动手，这满屋子都是高档家具和玉石摆件，碰坏哪一个都是赔不起的。可是平平却在跟她赌气，非要动手干活。郝秀丽心里明白，这是平平在怄气，因为她当着陌生人说她不懂事了。她不能在这样的场合跟女儿讲道理，只好顺从平平，让她去做厨房的保洁，不小心碰碎碗碟能赔得起。平平脱掉外套校服，把妈妈给她的围裙系在腰间，有模有样地开始干活。临近中午，郝秀丽才把客厅和楼上楼下大小六个卧室清洁完，平平还没把厨房的活干完。平平站在折叠梯子上，精心地擦拭油烟机。平平满头汗水，一绺头发滑落到眼角，她顾不得把头发拢上去。郝秀丽内心一阵感动，孩子是懂事的。这么大厨房，比她家的一间屋子都大，抽油烟机就有两个。她家没有抽油烟机，平平也许是第一次看到这玩意儿。平平把两个抽油烟机擦得干干净净，油盒里的油渍都清理出去，露出油盒的本色。

三个多小时的紧张劳作，三百多平米的别墅，除了地下室和车库、仓库没有郝秀丽和平平的足迹，其他犄角旮旯都清扫到了。老爷爷仔细地检查一番，验收合格，把事先谈好的三百元报酬递给郝秀丽。郝秀丽收下钱，把工具和折叠梯子绑在自行车上，她们走出大门。

中午了，不能做下一家的保洁了。郝秀丽领着平平来到小区的湖边花园，这儿没有多少人，郝秀丽坐到长椅上，从兜里掏出十元钱，让平平到小区大门口的超市买面包和矿泉水，中午就在这儿对付一口。平平很快回来，买了两块面包，两瓶矿泉水。

平平吃了两口，好像有了力气似的说：“妈妈，我问你一件事，你要如实回答。”

郝秀丽看到平平认真的样子，她知道要问什么：“你问吧，我一定如实回答。”

平平满脸委屈地说：“妈妈，你为什么在陌生人面前说我不懂事？我是不懂事的孩子吗？”

郝秀丽轻松地笑着说："我当时就看出来你噘起嘴巴来，可我不能看着老爷爷老奶奶为孙女懂不懂事争论下去吧。我只好违心地说你也不懂事，老爷爷心理平衡了，就平息了这个话题。"

平平严肃地说："妈妈，这是虚伪！是在说谎！"

平平稚气的脸上满是认真的神情，郝秀丽心里充满欣慰，孩子是懂事了。她从小到大从来没有像别人家孩子，在妈妈面前撒过娇，让妈妈花钱给她买过喜欢的东西。这一时刻，郝秀丽感觉作为母亲，在女儿成长的过程中亏欠了很多，郝秀丽有一种愧疚感。

郝秀丽搂住平平，充满温情地说："妈妈错了，我的平平懂事了！"

平平仍然严肃地说："妈妈，我不是让你承认错的！我们不用讨好谁，也不能违心说话办事，我们不能卑躬屈膝地活着！"

郝秀丽感觉孩子大了，有自己的主见了。

郝秀丽让平平回家复习，下午的活她自己做。可平平不走，要跟着妈妈把活做完。

郝秀丽找到西区 29 号楼，这是幢五层的花园洋房。需要保洁的住户在四楼。郝秀丽摁下门铃，领着平平乘坐电梯上楼。

开门的是一位中年女人，头发烫着大波浪，鸭蛋青色套裙，脖颈上戴着金色项链。郝秀丽矜持地说："我是新新家政的保洁员，来给你家做保洁的。"

那女人怔怔地看着郝秀丽，突然一把握住郝秀丽的手，异常激动地说："郝秀丽，你不认识我了？"

郝秀丽愣住了，猛地认出："郭慧芝！"

郭慧芝紧紧地握住郝秀丽的双手，眼睛湿润了。郝秀丽的泪水夺眶而出。她们断了十多年联系。今天邂逅，意外惊喜。

郭慧芝看到平平，惊奇地说："是平平吧？长得这么漂亮，十六岁了吧？"

郝秀丽擦了一下脸上的泪水，对平平说："这是郭阿姨，妈妈的好同学。你出生时是郭阿姨一直陪护在医院。"

平平鞠躬敬礼：“郭阿姨好！”

郭慧芝把她们让到屋里，去厨房的冰箱取水果。郭慧芝拿了一个粉红色的鲜桃给平平，说：“平平，你吃水果吧，我跟你妈妈说会儿话。”

平平站起身，说：“妈妈，你们叙旧吧，我去厨房做保洁。”

郭慧芝拉住平平的手，兴奋地说：“你能帮妈妈干活了？好孩子，先不做，你姨夫看我腰疼，就去家政公司预约了保洁。他领儿子去公园玩了。老李在部队十多年，我后来随军了，去年转业回岳城，我们在这儿买了房子，我也联系不上你了，看今天送上门了！”

郝秀丽和郭慧芝唠了半天嗑。她把自己二婚的经历简单地告诉郭慧芝。郝秀丽也知道了她丈夫在公安局工作，她在市图书馆工作，孩子十一岁。

郝秀丽站起身说：“慧芝，我该干活了，闲时再唠。”

郭慧芝一把拉住郝秀丽的手臂说：“秀丽，我能用你给做保洁吗？这活就算你做完了。”

郝秀丽紧张地说：“慧芝，那可不行！我是挣你钱的，你是客户，我必须做好的！”

郝秀丽开始干活，平平去厨房收拾。郭慧芝换上工作服帮忙收拾。郝秀丽说：“你腰不行，还是歇着吧。”

郭慧芝说：“我打下手，咱俩边干活边唠嗑。”

两个多小时，一百五十多平米的屋子，打扫得干干净净。郭慧芝拿出五百元钱和一个传呼机说：“秀丽，这么多年没有见到孩子，给孩子几个零花钱，买点学习用品。这个传呼机是新的，老李回到地方后买的，单位又给发了一个手机。给你用吧，现在时兴传呼机，用起来方便。”

郝秀丽婉言谢绝：“慧芝，放我手里也没有用，传呼机你留着用吧。平平也不花零花钱，需要买书买本，我就给她零钱了。”

郭慧芝用失望的眼神看着郝秀丽，低声地说：“秀丽，你跟我像陌生人似的。在学校的时候，你家在城里，条件比我们农村的强多了。我经常在你家吃饭，咱俩像亲姐妹一样。你家伯母还把你姐的衣服送给我穿。这些我都没有忘记……”

郭慧芝说着泪水在眼眶里打转。郝秀丽也难过地低下头。平平冲着郭慧芝轻笑着说：“郭阿姨，我们女同学可没有你们这样亲如姐妹的感情。郭阿姨，您给我的钱，我不能要。妈妈有个传呼机，阿姨的传呼机，我收下了。谢谢郭阿姨！”

郭慧芝激动地搂住平平，亲热地说：“平平是妈妈的好女儿！”

25

郭忠诚的入伍通知书下来了，被分到了武警消防部队。他穿上了橄榄绿军装，显得威武英俊。田大鹏的眼睛陡然一亮，流露出羡慕的目光。郝秀丽趁机问他：“大鹏，你上学时也有当兵的理想？”

田大鹏眨巴下眼睛，摇头说：“不知道。”

郝秀丽失望地叹口气，说：“好几年了，你还是什么也想不起来。什么也不知道。我把你妈妈留下的钱拿出来，把你师傅的店兑过来。”

田大鹏一听郝秀丽说到钱，像见到郭忠诚穿军装一样眼睛亮了起来。郝秀丽揶揄地说：“大鹏，老姨是看明白了，你对谁也没有对钱亲啊！”

田大鹏明白老姨说话的意思，咧嘴一笑。从他床铺下面拿出一个人造革的黑包递给郝秀丽，说：“钱在这里了。”

郝秀丽打开包，里面整齐地放着一沓钱。零毛钱叠在一起，整元钱放在一起。这是郭忠诚给他开的工资，他都攒下来了。郝秀丽数了一下，两千二百多元。

郝秀丽意外高兴：“大鹏，你知道攒钱了！把钱存到银行吧，等回迁楼下来了，老姨给你张罗个媳妇成家吧。”

田大鹏答道："嗯，好。"

郭忠诚拍着田大鹏的肩膀说："大鹏，你结婚时，一定告诉我呀。我在部队回不来，也要给你寄回礼品！"

田大鹏脸上涌起一丝笑容，说："好！"

郝秀丽跟郭忠诚商量兑店的价钱，郭忠诚环顾屋子，说："老姨，屋里没有什么值钱的东西。房租我付了全年的，到明年3月。老姨，你就把这三个月房租给我吧，一个月八百元。"

郝秀丽看了一下屋子，异常激动地说："小郭，没有你接受大鹏，他一辈子都不能自立！我不知道怎么感谢你好了。你把店兑给大鹏就够意思了，老姨不糊涂，要是往外兑，何止是房租钱哪！这柜台里的部件、检修工具和这柜子、平台哪一样不是花钱置办的？"

"老姨，这没有几个钱的东西。"郭忠诚笑着说。

"小郭，给你三千元，欠你的老姨心里有数，这钱你必须收下，你们哥俩以后的路还长着呢，恩情是不会忘的！"郝秀丽看着田大鹏，希望田大鹏跟着说几句心里话。可田大鹏眼睛瞪得很圆，像在看热闹。

郭忠诚搂着田大鹏的肩，亲热地说："几年后我要是退伍回来了，我来给大鹏打工！"

田大鹏点头："嗯，好。"

郝秀丽咋舌："大鹏，在师傅面前也不谦虚呀！"

郝秀丽请郭忠诚来家吃饭，郭忠诚痛快地答应了。郭忠诚非常知礼节，给小石头买了一大包好吃的，给平平买了一支派克笔。郝秀丽把小石头接回家，小石头非常兴奋，拉着郭忠诚的手嘿嘿地笑。全家人其乐融融，吃了一顿难忘的饯行宴。田大鹏和郭忠诚在维修店门前合影。元旦那天，新兵开始奔赴部队。田大鹏一瘸一拐地走到车站，在整齐的新兵队伍里，他没有看到郭忠诚。那些穿着橄榄绿军装的人都像郭忠诚，在列车慢慢启动的时候，站在车站栅栏外的田大鹏挥着手，一直到最后一节车厢从他眼前掠过，他才缓缓地放下手。

多少天过去，田大鹏才进入电器维修店老板的角色。开始跟客户谈价格了，说话也不是单字往外蹦了。临近春节，正是家用电器维修旺季。小店里堆满了待维修的电视机。每天田大鹏几乎都要干到半夜，眼睛像得了红眼病。郝秀丽看到吓得要领他去医院看眼睛。田大鹏生硬地嘟囔一句：“不去！”

郝秀丽心里难过，郭忠诚在的时候，不需要他接活谈价钱。郝秀丽知道田大鹏就是这样的性格，不爱说话，说句话也没有好气。这条街上有个开洗浴的，大家都叫他藤老板。藤老板五十多岁，曾在乡里当过副乡长。响应政府号召停薪留职下海经商，在这条日渐热闹的街上开了一家比较高档的洗浴店，起名叫金泊水岸。藤老板为人热情，爱讲大话。街面上人缘好，没事的时候端着大茶缸子，来别人家店铺闲聊。藤老板爱来田大鹏的电器维修店，尤其是郭忠诚参军后，藤老板隔三差五就来店里坐一会儿。藤老板端着大茶缸，顶着飘飞的雪花走进来。看到郝秀丽微笑着说：“大鹏老姨，你这个外甥很聪明啊！别看他话少，很懂事，心里可有数了。我很喜欢他！”

郝秀丽来大鹏店里见过藤老板两次，不是很熟。郝秀丽挺不愿意跟自来熟的人说话，可面上还要应酬，赔着笑脸。她正生大鹏的气，听到外人对大鹏好的评价，她微笑地说：“藤老板，我看他不懂事！”

藤老板呷了一口茶水，笑呵呵地看着田大鹏，说：“这条街上的店铺我都很了解，做生意最诚实的就是大鹏了。我观察过大鹏，他接活的时候跟人家谈价从来没有水分。你别看大鹏言语少，贵人语迟嘛！我说他心里有数，只举一个例子，你看咱们俩见了两次面，没有更多的交流，但我对你的工作还是了解的。大鹏跟我说，老姨累啊。”

郝秀丽像站在冰天雪地中，有人给她披上一件棉衣，一股暖流从心里涌起。郝秀丽看着田大鹏，他心里还是有老姨的，对她不是漠不关心。

田大鹏仍然闷头干活，对藤老板的话没有一点反应，也不看郝秀丽。藤老板怜悯地说："小郝，你挺不容易呀！"

郝秀丽心里最不舒服的是别人用怜悯的目光看她。她吃多大的苦，遭受多大的罪，都是为了自己的家，没有什么可委屈和抱怨的。郝秀丽淡然一笑，说："还行，孩子们省心，干点活不觉得累。"

藤老板竖起大拇指："小郝，我挺佩服你的。你比我们农村的女人都能吃苦！小郝，我看你人品好，办事准成。我那里缺个收银员，我聘你，愿意做吗？"

郝秀丽怔了一下，说："谢谢，滕老板。可我恐怕做不了。"

"最简单的活了，一张澡票十块钱，一天收入多少钱统计个数，就是记个豆腐账。"藤老板轻松地说。

郝秀丽犹豫了，收钱的事可不是简单的活，稍有疏忽就丢钱了。

田大鹏抬起头，看着郝秀丽："做吧！"

藤老板笑着说："小郝呀，大鹏都支持你做这个活。大鹏的店距离我的浴池不远，你可以随时照顾下大鹏。"藤老板问大鹏："是不是，大鹏？"

田大鹏点点头："嗯。"

郝秀丽也想找个固定的活，保洁的活不固定，忙起来连饭都吃不上，要是闲起来挺难熬的。再说在大鹏附近工作也确实能照顾到他。郝秀丽答应藤老板，到金泊水岸浴池做收银员。

藤老板给她的月工资是五百元，中午还有两元钱的伙食补贴。这是收银员岗位工资最高的了。郝秀丽知道是老板对她的照顾，可郝秀丽感觉跟浴池搓澡工一比较，显得自己每月挣的钱实在太少了。一个搓澡工每月能挣到一千元，有的挣到两千元。郝秀丽动心了，想去做搓澡工。她没有事就到女池看她们搓澡、修脚、做足疗、按摩。搓澡工唐大姐对郝秀丽非常热情，她看出郝秀丽有心思要干搓澡工，实话告诉郝秀丽干一月的搓澡活，能顶吧台收银员两三个月的工资，就是有点累。

郝秀丽感觉自己能干搓澡工。比她大的唐大姐能干，她就能干。她找到藤老板，要求到澡堂子里干搓澡的活。藤老板惊疑地说："小郝，干这活的几个女工，不是膀大腰圆的女汉子，就是敦实的胖子。你这杨柳细腰的身板，可干不了这个活。"

郝秀丽的脸唰地红了。她感到这样的形容词放在她的身上是一种浪费，虽然她身材单薄，但她一直没有被生活的担子压倒。郝秀丽近乎祈求地看着藤老板说："我能干了！"

女浴池又增添一张搓澡的床，相当于增加了一个抢食的人口，除了唐大姐，另外四个人就像不认识郝秀丽似的。跟别人有说有笑，一转身看到郝秀丽脸立刻就阴沉下来，像郝秀丽欠了她们多少钱。唐大姐悄声地告诉她，别看她们膀大腰圆的，她们不敢对你怎么样。该是你的活，你就当仁不让。

来洗浴的人不是每个人都消费搓澡，而在消费搓澡的人中，有人是回头客。这些人习惯找给她们服务过的人。郝秀丽只能捡漏，别人干不过来的时候，她才能有活干。郝秀丽不着急，她闲着的时候，偷偷观察她们搓澡有什么技巧。唐大姐看到郝秀丽半天没有接一个活，便把等她搓澡的客人介绍给郝秀丽。

周六和周日客人明显增多，郝秀丽这两天能搓六七个澡。尽管那些老手都是十几个了，但郝秀丽感到很知足。每搓一个老板扣三元钱，她净剩三元。她每天要能保住这个数，收入就能有二十多元。不用本钱，只靠力气。这比她卖冰棍和做保洁的活强多了。郝秀丽勤快，不是她值班收拾卫生的时候，她也把装满的垃圾桶倒掉。时间一长，对她冷眼相看的女搓澡工们对她有了好感，渐渐对郝秀丽态度好起来。

郝秀丽也有了回头客。郝秀丽不管对谁，只要躺在她的澡床上，她都用心地搓澡。有做足疗和按摩的，她不撵时间，精心地去做。自己怎么累也不糊弄，轻揉重搓，适度得当。一个周日的下午郝秀丽忙过后，到女员工更衣室喝口水，喘口气。这时女经理进来，对她说藤老板在大厅等她。

郝秀丽换下工作服，急忙来到大厅。藤老板正跟中年女人说话，看到郝秀丽出来，笑呵呵地对那个女人说：“黄主任，她就是郝秀丽，六号搓澡工。她是我这里的金牌搓澡工，以后您光临金泊水岸洗浴，她全程为您服务！”藤老板又对郝秀丽说，“小郝，黄主任是我尊贵的客人，她到我这儿来洗浴，是对我藤玉良的抬举。小郝，为黄主任服务这个光荣任务就交给你了！”

黄主任推一下鼻梁上的眼镜，微微含笑地点下头。

藤老板煞有介事地说：“我恨不能变成女同志陪黄主任走进女浴池里。哈哈哈，没办法啊！小郝，黄主任迈进女池子门槛里，你就负责了。黄主任洗得不舒服，我可要找你了呀！”

郝秀丽突然感到千斤重担压在她肩上。这么多年她不管干什么都没有怯懦过，可是为一个女人搓澡竟然有这么大的责任。她又不好推托，矜持地说：“藤老板，我努力做好。做得不如意的地方请黄主任包涵！”

有人说澡堂里脱掉衣服都一样，分不出谁在世上的高贵和卑贱。当郝秀丽拿着雪白的浴巾盖在黄主任光洁的身体上，她却感到黄主任即使光着身子，也显出她不是普通的女人。郝秀丽感觉好像自己的年龄比她大不了多少。可却如同相差十几岁。她的肌肤白白嫩嫩的富有弹性，腹部没有一点赘肉。

黄主任露出一丝微笑，轻轻地说：“你放松地做，轻一点就可以。”说完，黄主任闭上眼睛，进入休眠状态。

郝秀丽像做了一场重活。黄主任做的是最贵的套票，搓澡、足疗、全身按摩，这一套程序下来，郝秀丽已经满头大汗。

黄主任从床上起身，戴上眼镜舒心地一笑：“你做得很好，以后再给我做按摩的时候，一定要掌握节奏，不宜快，也不宜慢，这个度要把握好。不要有负担，实践几次就掌握了。”

郝秀丽感到迷茫，就是早她进入这个行当的唐姐和女工们也不知道，搓澡按摩的节奏是什么。她们在一起磋商探讨，相互搓澡实践，还是没有找到这个节奏。

黄主任星期日又来洗浴。郝秀丽还是按照上次的程序给她搓澡按摩，只不过这次没有紧张，也没有想到什么节奏。全套完成后，郝秀丽竟然也没有出汗。

黄主任满意地一笑：“这个节奏把握得好，做完了感觉好舒服！”

郝秀丽似乎感觉到了什么是节奏，就是八个字：轻重缓急，不要紧张。胸部不能重了，如水漫金山；臀部不能轻了，似锣鼓喧天；大腿根部要缓，像小河流水；背部要急，似江水奔腾。

26

北钢的动迁房子开始回迁了。郝秀丽办完田大鹏和她的回迁手续，又去北钢职工俱乐部楼号抓阄。郝秀丽抓了三楼，田大鹏的抓了四楼。郝秀丽找到北钢回迁办，拿出田大鹏的残疾证，要求把田大鹏的楼房换到一楼，安置办领导当场批准，把预留号里的一楼，调给田大鹏。他们两家不在一个楼里，中间隔栋楼。郝秀丽拿到钥匙，来到田大鹏的电器店，把一串钥匙放到案板上，高兴地说："大鹏，楼房下来了，我要给你张罗介绍对象了。你说说要什么标准的？"

田大鹏闷头干活，新楼房的钥匙他不感兴趣，而听说老姨要给他找媳妇，却抬起头认真地看了郝秀丽，蹦出三个字："漂亮的！"

郝秀丽轻声笑着说："你可不傻呀！漂亮的女孩子，你能养得住吗？"

田大鹏不吭声了，低头干活。郝秀丽继续说："我们这样的家庭，找一个本分家的女孩子，能跟你一心一意过日子，给你生个孩子。这就是你一生的幸福！"

田大鹏低头忙活，没有吭声。

郝秀丽追问："你懂不懂？"

田大鹏低声："懂。"

郝秀丽似笑非笑地说："大鹏，跟老姨说话，多一个字都不说。好了，你懂了就行。婚姻的事，老姨给你做主。我看上的女孩子不会差的！"

郝秀丽开始张罗给她的房子和田大鹏的房子装修。回迁楼具备简单的生活设施，拎包就可以入住。人生第一次住上新楼房，怎么的也要随大流装修一下。搞起装修才知道这是个劳心费神的活，各种档次的装修材料看得眼花缭乱，看上眼的价格高，便宜的有呛鼻子的味道。彩霞街是专门销售装饰材料的，门店云集，各种材料琳琅满目。郝秀丽走了几家，所有的材料价钱都差不多，就看腰包的钱选择什么样的了。

街上有人在散发广告，给郝秀丽塞了一张。她看到是一家建材店开业促销的广告。郝秀丽按照上面的地址，走到彩霞街西头一家，门前支着彩虹门，店面不大，也许是刚开业，顾客很多，显得很兴隆。郝秀丽在展示板前看瓷砖样品。

"郝老师，你好！"一个男人走过来站在她面前。

郝秀丽怔住了，张雨林站在她面前："张总！你怎么在这儿？"

他们有一年时间没有见面，张雨林明显消瘦了，穿着白色短袖衬衣，系着蓝色条纹领带，显得异常精神。张雨林笑着说："这个店是我新开张的小店。北钢的动迁房下来了吧？"

郝秀丽十分意外，从那天他帮助她把梁校长送走，她拒绝他的要求后，把他推出了门，她就关闭了传呼机。动迁开始，她租房了，他们彻底断了联系。现在邂逅，郝秀丽有些局促不安。

"是的，我过来看看装饰材料。"郝秀丽望着门外，想尽快离开。

张雨林异常高兴，在他的心里缘分来得恰到好处。刚开业的建材店，就迎来了一直想见的人。张雨林把郝秀丽让到里屋的办公室，告诉郝秀丽，皮包公司的生意不好做了，开个实体店。张雨林好像推销他的商品似的，给郝秀丽讲了一阵他经营的板材和瓷砖的质量，又讲了装修市场的猫腻。张雨林拿起桌子上的样品，神秘地说:“你看这是五合板，可实际是三合板。客户外行是看不出来的。”张雨林又拿起一块瓷砖，说，“你们外行选瓷砖，只能看色彩，不会看实质。你看这块瓷砖怎么样？”

郝秀丽摇摇头:“我不明白。”

张雨林指着瓷砖说:“看着色彩亮丽，但这釉不是烧结上去的，是用颜料和胶泥刷上去的。用不上一年，表面的这层色彩就磨掉了。”张雨林放下瓷砖，继续说，“还有很多猫腻，不接触这个行当不了解，接触上了真是触目惊心。我再说装修的客户，肯定要找木匠、油工、瓦匠干活。他们都跟建材店有关系。你要买的材料他们一个劲儿地介绍，直到你相信了，带你来到他们暗中有联系的店，表面帮助你砍价，实际卖给你的是质次价高的材料。他们吃了回扣，然后干活再挣一把你们的钱！”

郝秀丽惊呆了，感到装修房子步步是陷阱。自己什么都不明白，迈一步就得掉进去。

张雨林看出郝秀丽惊诧的眼神，说:“对别人我是不会说出行业的潜规则的。你不是外人，我必须告诉你呀！”

郝秀丽心里很激动，他能把商业秘密说出来，真没有把她当顾客。郝秀丽难心了，这么多门道，她是肯定逃不出吃亏的圈套。郝秀丽有心求他帮助，可又不想让他闯入自己的生活。

张雨林又说:“郝老师，你要相信我，你家的整个装修我全权负责，保证花不了多少钱，所用的材料都保真！”

郝秀丽不好意思地说:“不用麻烦你了，你有这么一大摊子事儿，够操心的了。我在你这儿买材料，装修的人我自己去劳务市场找。”

“你是不相信我呀！我虽然才干这个行当，可我经过市场调研，学到了一些东西，他们是糊弄不了我的。你别有什么不好意思的，我保证让你省钱！”张雨林充满诚意，用祈求的眼神看着郝秀丽。

郝秀丽感到自己确实不懂，委托他帮助装修房子，可以不花冤枉钱。但是，她心里有个结，不能跟男人走得太近，因为她的命不好，担心给他带来厄运。郝秀丽显得很为难地说："张总，你能答应我一个条件吗？"

张雨林微微一怔，说："你说吧，只要我能做到的，肯定答应你！"

郝秀丽迟疑下，说："你帮我装修，能省下很多钱，少花冤枉钱了，我就知足了。你要合理收费，不能做亏本生意。我要是欠你的，我住在新房子里心也不安。我这辈子就是不能欠谁的人情！"

张雨林轻松地笑了："郝老师，我是生意人，亏本的买卖不会做！对别人是三十的利，对你打对折。明天我去你的新房看一下，你定下标准就开始干活。"

郝秀丽的心放松了，只要不让她欠人情就可以了。郝秀丽告诉他，外甥田大鹏的房子标准好一些，要做婚房。她的房子简单地装一下能住就行了。

第二天上午，郝秀丽领着张雨林来到回迁楼。两处房子都是八十多平米。房间格局是流行的通透，大厅大厨房小卧室。郝秀丽把钥匙都交给张雨林。郝秀丽定的标准是田大鹏的房子装修费用两万元左右，不突破两万五。郝秀丽的房子五千元，最好五千元以下。郝秀丽要把钱一次性都交给张雨林。

张雨林拒绝："装好了验收合格再收钱。"

郝秀丽还是主张把钱先支付给张雨林。张雨林看到郝秀丽目光坚定，不好再拒绝，说："这样吧，我先收一半钱，最后结账是多少再收余款。"

郝秀丽只好同意张雨林的方案。郝秀丽坐着张雨林的桑塔纳车来到农行，取出一万五千元交给张雨林。

郝秀丽似乎了却了一份心思，感觉肩头有些轻松。她的心里涌出一丝温暖，如果有个男人支撑着家里这片天，她该有多么幸福！这个念头刚在脑海闪出，她立刻打消掉。她看下时间，下午一点上班，还有两个多小时，她要去超市买些食品，去看看小石头。

转眼间小石头在康复中心已经三年多了，小石头只有在过节的时候才能回家住上几天。头两年郝秀丽来看他，小石头嘟囔："妈妈，家。”最近一年多，小石头再不要妈妈领他回家了。原来康复中心开办了兴趣班，这些智障儿童，学文化没有效果，做他们感兴趣的事情却表现出天赋。有的爱画画，有的爱做手工，小石头爱听音乐，手鼓打得很有节奏感。郝秀丽上星期来看小石头的时候，廖老师对郝秀丽说，家里条件允许的话，给小石头买个架子鼓，这孩子能打出名堂来。

郝秀丽笑了，说：“廖老师，我太了解自己的孩子了。一个智障的孩子能打出什么名堂。让他玩小手鼓不闹就行了。”

小石头眼含泪珠，失望地低下头，摆弄手指。郝秀丽搂着小石头，孩子长高了，超过了她的肩头。郝秀丽温和地说：“石头，你长大了，该懂事了。姐姐要考大学，妈妈要给姐姐攒学费。妈妈还要把新楼房收拾一下，你回家住楼房了。以后妈妈有钱了再给你买架子鼓好吗？”

小石头看着妈妈，抹一把眼角的泪珠：“嗯，妈妈好。”

王院长站在办公室门口招呼郝秀丽过去。廖老师领走小石头，郝秀丽来到王院长面前。王院长告诉她，刘大昌的母亲前天来电话，让我转告你，务必到市中心医院去一趟，找你有急事。

郝秀丽惊疑地问：“大昌妈妈病了？”

“是的，住院了，内科住院部1017房间。她嘱咐我，务必让你去！”王院长目光黯淡，“可能得了不好的病，说话都没有力气了！”

郝秀丽愕然，好长时间没有见到程桂霞了，知道她生意做得很好，每个月都来康复中心看望儿子刘大昌，只是她们从来没有偶遇。郝秀丽看下时间，快到中午了，下午一点到岗，黄主任已经跟她约好下午来洗澡。

郝秀丽第二天早早起来，把程桂霞写的借房的条子找出来。她拿不准主意，对程桂霞说不说这个事。平平说：“妈妈，程阿姨要见你也许就是这个事。”

郝秀丽一想也对，除了十年前的这张房子借条，再无任何经济往来。郝秀丽把借条揣进兜里，又去超市买了几样新鲜水果，就来到了医院。

郝秀丽没想到的是，躺在病床上的程桂霞骨瘦如柴，鼻子上插着氧气管，干柴棒子似的手臂上插着输液管。程桂霞看到郝秀丽来到床前，黯淡的眼睛闪出亮光，她下意识地欠了一下身子。

郝秀丽握住程桂霞的手，眼睛模糊了："程姐，我才知道你病了！你要坚定信心，一定能治好的！"

程桂霞干裂的毫无血色的嘴唇嚅动几下，气若游丝地说："我不行了！秀丽，你是好人呀！我对不起你！大昌，我就交给你了！家里的人，我不相信。我留给大昌的钱，大昌一个都得不到。"

站在床边的是一个上年纪的女人，她打断程桂霞的话："桂霞，你留点气力吧。我跟这个妹子说。"

那女人声音很低，显然是避讳邻床的人听到，"大妹子，你是叫郝秀丽？程桂霞这几天就盼望你能来。我是通过家政找来的护理，我叫谢素芳。你叫我谢姐吧。桂霞是宫颈那个晚期了，住了两个多月的院。原来她的两个哥哥和弟弟轮换来护理，他们为了争她的财产打起来了，她就把他们都撵走了！"

郝秀丽惊恐地看着程桂霞，她没有想到程桂霞患的是绝症。程桂霞绝望的眼睛里带着一丝渴望和祈求看着郝秀丽。郝秀丽抑制不住内心的痛苦和怜悯，蹲在程桂霞的床前哭泣着说："程姐，你是让我照顾大昌，你放心吧，大昌跟小石头一样，都是我的儿子！"

程桂霞脸上露出一丝微笑，示意谢素芳去拿什么。谢素芳从床下抽出一个档案袋，递给郝秀丽。郝秀兰打开看，是两本房产证和一个存折。

程桂霞声音微弱地说："秀丽，我在平安家园小区的房子由大昌继承。留给大昌存折一个，存款三万元。这钱是儿子刘大昌的活命钱，交给你保管。电业局家属楼的房子是我跟你借的，现在还给你。秀丽呀，你是好人，交给你，我放心了！"

郝秀丽走出病房，泪水还在流。谢素芳送到走廊里，她俩站了一会儿，谢素芳伤感地小声说：“她没有几天活头了！她的兄弟和妹妹，为抚养大昌打得不可开交。他们都想争程桂霞的房子和钱。”

郝秀丽擦干眼泪，问：“程姐的男人怎么没在这儿？”

谢素芳神秘地说：“我听她大哥说，那个男人跟程桂霞倒腾蔬菜挣着钱了。去年冬天把程桂霞手里的钱都骗走了，程桂霞是一股火得的病。嗐，可怜的人啊！”

郝秀丽心情低落，眼前总是闪着程桂霞的身影。从她领着刘大昌到家里跟她借房子，已经有十年的时间了。她们之间没有更深的交往。她不愿意同程桂霞来往，觉得她不是个诚实的人。而今天她躺在病床上，却感到自己对她的认识是错误的。她把留给儿子的遗产交给她管理，这是对她最大的信任，也是程桂霞的诚实！

两天后，郝秀丽接到谢素芳的电话，程桂霞病逝。谢素芳告诉她，程桂霞自己拔掉了氧气管子安详地走了。

程桂霞下葬那天，郝秀丽领着刘大昌去墓地。刘大昌呆呆地看着妈妈的遗像，泪水止不住地流下来。不知道刘大昌心里是否明白人世间的生与死。刘大昌在郝秀丽的搀扶下跪在程桂霞墓前，向妈妈磕头。

27

张雨林帮她装修房子已过去二十多天了，他们没有见面，也没有联系。郝秀丽似乎忘记了装修房子的事情。平平问她房子装得怎么样了。她才恍然想起房子还在装修中，自己连场都没到，这不是失礼了吗？

早晨八点多钟，郝秀丽来到小区。她先去田大鹏的家，打开门的瞬间，她惊呆了。雪白的墙壁，乳白色的墙围。褐红色的地板。厨房和卫生间都是白瓷砖墙壁，橱柜已经做完，房间衣柜打好了木框，房间的几个门放在墙角，还没有刷油漆。郝秀丽想象中的装修不是这样的，卫生间的淋浴头是白钢的，还有一个大圆桶的热水器，这要花多少钱？

郝秀丽马上来到前楼自己的家。装修风格和田大鹏的基本一样，卫生间也安装了淋浴头和热水器。郝秀丽后悔了，她不应该放手让张雨林来装修。尽管她相信张雨林不会欺骗她，多赚她的钱，但她花这么多钱用在房子的装修上感到不值得。简单装一下，简洁干净，住得一样舒心。

郝秀丽锁门要走，一个装修工进来，肩上背着木工工具。他看到郝秀丽，忙打招呼："嫂子，你检查得怎么样？哪儿有毛病没？"

郝秀丽顿时感到脸颊火辣辣的，她想立刻更正，可那个人的嘴就没停下来：“你们家是两处房，都是我领人干的活，嫂子，你都去检查一遍，如果哪块有毛病，我马上拆了重新装！”

郝秀丽听明白了，张雨林说是他家的房子，这层窗户纸还不能捅破。郝秀丽心里反感，张雨林明显在他们面前说谎。郝秀丽尴尬地笑一下，问：“这两个房子装下来要多少钱？”

那人愣了一下，笑着说：“张总还说装修钱是嫂子把关，原来张总在家里是一把手呀！嫂子，你家这两个房子，总价不会超过六万元。”

郝秀丽心里咯噔一下，超出她原计划一倍还多。多出的钱，她倾尽家底可以补上，但平平上大学的费用就要紧张了。郝秀丽从房子出来，直接去找张雨林。

张雨林在店里等着送货车，看到郝秀丽骑车过来，急匆匆地迎上前问：“秀丽，有什么事儿？”

“我的房子不装了。现在花了多少钱？咱俩算清吧！”

张雨林疑惑地看郝秀丽：“还没有装完，再等几天，不着急算账。”

郝秀丽面有愠色地说：“我不等了，现在就算账！”

张雨林猛然一怔，感到郝秀丽的态度不对劲：“秀丽，你别发火呀，我哪儿做得不对，你可要指出哇！”

郝秀丽第一次听到张雨林称呼她的名字，她心中的恼火像被忽来的蒙蒙细雨泯灭了。她温和地说：“我们商量好的装修价位，你没征求我的意见就突破预算，这是不守信用！”

张雨林恍然大悟，笑道：“嗨，秀丽，还以为我犯了多大的错误呢，把我吓得汗都出来了！装修是按照计划做的，马上就要完工了。”

郝秀丽无奈地说：“当初不应该答应你来装修！我和大鹏的房子用不着装进去六万多元，简单干净就可以了。这些钱扔在装修房子上很不值得！”

张雨林完全明白了，郝秀丽是心疼辛苦攒下的几个钱。张雨林嬉笑着说：“秀丽，这个你不要担心，你原计划的钱肯定不突破，剩下的钱我出。”

郝秀丽立刻说：“张总，我不是跟你合伙做生意。这是我在装修我的房子，我为什么要你出钱呢？我说过，我不想欠谁的人情！”

张雨林像喝了酒似的脸红涨起来，情绪激动地说：“秀丽，我们之间不是用人情来衡量的！我有信心，我们终有一天会走到一起的！”

郝秀丽恼怒地说：“张雨林，请你自重！我们不会走到一起的！”

张雨林嘿嘿地笑起来：“你喊我的名字真让我激动！秀丽，我们都快到四十岁的人啦，该有人生的归宿了。我女儿倩倩对我说，爸，你跟郝阿姨结合在一起最合适。我问她因为什么。倩倩说，郝阿姨心地善良，通情达理，对人体贴入微。郝阿姨主内，爸主外，你们是天仙配。”

郝秀丽脸色红一阵白一阵。她相信倩倩能说这话，可这是张雨林身为父亲对孩子的一个误导，使孩子联想到了没有影子的事上。郝秀丽不生孩子的气。她却对张雨林极度不满。

“张雨林，你不要拿孩子说事儿！这是根本不可能的事儿，我以前就告诉过你，我的命不好，你不要沾边！”郝秀丽眼含哀怨和无奈，狠狠地瞪一眼张雨林说，“房子不用你装了！”

郝秀丽一刻也不能站在张雨林面前，转身跑出建材店。她骑上车子往浴池走去，半路停下，躲在路边一棵柳树下埋下头，痛苦地哭起来。那一时刻，她感觉所有的苦水都向这棵枝叶繁茂的柳树倾吐出来。

郝秀丽多少天也不想再去新房子了，好像那不是自己的房子。直到张雨林开车来浴池交给她钥匙的时候，才知道两个房子都装好了。郝秀丽问他花销总数，张雨林从兜里掏出一个信封，递给郝秀丽说：“所有费用都在上面了，你仔细地看吧！”

张雨林说完开车走了。郝秀丽打开信封，里面是钥匙和叠好的信纸。郝秀丽打开信纸惊呆了，不是账单，而是一封短信。

秀丽：

我再三考虑，还是给你写封信吧。我写的字在你面前就是小学生的字，你别见笑。从我认识你那天起，我就忘不了你。这是因为我在青年点的时候，有一年冬季我跟拖拉机装车拉石块，拖拉机撞车，我的小腿骨折不能下地，在点里养伤。点里一位七五届的女同学，她是大连的知青，在点里做饭。我受伤后，她每天都为我送饭，帮我洗衣服。我们在一起的两年里相处得非常好，但没有谈恋爱。彼此心照不宣的是地域的差别，我是县城的知青，她是大连的知青。我们回城后还经常联系。那年别人给我提媒，我在跟那个女人见面前，到大连找她，如果她没有男朋友，我就向她求爱。可我下车，她领着男朋友在车站接我。从此以后，我跟她再也没有见面。那天在学校门前看到你，我忽然感觉见到了久别的女同学。我从那一时刻忽然想到，有了过去的那段经历，才有今天遇见你的心动。我想起那句话，所有的相遇，都是久别的重逢！

茫茫人海中，我们相遇了，我珍惜我们的相遇。也许你还不了解我，但我有耐心等待，终有一天你会了解我的。不是我执着，而是你值得。你不要拿“命不好”来搪塞我。命，不是我们向往美好生活的拦路虎。生活的担子一个人扛很累，两个人扛就不会累了。我愿意跟你一起品尝生活中的酸甜苦辣，请给我这个机会吧！

雨林

郝秀丽的心怦怦地跳，苦笑道：“还赖上谁了？”郝秀丽把信叠起来攥在手里想撕掉，可没有狠下心。不管怎么样，他敢向她吐露心里话，这一点就值得敬佩。相形之下，她却把自己畏缩在角落里，不敢见阳光。郝秀丽回到浴池，换上工作服来到工作间。

黄主任从汗蒸房里出来，披着浴巾来到郝秀丽的工作台，看到郝秀丽像有什么心事，便说：“小郝，你有事吗？你要有事，我就不做了。”

郝秀丽一怔，笑着说：“黄主任，我没事儿，您请躺下吧。”

黄主任每次做的都是套餐，从按摩头部、面部护理到全身营养素按摩，最后足底按摩。郝秀丽刚做一会儿，黄主任脸色陡变，忽地坐起身，说：“小郝，你要是有事就别给我做了，我不许心不在焉地糊弄我！”

郝秀丽猛然清醒，自己疏忽落了一道程序。郝秀丽歉疚地说：“对不起黄主任，我给您加时，免单了。”

黄主任冷落的目光中，露出一丝笑意：“哼，我不在乎钱，我要求的是优质服务！”

郝秀丽重新开始，小心翼翼地给黄主任按摩头部。黄主任感觉刚才对郝秀丽的态度有些过激，她有意缓和一下尴尬的气氛，主动跟郝秀丽搭讪，问她：“家里有事吗？”

郝秀丽心绪烦躁，像自己受了莫大的委屈，要找个知心的人倾诉郁结在心里的苦闷。她没有闺蜜，没有兄弟姐妹，唯一要好的同学郭慧芝，又不经常见面，也觉得疏远和陌生了。黄主任的问话，让她有一吐为快的感觉。

郝秀丽从来没有把自己的家庭和自己的经历对任何熟悉和陌生的人说过。郝秀丽一边给黄主任认真地搓澡，一边从张雨林帮她装修房子开始，利用倒叙方式把自己两次婚姻，两个孩子，其中小儿子是智障儿，以及四位至亲的相继离世，像讲故事似的毫无保留地讲给黄主任。

黄主任不知是听得入迷，还是感到这样的坎坷人生让她压抑，她躺在床上呆呆地望着天花板半天不说话也不活动身子。郝秀丽反应过来，立刻不说话了，小心翼翼地开始给她做足疗。郝秀丽有些后悔，不该把自己的苦难和不幸对陌生人讲。她不是你的兄弟姐妹，她不是你的亲朋好友。只有自己把苦水咽下去，忍住泪水笑对人生。

黄主任像压抑了半天，缓过来一口气，望着天花板自言自语地说：“真要珍惜自己的一切呀！”

郝秀丽像触了电似的，正给她做足疗的双手立刻缩回来，惊悸地看着黄主任。郝秀丽顿时后悔了，自己说得太多了，不知道哪句话触到了黄主任的神经。

黄主任坐起身，示意郝秀丽把眼镜拿给她。郝秀丽把放在工作台上的眼镜递给她。黄主任戴上，像她们第一次见面那样审视地看着郝秀丽，轻轻地叹道：“小郝，我比你大两岁，我们是同龄人哪，可我没有你坚强！”

郝秀丽松了一口气，这倒不是因为黄主任赞扬了她，而是感到自己的话没有伤害到别人而庆幸。郝秀丽不想再说话，站到她身后，开始给她按摩后背和颈椎。黄主任摆手，说：“今天就到这儿吧。小郝，你要是征求我的意见和那个男人的关系怎么处理，我告诉你，这个男人可以信赖！”

郝秀丽拘谨而又痛苦地说：“我的命不好呀，别殃及人家。”

黄主任嘴角滑出一丝冷笑，说：“你是文化程度不够啊！现在怎么还能相信命呢？不能把命当成枷锁，束缚你的人生！要砸碎这个枷锁，去享受生活！”

28

郝秀丽搬家这天，张雨林没有来。从黄主任告诉她，这个男人可以信赖，郝秀丽对张雨林似乎有了好感。张雨林明知道她今天搬家，却出乎意料地没有来，郝秀丽心里有点空落落的。在房子装修完毕后，郝秀丽执意把他垫付的装修钱如数给他，张雨林脸色憋得通红，像潜在水中刚露出水面。张雨林揣起钱，头也不回地走了。

郝秀丽把自家和田大鹏的家收拾好，到市场买点肉和海货，在新房摆上一桌，全家人聚餐。这是当地习俗“温锅”。郝秀丽让平平放学去康复中心把小石头和刘大昌都接回来。

平平问郝秀丽：“张叔叔帮助装修房子，你还不请人家吃顿饭哪？”

郝秀丽觉得女儿说得在理，便把电话号码给平平，说：“你去打电话请他来家吃顿饭吧！”

张雨林没有想到平平打电话邀他来家里吃晚饭。他知道郝秀丽不同意，平平是不敢给他打电话的。张雨林没有帮郝秀丽搬家，是因为生意上的事离开了岳城。他想跟郝秀丽解释一下，可他不敢贸然见面，唯恐郝秀丽给他吃闭门羹。他知道小石头和刘大昌都会回来的，他去超市买了一大包小食品，开车来到郝秀丽家。

张雨林有几年没有看到小石头了，小石头长高了。见到张雨林嘿嘿地笑，显然还认识他。小石头和刘大昌对小食品好像不感兴趣，拿在手里也不吃。张雨林问小石头爱吃什么小食品，郝秀丽往餐桌上端菜，看眼小石头说："大孩子了，还吃什么零食？"

平平看眼小石头，说："妈，你给小石头龙虾鲍鱼吃，他也不会高兴的。我去接他，老师说小石头成天看别人打架子鼓发呆，饭都不爱吃了。小石头不吃饭，大昌也跟着不吃饭。大昌拉着我的手，去看教室里的架子鼓。那意思是小石头喜欢。"

郝秀丽嗔怪地瞪一眼小石头："多大了，还不懂事？那玩意儿能当饭吃吗？"

小石头低下头，眼泪吧嗒吧嗒地滚落下来，像受了很大委屈。平平拉住小石头的手，安慰地说："小石头，等姐姐工作了挣钱了，第一件事就是给你买个架子鼓玩。"

小石头不知道姐姐什么时候能工作挣钱，但姐姐的话给了他希望。小石头看着刘大昌嘻嘻笑着，刘大昌也嘿嘿地笑了。他们之间这种会意的笑瞬间达成一种默契，他俩打开小食品袋欢快地吃起来。

田大鹏皱着眉头，怒瞪着小石头，然后抬起拐棍点着小石头的肩膀："哎，你傻笑什么？平平挣钱也不给你买那个破玩意！"

小石头惊恐地看着田大鹏，哇的一声哭起来。刘大昌塞进嘴里的薯片，刚咀嚼几口，顺着嘴角流出来。刘大昌双手不住地颤抖，冲着田大鹏嗷嗷地叫着。

郝秀丽上前一把夺过田大鹏手里的拐杖，恼怒地说："大鹏，你不知道你弟弟是个智力有缺陷的孩子吗？你惹他干吗！"

田大鹏从郝秀丽手里夺过拐杖，起身要走。张雨林拉住田大鹏，笑呵呵地说："大鹏，怎么还来脾气了？老姨说你是对的，小石头小不懂事，你可是要娶媳妇的男子汉了！"

平平不耐烦地嘟囔道："哎呀，见面就吵！能不能安静点吃一顿饭？"

郝秀丽瞪一眼平平，说：“你也不懂事！不知道哄哄弟弟？”

平平一脸无奈，耸耸肩：“我怎么还有错了？”

张雨林笑着说：“家里的事没有谁对谁错！秀丽，让孩子们吃饭吧。”

端起饭碗，刚才的吵闹声荡然无存，取而代之的是愉快的氛围。张雨林在郝秀丽干小饭桌的时候，端过她家的饭碗。那时对菜肴的味道没有什么印象。今天品尝郝秀丽做的菜是有滋有味。锅包肉、炸茄合、排骨酸菜、炖大头宝鱼，还有几个青菜都是色香味俱全，不逊色专业厨师。刘大昌的手天生抖动，不会用筷子，用羹匙吃饭也是半天送不到嘴里一口饭菜。他吃稀粥捧着碗喝，吃干饭就用手抓。郝秀丽用筷子夹菜喂刘大昌。

小石头手脚灵巧，吃饭干净。身上的白衬衣从不沾上一星点油污，吃完饭的碗，从不剩饭粒。小石头这样干净却不嫌弃刘大昌的邋遢。在康复中心的食堂，刘大昌吃的每口饭菜，都是小石头送到嘴里的。

张雨林喜欢小石头，虽然小石头说话吐字不清，几乎说不出成句通顺的话，但张雨林爱跟小石头说话。在送小石头和刘大昌回康复中心的路上，张雨林问小石头：“你喜欢玩架子鼓吗？”

小石头还没说话，刘大昌抖动的手指着小石头哇哇地叫。小石头冲着刘大昌突然发火，含混不清地大声吼道：“要，要！”

张雨林似乎听明白了，听小石头的话，刘大昌可能不让小石头要。也许刘大昌在家里听明白了为小石头的争吵，是因为弟弟要架子鼓。张雨林见到康复中心王主任，向她询问小石头的情况。王主任说起小石头，眼里充满爱怜。她说小石头在这群智障孩子中属于聪明的，虽然说话吐字不清楚，但是他的聪明通过举止能够完全表现出来。市残联举办全市智障少年儿童兴趣班，在康复中心有个鼓乐班。小石头的妈妈给他买了一个手打鼓，小石头乐感非常强，每一下都在节奏上。中心有个孩子家里条件好，家长给买了一个近万元的架子鼓。鼓乐班老师怎么也教不会，小石头在旁边看都看会了，老师让小石头上去打两下，小石头乐得嘴都合不上了。小石头上去随着音乐转动鼓棒，摇头晃脑的，像一个老手。老师都看得惊呆了。老师要跟小石头的妈妈说，给小石头买个架子鼓，他要培养小石头。可老师知道小石头家庭困难，一套像样的架子鼓至少几千元。老师不好意思跟小石头的妈妈说了。只能用那个学生的架子鼓，偶尔打两下。

张雨林决定给小石头买个架子鼓。可张雨林犹豫了，要不要事先告诉郝秀丽，他知道郝秀丽的脾气，宁可自己吃苦，也不求人。郝秀丽不会让他买的，只有先买回来让小石头练习。小石头真的会打架子鼓了，作为母亲一定能为儿子的才艺感到高兴。

张雨林第二天就去乐器商店选了价格六千元一套的架子鼓，送到康复中心。张雨林又给小石头的老师买了两条烟，让老师照顾一下小石头。半个月后，郝秀丽来康复中心给小石头和刘大昌送换洗衬衣，王主任把郝秀丽领到娱乐室，小石头在老师的辅导下，正专心地打鼓。伴随着音乐声，砰砰的鼓点声有节奏地响起，小石头晃动着身子，时而鼓棒在手里转动起来，郝秀丽的热泪夺眶而出。她没有想到，小石头还有这个天赋，觉得自己作为母亲对不起孩子。本来命运对他就不公平，他的人生中的美梦都是奢侈的。他喜爱的东西，做母亲的却很刻薄和吝啬。郝秀丽顿时感到愧对了自己病残的孩子。郝秀丽涌起感激之情，张雨林为她弥补了这份愧疚。

郝秀丽来到张雨林的建材店，店里有两个穿制服的法官，正在跟张雨林说话。看到郝秀丽进来，张雨林显得很慌张，像是有怕人的事情被看到了。他让郝秀丽在大厅等一会儿，他领着两个法官走进办公室。郝秀丽感觉自己来得不是时候，也许这样的场面，她不应该看到。她虽然没有跟法官打过交道，甚至都没有迈进过法院的大门。可她知道，有两扇大门只要迈进去，基本上都是闹心的事。这就是法院和医院的两扇大门。张雨林不管是被告还是原告，都是闹心的事，这个时候来找他不合时宜。郝秀丽犹豫要走时，张雨林送法官出来。

张雨林把法官送走，回到屋里若无其事地说：“法院送个开庭传票，我原来的贸易公司有点乱账没算清，对方找到法院了。没大事，我跟原告算下账还说不定谁欠谁的！”说完，张雨林嘿嘿笑了两声，又说，“秀丽，我知道你为什么事来的。没有跟你商量，是因为我看到小石头挺有天赋的。一个智商欠缺的孩子有点兴趣爱好很不容易，应该满足他！”

郝秀丽开小饭桌的时候，他就表现出心细，这么多年过去，他依然如此。一个女人不在乎你为她做什么，而是在乎你做在什么节骨眼儿上。无论做的事是大是小，只有触动了她的心灵，她才会对你动之以情。郝秀丽感激地看着张雨林，说：“谢谢你对小石头的关心！”

张雨林从郝秀丽的目光中感觉出她不是说客套话，更没有责怪他的意思。这让他很感动，一时嘴巴竟然笨拙起来，嘿嘿地笑不知道说什么了。郝秀丽又显得内疚地说：“我太固执了，没把小石头的兴趣爱好当回事。孩子不会说话，想起他那可怜巴巴的眼神，我就难受。”

张雨林劝慰地说：“小孩子早一天晚一天玩无所谓！我跟辅导老师打招呼了，让他照顾照顾小石头。”

郝秀丽从兜里掏出一沓钱，递给张雨林说：“我也不知道这个架子鼓多少钱，这是五千元，我问你也不能告诉我，我就按照这价给你钱！”

张雨林尴尬地笑了一下，无奈地摇摇头：“嗐，这账不算，你都睡不着觉！”

郝秀丽轻松地走出张雨林的建材店，直接到浴池上班。藤老板在等郝秀丽，看到郝秀丽来了，急忙迎出去帮助郝秀丽把自行车放好。郝秀丽疑惑地看着藤老板，好像他有什么事。藤老板不无惋惜地说：“黄静雅一会儿来洗澡，她这是最后一次在我这里消费了。”

郝秀丽知道藤老板说的黄静雅就是黄主任，她是一家国有大银行的信贷部主任。藤老板对黄主任毕恭毕敬，视为座上宾。

“什么原因？是我没有服务好吗？”郝秀丽紧张地问。

藤老板摇头：“不是你的事！城南开业了一家高档次的洗浴场所，人嘛，追求享受是本能。何况黄主任这样有身份的人，可以理解！”

“老板，您让我怎么做？”

藤老板扬起脸，一脸失望的表情，说：“怎么做也留不住客了！一如既往，让你的服务给她留下念想吧！”

黄主任把湿漉漉的头发绾起来，盘在脑后，躺在按摩床上。搓澡、按摩的时候，黄主任没说话。郝秀丽开始给她做足疗，黄主任才开尊口：“小郝，我以后就不来这里洗浴了。”郝秀丽佯装惊讶地问：“黄主任，为什么？是因为我服务得不好？”黄主任嫣然一笑：“我还想把你领走呢。城南新开了一家洗浴场所，我的家也搬到城南公馆了。那家洗浴设施、服务都非常好。老板我也熟悉，我说句话你就可以进去工作。我还是你的客户，在那里能多挣一些钱。”

郝秀丽内心一阵激动，为黄主任服务快两年的时间了，每个月结账的时候，她都收到黄主任额外给的三五百元钱。为她服务既得到报酬，又得到一份感情。没有感情，这么大的领导是不会想着给一个搓澡女工介绍工作的。郝秀丽感激地看着黄主任，像即刻分手难再见一样难过起来。

郝秀丽恋恋不舍地说：“谢谢黄主任，我不能去呀！藤老板让我来这儿工作，人哪要讲良心，我不能跳槽。再说我女儿要高考了，我早晚能照顾一下女儿。”

“我儿子也高考，这个我理解！”黄主任点点头。

郝秀丽帮助黄主任把她的专用衣柜里面几瓶没有开封的洗护用品装进浴筐里，黄主任把打封的几瓶留给郝秀丽。她说这都是法国原装进口的。黄主任还带来一套夏装、一套秋装送给郝秀丽。

郝秀丽换上衣服，把黄主任送到门外。黄主任坐着白色轿车走了。郝秀丽心中涌起淡淡的失落感，像自己最好的大姐离她而去。

29

平平的高考成绩出来了，郝秀丽感到惊喜，每天不声不响，一点也不用她操心的女儿，高考分数进入了一本线。女儿在不知不觉中长大，转眼成为大学生了。郝秀丽回想女儿从小到大，真没有让她操心。女儿懂事，是她最大的宽慰。

平平要填写高考院校和专业志愿表了，郝秀丽像她参加高考时一样，是平平自己走进考场大门，没有人陪着。她填报什么学校什么专业，郝秀丽明确地告诉平平，你自主选择，妈妈不懂也提不出参考意见，更不干涉。

平平埋怨地说："妈妈，同学的家长都为自己的孩子考大学忙得不亦乐乎，我考试不用陪着，老师跟家长的见面会，我都替你撒谎请假，不让你参加。填报志愿了，你还麻木不仁。我现在都怀疑，我是不是你亲生的！"

郝秀丽笑了："你是我从大街上捡来的，我是你后妈！"

平平噘嘴说："反正你不像同学的妈妈那样关心自己的女儿。"平平说着，眼泪掉了下来，转过身去擦。郝秀丽从来没有听到平平这样说过她，这是埋在孩子心里多年的委屈，今天实在忍不住了说出来。孩子一年一年在长大，郝秀丽原以为平平懂事，处处不用她操心。可是，她现在忽然明白，再懂事的孩子也需要妈妈的关怀。郝秀丽感觉很惭愧，给女儿的关心确实是少了。

“平平，妈妈对你关心是不够。用任何理由来为自己辩解都掩盖不了妈妈的错！”郝秀丽眼里充满不安和愧疚。

“妈妈，我知道你抚养我和弟弟，生活已经很不容易了。妈妈吃了多少苦，我心里都知道。我大学毕业有工作了，我一定报答妈妈！也要让妈妈住上郭阿姨家那样的花园洋房。”平平露出含泪的笑容。

郝秀丽意味深长地叹口气：“平平，我不求你将来为妈妈报答什么，只要你找个好对象，过上平淡的幸福生活，妈妈就知足了。”

平平在老师的指导下，填报了辽宁大学经济系国民经济管理专业。郝秀丽感觉这个专业内涵很大。现在极目所望和设身处地都是在经济的范畴之内，这个专业看上去和社会发展合拍。

平平利用假期去一家饭店打工，要自己挣钱交学费。平平做这样的事，在郝秀丽眼里是很正常的。女儿小时候就帮她做家务，长这么大没有在她的面前撒过娇。平平开学那天，郝秀丽请了一天假，送平平到学校报到。

来到省城，郝秀丽想起十九年前她第一次来的时候，是平平的父亲姜辉在车站接的她。她记得坐公交车要换几次车，才来到他的家。那是一个大院，一排排青砖红瓦房。屋里是深色的地板，走在上面咚咚地响。郝秀丽跟姜辉结婚后，她再次来到姜辉的父母家，可是姜辉的父母对她这个小县城的女人还是存在偏见。以至于在姜辉遭遇车祸去世后，他们也不接受孙女平平的出生。这么多年郝秀丽很想联系平平的爷爷奶奶，也不知道他们还在不在了。平平办理好入学手续，要陪她去逛太原街。

郝秀丽拉着平平的手说：“平平，我们去看看爷爷和奶奶吧。也对得起你的爸爸！”

平平沉默了，目光黯淡下来。小时候小伙伴们都有爸爸，有爷爷和奶奶。可她没有，回到家里问妈妈，妈妈抱着她呜呜地哭。是大姨告诉她，以后在妈妈面前不要提爸爸、爷爷和奶奶。大姨为了让平平能记住这个事，给她两个软绵绵的高粱糖，告诉平平想要问妈妈的时候，想起好吃的高粱糖就不提这个事了。长大了，她知道妈妈为什么提起爷爷奶奶就伤心地哭起来。她知道了妈妈心中的苦，那种苦也从她的心田里生长出来，不是咀嚼着高粱糖就能够冲淡和忘记的。

平平问："我们能找到他们吗？"

郝秀丽从兜里掏出一张发黄的信纸，说："这是你爸爸当年给我写的家庭地址，我一直保留着。"

平平拿到手里，深情地凝视了一会儿，闪出激动的目光，说："爸爸的心真细，还画着线路图。妈妈，这么多年了，爷爷还住在这个地方吗？"

郝秀丽果断地说："咱俩去这个地方看一下，爷爷不在这儿住了，打听下邻居也能知道搬到哪儿去了。"

她俩打车来到小河沿一条林荫路上，走进一个破烂不堪的大院。漆黑的墙壁上写着一个雪白的大字："拆！"走进院里，有几个住户在搬家。郝秀丽的心一阵紧张，她记不清平平的爷爷家住在哪趟房，也想不起来他们的模样了。见面后，他们对她们母女会是什么态度呢？郝秀丽心想，无论过去怎么样对自己的，千万不要对平平冷漠，不能伤了孩子的心。十八年了，一个亭亭玉立的少女出现在他们面前，喊他们一声"爷爷奶奶"，再冰冷的心也应该融化了。

走进院里，郝秀丽看到一个老人拄着手杖在散步。郝秀丽上前问："大伯您好，姜国希住在哪个院？"

老者站住，拉着长音问："你是问姜局长啊？他十年前就去世了。"

郝秀丽忙问："姜家大娘住在哪里？"

老者拄着手杖，边走边说："跟女儿移民澳大利亚了，走了也有七八年了。"

郝秀丽心情沉重，她仅见过两次面的公公婆婆，虽然没有什么感情，甚至他们把她拒之门外。但时过境迁，二十年了，再深的怨恨也不应该留在心里。郝秀丽担心平平心情难过，出生就没有了爸爸，现在又永远也见不到爷爷了，或许奶奶也不会见到了。可平平却比她想得开，劝慰郝秀丽说：“妈妈，这么多年你可能一直惦记着他们，现在可以放下了！”

平平的话说到郝秀丽的心里了。这么多年，郝秀丽冥冥之中还是想让平平见到爷爷，不管怎么样，姜家的血脉长大成人，应该让姜家人接受平平的存在。可是，这个机会没有了。郝秀丽感觉平平说得对，现在可以放下了。

郝秀丽到五爱电子城给田大鹏代买了一些电器元件，坐中午的车回岳城。下车后，郝秀丽直接来到田大鹏的电器店。一进门，看到张雨林在屋里。田大鹏低头坐在椅子上，抬起红肿的眼睛看着郝秀丽，像受了莫大的委屈，眼泪又唰唰地流下来。

郝秀丽惊诧地问张雨林：“谁欺负大鹏了？”

张雨林一脸悲伤：“大鹏从电视新闻中看到，D市港口大火，D市消防队救火，有三名消防兵在救火中牺牲了，有一个消防兵叫郭忠诚。田大鹏立刻给我打电话，让我无论想什么法也要确认一下这个郭忠诚是不是他师傅。我通过114查号台，查到D市宣传部，我一打听，对方回答这个牺牲的战士郭忠诚是岳城人。当了两年兵了，还是个班长。大鹏拿着他和郭忠诚的照片号啕大哭，我也跟着难受了。”

郝秀丽从桌子上拿起照片，这是郭忠诚参军那天，田大鹏和郭忠诚在门前的留影。郭忠诚穿着绿军装，精神抖擞，洋溢着自信的笑容。那天欢送的场景，仿佛就在昨天。郝秀丽难过地流下泪水。

“我要去郭师傅家！”田大鹏忽地站起来说。

张雨林立刻说：“我开车送大鹏。”

郝秀丽若有所思地说：“大鹏这个时候去好不好？现在小郭的亲人能不能知道这个事？”

张雨林想了一下，说："电视新闻都播报了，政府肯定已经通知家属了。大鹏想得对，这个时候亲属朋友应该去看看小郭的家人！"

郝秀丽买好了两袋大米面粉，张雨林开车来到郭家店。村子离城三十里路，田大鹏曾经来过郭忠诚的家，还住了一晚上。可车开进村子里，田大鹏却找不到他的家了。张雨林下车打听，一位满头灰白头发的老汉告诉他，往前趟街走，门前有很多车的就是忠诚的家。老者叹道："郭家店出了个英雄啊！"

郭家大院里站满了村里的乡亲们，轻轻的哭泣声从屋子里传出来。郝秀丽和田大鹏刚进院，村主任就迎过来，问清楚他们来历，安排人做了登记，然后说："市领导在屋里慰问忠诚的父母，你们这么远路来了，去村部休息一会儿吧。"

他们没有去村委会，在院外等到天黑，领导们走了，他们才进屋，跟郭忠诚的父母见面。郭忠诚的父亲六十多岁了，满头白发。他一眼认出田大鹏，拉着田大鹏的手，眼泪无声地流下来。郭忠诚的父亲看到郝秀丽亲切地问："你是大鹏的老姨吧？二诚子没少回来说老姨，可敬佩他老姨了。他老姨呀，做梦都想不到碰上不幸的事情，怎么办？就得挺过去！"

郝秀丽眼睛模糊了："是，大哥，咬牙也要挺过去！"

五天以后，郭忠诚的骨灰回到岳城。一辆灵柩车从高速公路口驶出来，车前挂着黑色条幅，上面写着"英雄回家"四个大白字。灵柩车缓缓走在岳城通往蟠龙山烈士陵园的辽东湾大街上，上万群众夹道迎接烈士回家。在烈士陵园举行郭忠诚追悼大会。郝秀丽拉着田大鹏的手，站在人群中。他们久久地凝望郭忠诚的遗像，止不住的泪水夺眶而出。

30

田大鹏更加沉默寡言了。他把郭忠诚穿军装的照片挂在墙上，成天呆呆地望着郭忠诚的照片，活也不干了，跟谁都很少说话。

郝秀丽每天上午都到电器店来，陪着田大鹏坐着，跟他唠嗑。可是，田大鹏半天也不说一句话。客户送来要修理的电器，他也不收活了。郝秀丽急得只好求助藤老板，让他帮忙劝说田大鹏。

藤老板蹙眉想了一会儿，说："小郝呀，我给他介绍个对象吧。我小姨子她婆家的亲戚，小丫头长得秀气，今年二十三岁，比大鹏小五岁。"

郝秀丽却没高兴起来，愁楚地说："好事是好事，人家闺女能看上残疾的人吗？我早就给张罗了，没有合适的。"

"我还没说完话，这个女孩子也有点残疾，天生说话半语子。"

"半语子？是不是哑巴？"

"这个丫头我没有见过面，我小姨子说，能说出一半句吐字不清楚的话，还不是完全的哑巴。"藤老板笑着说，"四肢健康，可以干活，脑子没有问题，生孩子不受影响。小丫头长得挺好。俩人要是能结合，也是互补缺陷嘛，我看行！"

郝秀丽犹豫一下，说："人家女方还不知道能不能看上大鹏？

大鹏虽然有点手艺，领着老婆孩子能吃上饭，可大鹏脾气不好，俩人又没有语言沟通。这日子能过一块吗？”

藤老板笑着说：“小郝，让他们先打个对面，双方有感觉了，从眼神就能看出来了。以后要是能在一起生活，眼睛就可以说话了。不是有句话说，眼睛是心灵的窗户嘛！”

郝秀丽笑了，年过五十的藤老板，半秃顶的脑门闪着亮光，一句轻松的话就打消了她的顾虑。郝秀丽答应让他们俩先见见面。

郝秀丽问田大鹏：“你跟个女孩子打对面愿不愿意？”田大鹏低着头嗯了一声。郝秀丽又说：“大鹏，我问你话，愿不愿意去打对面？我不愿意听‘嗯’，也不愿意看你点头，敷衍老姨，我要听你说话！”

田大鹏仰头看着郭忠诚的遗像，半天不说话。郝秀丽手指点下他的脑袋：“大鹏，你父母去世了，你一点感觉没有，不知道悲伤难过！把你爸妈忘得一干二净！”

田大鹏仍呆呆地望着郭忠诚的遗像。郝秀丽无奈地叹口气：“我的话你是听不进去！我跟女孩的亲戚定好了，后天见面。我告诉你，那个女孩也是残疾，不能说话。你自己看，人家要是看上你了，你自己拿主意，婚姻上的事老姨不能给你做主！”

郝秀丽领着田大鹏到理发店把鸟窝似的头发剪了，又到服装店买了一套休闲装。田大鹏在皮带柜台站住不走了，郝秀丽问田大鹏看好哪个皮带了。田大鹏指着一条皮带，说：“要这个！”

那条皮带扣上的图案像个小兔子，郝秀丽问售货员多少钱。售货员说，这是花花公子皮带，售价三百八十元。郝秀丽皱下眉头，一条皮带比一套衣服都贵。她拉着田大鹏就走，可田大鹏拄着拐杖像钉在柜台前，不急不恼不说话，两眼被皮带拴住了。售货员在一边煽情，女人爱漂亮，男人爱潇洒，男孩子扎着高档皮带可潇洒了，哪个女孩见了不爱。郝秀丽似笑非笑地对大鹏说：“你扎上这个皮带，就是花花公子了？人家姑娘就看上你了？”田大鹏眼睛盯着皮带不说话，也不挪动脚步。皮带到手后，田大鹏走路的步子都不一样，拄着拐杖昂首挺胸，大步流星，充满自信。

约会的早晨，田大鹏就穿戴好，把白色衬衣掖在裤腰里，花花公子皮带露在外面。脚下的皮鞋擦得锃亮。郝秀丽领着田大鹏来到碧霞山公园大门口。他们提前来到见面地点。藤老板和他小姨子，那个女孩和女孩的母亲、哥哥、嫂子也来到公园大门口。藤老板相互介绍一下。那个女孩叫吕双，身材苗条，眉清目秀。瓜子脸蛋泛起红晕，像熟透的苹果。眼睛黑亮，瞥眼田大鹏，含羞地低下头。田大鹏却很大方，像一个恋爱场上的老手，向前走了两步，嘿嘿地笑着说：“咱俩进公园里面坐一会儿！”

田大鹏的举动，让大家都怔住了。郝秀丽忙对吕双的家人说：“大鹏这孩子除腿脚有点毛病外，哪儿都好，有点手艺，家里也有房子。以后过日子一家人吃饭不成问题。大鹏对小双产生了好印象，要单独坐一会儿，让两个孩子去吧。”

吕双的母亲打量田大鹏，露出满意的微笑，说：“咱家小双从小落下的毛病，说话费劲儿。可小双心里有数，手脚勤快，在家里什么活都能干。小双从小到大可没有受过委屈！”

藤老板笑着说：“你们两家都是正经过日子的人，这我才张罗这件事儿。放心吧，两个孩子有缘分看好了就往一块处。大鹏就这一个老姨，像亲妈一样照顾他，大鹏也听老姨的话，小双进了田家门不会有半点委屈的。”

田大鹏和吕双往公园大门里进。吕双的嫂子喊住她，从包里拿出一个本和一支笔送到吕双手里。吕双嫂子笑着告诉郝秀丽：“小双用笔和手语跟人交流，个别话也能说，就是吐字不清。”郝秀丽觉得这家人淳厚质朴，大鹏在这家人面前，不会被另眼看待。

一个多小时过去，田大鹏和吕双还没有从公园里出来。郝秀丽和吕家人越唠越亲热。两个多小时过去，田大鹏和吕双手拉手走出公园大门。郝秀丽松了一口气，她默默期盼的结果出现了。她感觉肩头的担子，有人替她分担了一部分。

藤老板要做东招待他们，郝秀丽说：“两个孩子能够相处，是藤老板这个月下老人的功劳，我应该做东！”多年来，郝秀丽没有下过饭店，点菜都不会。她打电话给张雨林请他帮忙找个饭店安排一桌。张雨林知道是亲家见面，他选择了一家最近非常火的小渔船饭店，点了满桌子的菜，有鱼有虾有肉。吕双的哥哥喝啤酒，张雨林陪着喝了一瓶。吕双剥了一个虾，但她没有送到田大鹏的盘子里，而是站起身，送到郝秀丽的盘子里。

郝秀丽很感动，吕双是个懂得礼节的孩子。

从田大鹏和吕双开始相处，田大鹏仿佛变了一个人。经常阴沉着的脸，一下子变成了晴天，郝秀丽手指点着他的脑袋说：“傻小子，找个好媳妇，你可要珍惜呀！”

田大鹏冲着郝秀丽咧嘴笑着说：“我会对她好！”

郝秀丽小声地说：“她不会说话，你就跟她多说话。你要不爱说话，时间长了你也不会说话了。”

田大鹏看着老姨：“我记住了！”

吕双看到电器店乱七八糟的，到处堆放着杂物，她就动手收拾。田大鹏要跟她一起收拾，吕双把木椅拿到门外，把田大鹏摁到木椅上坐着。在本子上写道：“什么东西有用，你告诉我。”吕双用毛巾把头包住，把从家里拿来的套袖戴上，有条不紊地收拾凌乱的屋子。不一会儿，屋子里凌乱的东西摆放得规规矩矩。吕双把要扔掉的东西过滤一遍，挑拣出来一些塑料壳子、电路板、废线头卖给收破烂的。卖了一百多元，吕双用这钱买了新的床单、枕巾。把乱糟糟的屋子，收拾得干净利落。

自从吕双走进郝秀丽的生活圈子，她感到身心不那么累了，对田大鹏也放心了。吕双的家离城二十多里，有时吕双在电器店待得很晚才骑车回家。有一天郝秀丽看到吕双恋恋不舍地跟田大鹏分手，骑上车子走了。郝秀丽回到家里洗衣服，到阳台挂衣服，往楼下一瞧，看到吕双骑车往田大鹏家去。郝秀丽马上下楼，急匆匆地来到田大鹏楼下，看到田大鹏的残疾人助力车和吕双的自行车都在楼口放着。郝秀丽猛然想到，他俩背着她开始同居了。

郝秀丽把这事对张雨林说了。她不知道怎么来阻止他俩的同居。张雨林笑了："大鹏多大年龄了？"郝秀丽一想也是，大鹏快到而立之年了。郝秀丽跟藤老板说要把大鹏和吕双的婚事办了。藤老板把吕双的父母请到城里见面，商量田大鹏和吕双结婚的事情。吕家很开明，彩礼一点不要的话，怕村里人当笑话讲，只要一千元。四大件，有一件不嫌少，有两件不嫌多。郝秀丽当下决定彩礼两千元，给吕双买一个金手镯。电视机不管新旧，田大鹏自己张罗一台。吕双却在本子上写道："我不要彩礼，也不要金手镯。我要用这钱做本钱，在店里卖磁带和影碟。"

郝秀丽惊喜地看着吕双，这主意田大鹏是想不出来的，吕双是个过日子的好孩子。郝秀丽当即表示，彩礼照常给，金手镯也买，做生意的本钱也照出。吕家人很感动，彩礼钱只要一千元。郝秀丽问吕家还有什么要求，吕双的母亲说："农村里娶媳妇都要看下日子，城里人娶媳妇不知道看不看日子？"郝秀丽欣喜地说："大喜的事情，都要选个黄道吉日。我去找人选一个好日子，把两个孩子的婚事办了！"

婚礼定在国庆节。还有一个月时间，郝秀丽开始给田大鹏张罗做新被，打家具。四铺四盖，高低柜、立柜，都是当时流行的新婚配置。婚宴在一家小饭店举行。吕家的亲戚，郝秀丽家的老邻居，场面不大，气氛热烈。田大鹏拉着吕双的手，向大家行礼致意。郝秀丽热泪盈眶，心里默默地说："姐姐，你的儿子结婚了，你看到了吗？"

31

吕双在电器店门前摆了一个音响摊，专门卖磁带、影碟。田大鹏在门前安装个大音箱，成天放着流行歌曲。郑智化的《水手》是田大鹏最爱听的，田大鹏两遍就学会了，干活时也哼哼呀呀地唱着："风雨中这点痛算什么，擦干泪，不要问为什么……"

吕双把这首歌曲作为每天必放的歌曲，而且他们形成默契，吕双在门外播放《水手》的时候，就是吕双让田大鹏休息的时间。田大鹏扔下手里的活，走到门外坐到椅子上，端起吕双给他泡好的一大缸子茶水，咕嘟咕嘟地喝起来。一首五分多钟的歌曲放完了，田大鹏进屋继续干活。小两口虽然每天没有话可交流，可他们的细微举动和眼神，胜过滔滔不绝的千言万语。吕双的小摊渐渐红火起来，经营品种也逐渐增加。不到半年，电器维修部的牌匾换成了"吕双音像商店"，满柜台的磁带和影碟。店里忙不开，还聘了两个女售货员。田大鹏维修电器的活成了副业，畏缩到墙角。

郝秀丽从心里佩服吕双，这孩子真是嘴上不说，心里有数。郝秀丽对田大鹏的负担总算减轻了。郝秀丽躺在床上，艰辛的日子随着孩子们的长大，也日渐好转起来。平平念大三了，学费已经攒够，再做活挣点补贴日常生活用。两个在康复中心的孩子，也没多大负担。尤其是刘大昌的妈妈留下的资产，够刘大昌用了。郝秀丽现在感到有心理负担的，而且又不好处理的是和张雨林的关系。

郝秀丽想到自己四十三岁了，守了二十年的寡。她也想找个合适的男人再组成个家庭，可是先后两个丈夫的死，给她的心里蒙上了一层抹不去的阴影。张雨林可以说是她再婚的最好人选，不管是人品还是外貌她都认可。他们在一起也显得非常般配。但是，郝秀丽一想到自己的遭遇，就像缠在自己伤疤上那层纱布要被人撕开了。

郝秀丽要找个机会跟张雨林好好地谈一次，彻底打消他对她的念头。小石头的老师来电话，地级市辽河市成立残疾人艺术团，招各种乐器演奏员。小石头可以去报考，以小石头现在打架子鼓的水平，有希望被录取。郝秀丽听到这个消息非常高兴，这是小石头走出康复中心换一种新生活的机会。郝秀丽打听清楚，后天是报名截止时间。郝秀丽想自己坐车去辽河市，辽河市和岳城市相隔六十多公里，郝秀丽以前常去，到了比岳城繁华的城市，她有点晕头转向。她又听说岳城通往辽河市的道路正在扩建，所有车辆都要绕行。她不知道能绕多远出去，能不能当天返回来。郝秀丽决定找张雨林，请他开车送她去给小石头报名。

张雨林第二天上午处理完事情，下午开车去辽河市。平时一个小时的路程，走临时开辟的道路，两个多小时还没有到。一会儿从村子里穿过去，一会儿走一段山路。坑坑洼洼的土路，挤满了大小车辆，走走停停，到了市里已经下午三点多了。他们找到市残联办公室，郝秀丽很顺利地报上名，之后等候考试通知。

办完事出来，张雨林说时间还早，去辽河老街溜达一会儿。郝秀丽在企业上班的时候，时常到辽河市办事，每次来她都要到老街的商店逛逛。那条百年的老街，有两个大商场。她记得辽河商场一进门，有个卖包子的柜台。十多种馅的大包子，每天都有很多人排队买。她曾排半小时队，买了五个海螺馅和五个芸豆馅包子。回到家里，父亲吃了两个。父亲打着饱嗝说，这是他吃的最有味道的大包子。

辽河商场的包子铺还在，只是没有像过去那样铺前排着长队。郝秀丽买了海螺馅和素三鲜各四个，装了一大袋子。又买了六个包成一大包。张雨林感到奇怪，向来不随便花钱的郝秀丽干吗买这些包子。郝秀丽看出张雨林疑惑的目光，笑着说："买给孩子们吃。我父亲在世的时候，最爱吃辽河大包子。"郝秀丽拎起那个小包说，"这是给你的！"

张雨林没有客气，接过纸袋说："我可以一口气都吃下！"

在车上，郝秀丽总想找机会把话扯到他俩的话题上。可张雨林好像看出郝秀丽的心思，一直不离他下乡和做生意的话题。郝秀丽坐在后排座似听非听。张雨林时而从后视镜里看一下郝秀丽，郝秀丽扭头望着车外也不插话。

车很多，出了城没有走多远就开始堵车。车绕道进入一段山坡上，夕阳的余晖映红了半边天，绸缎般的彩云在地平线上飘浮。这样的晚霞，郝秀丽好久没有看到了。记得她在沙金村的时候，她去姜辉的钻井工地，俩人坐在土坡上，看着绚丽的夕阳，陶醉在两人的世界。转眼二十多年过去了，那情景在眼前闪过，平静的心开始怦然跳动起来。

突然，几声怪异的声音响起。张雨林喊了一声："不好，车坏了！"急打方向盘，车靠到山路边就趴窝了。他把车机盖子打开查看一阵，放下车机盖子。回到车里，张雨林看到郝秀丽惊慌的眼神，说："没有大事，一根皮带断了。我打个电话，让修车工来。"

郝秀丽从张雨林一闪即逝的慌张神色中看出，车子不是小毛病。肯定他怕她担心，故意轻描淡写地说皮带断了。

"张大哥，我不懂车，可我感觉车不能是断了一根皮带吧？不管哪儿坏了，我拿钱修！"郝秀丽果断地说，不容张雨林反驳。

天色渐黑，路上的车不见减少，从山坡往下看，亮起的车灯连接起来像一条巨龙在慢慢地向前爬动。

张雨林沮丧地看眼坐在岩石上的郝秀丽。从他们认识那天起，郝秀丽一如既往地对他像陌生人一样客气。她始终都对他有戒备心，不管他如何掏心掏肺地想跟她说说心里话，她只用命不好来搪塞他，或是若即若离。

张雨林冷冷地笑了一声，说："秀丽，你现在是很有钱了？还是担心我赖到你什么？秀丽，今晚咱俩在这荒郊野外，头上是皎洁的明月，彼此能不能说说心里话？"

郝秀丽仰望一轮明月，月光柔和地洒在她的脸上。她感到这温柔的月光在轻轻地抚摩她，抚摩她伤痕累累的心，拂去她满身的尘土和疲惫。郝秀丽沐浴着月光，内心一片惬意，这样的心情已经好久好久没有了。郝秀丽没有急于回答张雨林的问话，她从纸包里拿出一个包子，说："吃个包子吧，你说你能吃六个，你放开肚量吃，我给你查数。"

张雨林诧异地看着月色中的郝秀丽，从来没有跟他说笑过，今晚竟然逗他开心了。张雨林觉得郝秀丽像月色一样朦胧了，让他感到莫名其妙。

"你发什么愣，吃吧，我也饿了。"郝秀丽把包子塞到张雨林的手里。

张雨林大口吃起来，几口下肚。郝秀丽说："你慢点吃，没人跟你抢！"说着，又递给他一个包子，张雨林犹豫下，接过来两口吃下去。郝秀丽咯咯地笑起来，又递给张雨林一个。张雨林毫不犹豫地拿到手里，张嘴就吃。郝秀丽笑着说："你慢点，没有时间限制！"

张雨林吃了三个包子，打起饱嗝。郝秀丽到车里拿出一瓶矿泉水，送到他手里。张雨林喝了几口水，意味深长地叹口气说："有人伺候是真幸福哇！"

郝秀丽收敛了笑声，问："你还吃吗？"

张雨林打个饱嗝，说："撑着了！你不也饿了吗？吃一个吧！"

郝秀丽没有吃，把袋子装好，淡淡地说："你吃饱了，喝足了，咱们谈下正事吧。"

张雨林一怔，郝秀丽甜甜的笑容转瞬即逝，又一副严肃的神态。张雨林微笑一下，说：“咱俩的事哪件不是正事？刚看你开心地笑，又严肃起来。我想说说心里话，而你要谈正经事。好了，先说你的正经事吧。”

郝秀丽莞尔一笑，说：“你知道我要说什么。你的心里话，跟我说的正经事不矛盾。”

张雨林情绪激动地说：“不矛盾，但也是严重分歧！秀丽，我们都是四十多岁的人，应该考虑我们的生活了。你不要像过去那样，一提起我们在一起生活，你就拿命不好来搪塞我。我不信命！什么是命不好？屈服了就是命不好，逃避了就是孬种！”

郝秀丽看到张雨林很激动，禁不住地笑了起来：“你怎么还骂人了？”

张雨林感觉自己太冲动了，歉意地一笑：“对不起，我有点激动了，不是对你呀！”

郝秀丽轻轻地叹口气，冷冷地说：“你以为我是小孩子呀！我是孬种，没有骨气。张雨林，我今天告诉你实话，我们只能做个朋友，不可能成为夫妻！你还年轻，趁早去找个合适女人成个家吧！”

“我年轻？你不年轻？我今天也告诉你实话，我非你不娶！”张雨林声音很大，唯恐面前的郝秀丽听不清楚。

郝秀丽脸颊发热，呼吸急促。张雨林还在说什么，她已经听不清楚了。半天，郝秀丽才忧伤地说：“我不能答应你！以前我对你说过，我的命不好，不能把你害了！”

“郝秀丽，你不要陷入过去的阴影中不能自拔！他们的去世是偶然和必然。平平爸爸的意外是偶然的，小石头的爸爸的意外是必然的，这跟你有什么关系！”

“你住嘴！”郝秀丽突然吼了一声。

张雨林一愣，才感到自己的话触到了郝秀丽的伤心处。张雨林马上歉疚地说：“秀丽，我有点激动了，对不起！”

郝秀丽最痛处的伤疤被张雨林触动了，她默默地流下了苦涩的泪水。郝秀丽没有说话，呆呆地坐在那里。张雨林惶恐不安，声音很低：“秀丽，别生气了，我真不是有意伤害你的！”

郝秀丽抬起头，淡淡地问：“修车的什么时候能来？”

张雨林拿出手机，说：“我联系一下吧！”张雨林打通电话询问一阵，放下电话说，“救援车已经来了，前面堵车很严重，还要等段时间。秀丽，你要是累了，到车后座躺一会儿吧。”

郝秀丽心情低落，也感觉累了，站起身回到车上，倚靠在后座上。张雨林坐在司机座上，不知道说什么了。气氛压抑，尴尬。土路上的车辆像老牛一样行走，缓慢地都停下来。路过的车里播放的歌曲在夜空中轻柔地回荡：

能不能让我陪着你走
既然你说留不住你
回去的路有些黑暗
担心让你一个人走
……
把我的悲伤留给自己
你的美丽让你带走
……

32

市残联招考文工团团员的乐器考试，在岳城设立了分考场。平时看不到有谁在练乐器，尤其智商不正常的孩子。可在十八中学考试现场，学各种乐器的孩子来了一大堆。仅打架子鼓的孩子就有五个。而唯有小石头是唐氏综合征。智商低下的他，跟肢体有点残疾的人相比，没有竞争力。郝秀丽根本不抱希望，只是让小石头开开眼界。

郝秀丽没有想到的是小石头竟然被录取了。小石头的成功，给郝秀丽带来无比的喜悦。这是她抚养儿子十六年来，儿子第一次给她带来快乐，她第一次感觉自己没有生一个对社会毫无价值的孩子。郝秀丽给小石头买了新衣服、新皮鞋。她不能让孩子在外寒酸了。

郝秀丽把小石头和刘大昌一起接回来。刘大昌似乎也明白了小石头要离开他，眼睛盯着小石头，嘴里嘟囔着谁也听不清楚的话。郝秀丽也给刘大昌买了新衣服和新鞋，可刘大昌似乎对新衣新鞋不感兴趣，把他的衣服和皮鞋都放进小石头的行李箱里。郝秀丽觉得这不是刘大昌不喜欢，而是自己舍不得穿，留给小石头。郝秀丽笑着问："大昌，姨给你买的衣服和皮鞋不喜欢吗？"

刘大昌脸憋得通红，指着小石头嗷嗷地说着什么。郝秀丽用毛巾擦着刘大昌嘴角流出的哈喇子，问：“大昌，你是舍不得穿，要留给弟弟吗？”

刘大昌点头。

郝秀丽惋惜地说：“大昌，你们哥俩要是正常孩子，该有多好哇！”

郝秀丽去找张雨林，让张雨林送小石头去辽河市报到。尽管那天晚上张雨林的话刺痛了她的心，可她平静下来想，张雨林对她两任丈夫的不幸归结为偶然和必然是有道理的。平平的父亲姜辉，天天骑着自行车往返家里和勘探工地，在路上发生交通事故身亡。做梦也不会想到会发生这样的意外，这是偶然。而小石头的父亲刘启田却嗜酒如命，生活不检点，最终遭遇意外，这是必然，是因果关系。张雨林的话虽然触痛了她的伤疤，但沉淀在心里多年的痼疾好像找到了根源，压抑多年的心里敞亮了。

郝秀丽快要走到建材店门口时，张雨林陪着一个中年女人走出来，说笑着一起上了车。郝秀丽呆呆地看着张雨林开车走了，一种失落感油然而生。郝秀丽愣了半天，突然清醒过来自言自语地说：“他有没有女人与我毫无关系！”

郝秀丽领着刘大昌打车送小石头去辽河市残联报到。刘大昌和小石头分别的一瞬间，刘大昌嗷嗷地叫起来，眼泪和口水一起往下流。郝秀丽禁不住心酸地流下了眼泪。作为母亲的郝秀丽最能理解两个孩子的内心世界。从小石头离开康复中心，郝秀丽怕刘大昌孤独，每周都把刘大昌接回家里。郝秀丽给刘大昌买了一件黑色的羽绒服，在衣服前襟缝了一块黑毛巾。刘大昌流下的哈喇子不能粘到前襟上。

转眼到了新年，郝秀丽接到市残联文工团寄来的一封信，感谢家属对残联文工团的支持，为了表达对全市人民的感谢和对团员家属的感谢，元旦晚上在辽河市剧院答谢演出。郝秀丽捧着信激动不已，小石头真的给她争气了，做到了一个正常人所能做到的事情，郝秀丽冰冷的心得到了温暖，也充满一丝自豪感。

郝秀丽把刘大昌接回家，换上干净的衣服。她要领着刘大昌去看小石头的演出。新年是浴池最忙碌的日子，郝秀丽向带班的经理请假。经理年龄不大却很老成，平时很照顾这个老大姐。她爱人是出租司机，她让她爱人开车送郝秀丽去辽河市。

辽河大剧院灯火通明，座无虚席。舞台上方的横幅上写着：欢庆元旦——市残联文工团汇报演出。

郝秀丽很久没有走进剧院看演出了。她还是在北钢中学念书的时候，陪着父母到北钢俱乐部看过省话剧团演的一场话剧。她记得清楚，话剧名叫《风华正茂》。父亲还对她说，风华正茂多么富有诗意的年华呀！小秀丽，你可要好好珍惜这好年华呀！诗意般的年华早已不复存在了。而她感到自豪的是，女儿平平美丽的年华正像舞台的大幕徐徐地拉开。

节目正在进行中。报幕员是个穿着长裙子的独臂少女，声音甜润，字正腔圆。旁边一个女老师在做着手语。下个节目是歌曲联唱。大幕拉开，乐队站在舞台后面。刘大昌忽然兴奋起来，哇哇地指着舞台叫。郝秀丽也看到小石头站在乐队中。黑色的燕尾服，扎着领结。郝秀丽搂着刘大昌，不让他骚动乱叫。刘大昌安静下来，可他抬起的右手却没有放下，一直指着舞台。郝秀丽把他的手拉下来，他的手臂像弹簧一样又伸出去。郝秀丽悄声地问："大昌，你是想要小石头看到你？"刘大昌哇哇地叫。郝秀丽拉住他的手臂说："别抬高了，影响后面的人。"

激扬的乐曲在剧场里回荡，小石头神情专注地打着架子鼓，身子随着节奏晃动着。那明快的鼓点声震撼着郝秀丽的心，她热泪盈眶，泪水禁不住地流下来。两个半小时后演出结束，郝秀丽的眼睛还是湿润的。散场后，刘大昌握住郝秀丽的手不愿离场。郝秀丽明白他要去看小石头。郝秀丽拉着刘大昌的手，在散场人群中逆行往舞台走。走到台前，被保安拦下。郝秀丽说要看她的儿子，保安告诉她，出剧场到后面停车场能看到。

郝秀丽领着刘大昌走出剧场，来到演员和工作人员的通道。一辆大巴车停在门口，演员们正在排队上车。小石头一眼就看到妈妈和哥哥刘大昌，眼睛亮了起来，嘿嘿地笑着。刘大昌哇哇叫，要向小石头走过去，小石头忙摆手不让刘大昌过来。郝秀丽拉住刘大昌的手说：“小石头要上车了，待几天他回家你们就能见面了。”

大巴车开走了，刘大昌还在呆呆地看着。郝秀丽擦干自己的泪水，又给刘大昌把嘴角的哈喇子擦干净，搂着刘大昌说：“我们也该回家了！”

郝秀丽一转身猛然怔住，张雨林站在她面前。

“秀丽，我是来接你和大昌的。”张雨林来到剧场正好散场，他看到了小石头上车离去的场面。

郝秀丽惊诧地问：“你怎么知道我和大昌在这儿？”

张雨林笑着说：“我联系剧团的领导，问小石头什么时候放假，我好接他回家过新年。才知道今晚有演出，我想你一定会领大昌来看小石头的演出。”

回去的路上，张雨林找话说，可郝秀丽却很少搭言。她很想问问那个女人是谁，可直到下车，这话也没有从她的嘴里说出来。

春节来临，平平在省城火车站做了半个月的志愿者，然后才回到家。剧团通知团员家属，剧团腊月二十八送岳城市的团员回家。

寒风凛冽，市文化宫广场的人不多。一组童趣的雕塑，布满灰尘，似乎在瑟瑟寒风中战栗。一个穿着短身夹克的中年男人，在广场边上的公汽站点徘徊。平平从公汽下来，看到那个中年男人是张雨林。平平惊喜地跑上前问：“张叔叔，你怎么在这儿？”

张雨林怔了一下，看出是平平，惊喜地说：“我在这儿接小石头呀！”

平平诧异地说：“张叔叔，你知道小石头今天回来？”

“我有小石头领导的电话，我准备去辽河市接小石头，知道他们专车送，我在这儿等小石头。”

“张叔叔，您没少照顾小石头。谢谢您了！”在平平的记忆中，妈妈办小饭桌的年代，张叔叔真没少帮助他们家。

在张雨林的眼中，平平跟他的女儿倩倩一样是个没有长大的孩子。可今天看到平平，张雨林忽然觉得，她们都长大了。平平穿着白色羽绒服，脖颈围着红色的围巾，脸颊红润，眸子黑亮，彰显青春活力。张雨林笑着说："举手之劳。你妈妈拉扯你们也不容易，我做点力所能及的事情而已。"

平平想起倩倩，问："叔叔，倩倩是大二了吧？"

张雨林无奈地摇摇头，说："倩倩高中没毕业就不念了，在酒吧唱歌。她可不是听话的孩子！"

平平一笑："社会广阔，各有各的选择，这不是听不听话的问题！"

张雨林无奈地叹道："走她的路吧！"

中巴车驶过来，小石头在老师的护送下走下车。小石头看到姐姐含混不清地喊着："姐，姐！"小石头看到张雨林嘿嘿地笑，"车呢？"

张雨林轻轻拍下小石头戴着鸭舌帽的头："小石头最喜欢坐叔叔的车！是吧？"小石头咧嘴点点头。

张雨林去停车场把车开过来，送小石头和平平回家。下车的时候，平平让张雨林上楼去家里坐。小石头也拉住张雨林的手不让走。张雨林笑呵呵地说："叔叔有事，有空我再来坐呀！"

平平把小石头的手拉开，张雨林挥挥手开车走了。晚上，郝秀丽下班把刘大昌领回家。临近春节，浴池里忙得不可开交。阴历二十九半夜才能歇业。平平办置年货，打扫卫生，每天给家人做饭菜。郝秀丽给平平一千元钱，让她去给小石头和刘大昌买新衣服。她特别嘱咐平平，两个弟弟的衣服质量好一点就行，给自己要买一套喜欢的新衣服。可是平平没有给自己买衣服，给妈妈买了一件羊毛衫、一件紫色呢子外套、一条毛料哔叽裤子和半高跟皮鞋。平平自己仅仅买了一套内衣。

年夜饭平平和郝秀丽一起忙活，平平猛然看到妈妈的手指弯曲。平平一下子握住妈妈的手，眼泪唰地流下来。平平哽咽地说："妈妈的手指都不能伸直了，妈妈，你为我和弟弟吃苦了……"

郝秀丽轻轻地抹去平平脸腮上的泪珠，含着泪说："你长大了，妈妈再苦，心里也是甜！活着嘛，有苦有甜，才有滋味。"

平平难受地看着妈妈，鬓角有几缕白发，眼角出现细细的鱼尾纹。妈妈的年龄跟她的辅导员老师同龄。那辅导员每周的裙子不重样，同学们都以为老师的年龄三十岁左右，当她告诉大家已经过了不惑之年，四十有三了。同学们惊讶得差点掉了下巴，一片哇声。可平平一阵难过，妈妈的外貌要比老师大上十岁。生活中的角色不同，色彩就不一样。妈妈是生活中最凝重的色彩，妈妈一直孤独地扛着岁月往前走，没有人分担她肩头的重担。

"妈妈，张叔叔对我们家有过帮助。我想……"平平爽快地说，"妈妈，张叔叔现在还自己过，年夜饭把张叔叔请到家里一起吃吧！"

郝秀丽疑惑地看着平平："你怎么知道？"

"我问张叔叔了。倩倩高中没毕业就不念了，到酒吧做歌手去了。妈妈，我问你一件事好吗？"平平用期盼的目光看着妈妈。

郝秀丽惊疑地问："什么事？"

平平垂下眼睑，犹豫片刻说："妈妈，你和张叔叔没有共同语言吗？"

郝秀丽一愣，冷冷地说："平平，这是大人的事，你不要过问！"

"妈妈，我觉得张叔叔这个人挺好，有责任心，为人善良。这么多年彼此了解，是有共同语言的。"

郝秀丽愕然地看着平平，如果不是张雨林跟她说什么了，平平真的懂事了，知道母亲的孤独和艰辛。可郝秀丽却希望张雨林能跟平平说些什么，哪怕是对她郝秀丽的几句抱怨，说明他心里还有她。郝秀丽问："张叔叔跟你说什么了？"

平平摇头："妈妈，我是看你对张叔叔不冷不热的态度，伤了张叔叔的心！"

郝秀丽拧开水龙头，低头洗菜。溅起的水珠落到郝秀丽的脸上，郝秀丽抬起手臂，用手背擦了一下脸上的水珠，看着在择菜的平平说："你给他打电话吧，让他过来吃饭！"

平平痛快地答应。

33

封冻的大清河在三月的春光中开始融化。河边柳枝轻摇，鸟儿在光秃秃的树枝上叽叽喳喳地叫着。河边晨练、散步的人也日渐增多。郝秀丽骑着自行车沿着大清河堤坝的景观路，缓慢地走着。这两天是田大鹏媳妇吕双的预产期，郝秀丽跟浴池领班请了一周假伺候外甥媳妇。出门之前，她打电话问田大鹏，田大鹏抱怨地说吕双昨夜在产房还是嗷嗷地叫，他几乎一夜没合眼。郝秀丽对大鹏说：“这个时候媳妇是最遭罪的，吕双不会说话，也不会撒娇。你要多安慰她！”

郝秀丽从车子上下来，坐到一个长条椅子上，明媚的阳光洒在她的脸上，感到全身暖洋洋的，身心立刻轻松下来。她每天匆匆地从岸边走过，却从没有注意两岸的变化。现在放眼望去，两岸塔吊林立，原来的水洼地、苞米地都变成了繁忙的工地。更让她感到意外的是，原来的大清河上只有一座桥架通两岸，越来越多的车辆过桥像乌龟一样挪动。郝秀丽看到下游不远处封冻的河面上，耸立着一排粗壮的水泥墩，一座新桥正在建设中。仔细观察一下，周围的一切都在发生着悄然的变化。她忽然觉得自己好像置身在外，每天睁开眼睛就是忙，辛辛苦苦赚点钱，要供女儿上学，要给病残的儿子留下生活费，还要给自己交养老保险，又要人情往来。她确实有些累了，感到肩头的担子越发沉重。如果有个人帮助她担，她能松一口气。

郝秀丽想起黄主任的话，这个男人值得信赖。郝秀丽多么想现在见到黄主任，把心里话向她说说。她是领导，有素质有见地，她一定能拨开云雾，让她心里亮堂。她记得黄主任说过，不能把命当成枷锁，束缚你的人生！要砸碎这个枷锁，去享受生活！黄主任说的这些话，让她激动不已。年夜饭的时候，虽然在孩子们面前都显得其乐融融。可她跟张雨林之间还是有一种陌生感存在。张雨林跟孩子们嘻嘻哈哈，逗着小石头和刘大昌玩。可眼睛时常瞟着郝秀丽，显得矜持和不安。张雨林跟田大鹏喝了一瓶啤酒，算是年夜饭有点喜庆的色彩。郝秀丽很后悔，在年夜饭的时候，自己内心火热可脸上却冷若冰霜。她不知道自己为什么处在舍弃不了又不敢接受的尴尬局面。一种孤独感油然而生，好像自己飘零在荒野，迷茫一片，看不清再往前的路在哪儿。

郝秀丽抬头看下明晃晃的太阳，顿时感到眼花缭乱、五彩缤纷。她感觉有些眩晕，好像大清河水波涛汹涌地在奔腾。郝秀丽定了定神，知道是幻觉。她马上站起身，骑车赶往医院。

吕双生下一个大胖小子。郝秀丽抱起襁褓中的婴儿，抑制不住的眼泪默默地流下来。孩子的奶奶爷爷要是在世，该有多么高兴！可悲的是田大鹏迄今对自己的父母也没有记忆，他傻傻地看着眼睛都没有睁开的儿子，又瞧眼媳妇，咧着嘴嘿嘿地笑。郝秀丽对田大鹏说："大鹏，当爸了，以后可要学会哄儿子。"田大鹏痛快地嗯了一声。

郝秀丽伺候吕双五天月子，吕双的母亲来了。吕双的母亲很稳重，做活不是毛手毛脚的。郝秀丽放心了。浴池生意红火，大厅里人员出出进进。前台上放着一个花篮，异常醒目。郝秀丽瞥了一眼，跟前台收银员邱红打了招呼去更衣间。邱红喊住郝秀丽："郝姐，你别走哇！"

郝秀丽疑问："有事吗？"

邱红顽皮地一笑："郝姐，你过来看下这花怎么样？"

这是一花篮鲜艳的百合和玫瑰。有几朵百合盛开，洁白无瑕，有几朵含苞待放；更多的是玫瑰花，娇嫩欲滴，艳丽夺目。郝秀丽低头嗅闻一下，问："你朋友送的？真香啊！"

邱红把花篮转个方向，郝秀丽怔住了，花篮的红绸缎带上写着：祝郝秀丽生日快乐！

郝秀丽猛然想起今天是自己的生日。忘掉自己的生日不止这一次，就是没有忘记，早晨煮两个鸡蛋，吃碗面条。没有给自己炒两个菜，更没有人给送鲜花。郝秀丽脸颊发热，问："这是谁送的？"

邱红眼神怪异："你问我？我去问谁？鲜花店来人送的，说是有位先生让他送到这儿的。"

郝秀丽没有说话，拎起花篮来到更衣间。郝秀丽呆呆地看着芳香四溢的花篮，眼睛模糊了。她知道这是张雨林送的，在这个世界上除了父亲外，只有两个男人知道她的生日。一个是平平的父亲，那是短暂的美好记忆。他一大早就起来给她擀面条，为了让面条筋道，他特意把面和得特别硬，擀完面条满头大汗。清水面条捞出来，他炸的西红柿鸡蛋卤特别有味道，多年以来每每想起，感觉余香缭绕。

另一个知道她生日的男人是张雨林。平平上高一的时候，给她订了一个生日蛋糕。平平没有时间去取，就让张叔叔取回送到家里。从那以后，张雨林记住了郝秀丽的生日，每到这一天他都要请郝秀丽吃饭，可是郝秀丽每次都拒绝，也不接受他的礼物。今天他竟然把花篮送到她的单位来，这是有意在告诉别人什么。要是在过去，一股无名火上来，她能把花篮撕得稀巴烂。她从心里厌烦男人跟她的接触，反感男人对她献殷勤。可是，现在郝秀丽看着这花篮里盛开的鲜花，不由得产生一股柔情。她的心剧烈跳动起来，像自己做错了什么事情被当众识破。

郝秀丽平静一会儿，换上工作服来到里面的搓澡间。五个床位都在忙碌，只有她的工作床是空的。郝秀丽开始专注地给客人搓澡，花篮和过生日的事情，在紧张的忙碌中已经丢在了脑后。下午班要工作到晚上九点才能收工。如果是值班就要半夜才能回家。郝秀丽今晚不值班，八点过后，客人少了。郝秀丽腾出手，去休息间吃盒饭。邱红看到郝秀丽奇怪地问：“郝姐，你怎么还没回家？给你过生日的人可能眼睛都急红了！”

郝秀丽淡然一笑：“女儿在省城上学，外甥媳妇刚生孩子，哪有时间给我过生日。”

邱红神秘地说：“送花篮的人，能不等你吃饭哪！”

郝秀丽似乎才想起放在更衣室的花篮，说：“啊，那是过去的同事送的，在外地工作。”

郝秀丽不知道自己怎么突然说起谎话来。她像喝了一口烈性酒，脸颊绯红。郝秀丽心里开始烦躁，就像有什么事情在等她去做。她不时地看着墙壁上的挂钟，秒针在不停旋转，还有一个小时才能下班。她感觉这一个小时比一天都难熬。她在浴池做搓澡工多年，第一次有这种感觉。

赵大姐在更衣间嗅闻到一股芳香，她挨个打开没有上锁的柜门。翻到郝秀丽衣柜旁边的空柜子，发现里面放着一个花篮。赵大姐看到花篮飘带上的字，急忙回到工作间。郝秀丽刚做完一个活，拿起杯子喝水。赵大姐一把拽着郝秀丽急匆匆地来到更衣室，指着花篮说：“秀丽，你今天过生日呀！你还要靠到下班吗？你快走吧，别只挣钱不享受！”

郝秀丽脸色通红，忙辩解：“没人等我，这是原单位同事送的！”

“没有人给你过生日，也不能跟自己较劲哪！收拾收拾快回家吧，过生日了还不犒劳下自己？”赵大姐抓起毛巾，擦一把汗津津的脸笑着说。

郝秀丽换下工作服，收拾一下，捧起花篮走出门。大街上霓虹灯闪烁，车水马龙。郝秀丽把花篮放到前面的车筐里，刚要上车，猛然怔住，张雨林站在她面前。

“你……你怎么在这儿？”郝秀丽的心怦怦地跳。

张雨林伸手接过花篮，憨笑着说：“你过生日，我请你吃饭啊！”

郝秀丽似乎早有思想准备，淡淡地说：“你搞得这么浪漫，同事还以为我怎么回事了呢？”

“秀丽，看别人的脸色活着多累呀！我们又不是偷偷摸摸地来往！”张雨林不由分说，接过郝秀丽的车子，一手拎着花篮，一手推着自行车来到他的车前，把后备厢打开，自行车放平。郝秀丽想起几年前在雨中，张雨林把她的冰棍箱子和自行车也是这样放在车后面。一晃五六年过去了，触景生情。她感觉这么多年来，对面前这个男人是不是过于冷漠了？

“请上车！”张雨林把车门打开，郝秀丽犹豫一下，上车了。

张雨林开车朝着市区走去。郝秀丽忙问：“这是去哪儿？”

张雨林紧盯前方，不置可否：“我请你吃饭，今天什么理由都推托不了！”

郝秀丽佯装生气地说：“怎么还要绑架呀？”

张雨林哼一声：“要么你就报警！”

路上他们相互斗嘴，却显得很轻松。张雨林开车来到岳城最大的广场——世纪广场西侧，把车停好，打开车门请郝秀丽下车。郝秀丽看到霓虹灯闪烁出几个大字：米兰西点。

“这是什么地方？我可没有这么浪漫哪！”灯光十分炫目，刺激得难以睁大眼睛。

“这地方比饭店环境肃静优雅，进去坐一会儿，要是不习惯再出来。”

郝秀丽跟在张雨林身后走进去。宽敞的大厅灯光暗淡柔和，淡淡的清香伴随着低缓的轻音乐扑面而来。服务生领着他们来到一个靠角的座位上，张雨林点了一份生日蛋糕和红酒。服务生又给点起一支蜡烛。

“张雨林，我们有这么浪漫吗？我要起身走了，让你难堪。不走吧，我真不适合在这样的场合！”郝秀丽环顾下周围，座位上都是年轻的一对对男女在暗淡的灯光中窃窃私语。

张雨林祈求地说："秀丽，请你耐心地坐一会儿，今天晚上很有意义，既是你的生日，又是我从债务中解脱的一天。我想跟你谈谈，开诚布公地谈谈。"

张雨林身体前倾，声音低沉。他极力保持镇静，仿佛时刻准备拉住将要转身而去的郝秀丽。

郝秀丽低头看着燃烧的蜡烛，心慌意乱。张雨林却有窒息的感觉，在北钢子弟学校门前见到她的那刻，这双眼睛就嵌入他的脑海里。这么多年他们时远时近，好像隔着一堵墙。今天他就要冲破这无形的一堵墙，让她从命运的阴影中走出来。

张雨林轻轻地说："秀丽，这么些年我没有帮助你什么……"

"请你不要这样说！你帮过我很多，开小饭桌、装房子、送小石头这些事我都记得！"郝秀丽打断张雨林的话，在她的心里自己对张雨林欠得很多。

"那都不算个事！你老念念不忘，我感到惭愧！秀丽，实话告诉你，这么多年债务一直压在我的身上。我开贸易公司的时候，赚了一些钱。后来被肖雪洁都拿走了。"

"你说这事儿什么意思？"郝秀丽不解地看着张雨林。

张雨林立刻意识到郝秀丽多心了。他和倩倩妈离婚的导火线是，因为他在郝秀丽家的小饭桌帮忙了。今天重提这件事真的要引起郝秀丽的疑心和厌恶。

张雨林解释："不，我没有别的意思。我是说我跟她的共同财产都给她了，我净身出户，承担着五十多万的债务。这几年生意做得一般，今天总算把债务还清了！"张雨林长长地叹了一口气，如释重负地说，"秀丽，我今天可以有勇气向你求婚了！我们人到中年，经历了很多。我不能看你一个人在路上，我有能力牵你的手一起往前走！"

张雨林声音低沉，显得异常激动。他伸出手，紧紧地握住郝秀丽的发烫的双手，说："秀丽，相信我吧！"

郝秀丽低下头，泪水夺眶而出。

34

郝秀丽这些日子感到如释重负的事情，就是她答应了张雨林的求婚。张雨林让她到他的公司去管账。她坚持要靠自己的劳动把女儿平平的学业供下来。郝秀丽摇头说：“我也不懂会计，你找专业会计吧！”张雨林像有什么话难于启齿。

郝秀丽看出来，问：“你要说什么？”

张雨林犹豫下说：“秀丽，你最好别去浴池干搓澡的活了！”

郝秀丽诧异地问：“我给张老板抹黑了？”

“我可不是那个意思，我是看你太辛苦了！你要闲不住，我给你在小区附近开个小超市，也能供起平平的上学费用。”张雨林忙辩解，怕郝秀丽产生误解。

郝秀丽笑着说：“我记得谁说过这句话，辛苦心不苦，劳而不累。我现在就是这种境界，虽然每天辛苦些，可不感到心累。平平大学毕业了，我再干点别的活，挣多挣少无所谓了。小石头也能自己养活自己了，我就没有什么负担了。”

张雨林注视着郝秀丽，小心翼翼地说：“秀丽，你现在的负担不算什么，我没有大钱，但完全可以负担起。你不需要去做那么艰辛的工作了！”

“我也不能靠你来养活！”郝秀丽冷冷地说。

张雨林劝说：“我知道你要强，找点轻快活干，别跟自己过不去，长年累月在潮湿的浴池里，对身体也不好哇！”

郝秀丽眉头紧蹙，问：“是不是我这个搓澡女人，给你丢面子了？”

“秀丽，我可没有这个想法！你不要乱猜疑呀。我们明天就去民政部门登记，然后招待一下亲朋好友，也不搞什么大场面，让大家见证我们的婚姻。”张雨林的目光充满期待地看着郝秀丽。

郝秀丽沉默一会儿，缓缓地抬起头看着张雨林。既然答应了这个男人的求婚，就应该去履行法律手续。可是，她不想成为他的妻子后，无意中享受他的钱财资助。她有能力把平平的学业供完，不能去占任何人的便宜。

“我跟你商量个事儿，你要给我答复！”郝秀丽不置可否地说，“平平还有一年大学毕业了，她有了工作，我们再去登记。”

张雨林苦笑一下，很无奈地说：“这事还有商量的余地吗？你这霸权的口气，我还能有反驳的余地吗？提意见有用吗？听你的吧。但我也有个要求，你要答应我！”

郝秀丽惊疑地看着张雨林，没有说话。

张雨林担心郝秀丽会拒绝他的要求，板紧面孔说：“你家的房门钥匙给我一把，我不能再在外边打溜溜了。我可以给你做饭，你晚上回来可以吃到热乎饭菜了。”

郝秀丽发窘。突然一个男人走进她的家门，让她感到心惊胆战。尽管现在人们的观念都发生了改变，但对她而言，接受再婚是从阴影中艰难地迈出这一步。现在这个男人真要闯进来，她有些局促不安。

郝秀丽冷静一会儿，说：“我也想进门吃口热乎饭，我也相信你能做到，可现在不是时候。还是等等再说吧。”

张雨林深深地叹口气：“我有信心和耐心等到那一天！”

进入6月份，大气开始急剧升温，炎热的夏日耀武扬威地登场了。郝秀丽每天中午来到大鹏的音像店，帮助吕双哄一会儿孩子。音像店的生意很红火，吕双又增加了代理销售影碟机、游戏机的业务。她聘用了两个年轻女服务员。吕双虽然不会说话，但用真诚的笑容迎接顾客。可是，田大鹏却像邻居家的生意似的不闻不问。每天早晨开着助残车把吕双和儿子拉到店里，他算没有事了，坐在门前叼根香烟看街景。

街对面胡同里新开张了一家麻将馆，老板也是个残疾人，绰号封大拐，跟田大鹏混得很熟，一口一个老弟叫着。开业那天，田大鹏跟吕双要了二百元钱去随礼。田大鹏从此接触到麻将，很快就迷恋上了。开始他还背着吕双去麻将馆玩，佯装在街上溜达，然后溜进胡同里钻进麻将室玩。快到中午的时候，他便回到店里。他知道这个时候，老姨要来店里跟他们一起吃饭。老姨下午上班走了，他又来到麻将馆。几天过去，田大鹏兜里的几百元钱输光了。没钱就不能坐到麻将桌上，田大鹏很想找机会到收银台上拿点钱。可是吕双收款，他几次在店里出出进进都没有机会下手。以往有时候吕双忙着照顾孩子，让田大鹏在收银台收款。近两天这样的机会没有了，好像吕双看出田大鹏的心思，特意不让田大鹏靠近收银台。

田大鹏像热锅上的蚂蚁，急得团团转，原来自己的小金库，从结婚后就自愿取消了，把所有的积蓄都交给了吕双。现在手头吃紧，他后悔了，感到店里的收入不能全部让妻子管控。他要想办法从吕双手里夺回家庭的财权。不能每天店里收入多少钱，他一无所知。

田大鹏气冲冲地拄着拐杖，几步从门外跨进屋里，来到收银台前，气哼哼地对吕双说:“以后我要管钱！”

吕双愕然地看田大鹏，似乎没有听清田大鹏说什么。田大鹏又喊道:“我收钱，你去哄孩子！”

吕双惊诧地看着田大鹏，感到眼前的男人仿佛不是她的丈夫田大鹏。吕双拿笔在纸上写道:“你怎么了？”

“我要管钱！”田大鹏瞪眼喊道。

吕双站起身，离开收银台，推着儿童车来到店外哄孩子。田大鹏坐下来开始收款。中午郝秀丽来到店里，看到田大鹏坐在收银台，以为吕双哄孩子，让田大鹏替一会儿。郝秀丽把孩子接过来对吕双说：“不能让大鹏收钱，他别脑袋犯浑把钱收错了。”

吕双粲然一笑，走到收银台前，把田大鹏拉起来。田大鹏看眼郝秀丽没敢吭声，乖乖地站起身，顺手揣兜里二百元。吕双看到了田大鹏的悄然举动，但没有阻止。田大鹏坐在店门外，瞄着郝秀丽。他担心吕双告诉老姨他拿钱的事情，可吕双没有在纸上写字，也没有用哑语对郝秀丽说什么。郝秀丽去浴池上班，吩咐田大鹏，店里忙的时候帮助吕双看看孩子。田大鹏低头摆弄手里的拐杖，嗯了一声。郝秀丽走远，他立刻起身向胡同走去。

封大拐看到田大鹏来了，把一个中年人从麻将桌拽下来说：“田大款来了，让他上桌吧！”田大鹏喜滋滋地坐下，立刻投入酣战。不到半下午，田大鹏兜里的二百元钱又输干净了。田大鹏回到店里，有几个顾客在挑选影碟。田大鹏直接来到收银台，瞪起眼睛看着吕双低声地说：“给我五百元！”吕双拿笔在纸上写道：“中午你拿了二百元，还要这么多钱干什么？”

“你管我干吗？给我钱！”田大鹏厉声地说。

吕双又写道：“今天才卖了八百多元，一会儿还要进货。你告诉我要钱干什么？”

田大鹏脸色通红，激恼地说：“你哑巴也这么磨叽！给我钱！”

吕双的眼泪唰地流下来，结婚快三年了，田大鹏从来没有嫌弃过她是哑巴。现在田大鹏突然对她吼起来，吕双感到莫大的委屈。吕双忍住哭泣声，抓起抽屉里的钱扔给田大鹏。田大鹏点了五百元装进兜里，拄拐走出店。吕双对一个售货员打着手语，让她跟着田大鹏。女售货员跟在田大鹏后面，一直到麻将馆。吕双知道田大鹏是迷恋上了赌博，她想去找老姨。可她担心老姨知道要对田大鹏发火，她忍住了。晚上回家，田大鹏垂头丧气，兜里只剩五十元钱了。吕双下厨做了田大鹏最爱吃的过油肉和白菜丝拌蜇皮，还买了两瓶啤酒。田大鹏诧异地看着吕双，问："你不是不让我喝酒吗？"

吕双做着手语："你辛苦了！"

田大鹏基本上能认出吕双手语的意思，说："你知道我干吗辛苦了？"

吕双甜甜一笑，手语："你去打麻将了，还不辛苦吗？"

田大鹏一怔："老姨知道吗？"

吕双摇头。

"我告诉你，你不准对老姨说！"田大鹏恫吓吕双。

吕双眼泪汪汪地低下头，哄着怀里的孩子。田大鹏喝着啤酒，眯缝着眼睛观察吕双。他感觉吕双已经畏惧他了，只要明天吕双给他钱，她就不会告诉老姨的。第二天田大鹏开着助力车，把吕双和孩子送到店里。两个售货员已经来到店里，开门营业了。吕双从包里拿出一些零钱，放进抽屉里。田大鹏没有像以往那样到外面晒太阳，而是站在吧台前，等着吕双给他钱。吕双在纸上写道："给你一百元，输了就别玩了。八百元没了，这两天白干了。还要进影碟，还要给员工开工资。"

田大鹏脸色铁青，把纸撕成两半揉成团，摔到吕双的脸上，转身走出店门。

中午，郝秀丽来到店里，没有看到田大鹏，问吕双："大鹏去哪儿了？"吕双摇头，没敢看郝秀丽。郝秀丽弯腰去抱儿童车里的孩子，看到车里面一团纸。郝秀丽捡起来埋怨吕双，怎么能用这样的纸给孩子擦嘴？吕双慌张地抢郝秀丽手里拿的那个纸团。她写给田大鹏，没想到田大鹏揉成团摔到她脸上，竟掉到下面的儿童车里。郝秀丽看到吕双神情紧张，觉得哪儿有点不对劲。她打开纸团，看到半张纸上写着："八百元没了，这两天白干了。"

郝秀丽惊诧地问："钱丢了，还是赔了？"吕双低头不语，泪水滚落下来。一个售货员走过来，说："老姨，你别问老板娘了。老板欺负她，她不敢说。我不怕老板炒我鱿鱼，老板去打麻将赌博。输钱了就回来跟老板娘要钱！"

郝秀丽脸色陡变，立刻走出来。吕双跑出来拉住郝秀丽的手臂，咿咿呀呀地打着手势不让郝秀丽去找田大鹏。郝秀丽愤懑地说：“小双，你是怕大鹏打你？他敢动你一手指头，我把他那条腿打断，宁可在床上趴着养活他，也不能让他赌博！”

郝秀丽急匆匆地来到麻将馆。屋里烟雾弥漫，麻将的敲打声和情不自禁的吆喝声不绝于耳。郝秀丽定了一下神，看到田大鹏坐在里面神情专注地盯着桌上的麻将。郝秀丽上前，一把抓住田大鹏的衣领从椅子上拽起来。

“哎，你干吗？我都上听了，马上就和了，你来搅局呀！”一个中年男人冲着郝秀丽吼道。

“这是我外甥，我不让他在这儿打麻将！”郝秀丽恼怒地说。

封大拐急忙过来，笑嘻嘻地说：“你是大鹏老姨，你不让他来我这里玩可以，这是你家里的事情。可你不能来砸我的场子啊！这局得打下来，他才能不玩！”

田大鹏用力一甩，挣脱郝秀丽的手，坐到椅子上。郝秀丽气恼地上前，一把拽住田大鹏的衣襟，抬手扇了他一个耳光。

“你太不争气了！我告诉你们，你们谁也不准让他上桌打麻将！他媳妇是哑巴，他是瘸子。这个残疾家庭生活不易，你们若有善心，就不能让他来玩！”

封大拐推着大鹏往外走：“你小子再不准来了！”

35

藤老板知道田大鹏迷恋上打麻将赌博，跟郝秀丽说：“人不能闲着，原来大鹏修电器的时候，屁股像长在椅子上了，说话头都不抬。让他歇会儿陪我喝喝茶，他都拒绝。现在往麻将馆跑，这不是闲的吗？”

郝秀丽无奈地说：“店里确实没有他干的活，现在哪有修电视机的了？大鹏修空调和冰箱也不会呀！”

藤老板叹道：“是啊，修电器也没头几年挣钱了。再说这条街没有可租的房子了。到别的街上租房子，离开你的视线，你也不放心哪！”

郝秀丽忧悒地说：“吕双养活这个家还可以，每年的养老保险都能交上。大鹏什么都不用做，别惹事就行！可大鹏从失去记忆后，做事就是一根筋，而且不想后果。十多年前家里有了电视机，他感兴趣把电视拆开，他姥爷不让拆，他就把姥爷绑在院子里的杆子上。他姥爷一气之下心脏病复发死了。我回家看到五花大绑的父亲已经死了，气得打了他。从那以后他对我就反感，跟我说话是单个字蹦。我担心他总在店里待着，上来劲儿干傻事，对吕双和孩子有什么过激行为。”

藤老板看到郝秀丽忧心忡忡，说：“我给大鹏找点活干，让他到浴池去当保安，负责看护客人的车辆。在你眼皮底下，你可以放心了。每月工资跟保安一样，不多不少六百元。”

郝秀丽忙说：“藤大哥，那可不行！门前有保安，安排大鹏就是多余的了！”

藤老板果断地说：“这样吧，你我说了都不算，让大鹏自己决定。他要是愿意来，你就别阻拦。”

藤老板把田大鹏领到浴池，当着郝秀丽的面问大鹏：“大鹏，跟老姨说，你愿不愿意到我这里当保安？”

田大鹏垂着头，低声嘟囔道：“愿意！”

郝秀丽担心田大鹏靠不住，几天就厌烦这个风吹日晒的工作。可出乎她的意料，田大鹏干得很起劲，把手里的拐杖当成指挥棒，很威风地指挥进出车辆。

郝秀丽放心了，但对吕双哄孩子感到忧虑。吕双不能说话，哄孩子的时候也只是哼哼呀呀。孩子正是咿呀学语的时候，母亲不会说话，会严重影响婴儿的智力发育。她又没有时间照看孩子，找一个保姆每月不低于三百元钱工资。哄个孩子要花出这么多钱，她很心疼。郝秀丽想到了吕双的母亲，应该让她进城来给吕双看孩子。不管有没有文化，最起码能对孩子说话。郝秀丽中午去店里，把自己的想法对吕双说了。吕双不住地点头。在纸上写下：“老姨，我也想到了。我不能再哄大宝了。我妈只能暂时来照看大宝，等大宝会说话了，我要给他找个有文化的保姆。大宝能流利地说话，是我最大的幸福！”

吕双的母亲来了，孩子每天不用跟着到店里来。田大鹏每天按时送吕双来到店里，然后他就去浴池上班，站在门前的停车场，等待客人的车。即使一大早很少有客人来浴池，他也一丝不苟地站在大门口。半上午郝秀丽来上班，田大鹏抬眼看眼老姨，像不认识一样，低下头不语。

端午节小石头放假，张雨林头天晚上把小石头接回来。领着小石头在串店撸串，回家快九点了。郝秀丽下班遇到张雨林从楼梯口出来。

“小石头接回来了，放两天假。”张雨林接过郝秀丽的自行车，推到车棚里锁上。

郝秀丽站在门口看着他的背影，明显消瘦了。张雨林从自行车棚里出来要走，郝秀丽喊住他：“明天过节，晚饭你过来吃吧，我包饺子。”

“好哇，我炒几个菜。”张雨林早想好了，没有受到邀请也会自己来的。他告诉小石头，像架子鼓一样咚咚的有节奏的敲门，就是张叔叔来了。

郝秀丽犹豫下，从兜里掏出钥匙串，摘下一把钥匙递给张雨林：“你早点过来，把肉馅剁好，我回来拌馅。”

张雨林接过钥匙，挂到自己的钥匙串上，他兴奋不已。郝秀丽终于把跨进家门的钥匙交给他了，他从此就可以自由出入这个家门了。张雨林去早市，按照风俗习惯，家里的门外要挂上一把艾蒿和桃枝，说是驱瘟辟邪。张雨林买了一束艾蒿桃枝和五彩线，又买了几斤猪肉、新鲜海货和蔬菜。

他把艾蒿和桃枝挂在门框上，开门进屋里，郝秀丽正在煮粽子和鸡蛋。

“你来这么早？”郝秀丽披头散发，穿着睡衣在厨房做饭。张雨林突然进来，她显得很慌乱。

张雨林把五彩线递给郝秀丽，说：“给小石头和大昌的手腕系上，端午节有这个讲究。”

郝秀丽很想责怪张雨林，给了钥匙就这样冒失地进屋。但她看到张雨林买了五彩线，心中涌起一股暖流。多少年来，唯有眼前这个男人在细致入微地关心她。

“我忙得忘了买五彩线了，艾蒿和桃枝也忘了。”

张雨林指下门外：“艾蒿和桃枝都挂好了。”

郝秀丽激动地看着张雨林，低声地说：“谢谢你，想得这么周到！”

张雨林轻松一笑：“哎呀，你别整得像外人似的。这都是我应该做到的。好了，你去收拾上班吧，今天家里的活都交给我，保证让你满意！”

郝秀丽拿着五彩线，来到小石头和刘大昌的房间，分别给他哥俩的手腕和脚腕系上。郝秀丽又给自己的手腕和脚腕上系上五彩线，然后来到厨房。张雨林正在择菜，没有听到郝秀丽轻盈的脚步声。郝秀丽站在张雨林的身后，似乎才感觉到张雨林宽阔的后背透着一股男人的魅力。依偎在他的肩头下，一定会踏实和温暖。

张雨林突然一转身，郝秀丽吓得打个冷颤。

张雨林带着歉意笑着说：“对不起，我要问你刮鱼鳞的刀在哪儿。”

郝秀丽从橱柜里拿出放到水池边，说：“端午节都戴五彩线，我不知道你以前戴不戴，今天你买回来的，就戴一次吧。把手伸过来，我给你系上。”

张雨林把左手颤抖地伸过去。

“嗨，你紧张什么，我又不是用刀割你的胳膊！”郝秀丽低下头，在他的手腕上绕了一圈五彩线，系上扣剪断。

张雨林看到郝秀丽两个手掌没有血色，手指僵硬。张雨林心里一阵难过，成天在潮湿的浴池里工作，再柔软的手和鲜嫩的肌肤也会失去柔软和润泽的。张雨林眼睛露出一丝强笑：“这心跳控制不了哇！秀丽，你不要去浴池上班了，我……”

郝秀丽抬起头，凝视着他：“以后你不要干涉我的工作！我有能力工作，不用谁来养活！”

张雨林苦笑道：“好了，我记住了！”

“他俩睡醒了，让他们吃饭。你简单收拾一下，该忙什么就去忙吧，他们在家里玩。我能提前回来，五点吧，你过来一起包饺子。”郝秀丽说完开门走了。

张雨林没有听从郝秀丽的安排。小石头和刘大昌睡醒后，哥俩说着听不清的话，不一会儿就打闹起来。刘大昌呜呜地号叫，张雨林惊慌地跑进屋。小石头把刘大昌压在身下，用毯子蒙住刘大昌的脑袋。张雨林急忙把小石头拉开，掀掉蒙在刘大昌头上的毯子。刘大昌爬起来，俩人搂在一起开心地大笑起来。这笑声让人感到温馨和可爱，如同正常孩子一样招人喜欢。

张雨林看到小石头像正常孩子似的顽皮，严肃地说："你俩下床洗脸、刷牙、吃饭。吃完了，我领你俩出去玩。"

小石头高兴得直拍手，笨拙地下床。刘大昌两手不住地颤抖，很费力地把衣服穿上。小石头在卫生间洗脸刷牙，一会儿就完事了。刘大昌半天才把衣服穿上，踉跄地来到卫生间。小石头拿着湿毛巾，给刘大昌擦脸。小石头把他刚刷完牙的牙刷上又挤点牙膏。刘大昌紧闭牙齿张开嘴唇，小石头拿着牙刷在刘大昌的牙齿上来回地刷。然后，端起水杯让他漱口。这一连串的动作非常默契娴熟。

张雨林剥了四个鸡蛋和四个粽子。张雨林怕他们吃不了，没有多剥。小石头用筷子不是很灵敏，而刘大昌却不能使用筷子，右手颤抖，端在胸前。左手微微抖动，抓着鸡蛋和粽子放碗里。小石头吃完一个鸡蛋，看到大碗里的鸡蛋和粽子都在刘大昌的碗里了，他要上去抢。张雨林把住小石头的手，问刘大昌："你都能吃下去吗？"

刘大昌咧嘴看着张雨林憨笑，口水顺着嘴角流下来。张雨林立刻又剥了两个鸡蛋和一个粽子给小石头。小石头头一扭，看都不看离开饭桌。刘大昌把剩下的两个鸡蛋、两个粽子装进塑料袋里，交给小石头，含混不清地说："拿，拿。"

张雨林看明白了，这是刘大昌留给小石头的。小石头不要，刘大昌往小石头的手里塞。小石头恼怒地把塑料袋子摔到地板上，脸涨得通红，气愤地喊："不要，不要……"

张雨林捡起袋子，里面的鸡蛋已经破碎。张雨林笑着抚摩小石头的脑袋，说："大昌关心你，把鸡蛋和粽子留给你吃，你干吗发这么大的火！"

小石头还在喘着粗气。他气哼哼地来到厨房，端着装鸡蛋和粽子的盆来到刘大昌面前，大喊：“妈妈给的，不要不要不要你的！”

小石头的嘴角冒出沫子，两眼瞪着刘大昌。刘大昌嘴唇颤动地哇哇叫着。张雨林听出来，小石头是告诉刘大昌，妈妈给煮了这么多鸡蛋和粽子，就是给我吃的。不要你的！

刘大昌呆滞的目光不知道是失望，还是委屈。他嘴角流出口水，呆若木鸡地看着小石头。张雨林拿起毛巾，给刘大昌擦去嘴角的哈喇子。张雨林把厨房收拾完，问小石头：“叔叔今天领你们小哥俩出去玩，你说去哪儿玩？”

小石头兴奋地拍手：“山，山！”

“山？是去望儿山吧，好了，我们现在就出发！”

张雨林开车来到岳城东郊的望儿山景区。这座山自古以来流传着一个荡气回肠的母爱传说。近几年市政府开发成旅游景点，每年的母亲节都在这里举行盛大的母爱文化活动。

张雨林也是几年没有来望儿山了，眼前的变化让他感到惊讶。山脚下挖掘了一个很大的清水湖，湖面上有游船游弋。张雨林领着他们坐上游船，在湖里游荡一圈。上岸后，张雨林领着小石头和大昌来到游乐场，坐上摩天轮在空中转了一圈。下来时，小石头忽然眼睛一亮，跑到前面拉住一个走路踮脚的女孩子。那个女孩看到小石头高兴地跳起来。女孩披着飘逸的长发，眉清目秀。小女孩告诉身边的妈妈，小石头是团里打架子鼓的，也住在岳城。小女孩叫袁园，落落大方地拉住小石头的手，告诉小石头她今天下午回团里。小石头脸色通红，羞涩地低下头，不住地晃动脑袋。

袁园的妈妈对张雨林说：“袁园在团里是琵琶手，今天下午团里的琵琶演奏员提前回去，老师要辅导新曲目。袁园经常说小石头架子鼓打得好，嘿，小伙子还腼腆了。有机会我们家长见见面，岳城就这两个孩子在残联剧团。认识一下，相互有个照应。”

张雨林答应，孩子们再放假回来就欢聚一下。

36

小石头跟袁园分手后，没有心思在公园里玩了，拽着张雨林的手要回家。张雨林一看中午了，问小石头吃什么，小石头爽快地回答：“肉！”

张雨林领着他俩来到一家烤肉店。张雨林给他们烤肉，烤熟了分别送到他们的碗里。刘大昌用叉子吃，有时还给小石头往碗里送块肉。小石头抬头瞪一眼刘大昌，嘟囔一句听不清的话。哥俩吃了四盘肥牛，又喝了一大瓶橙汁。回到家里，小石头开始收拾东西，把他的衣服、鞋子都装进拉杆箱了。刘大昌嗷嗷地喊叫，阻止小石头往箱子里装东西。张雨林在厨房忙活，急忙跑屋里，哥俩竟然撕扯起来。张雨林看明白，小石头收拾东西准备回市里，刘大昌不让小石头走。

“小石头，明天不是还有一天假吗？干吗要提前回去？”张雨林奇怪地问。

小石头低头嘟囔道：“回，袁园回……”

张雨林豁然明白：“妈妈要是同意你回去，叔叔就送你。”

小石头安静下来，刘大昌也呆呆地坐到小石头身边。小石头扑通一下躺到床上，用枕巾盖住自己的脸。刘大昌也跟着躺到小石头的身边。

张雨林把饺子馅剁好，开始和面。在郝秀丽下班前，张雨林把晚饭该准备的都准备好了。郝秀丽一进门，看到厨房整齐地摆放着准备炒的菜和半盆饺子馅，这么多年，她似乎忘记了伴侣的存在是一种什么生活。她今天踏进家门的时刻，家庭的温馨扑面而来，一天的疲惫顷刻间消失。她深情地瞥一眼张雨林，轻声地说："你辛苦了，帮我做了这些活！"

"我也不能坐享其成啊！以后家里的活我包了，你就负责吃饭！"张雨林开心地说。他踏入这个家门，等得太久了。留在郝秀丽心中的阴影终于消散了，阳光照进了她的心田。张雨林想，以后一定好好照顾吃了大半生苦的女人，尽其所能让她享福。

张雨林擀饺子皮，郝秀丽包饺子。张雨林的擀皮手法有些生疏，而郝秀丽手指灵巧，把不规整的面皮随方就圆地捏成金元宝似的饺子，整齐地摆放在盖帘上。他们边说边做，直到包完了饺子，郝秀丽才感觉，小石头怎么一点动静都没有。张雨林告诉郝秀丽，小石头在望儿山公园看到剧团弹琵琶的袁园。那个小女孩很大方，拉住小石头的手，告诉他今天下午回剧团，老师领着排练新曲目。小石头回来就收拾东西，要回剧团。刘大昌不让他走，小石头发火了。蒙上被子不搭理他哥，刘大昌守在身边，就怕小石头走。

郝秀丽看眼房间，哥俩都睡着了。她知道刘大昌每次跟小石头见面都非常兴奋，他俩一分开，刘大昌回到康复中心情绪低落，不爱吃饭，看到郝秀丽去领他回来，一路哈哈地笑。小石头提前回去，刘大昌心里舍不得就阻止他，小石头脾气上来，冲着刘大昌发火。哥俩这样的冲突也经常发生，往往是一点语言表达能力都没有的刘大昌依从了小石头。

"袁园提前回去，是有排练任务。小石头没有排练的事，不能让他提前回去，在家陪大昌玩一天。"郝秀丽开始收拾面板，张雨林动手炒菜。

张雨林和郝秀丽在厨房忙碌一阵，开始煮饺子的时候，郝秀丽进屋把哥俩叫醒。小石头一睁开眼睛，就嘟囔：“妈妈，回……今天回。”

郝秀丽训斥小石头：“老师没有叫你提前回去，你不能回去，陪你哥在家玩一天。”

小石头扑腾又躺下，一头扎进被子里。郝秀丽把小石头从床上拉起来，愠怒地说：“小石头，你是让妈妈生气？先吃饭，吃完饭再说！”

小石头仿佛没有听到郝秀丽的话，一转身又躺到床上。郝秀丽要打小石头，张雨林一把拉住，说：“你别跟孩子生气！吃完饭我送小石头回去。大昌在家住一晚上，明天我送他回康复中心。”

张雨林把小石头拉起来，笑呵呵地说：“小石头，妈妈同意你今晚回去，吃饭吧，吃完叔叔送你！”

小石头上桌吃饭，刘大昌也跟着坐到饭桌前。郝秀丽夹起一个饺子，对着饺子吹几口气，饺子凉了再送到刘大昌的嘴里。郝秀丽直到把刘大昌喂饱了，才开始吃饭。张雨林照顾小石头，不停地给他夹菜。小石头喜欢吃葱烧海螺，张雨林就把盘子放到他的面前。郝秀丽嗔怪地瞪一眼小石头：“别惯他，越大越不听话了！”

小石头低头吃饭，也不吭声。小石头见到袁园，就没有心思在家了。在演出的时候，只要袁园出现在舞台上，他打鼓的精神头格外足。十七岁的少年，是情窦初开的花季。智力低下的小石头，虽然无法用语言动作表达内心的情愫，但他很执着。妈妈答应让他提前走了，他心里喜滋滋的。小石头夹起一个大虾送到张雨林的盘子里。

“哼，还知道溜须了！”郝秀丽瞪一眼小石头，讥笑地说。

张雨林吃着小石头给他夹的虾，看眼小石头，说：“咱爷儿俩有感情，对吧，小石头？”

小石头：“嗯，叔好。”

多年来，这是张雨林过的最有家庭味道的端午节。吃完饭，小石头自己收拾东西。刘大昌站在旁边，恋恋不舍地看着小石头。

天降暮色，华灯初上。张雨林拎着小石头的箱子，拉着小石头的手准备走。郝秀丽把门打开，张雨林和小石头走出去。

“路上慢点开，我等你回来！”郝秀丽瞥眼张雨林。

张雨林微笑地说：“放心吧，等我！”

郝秀丽收拾完厨房，又把地板拖了一遍。刘大昌佝偻在床边，打起瞌睡。郝秀丽把床铺好，帮助大昌脱衣服，打盆热水给刘大昌擦身子、洗脚。忙完了，她看下墙上的石英钟，快到十点了。郝秀丽把床铺好，犹豫一下从衣柜里拿出一个枕头，她的心紧张地跳。好像那个枕头很沉重，费了很大力气，才放到她的枕边。郝秀丽不敢想象，依偎在男人的身边，是什么心情和感受。她很陌生，陌生得好像在记忆里从来都没有出现过。甚至她的身上还弥漫着一股她熟悉而又陌生的男人味道。过去她厌烦这个味道，而今晚却期盼如同一杯浓浓的茶香，在她的身边缭绕。

郝秀丽看了一会儿电视，有些困意。她下床披上衣服，站到阳台上往外看，楼下街灯暗淡，几乎没有行人。一辆小车闪着灯光缓慢驶进楼下的车位停下，郝秀丽的心怦怦地跳，迅速转身回到屋里上床。

可是十几分钟过去，没有听见开门锁的声音。上楼的步子再慢，四层楼也应该走上来了。郝秀丽再次下床来到阳台，她细看刚进来那台车，那是一台白色的车。郝秀丽暗自责怪自己，怎么连张雨林的黑色车都忘记了？郝秀丽悻悻地回到床上，没有了困意。郝秀丽感觉不对，辽河市距离岳城来回路程两个多小时，现在已经三个小时过去了。难道又像那次修路，行走缓慢。也许车子又坏了，停在路边，等待救援。郝秀丽想出去给他打个电话，可是这么晚了，楼下有公用电话的小卖部也关门了。

郝秀丽关掉屋里的灯光，依偎在床头。刘大昌的呼噜声从北卧室时断时续地传过来，窗外灯光透过微风轻拂着纱帘，洒落在墙壁上。郝秀丽呆呆地望着光影斑驳陆离的墙壁，脑子里一片混乱。张雨林是不是半路上遇到一个搭车的女人，送那个女人去家里了？郝秀丽摇摇头，张雨林不是那样的人。张雨林是不是不愿意到她这里来，回到自己的家里了？可郝秀丽给他开门钥匙的时候，看他那惬意的眼神像是告诉她已经期盼很久了。这种心灵的碰撞是心领神会的，也是他渴望多年的。可忽然一个不祥的场面，在郝秀丽脑子里闪现。她极力压制这种不祥的念头出现，自己的命不会这么惨！郝秀丽轻轻地哼起小曲驱散脑子里的恶念。

郝秀丽醒来的时候，天色大亮。刘大昌站在门口，呆滞地看着郝秀丽。郝秀丽吓了一跳，问："大昌，干吗站在姨的房间？"

刘大昌呜噜着说："饭，饭。"郝秀丽急忙下床洗漱，把昨晚的饭菜热一下端到桌上，让刘大昌自己吃。郝秀丽整理房间，草草地吃了一口饭，领着刘大昌下楼，急忙打车把刘大昌送回康复中心。张雨林一夜没回，她心里非常慌张。坐出租车直接来到张雨林的建材店。

建材店开门营业了。门前有几个人围着店里的导购员小郑说着什么。郝秀丽不常来店里，小郑还是认识郝秀丽的。

"郝姐，你知道了？老板的女儿让我正常开业。"小郑显得很紧张。

郝秀丽脸色煞白，双腿颤抖，惶恐地问："老张怎么了？我不知道哇！"

小郑哽咽地说："昨晚十点多钟老板从辽河市回来，走到西海桥的时候，为了躲一个醉鬼。老板的车撞到了树上！"

"啊，他人呢？快说！"郝秀丽双腿无力蹲下身，声音颤抖地问。

"在中心医院抢救，我八点回来时还没有脱离危险！"小郑啜泣起来。

郝秀丽感到天旋地转，小郑扶起她，说："郝姐，你先别去医院了，在店里等一会儿。"

郝秀丽咬牙站住，说："小郑，你给拦住个出租车，我要去！"

郝秀丽坐在出租车里，冷静下来。张雨林开车肇事，是因为送小石头，这个责任她必须承担。就是砸锅卖铁卖房子，也要支付他的抢救费用。郝秀丽没有直接去医院，先到家拿出存折，到银行把定期储蓄的一万元全部取出来，匆忙来到医院。

张倩倩和几位亲属都在走廊里安静地坐着。张倩倩看到郝秀丽，急忙迎上前，搂住郝秀丽失声痛哭。郝秀丽的泪水止不住地往下流，她不知道怎么安慰倩倩，有一种负罪感压在她的心头。

“不知道昨晚爸爸去辽河市做什么，回来肇事了，两个多小时后才被人发现。不知道爸爸能不能醒过来？”张倩倩泣不成声，双肩不住地抖动。

郝秀丽的心急剧跳动，命运再次捉弄她。如果小石头不走，这场不幸就可以避免。可一切发生的事情没有如果，只有接受现实。郝秀丽忍住哭泣，说：“倩倩，你爸爸是去送小石头出的事，这个责任郝姨承担！”

张倩倩含泪看着郝秀丽，说：“郝姨，谢谢您能把实情告诉我，我知道爸爸为什么这么晚出去就行了。郝姨，爸爸出事跟您没有关系。您还要上班，您先回去吧，有什么情况，我一定告诉您！”

郝秀丽从包里拿出钱，塞到张倩倩的手里：“倩倩，这是阿姨的一点心意。现在正需要钱，阿姨手里就这些钱，你拿着吧！再需要大钱的话，我会想办法的。无论如何要把你爸爸抢救过来……”

郝秀丽哽咽着，搂住倩倩的肩头痛哭。

张倩倩哭泣着说：“阿姨，这钱我不能要！抢救爸爸的钱我有！您先拿回去，需要的时候，我一定跟您吱声。”

急救室的门打开，医生和护士走出来。护士喊道：“病人家属过来！”

张倩倩惊恐地跑过去，郝秀丽却怎么也迈不动脚步，全身无力蹲到地上。

37

经过十多小时的全力抢救，张雨林脱离了生命危险。但是，他大脑缺血，成为植物人了，只有口气在喘息。张雨林继续在医院重症病房监护治疗，郝秀丽辞去浴池工作，每天晚上护理张雨林。张倩倩晚上要在夜总会唱歌，白天来医院护理父亲，还要抽空去建材店打理生意。张雨林的姐姐张雨欣从牡丹江来了。她和弟弟三年没有见面，看到弟弟躺在病床上，鼻孔插着氧气管，双眼紧闭，呼吸微弱，她趴在床边，紧紧地握住弟弟的手，哽咽地说：“雨林，你的命怎么这么苦哇！你醒醒吧，看看姐姐呀……”

郝秀丽这几天眼泪就没有断过，无声的泪水又蒙住了双眼。她内心仿佛有团火焰炙烤着，感到无比焦灼和痛苦。如果能用自己的命，唤醒张雨林，她都不会有半点犹豫。郝秀丽此生将无法安宁，不可逃脱的自责无时不在折磨着她。

“大姐，这是我的过错！我用什么都弥补不了了！”郝秀丽哭着说。

张雨欣抬起泪眼，凝视着郝秀丽。这是她第一次见到郝秀丽。张雨林曾跟她说过这个女人，希望有一天能娶她。张雨欣了解自己的弟弟，第一次婚姻失败，是因为那个女人过于强势。从他们结婚那天起，张雨林就有寄人篱下的感觉。面对眼前的女人，她相信弟弟的眼光，这是一个心地善良、体贴入微的女人。

医院的夜晚，笼罩着一种神秘的色彩。安静的走廊，时而有护士轻盈的身影急匆匆地闪过，时而有患者家属神色慌张地出现。郝秀丽和张雨欣坐在走廊的椅子上，沉默一会儿，张雨欣缓缓地说："秀丽，你不要自责。雨林出事是谁也预料不到的。雨林如果清醒过来，我相信他不会后悔的！"

郝秀丽眼睛噙满泪水，张雨欣的话让她不安的心得到一丝宽慰。她感到张雨林的姐姐是个通情达理的人。

郝秀丽低声地说："大姐，雨林看病的钱我出。不然这辈子我都不得安宁！"

张雨欣握住郝秀丽的手，苦涩地笑了笑："你的心情我理解，雨林很少跟我说你的家庭情况。倩倩跟我说了，你领着孩子也不容易，做着辛苦的工作，供女儿上大学，还有两个需要康复的孩子。倩倩是不会让你出钱的，我家里生活条件还可以，也能帮他一把。倩倩说了，父亲的建材店要开下去，挣不到大钱，一年也能挣出住院的床位费用。秀丽，以后你有空能帮助倩倩照顾一下她爸，我们就感激不尽了！"

郝秀丽流着泪水，说："大姐，我不是帮倩倩，是我应该去做的！"

张雨欣深深地叹了一口气，说："嗐，我们姐弟也是苦命人哪！我十五岁，雨林十岁的时候，父亲就去世了。父亲是锅炉厂的技术员，在新产品实验中发生意外事故。锅炉厂照顾我们家，我十六岁就进厂上班了。雨林七六年中学毕业下乡到青年点。他们点里有个女青年，看好了雨林。她就是倩倩的妈妈肖雪洁，那时倩倩的姥爷是物资局局长，很有实权。在下乡青年大回城的时候，他一句话把雨林调到物资局工作。雨林跟肖雪洁结婚后，肖雪洁事业上有发展，当了科长，越来越瞧不起雨林。尤其不能让雨林容忍的是，不让雨林回家看母亲。我母亲看到儿子为难的样子，就不让雨林回家。母亲有病，雨林拿钱给母亲治病，她都不允许。雨林实在忍不住了，把她打了。从此他们之间感情出现裂痕，再也无法愈合了。他们想离婚，可考虑到倩倩还小，就没有离婚。肖雪洁后来当上了副局长，更加瞧不起雨林了。雨林无法忍受她那种强势，他们就离婚了。雨林下海早，赚了一些钱。这些钱都在肖雪洁手里，雨林净身出户，一分钱都没有拿到。”

张雨欣目光黯淡，充满忧伤。张雨林从来没有在郝秀丽面前提过家里的事情，如果她知道张雨林家庭是这种情况，她无论如何也不会让他在小饭桌帮忙。多少年过去，肖雪洁站在她面前那种蔑视的目光，现在想起来都心有余悸。

“大姐，都怨我！那年雨林在我家的小饭桌帮忙，倩倩的妈妈去了，他们吵起来，几天后就离婚了。”郝秀丽愧疚地低下了头。

张雨欣微微地摇摇头，说：“她是在找碴儿，好把家里的财产都霸占了。雨林再做生意，没有了她家这个靠山，原来的大客户都不给面子了，雨林那段生意赔了不少钱，直到去年才把饥荒还上。”

郝秀丽内心十分难过。张雨林从没有说过这些经历，一切苦水都是自己在吞咽。在他最困难的时候，却帮助她把房子装修完。给他钱的时候，仅仅象征性地收了一点点。想起这些，郝秀丽更加内疚和不安。

张雨林在重症病房观察十多天后，医生通知家属，病人已经脱离了危险，可以转到医院的康复中心治疗。倩倩和大姑张雨欣去医院后楼的康复中心看了一下，觉得对张雨林的康复没有多大作用。张雨林是失去知觉的植物人，没有特效药和特殊方法让他苏醒过来。医生说，植物人能通过治疗恢复意识状态的概率，只有百分之十到百分之十五。郝秀丽感到惊喜，植物人还有恢复意识的可能。她迫不及待地问医生，怎么样做才能恢复他的意识。医生说，在医学治疗上，物理治疗和高压氧治疗是最普遍的办法。除此之外就是亲情疗法和充分利用各式刺激去促醒。有医学报道，深度昏迷十几年的植物人，在亲人的精心护理下，逐渐恢复了意识，睁开了眼睛，开口说话了，这是医学上的奇迹。

郝秀丽暗自兴奋，有这样的奇迹发生，也许有一天这样的奇迹能发生在张雨林的身上。张倩倩和张雨欣商量，要找一家比较好的康复中心，把张雨林送到那里去。

“大姐，倩倩，你们要相信我的话，我来护理雨林吧。他就是我的亲人，我伺候他！”郝秀丽眼里闪动着泪珠，恳切地说。

张雨欣感激地握住郝秀丽的手：“秀丽，我和倩倩谢谢你！可是，我们不能让你去受累。雨林这口气不知道能呼嗒到哪天，时间长了把你拖累完了！”

郝秀丽把目光转向张倩倩，焦急地说：“倩倩，你最了解姨了，我不怕累，也不怕吃苦。我能精心护理你父亲的！”

张倩倩犹豫起来。已经完全失去知觉的父亲，需要一个最好的护理才能延续生命。尽管这种生命失去了意义，但身为女儿是多么希望父亲能够长长久久地活下去！护理父亲，郝姨是最佳人选，会像亲人一样伺候父亲。可她担心郝姨是怀着一种负罪感，那样她一生都要活在沉重的十字架下。

“姨，我和大姑都相信你。可是，我担心的是，您每天都面对奄奄一息的父亲，心情不好受，影响到您的身体。”

郝秀丽苦涩地笑了笑：“倩倩，你的意思我明白。你爸爸是送小石头出的事，我良心上很过不去。但我不是抱着这种心态去伺候你爸爸的。实话告诉你和大姐，如果你爸爸不出事，我和他就在一起生活了，也要去民政局登记领证了。是我的命不好，不让我有一个完美的家庭。我认命了，下半生只能陪伴着你爸爸这样生活了！”

张倩倩潸然泪下，搂住郝秀丽泣不成声地说：“姨，您就是我的妈妈！”

张雨欣难过地说：“倩倩，你爸爸如果能表达自己的心愿，那一定是要你郝姨伺候他！雇别人护理我们也不放心，还是让你郝姨来陪伴你爸爸吧！”

张倩倩答应了。救护车把张雨林送到郝秀丽的楼下，四个男人抬着担架上楼。张倩倩买来一个可以调节高度的病床，放在主卧室里。张雨欣和张倩倩在郝秀丽家陪住一夜。看到张雨林病情平稳，只是半夜呼吸出现急促，调整氧气呼吸量，渐渐恢复正常。第二天，张雨欣带着牵挂回牡丹江了。张倩倩晚上去夜总会演出，下半夜才能散场就不过来了。为了方便联系，她送给郝秀丽一部手机，每月话费由张倩倩存续。张倩倩每月给郝秀丽两千元生活费，父亲的医药费和生活用品，她另外支付。郝秀丽不要那么多生活费，自己在浴池搓澡每月也挣不到两千元。张倩倩认真地说："姨，护理一个没有知觉的人，不比你在浴池的活轻松！你应该得到这个报酬！"

郝秀丽心情沉重，事情是有因果关系的。这个苦果她应该来承担，就是倾尽下半生的所有精力也在所不辞。可是，张倩倩把她当作雇工来对待，她心里无法接受。

郝秀丽缓缓地说："倩倩，我护理你爸爸，就是我家里的事，你可不能把我当作雇工来对待！报酬多少我都不要，难道妈妈伺候爸爸，女儿还要给妈妈支付报酬吗？"

张倩倩扑通一下跪到郝秀丽的面前，声泪俱下地说："妈妈，我做女儿的应该抚养你们！姐姐还在上大学，小石头也需要费用。您什么活也不能做了，哪儿来钱支付日常生活？妈妈，您认我这个女儿吧，我要养活这个家！"

郝秀丽扶起张倩倩，热泪盈眶地说："好孩子，我认你这个女儿！可我不能要你这么多钱，平平姐的学费和生活费，我的积蓄就够用了。小石头有演出，也能得到些报酬。他没有什么花销，每年换季的时候，添几件衣服就可以了。刘大昌的妈妈留下的抚养费，够支付大昌的各种费用了，我基本不用搭钱。倩倩，你还没成家，将来需要钱的地方多着呢，你可要攒点钱！"

张倩倩百般说服郝秀丽，她才接受每月一千元的生活费。张倩倩走了，屋里安静下来。郝秀丽坐到张雨林身边，凝视着一息尚存的张雨林，几天工夫他瘦得变了模样。颧骨突兀，脸腮塌陷，呼吸微弱，像风烛残年的老人，在死亡线上挣扎。郝秀丽握住张雨林失去知觉的手，手腕上还系着五彩线。郝秀丽泪如雨下。

“雨林哪，我咋说呢？说什么你都听不到了。从认识你那天起，我对你的印象非常好。你是个热心善良的男人。你知道我拉扯两个孩子不容易，就开始帮我。在我的周围，除了自己的亲人，再没有谁这样来帮我、体贴我。我有你好像有了主心骨，有了靠山！可是，你妻子找到我家，那趾高气扬的样子，吓得我像做了什么亏心事似的。你离婚了，我深深地自责，是我的命不好连累到你了！”

郝秀丽轻轻地饮泣起来，继续说：“见到你的姐姐，我才知道，原来你的婚姻不是我想象的那么美好。这么多年，你从来没有表露出一点，再多的苦水自己咽了下去。人们常说，世界上没有无缘无故的爱，也没有无缘无故的恨。你这么帮我，我其实明白你的意思，想要娶我。可我不能答应你呀！我两次婚姻都是不幸的。平平的爸爸被拖拉机撞了，可怜的女儿一出生就没有爸爸。在平平三岁那年，我改嫁了。可我的命苦，生了个有智障的孩子。虽然儿子残疾，可我爱他。儿子的爸爸是个混蛋，害得我心里一直有阴影，不敢再找男人了。我拒绝你，甚至不愿意跟你见面，就是怕我的命不好害了你。可是，那天我去你的店里，看到你跟一个女人出来走了，我还嫉妒起来，你说我傻不傻？”

郝秀丽擦了一下眼角的泪水，苦涩地笑了，又喃喃地说：“你相信缘分吗？我不相信！咱俩有缘分吗？我说没有又不现实。嗐，我只能承认咱俩有缘分。而且这个缘分害了你！你如果有意识，一定后悔我们的相识！我真想听到你醒过来，说一句我后悔了，我的心还能好受些。你知道吗？我是怎么下的决心，才把家里的钥匙给你！你拿钥匙的时候那种眼神，其实我看出来了。可是，我们的梦瞬间破灭了！”

郝秀丽在装着张雨林手机、BP 机、身份证、驾驶证的塑料袋里找到钥匙。郝秀丽把红绳拴在钥匙上，塞到张雨林的枕头下面，自言自语地说：“家里的钥匙还放在你这里，你是一家之主！”

郝秀丽絮絮叨叨，像只不知厌倦的燕子在呢喃。

那一夜，她没有合眼。

38

郝秀丽一时一刻也离不开张雨林的身边。张雨林还不能进流食，每天只能靠输液维持身体的能量。每天来给张雨林输液的是小区诊所的张大夫。张大夫曾是岳城印染厂职工医院的内科大夫，医院改制，他下岗后开了个小诊所。张大夫很热心，给郝秀丽讲了不少护理重症病人的常识。像张雨林这样没有知觉，常年卧病在床，最重要的是不能生褥疮。尤其是燥热的夏季，病人免疫力低下，患了褥疮就会大面积溃疡腐烂，加重病情。

郝秀丽担心地问张大夫，怎么样才能避免他不得褥疮。张大夫告诉她，要勤给病人翻身，保持身体清洁。护理这样失去知觉意识的病人是一门学问，很多细节对病人很重要。比如经常跟病人唠嗑，经常在病人床前放音乐。这对病人的神经都能起到刺激作用。张大夫说，几年前看过一篇报道，一个植物人躺在病床上十几年，家人每天跟他说话，又给他听音乐。病人终于有一天睁开了眼睛，大脑产生了意识，眼角流下泪水。

郝秀丽异常激动，心中充满希望。躺在病榻上的张雨林是有可能睁开眼睛的。她相信，只要有这样的奇迹出现，张雨林就能再现奇迹！张大夫第二天来给张雨林输液，郝秀丽求张大夫替她护理一会儿，她去街上买点东西。郝秀丽骑车到吕双的音像店，挑选了几盒好听的磁带，去电子商城买了一个播放机，又去书店买了几本有关护理、医疗方面的书籍。

郝秀丽开始了全新的生活，张雨林能吃流食了，她精心搭配各种营养餐，一点一点地喂，不让他呛着。每天都要给他翻动几次身子，用温水擦拭他的身子。尽管张雨林的身体明显瘦下来，可郝秀丽翻动他一米八的身体，还是很费劲。张雨林大小便失禁，床下放着便桶，随意流下来。郝秀丽闻到酸臭味，立即清理。时间一长，屋里有异味出现。郝秀丽养了一些鲜花，用花的芳香来冲淡异味。

炎热夏季，待在屋里汗水不断地往下流。郝秀丽坐在病床边，不住地摇晃着芭蕉扇，徐徐清风扑面而来。可惜张雨林感受不到，郝秀丽也只能用手摸摸他的前额，又摸摸他瘪巴巴的腹部，没有湿漉漉的汗水。一个小时，郝秀丽端来一盆清水，给他擦后背。两个小时，全身擦一遍。边擦边自言自语说话，像跟家人唠嗑一样。讲讲笑话，讲讲小时候的事情。到了晚上，郝秀丽也是腰酸腿疼，像她背着冰棍箱跑了一天。她想躺到床上歇一会儿，张雨林呼吸又急促起来，她立马用吸痰机，吸出他喉咙里的痰。一夜折腾几次，郝秀丽也明显消瘦，两眼深陷，感到身心疲惫。

张倩倩买了一台挂式空调，又给郝秀丽三千元现金。她告诉郝秀丽，她要离开岳城，去广州发展。父亲的建材店兑出去了。她看到郝秀丽面容憔悴的样子，要给找个钟点工，帮助郝秀丽护理，让她每天能有休息的时间。可郝秀丽百般不让，说自己能护理，干吗花钱去雇人。张倩倩只好打消这个念头，告诉郝秀丽需要护工的时候就找一个。不要担心费用，她到广州挣钱肯定多。郝秀丽看着张倩倩穿着大胆时尚的时装，不知道说什么好。如果她的爸爸没有躺在床上，能允许女儿远走高飞吗？她没有权利阻止倩倩，毕竟不是自己的女儿。

郝秀丽含着眼泪，把张倩倩送到楼下，嘱咐张倩倩自己在外要注意安全，多跟家里联系。送走张倩倩，她在张雨林床前唠叨：“倩倩去广州了，说那里挣钱多。你是看不到这孩子的穿着打扮，袒胸露背，裙子短到大腿根了。我真想说说她，可是我感觉没有能力说服她。如果你能睁开眼睛，一定会阻止倩倩去那个陌生的城市闯荡。我知道倩倩为了多挣钱，也是为了给你治病。倩倩是个懂事的孩子，穿着打扮也是社会上的年轻人兴起的时髦，我只是向你叨咕叨咕，你别生气呀！”

郝秀丽每天都这样跟昏迷不醒的张雨林絮絮叨叨说话。在郝秀丽眼里，张雨林就是个没有睡醒的人，不知道哪一天就会醒过来。七月中旬，小石头放了三天假。这是张雨林送他回辽河市出事后，小石头第一次回来。张雨林没有去接他，小石头就感到奇怪。小石头一进屋看到张雨林躺在病床上，两眼紧闭，呼吸微弱。他拉着妈妈的手，惊恐地问：“叔，病了？”

郝秀丽眼泪流下来，低声啜泣：“小石头，那晚你要不提前回去，张叔叔就不会出事的！”

小石头呜呜地哭起来，郝秀丽没有哄小石头。她打电话让田大鹏去康复中心把刘大昌接回来。刘大昌进屋看到小石头，嘴张得合不上，嘴角的口水直往下流，可小石头却不理他，两眼呆呆地看着病床上的张雨林，不住地低声嘟囔着。刘大昌看到病床上的张雨林，没有一点惊异和意外。他用惊呆的眼神看着小石头，感觉小石头对他不亲热了。他们已经很长时间没有见面了，见了面却像陌生人似的。

小石头脾气一下子变得暴戾起来，独自坐在北屋抹眼泪。郝秀丽把饭菜做好，让刘大昌去叫小石头出来吃饭。刘大昌走进屋，小石头一声吼叫，吓得刘大昌蹲到了地上。小石头抡起两个拳头雨点般地落到刘大昌的头上，刘大昌没有哭叫，只是两手捂住头不住地哼哼。郝秀丽听到刘大昌奇怪的声音，立刻来到屋里，看到小石头骑在刘大昌的身上，挥着拳头用力地击打刘大昌的脑袋。郝秀丽上前一把拽下小石头，怒吼地问：“小石头，干吗打你的哥哥？”

小石头抬腿踹到刘大昌的肚子上，刘大昌疼得嗷嗷叫，在地上打滚。郝秀丽顿时气得脸色发青，拉住小石头的手，扇了他一个耳光。小石头捂着脸，跑到张雨林的病床前，趴在床上呜呜地哭起来。郝秀丽一阵心酸，苦涩的眼泪滚落到嘴角。她后悔打了小石头，这个不幸的孩子来到世上十七年了，她从没有打过小石头。她觉得自己对不起这个孩子，是自己婚姻的错误，结下这个苦果。孩子无辜，而且孩子在这个不完整的家庭里，没有享受到父爱。张叔叔却给了他这种爱，可张叔叔为了送他倒在病床上，小石头的心里悲痛万分。他不能用完整流利的语言表达心里话，只能对最亲的哥哥刘大昌发泄。她这才知道小石头跟张雨林的感情是这么深。郝秀丽搂过小石头，禁不住哭泣起来。

“儿子，妈妈不应该打你，是妈妈的命苦哇，把你们都害了！”

娘儿俩搂在一起，啜泣了好一会儿，才平静下来。郝秀丽擦干小石头脸上的泪水，领他到卫生间洗手洗脸。又给刘大昌把脸和手洗了一遍，然后让他们上桌吃饭。郝秀丽在他俩吃饭的空当，打了一盆清水给张雨林擦身子。郝秀丽到桌上吃饭，小石头和刘大昌已经放下饭碗了。一大盘子的芸豆排骨没吃几块，显然哥俩都没有吃饱。

“小石头，你不吃，大昌也跟着不吃了。你俩最爱吃排骨了，是妈妈没做好，你不爱吃了吗？”郝秀丽把菜盘子挪到小石头的面前，把筷子又放到小石头的手里。郝秀丽选了一块排骨，放到刘大昌的碗里，说：“大昌，把这块排骨啃了！”

“妈，饱，饱，不吃。”小石头摇着头说。

刘大昌低着头，偷窥小石头。小石头嗷一声瞪起眼睛喝道：“吃，别看我！”

郝秀丽苦笑一下，说：“大昌，你自己吃吧。小石头心里难过，看到叔叔这个样子，他一定后悔了，打你几下是发泄心中的悔恨。姨也把你弟弟打了，他不会再欺负你了。”

刘大昌抬眼看着小石头。那迟钝的眼神，像是祈求着什么。小石头站起身，气哼哼地走了。小石头没有回自己的屋里，他来到张雨林的病床前，呆呆地看着张雨林。突然，小石头低下头，把脸贴到张雨林的脸腮上，亲昵了好一会儿。郝秀丽默默地看着，直到小石头起身要回屋。

郝秀丽一把搂住小石头，眼泪夺眶而出："妈妈知道你心里也难受！可你不能那样打你的哥哥呀！妈妈再不打你了，你别生妈妈的气！"

小石头嗯嗯地点点头，回到屋里。郝秀丽给刘大昌洗脸洗脚，又叫小石头来卫生间洗漱。小石头乖乖地过来，郝秀丽给小石头洗完，哥俩就躺下睡觉了。

第二天早上，郝秀丽第一件事就是用湿毛巾给张雨林边擦脸、洗手，边跟他说话，打开枕边的播放机放音乐。然后去厨房做饭。小石头没有赖床，早早起来，把他的床和刘大昌床上的被子叠好，破天荒地领着刘大昌到卫生间洗漱。郝秀丽惊异地看着小石头，一夜之间懂事了。郝秀丽感叹道："儿子知道帮妈妈干活了，真是妈妈的好孩子！"

小石头眼泪汪汪地看着妈妈，声音突然清楚地说："妈妈，我爱你！"

郝秀丽拉住小石头的手，惊喜地说："儿子，你再说一遍，妈妈没听错吧？你说得这么清楚！"

小石头像做错了事似的低下头，声音清晰而又显得颤抖地说："妈妈，爱你……"

郝秀丽紧紧搂住小石头，激动地说："我的好儿子，妈妈也爱你！"

郝秀丽把饭菜做好，让小石头和刘大昌先吃。郝秀丽用榨好的青菜汁冲了一碗流食，一点一点地往张雨林嘴里喂。小石头坐在桌前，端着饭碗，神情呆滞地看着妈妈在病床前忙碌的身影。小石头无心吃饭，放下饭碗，领着刘大昌悄悄地走出屋。

郝秀丽忙活完了张雨林的进食，等着诊所小护士来给张雨林输液。郝秀丽坐到厨房间的饭桌上，看到满盘子的韭菜炒鸡蛋没动几口，碗里的大米粥也剩了一半。

“小石头，出来把碗里的饭吃干净了！”

小石头没有应答。郝秀丽到北卧室，他俩不在。郝秀丽急忙去拉卫生间的门，也不见人影。郝秀丽愕然，小石头和刘大昌什么时候出去了？小石头很少自己下楼的，她曾嘱咐过，不准小石头领着刘大昌下楼玩。她担心下楼遭到淘气的小孩子们欺负。那些孩子看到小石头和刘大昌，追着撵着喊：“傻子来了，傻子来了！”郝秀丽每每看到两个孩子被侮辱的时候，如同万箭穿心。小石头虽然嘴上说不出什么，可他心里什么都明白。他没有妈妈领着，从不自己出门。郝秀丽到阳台上往楼下看，没有看到他俩的身影。又趴到前窗看，马路上也没有他俩的身影。郝秀丽有些焦急，小石头领着刘大昌到哪儿去玩了，要是让车碰了怎么办？

张大夫安排护士来给张雨林输液，以往是药液正常输入了，小护士就可以回诊所。药液输完，郝秀丽就把针头拔下。现在小护士把针头插进张雨林的手背，观察片刻要走，郝秀丽请她照看一下，她出去找孩子。小护士答应了，郝秀丽急忙下楼。她在小区里到处找小石头和刘大昌，转了一大圈，不见他们的影子。郝秀丽又急匆匆地来到大清河边。岸边绿树成荫，休闲的人很多。郝秀丽沿着岸边的柳荫路慌张地寻找，不住地打听行人，所问到的人都摇头。

郝秀丽跑得满头大汗，看下手表，出来一个小时了。郝秀丽担心小护士着急，只好回到家里。小护士看到郝秀丽回来，嘴上说不急，可眼神却充满惊喜。郝秀丽坐在张雨林床边，看着细细的输液管中一滴一滴的液体流入张雨林的血脉，她心急如焚。自言自语地嘟囔道：“雨林哪，我真的累了！你没有倒下的时候，帮我做了很多，我从没有心累的感觉。现在我确实有点累了，小石头看你躺在病床上，他心里什么都清楚，就是说不出来。没有你，他打架子鼓的天赋不会发挥出来。没有你，他也不会考入残联的文工团的。看你这个样子，是因为送他造成的，他心里很难受。这会儿不知道去哪里生闷气了。我担心小石头的坏脾气上来，再打他的傻哥哥！”

郝秀丽心绪烦躁，临近中午，小石头和刘大昌还没有回来。郝秀丽坐卧不安，又不能离开家去找两个孩子。她只好打电话把田大鹏找来，让他在家里看护张雨林。田大鹏骑着助力车急忙赶来，一听说小石头和刘大昌走丢了，他说他去找，找到他们就拉回来了。郝秀丽嘱咐田大鹏："看到小石头千万别跟他发脾气，把他俩哄家来。"

田大鹏骑着车到商场，到西山公园转了一大圈，不见他们的影子。田大鹏沿着大清河北岸的带状公园，向下游寻找。来到公园的小型儿童游乐场，有几个孩子开碰碰车，时不时地传出一阵嬉笑声。田大鹏询问女管理员，有没有两个十六七岁的孩子来这里玩。女管理员眼皮不抬，不耐烦地说，每天那么多孩子来玩，谁知道哪两个孩子是十六七岁！田大鹏说是两个智障孩子。管理员摇摇头。田大鹏沿着大坝堤路继续寻找。走到大清河二桥，看到桥头围着一群人，嘁嘁喳喳地说什么。田大鹏迅速开过去，田大鹏停车，拄着拐杖急匆匆地走过去。

这些人往桥下看，桥下也有几个人，还有一辆警车闪着警灯停在河边。田大鹏突然紧张起来，心加剧跳动。

"怎么回事？"田大鹏急忙问身边的一个白发老者。

老者深深地叹口气，哀伤地说："令人扼腕哪！不知谁家的两个孩子，溺水死了！"

田大鹏一下子瘫坐到地上，老者惊愕地问："小伙子，你怎么啦？"

田大鹏颤抖地说："我站不起来了，那两个孩子可能是老姨家的……"

39

郝秀丽彻底崩溃了。她万万没有想到小石头会做出这样的极端行为。据岸边看到的人说，两个明显智障的孩子，坐在桥下岸边不玩耍，不说话。半天那个矮个子的孩子站起身，打那个大个头的孩子，还拖着他离开岸边。在远处钓鱼的人，过来拉架，那个被打的孩子，说不出话，只是哇哇地叫。那个小个子的孩子还能说出一半句话，那意思让哥哥回家，而哥哥却不回。弟弟喘着粗气，坐到草地不说话了。哥哥也坐到旁边不敢靠到弟弟身边。拉架的人看出是两个智障的孩子吵架，就没有在意，散开去忙自己的事情了。当岸边钓鱼的人再看到这两个孩子时，他们手挽手往河里走。岸上的人不住地喊叫，他俩像没有听到一样继续往河里走，直到河水淹没了他们。人们把小石头和刘大昌的遗体打捞上来，他俩紧紧地搂在一起，火化的时候也没有把他俩分开，两个孩子的骨灰只好装在一个骨灰盒下葬。

平平从省城赶回来，娘儿俩见面抱头痛哭。郝秀丽干枯的眼睛已经流不出眼泪了，她搂着女儿，嗓子沙哑得说不出话了。

平平泣不成声，哽咽地说:“妈妈，还有我，我们要好好活着!”

平平担心母亲精神承受不住这样沉重的打击，她请了半个月的假，在家陪母亲，帮助母亲护理张雨林。

郝秀丽走到张雨林的身边，立刻擦干眼角的眼泪，就像张雨林睁开了眼睛能看到她一样。郝秀丽依旧那样，边喂张雨林流食边说：“雨林，平平回来了，小石头明天就回剧团了，平平去送他。”

“妈妈，张叔叔不会听到您说的话。小石头已经离开我们了，您不要再想他回剧团的事了！”平平感到妈妈的神经受到刺激，她害怕妈妈精神失常。

郝秀丽有时精神恍惚，坐在那儿发呆。只有到点开始喂张雨林流食，给他擦身子的时候，眼睛是亮的，神情是专注的。郝秀丽让平平赶快回学校，平平大四了，开始离校实习。平平准备第二天回学校，郝秀丽忽然对平平说：“我昨晚想了一夜，有件事情必须处理了，我才能心安。你晚几天回校吧，帮助妈妈把这件事情处理好。”

平平惊疑地问：“妈妈，什么事？我一定处理好！”

郝秀丽缓缓地说：“大昌的妈妈临终前，把大昌交给我了。可我没有看护好哇！对不起大昌死去的妈妈！大昌的妈妈把她的积蓄和一套房子，作为大昌的生活费，交给了我保管和花销。大昌走了，这房子和剩下的钱，我不能留下。”

“妈妈想怎么处理？这涉及财产继承问题，是谁来继承这份财产？”平平理解妈妈的心情，她是不能占人家便宜的。

郝秀丽皱眉想了一会儿，说：“大昌的妈妈程桂霞是东山沟人，去那里一定能找到她的兄弟姊妹。这财产应该交给他们处理。”

平平冷静地说：“妈妈，当时程阿姨在临终时把大昌委托给你监护，这是为什么？我知道是因为她的亲属们都要争着监护大昌，是为了程阿姨的财产。程阿姨担心大昌受虐待，才委托你来监护。”

郝秀丽想起程桂霞躺在病床上奄奄一息的样子，内心一阵难受。郝秀丽悲伤地说：“大昌妈妈当时说话非常吃力了，她说大昌交给哪个亲戚都不放心。她还没有闭眼，亲戚们就开始争财产了。大昌妈相信我的人品，把大昌交给我监护，她才闭上眼睛走了。”

平平沉思片刻，说：“程阿姨是看透了亲属的贪婪，看到妈妈的诚实，相信妈妈能像爱小石头一样爱大昌，所以才把财产交给妈妈。妈妈，如果大昌不出意外，健康地活下去，活到五六十岁，这些财产不够用了，您能去找大昌的亲戚要吗？妈妈，您肯定不会做这事的！就是去做，大昌的亲戚也不会给大昌一分钱的！”

郝秀丽听出平平话里的意思，这财产她留下来也许刘大昌的亲戚不会说什么。可她感到不应该留下来，她没有看护好大昌。不管是不是小石头带他投河的，他终究是因为小石头的牵连而溺水的。现在已经对不起死去的大昌妈了，再留下她的财产，自己下半生都要在负罪中生活。

“平平，程阿姨留下的财产，妈妈不能要。留在手里，我下半辈子不得安生！你明天替妈妈去一趟程阿姨的家乡，找到大昌的亲人，让他到城里来一趟，我要跟他谈谈，如果可以就把你程阿姨的财产给他，让他分给他们的兄弟姐妹们。”郝秀丽语气坚定，不由得平平再提异议。

平平辗转来到距离城里六十多公里的东山沟，到村部打听到程桂霞的亲人，知道她大哥叫程志才，现在村子里住。平平没有急于找程志才，而是在村部稍作歇息，跟村部的一个老者攀谈起来。那老者见平平没走，好奇地问：“丫头，看你是城里人啊，你来程老大家走亲戚吗？”

平平看出老者好奇的眼神，轻笑地说：“我是他家城里亲戚的朋友，他的亲戚委托我路过这里来看看他。”

平平的脸呼呼地热起来，她也不知道为什么跟老者撒起谎。

老者皱起眉头，问：“他家的亲戚怎么不回来看他？让你顺道来看看，你就过来了？”

平平感觉老者眼神诡秘，话里有话，便问：“老伯伯，您好像有话要说。我是顺道来看看。”

老者眨巴眨巴浑浊的小眼睛，像窗外有人窃听似的小声说：“他家是锅台后打井，房顶开门，过死门日子，连亲戚都不跟他家走动，哪个亲戚能让你顺道来看看？”

平平明白了，他们家亲戚是鸡犬之声相闻，老死不相往来。平平暗叹多亏没有急着去找程志才。这样的人肯定是贪得无厌的，财产落到他的手里，其他兄弟姐妹都别想得到应得的份额。

“老伯伯，这是怎么回事？”平平继续问。

老者叹口气，说：“哥兄弟为几垄地翻脸了，像仇人一样。村里人都知道，他们家在城里的妹妹死了，扔下个傻孩子。他们兄妹争着收养这个孩子，都打起来了。”

“这是为什么？”平平问。

老者如同憋在肚子里多年的话，终于找到倾诉的机会：“听说他妹妹给傻孩子留了不少钱。他妹妹是个明白人，这个孩子到谁的手里，都活不了几年就得被折磨死了，他们好得到这份财产哪！”

平平忽然感到，妈妈的主张是对的。如果留下程阿姨的财产，他们不知道要怎样栽赃妈妈了。平平试探地问：“老伯伯，他们家的兄弟姐妹不能都是这样的人吧？”

老者感叹道：“嗨，丫头你说对了，他们家兄妹五人，两个小的还挺仁义。死去的大闺女照比弟弟和妹妹的人品还差点，可比俩哥哥强。”

老者短短的几句话，把这一家人品说透彻了。平平又问道：“老伯伯，他们家的两个小的都在哪儿工作，叫什么名字？”

老者一愣，打量平平说：“丫头，你是找老程家人有什么事？我多嘴了，瞎咧咧。”老者说完站起身，拎起桌子上的钥匙串，下了逐客令。

平平犹豫一下，说：“老伯伯，我找他们家人是有个重要的事情，所以请您老指教！”

老者怔住，皱起稀疏的眉头：“啊，谈不上什么指教。我曾经是大队的会计，经历了村子一些蹊跷事。说吧，咋回事？”

平平很犹豫，不说就找不到程家那两个通情达理的人。平平慢慢地说：“老伯伯，您刚才说的程家妹子，让外人来抚养她的儿子确有其事。程阿姨委托的人，就是我的妈妈。程阿姨的儿子发生意外去世了，我妈妈要把程阿姨给她儿子的房子和一些钱退给程家。”

老者惊叹道：“你个小丫头挺有心眼儿的，没有直接去找程家老大。他要是来处理这件事，你母亲的好事也就办砸了！你母亲确实是个好人哪，不贪钱财！”

平平暗叹，没有贸然行事，不然会给妈妈惹来麻烦。平平焦急地问：“老伯伯，你说他家两个小的人品好，他们在村子里住吗？”

老者若有所思地说：“小女儿嫁到外地了，可能是在南方，男人是个当兵的。小儿子在你们城里做生意，叫程志强，小名叫强子。在哪儿住，如何联系，我都不知道。”

“老伯伯，麻烦您把程志强的电话号码给我，我回城去找他。”平平恳切地说。

老者咋舌：“村里人很少有人跟老程家人来往。我小舅子的弟弟跟程志强是同学，你在这里等一会儿，我去去就回来！”

平平到院子里一棵枝繁叶茂的老榆树下乘凉，栖息在枝头的鸟儿叽叽喳喳地鸣叫。不大一会儿，老者急匆匆地回来，手里拿个纸条，递给平平说：“程志强的电话号，他在城里开了一个小饭店，你打电话问吧。”

平平回到市里，找个公用电话亭，联系上程志强。平平来到两洞桥上找到这家叫海鲜小酒馆的饭店。正是中午饭点时间，饭店门面不大，生意红火。平平进来，服务员迎上来，平平说找老板有事。

程志强从后厨出来，平平上前问：“您是程志强吗？”

程志强点点头，打量这个女孩子。她身体单薄，梳着马尾辫，一身浅灰色休闲运动装，像个中学生。程志强热情地问：“你要订桌吗？”

“您姐姐是程桂霞，外甥刘大昌对吧？”平平问。

程志强疑惑地说：“是啊，我大姐已经去世好多年了，你……不会是我外甥有什么事吧？”

平平心情沉重地说："是的，大昌和我弟弟小石头溺水死亡了。我母亲要找程阿姨的直系亲属，把大昌的后事处理了。"

程志强却很镇静，回头看了一下后厨，说："我正忙着，一时走不开。中午这阵忙完了，我去见你母亲。"

平平留下地址和电话，回家了。

40

程志强没有想到，姐姐委托监护儿子刘大昌的家长，是刘启田的再婚妻子。姐姐程桂霞临终前，把她家里的财产都交给了委托人。当时家里的兄妹们争抢着要监护抚养刘大昌，程志强没有跟他们一样去争。姐姐最后在弥留之际，委托给谁了，兄弟姐妹都不知道。现在他走进郝秀丽的家，看到床上躺着一个病人，心里涌起一阵怜悯。

郝秀丽正给张雨林翻身，看到程志强进门，让平平陪着坐一会儿。平平收拾东西，准备回学校。程志强看下屋里，两居室，装修简单，收拾整洁。程志强悄声地问平平："你父亲什么病？"

平平眼睑低垂："车祸。"

平平看眼程志强，中午在饭店见面的时候，没有感觉到他很年轻。眉毛浓黑，嘴角上翘，显得很干练。平平轻声地说："叔叔，我去您老家的村子了，我没有找您的哥哥，您知道为什么吗？"

程志强诧异地问："你去东山沟？见到谁了？"

平平淡然地说："见到一个老伯伯，我不知道姓什么。我说找程桂霞的兄弟姐妹，老者就介绍到了您。告诉我，老程家的事就找程志强，小名叫强子。说您为人好，在村子里名声好！"

程志强不好意思地笑着说：“那是乡亲们抬举我了！我就是诚实做人，在城里做生意更要讲诚信！”

平平给程志强端来一杯温水，放到他面前，说：“我母亲找您来，是把您的姐姐留给刘大昌的遗产处理一下。希望程叔叔能帮助我母亲把这件事处理好！”

程志强明白了，姐姐留给儿子的房产和钱，他们要退给程家。他暗自赞叹，这家人很正直，大姐没有看错人。

郝秀丽从房间出来，热情地跟程志强打招呼：“你是程桂霞的弟弟？”

程志强站起身，恭敬地说：“是的，我是她的小弟弟。我们兄妹五人，我还有两个哥哥，一个老妹。我跟老妹能合得来，她在南方安家了。”

郝秀丽觉得这个人很实在，松了一口气，说：“程桂霞大姐临终前把刘大昌委托我照看，并且把她的一套房子托我管理，三万元现金作为大昌以后生活的费用也由我保管。大昌在我这儿六年了，每周我都把他接家来。我儿子小石头跟大昌是同父异母，我拿大昌像自己的亲儿子对待。我万万没有想到……”

郝秀丽流下眼泪，平平递给她一条毛巾，她捂住双眼，哽咽地说：“他们哥俩溺水身亡了……”

程志强劝慰地说：“郝姐，这是命啊！你也别难受了，身体要紧哪，你还要护理病人。”

郝秀丽平静一会儿，说：“我对你们家的兄弟姐妹不了解，我女儿去你们村打听，才找到你。我相信你，由你出面来处理这个事，一定能处理好！”

“郝姐，您受累了。我们程家兄妹要谢谢您呀！”程志强感激地说。

郝秀丽痛苦地说：“两个孩子出现意外，是我没有做好哇！你把兄妹召集到一起，把情况说一下，大家签上名字，我就把房产证和剩下的钱交给你，你们怎么处理我就不管了。”

程志强迟疑片刻，说："好吧，我回去就办这个事！"

一个星期过去，郝秀丽没有得到程志强的回信，有点着急。郝秀丽知道他的饭店在两洞桥上，她让田大鹏在家守一会儿，她去饭店找程志强。服务员告诉她，老板回老家五天了。

几天后，郝秀丽家里来了一个陌生人。模样斯文，戴着黑边眼镜。那人拿出一个工作证递给郝秀丽，说："我是田律师。程家委托我来了解一下程桂霞的儿子刘大昌的死因。啊，没有别的意思，孩子突然死亡，亲属想知道一下原因也是正常的。"

郝秀丽忽然觉得眼前模糊起来，田律师的身影忽远忽近。她闭上眼睛，平静一会儿，说："我能理解，我主动找他们，就是要把孩子发生意外的情况跟他们说一说，也把程桂霞给儿子的遗产交给他们。"

田律师颔首，从黑皮包拿出纸和笔说："你主动做很正确，也非常聪明。麻烦你把刘大昌发生意外的原因详细写出来。我跟程家人有一个交代。"

郝秀丽拿起笔，冷静地想了一会儿，伏在桌子上开始写。她让张雨林送小石头回市里，张雨林出车祸成为植物人。小石头回家看到，脾气大坏。打了哥哥刘大昌，她把小石头打了。郝秀丽写着写着，眼泪无声地流下来。郝秀丽急忙擦去，没有让泪水打湿稿子。

郝秀丽写完，田律师接过稿子，惊讶地看着郝秀丽，如果不是亲眼所见，他不会相信，一个家庭妇女能写出这么一手漂亮的钢笔字。

"啊，你的字写得太好了！一个硬笔书法家的水平不过如此！"田律师没有看内容，而是在欣赏那优美的钢笔字。

"写得潦草了，好多年没有写字了。"郝秀丽面露赧色地说。

田律师问："请问你做什么工作的？"

郝秀丽回想久远的往事，轻轻叹口气："下岗快二十年了，原来在北钢附属厂宣传科工作。"

田律师惊叹地说："我看你写的这手字，就觉得你是有工作的。

时代的变革，总要牺牲一部分人的利益！嗐，扯远了，我看一下你写的内容。”田律师认真地看了一遍，缓缓地抬起头看着郝秀丽说，“写得很清楚。来你这儿之前，我到派出所去了，向警察了解溺水的情况。大姐，程桂霞委托你监护刘大昌，有没有书面委托书？”

郝秀丽摇摇头：“没有。程桂霞病危的时候，托人捎信要见我。我赶到医院，只有护理她的保姆在身边。程桂霞说话很费力，她告诉我，大昌交给我了，相信我的人品，不会亏待大昌。她不相信自己的亲戚，大昌到他们手里要受虐待。程桂霞把房产证和三万元钱交给我，说是给大昌以后生活用的。大昌出事了，我就想找程家人，把程桂霞的房产证和大昌花剩下的钱退给他们。至于他们兄弟姐妹怎么分，我就不管了。”

田律师淡然一笑：“大姐，我相信你的人品没有问题。可是，你作为刘大昌的监护人，还是没有尽到责任哪。程家在这个问题上提出异议，不是没有道理的。”

郝秀丽忽然明白程家让律师来了解情况，是要对簿公堂。郝秀丽顿觉一股凉气从后背涌上来。郝秀丽苦笑着说：“田律师，我明白了，程家人要到法院起诉我。”

田律师扶了一下眼镜，说：“大姐，我看你家庭担子不轻啊，哪个家庭有常年卧床的病人，都是沉重的负担！你也没有经历应对法律诉讼的事，也请个律师吧。我跟你的律师协商一下，看看能不能庭外协商解决。”

田律师走了。郝秀丽无力地坐到张雨林的床前，她握住张雨林的手，趴在他身边哭泣说：“雨林哪，我累了，生活怎么这么难哪！吃苦受累我都能扛，可我的好心却不被人理解，我的心太累了！你能不能给我拿个主意，我该怎么办？”

郝秀丽哭了一阵，好像心中的苦闷和孤独都倾吐出来。郝秀丽回味田律师的话。田律师让她聘请个律师，她不知道聘一个律师需要多少钱。律师去替她打官司，她想怎么也不至于到了对簿公堂的地步。她辛辛苦苦地照顾程桂霞的儿子，刘大昌和她的儿子小石头同时遇难，这难道是她的过错？两个低智商孩子的思维，她跟他们生活这么多年，也无法了解他们的内心，他们把她告上法庭，目的是要她赔偿吗？郝秀丽觉得确实要请明白人指教一下，她该怎么办？

郝秀丽想起藤老板，他曾当过乡长，又做了多年老板，见过世面，应该去请教他。郝秀丽跟田大鹏打听，藤老板在不在浴池。田大鹏说在，每天下午到麻将馆玩。郝秀丽让田大鹏告诉藤老板，有时间给她回个电话。藤老板得到信，立刻给郝秀丽回电话。郝秀丽从浴池辞职后就没有再见到藤老板，听到藤老板的声音，感到很亲切，鼻子发酸，眼泪涌了出来，一时说不出话了。

“小郝，你有事慢慢说！我成天贪玩，总想找时间去看看你，可坐到麻将桌上什么都忘了！”藤老板带有自责的口气说。

郝秀丽抹了下眼角，轻声地说：“谢谢老板，还惦记我。我遇到点麻烦事，你看我应该怎么办？”

“啊，什么事？你说吧！”

郝秀丽把田律师来找她的事，说了一遍。藤老板马上说：“我下午不去麻将馆了，我去你家，见面再说。”

郝秀丽把家里收拾一下，又给张雨林擦了身子。她担心屋里有异味，把平平买的茉莉味的香水打开，在房间里喷了几下，屋里立刻充满芳香。藤老板头回到郝秀丽的家，家具虽然陈旧，屋子里收拾得干净利落。藤老板来到张雨林的屋里，他曾见到过张雨林，对他有点印象。个头挺高，脸膛方正。可病榻上的人，眼睛深陷，颧骨突兀，原来的影子一点都没有了。藤老板怜悯地叹了一声：“小郝，你真不容易呀！”

郝秀丽笑着说：“习惯了，也不觉得累。藤老板，我实在没有办法了，麻烦您跑来一趟，耽误您的事了。”

藤老板笑道：“咱们客气啥！刘大昌的舅舅让律师找你来了？他们告你有什么目的？”

郝秀丽情绪低落，眼里充满焦躁和不安：“律师说我有监护责任，可能要经济赔偿。”

藤老板端起水杯喝口水，愤怒地说：“他们太不讲究了！你接受刘大昌母亲的委托，照顾智障的刘大昌和小石头，付出了多少辛苦！他们怎能昧良心办事呢？小郝，你把联系他们的电话告诉我，我找他们唠唠。我这个人爱打抱不平，见到不公的事情，就爱说两句。何况是你的事！”

郝秀丽告诉程志强的饭店地点，藤老板从郝秀丽家里出来，就来到两洞桥程志强的饭店。

半下午，饭店没有客人。程志强坐在靠窗的餐桌上，满面愁容独自饮茶。看到藤老板进来，起身问：“想吃点什么？”

藤老板瞧眼程志强：“你是老板程志强？我找你。”

程志强打量藤老板，问：“是的，找我什么事？”

藤老板开门见山地说：“我是为郝秀丽的事来找你的。我姓藤。”

程志强猛地一惊，神色慌张地说：“啊，藤大哥，请坐。我也正想去见郝姐。实在对不起郝姐，我没有想到事情发展到这步，我已经说服不了他们了。”

藤老板坐到程志强对面，程志强给他倒了一杯茶水。藤老板凝视着程志强问：“自己的亲兄弟，为什么说服不了？”

程志强避开藤老板的目光，望着窗外，半天才转过头，说：“你是代表郝姐来的，我就实话说吧。郝姐本来是好心，把我大姐留给外甥的财产要退我们程家。我感到郝姐这人品没有问题，我大姐没有看错人。可是，我的两个哥哥却不这么认为。”

“他们怎么认为？”藤老板抬眼看他。

程志强欲言又止，显得很为难的样子，半天才说：“他们认为郝姐没有尽到监护责任，大昌才出事。律师到派出所了解了出事经过，是郝姐的儿子先下水，大昌是为了救郝姐的儿子溺水。这要是正常人出现这样的情况，社会上要正面宣传，舍己救人的事迹。至少政府要给家属慰问，要给奖励的！”

藤老板明白了，他们兄妹是想让郝秀丽出血，他们要嗜血。藤老板嘿嘿笑起来，和蔼地说："啊，我明白了。这样吧，我对法律不了解，你们起诉了，法院怎么判，郝秀丽都能接受判决。但我想在走进法庭之前，我出面给你们两家调解一下，如果调解成了，相互接受，避免上法庭，还节省了诉讼费、律师费。你看怎么样？"

程志强眼睛一亮，兴奋地说："我就想能有个中间人出面，给调解一下。没有解决不了的事，相互让一步就过去了。藤大哥，我负责把他们找来，就在我的饭店见面吧。最好是上午，没有客人。"

41

郝秀丽和藤老板来到程志强的饭店。程志强的两个哥哥都到了，围坐在一起嘁嘁喳喳议论着。程志强给他们相互介绍一下，开始进入正题。

藤老板正襟危坐，挺了挺胸，像在乡里主持开会一样，扫视会场上的每个角落，把气场营造和拿捏得恰到好处，让参加会的人感到一种威严。藤老板瞧眼郝秀丽，见她神色有些紧张，便说："小郝，你跟程家兄弟都认识了，有什么话都可以说！"

"哎，你是干吗的？你知道我们谈什么？见面不等于就是给面子，你们别理解错了！"程志强的二哥程志发充满火药味地说。

藤老板不急不恼，微微一笑："我姓藤，郝秀丽是我的员工，我对她的人品是很了解的。既然你们之间发生矛盾，我作为郝秀丽的老板，出面作为中间人，来调解一下，不过分吧？至于你们给不给面子，我想郝秀丽也不会去奢求的。情向理不向，真违法了，法是不能讲情面的。但是，郝秀丽必须把话说清楚。"

一个头发灰白、眼珠发黄的人站起身，声音很大地说："我是程家兄妹老大，我大妹妹程桂霞相信你郝秀丽，把我的外甥交给你看管，却把我外甥看死了。你说你没有责任吗？我们没别的要求，很简单，你把我妹妹交给你的钱财全部退回来，还要对我外甥的死，拿出补偿的钱。具体数额，我们可以商量。藤老板，你是中间人，你跟郝秀丽合计合计，能给我们补偿多少钱？少了我们就法庭上见！”

郝秀丽的心怦怦地跳，委屈的泪水在眼眶里打转。郝秀丽咬紧牙不让眼泪流下来。郝秀丽看眼藤老板，藤老板递个眼神不让她说话。

藤老板依然笑着说：“我听明白了你们的意思。你们过世的大姐，为什么在弥留之际把她病残的儿子委托外人郝秀丽来照看？还把一处房屋和三万元现金遗产一起交给了郝秀丽。你们谁能说清楚这是怎么回事？谁能明白为什么？”

程家人面面相觑，没人接话。他们在程桂霞最后的日子里，在程桂霞的病床前争抢要抚养刘大昌。为了争到监护权，相互泼脏水，几乎撕破脸皮。程桂霞拼尽最后一丝力气，把她的亲人都撵走了。程桂霞去世后，他们才知道大姐把刘大昌委托给郝秀丽监护。至于为什么交给外人来抚养监护她的儿子，程家人心知肚明。可是他们谁也不能站出来捅破这层窗户纸，都在装糊涂。

藤老板心里清楚，他们谁也说不出口。藤老板拿起水壶，给自己的水杯倒水，缓缓地说：“你们都不清楚吧？郝秀丽是当事人，让她说一下当时程桂霞是怎么跟她说的。”

郝秀丽看眼藤老板，从他的目光中得到了鼓励。郝秀丽极力保持平静地说：“我的儿子小石头跟程桂霞的儿子大昌是同父异母，两个孩子都是先天性智障。程桂霞领着孩子没有住处，找到我要借电业局家属楼的房子，我看到他们孤儿寡母可怜，把房子借给他们母子住。这一住就是十年，我没要一分钱房租费。四年前，程桂霞病危，把我找到她病床前，护理她的保姆也在场。程桂霞当时说话很费力气，她对我说：‘我走了，最放心不下的是大昌。家人争着抚养，可我看透了他们。他们争的是我留给大昌的财产。妹子，我求你一件事，我把大昌交给你了，我就能闭上眼睛了！留给大昌的一处房子和三万元现金，是他的生活费用。他要能多活几年，费用不够了，你看在和你儿子小石头是亲哥俩的分上，你就养活他吧，要是活不了几年，剩多少都给你了。'”

程老大忽地站起来，大声吼道：“我大妹妹有书面遗嘱吗？你拿出来让我们看一看！没有就是空口无凭，你在编造谎言！”

郝秀丽脸色煞白，身上不住地颤抖，张嘴说不出话来，犹如骨鲠在喉。

藤老板冲着郝秀丽摆了一下手，说：“小郝，你不用跟他们解释！我说几句。”

藤老板神色凝重地看着程老大，厉声说：“人说话不能昧良心！你妹妹弥留之际，做出这样的决定，把唯一放心不下的孩子，托付给她最信赖的人，这是她深思熟虑的决定！她没有能力写遗嘱了，有保姆可以作证！她把房产证和三万元钱交给郝秀丽，是对郝秀丽最大的信任！郝秀丽没有辜负你妹妹的期望，在她生活处在最困难的时候，对刘大昌的照顾像对自己儿子一样。大昌是生活不能自理的孩子，郝秀丽每个星期都把他和小石头从康复中心接回家，给他洗洗涮涮，收拾得干干净净。自己的儿子没有喂过一口饭，每次回家郝秀丽都一口一口地喂大昌饭。郝秀丽在浴池是个足疗工，为了多挣钱，很少请假休息。只有到了星期天，是大昌和小石头放假的日子，她才肯耽误半天，接孩子回家，去市场买他们爱吃的东西。四年来，她付出多大的辛苦，你们知道吗？”

程老大轻蔑地哼了一声：“那是她应该做的！”

藤老板宽厚的脸膛充满血色，他愤慨地说：“她伺候刘大昌付出多少辛苦，得到你们程家一分钱的报酬了吗？程桂霞的亲兄弟姐妹，为什么不能成为孩子的监护人？郝秀丽为伺候大昌付出辛苦，没有得到你们程家人一声感谢，反而还要她赔偿。亏你们想得出来！两个智障的孩子，大人是无法跟他们正常沟通思想的。他们为什么到大清河的下游？又是怎样先后落到水中溺亡的？警察现场勘查两个孩子是溺水死亡的。你们聘的律师说，有人看到是小石头先落水的，刘大昌去救小石头才一起身亡。如果是这样，刘大昌救弟弟，也是天经地义的。他们是血脉相连的亲兄弟，说明大昌还有正常人的一种感情。郝秀丽在家照料一个毫无知觉的病人，能时时刻刻看护两个孩子吗？一眼照顾不到就出了这么大的事，作为母亲是多么悲恸！这么些年，你们程家兄妹没有一个人来看看自己的外甥。出事后，郝秀丽仅知道程桂霞是东山沟村这点线索，就让女儿去联系你们程家人，要把房屋和剩下的钱给程桂霞的兄妹。郝秀丽要是有一点私心，把财产留下来也不违法。毕竟程桂霞有口头遗嘱，还有那个护理的保姆在场作证人。可是郝秀丽没有这样做，她执意要找你们处理大昌的后事，是因为她心地善良，有良心！可你们反而还要她赔偿，你们还有一点良心吗？你们扪心自问，这种做法是不是丧良心?！”

藤老板越说情绪越激动，眼睛紧紧地盯着程家兄弟。

郝秀丽眼窝里泪珠在打转。她咬紧牙关，不让泪水流下来。

程志强站起身，诚恳地看着郝秀丽，说：“郝姐，你受累了！我们兄妹欠你一个道歉！”程志强转头说：“大哥、二哥，我不能做昧良心的事！我有个想法，我大姐的房子，我们接过来，钱不管剩多少就不要了，更不要郝姐什么赔偿了。”

程老大瞪起眼睛说：“我们大家的事，你怎么能做主呢？”

程志强果断地说：“大哥，做事要讲理！这样吧，我和小妹退出分大姐房子的份额。大哥、二哥你们两个人分吧。”

程老大愕然地看着程志强，问道：“小妹的事你能做主？这可涉及钱的事！”

程志强稳重地说：“大哥，我跟小妹已经商量好了，只要你们放弃让郝姐赔偿，我和小妹的份额不要了。我再尽点责任，你们聘请的律师费我承担了。你们商量一下吧，要可以就跟郝姐签个协议，把房照接过来，剩下的事你们回家研究。让郝姐的心得到一些安慰吧，她也太累了！”

郝秀丽的泪水夺眶而出。她擦去脸颊的泪水，轻笑着说：“谢谢你们的理解。你们大姐交给我三万元现金，大昌在康复中心的费用，每年六千,四年花了两万四，还剩六千元。有康复中心每年开具的收据。我给大昌买的换季衣服也不贵，不算这里的钱了。房子和剩下的钱都退给你们。”

藤老板笑着摆下手，说：“程家哥们，话说到这儿了，你们不会还想不明白吧？这样吧，我写个协议，你们签上字，这个事就算了结。”

程老大眨动厚重的眼皮，看着程志强，疑惑地问：“你能给小妹做主吗？你俩真退出吗？咱们就不追究大昌监护人的责任了。这样吧老三，不是大哥二哥不相信你，咱们先签个协议，保证你和小妹退出，我再跟他们签协议。”

程志强找出笔和纸，快速起草了一份协议，然后程家兄弟签完。藤老板拿起笔起草协议，郝秀丽签完字，程老大却说：“现在不能签，把房产证拿来签也不晚。我不能做放屁用手抓的事！”

藤老板轻蔑地笑道：“你的手是抓钱的手，怎么能让你抓个屁？我跟小郝回去拿房产证和钱。小郝把这两份签好，就不用回来了。”

郝秀丽签完协议，暗自松了一口气。回到家，把房产证和六千元钱，以及花销的收据交给藤老板，郝秀丽眼泪汪汪地对藤老板说：“谢谢藤大哥，没有您帮我，我真没有能力跟他们纠缠了。”

藤老板深深地叹口气：“善良的人，为什么受欺负？这些小人太不地道了！小郝，以后有什么困难跟我说，我一定帮你！大鹏，你过来！”

田大鹏在张雨林的床前，听到藤老板在客厅喊他，拄着拐杖出来。藤老板对田大鹏说：“大鹏，以后每天来你老姨家，替你老姨照顾一会儿张叔叔，让你老姨出去买菜透透气。护理这样的病人不是一个人的事。”

田大鹏点头：“嗯，我知道了。”

藤老板走了。郝秀丽再也控制不住内心的委屈，轻声哭泣起来。生活的艰辛她能挺住，而生活中人的奸诈和狡诈她无能力应对。如果不是藤老板相助，感觉自己就要倒下。

田大鹏看到老姨哭成泪人，去卫生间拿条毛巾递给郝秀丽。郝秀丽接过毛巾，捂在脸上，轻轻地抽泣。过了一会儿，郝秀丽止住了眼泪。她看到田大鹏站在门口，穿好鞋要走。郝秀丽叮嘱道："大鹏，藤老板让你每天来家替我一会儿，你不用天天来，有事我给你打电话。藤老板对咱们有恩哪！你在浴池可要好好工作，藤老板其实是在养活你，你要懂点事！"

田大鹏点头嗯了一声走了。田大鹏骑着助力车回到音像店，吕双在收银台整理票据。看到田大鹏回来，抬下头看墙上的钟，没有到吃饭点怎么跑回来了？吕双皱着眉头，指一下墙上的钟。

田大鹏气哼哼地说："我不是回来吃饭的。你给我六百元钱，我去买两瓶酒。"

吕双一愣，忙在纸上写道："买酒干吗？老姨知道吗？"

田大鹏不耐烦地说："我就是给老姨买的。藤老板给老姨办事了，我去给藤老板送两瓶酒。"

吕双拿出六百元交给田大鹏，手语道："买两瓶好酒。"

田大鹏在百货大楼烟酒柜台，看到琳琅满目的酒，他不知道买什么酒了。茅台、五粮液，还有酒鬼酒。茅台酒最贵，不到三百元一瓶。田大鹏买了两瓶回到浴池。藤老板坐在吧台，看到田大鹏拎着茅台酒的纸袋，笑着问："谁给送的好酒哇？"

田大鹏把酒放到吧台上，低声嘟囔："给你的。"

藤老板惊疑地问："给我的？大鹏，什么意思？"

田大鹏低下头，有意避开藤老板疑惑的目光："我替老姨送给你喝。"

藤老板恍然大悟，哈哈大笑起来："大鹏，你行啊，还知道人情世故哇！你老姨知道吗？"

"不知道。"

藤老板拿起酒，赞许道："大鹏，你小子出息了，做事心里还是有数的！我收了，咱爷儿俩喝一瓶。"

藤老板让服务员去街上的饭店打包四个菜，俩人坐在藤老板的办公室喝酒。田大鹏很少喝白酒，也是第一次喝茅台。俩人喝了半瓶酒，藤老板没有让田大鹏喝多，喝了不到二两酒，田大鹏面红耳赤，拄着拐都有点晃荡。藤老板让服务员送田大鹏到二楼的休息大厅睡觉。

42

二楼大厅重新装修完，还没有对外开放。室内还有一股淡淡刺鼻的油漆味，在光线暗淡的大厅里弥漫。服务员选择一个靠窗的床位，扶他上床躺下。服务员顺手把厚厚的窗帘拉上，大厅里一片漆黑。

田大鹏从没喝过这么多白酒，睡得很香甜。不知过了多长时间，田大鹏隐约听到一个熟悉而又陌生的声音，在身边轻轻地响动。那声音温馨、轻柔，像是压抑许久的快乐，得到宣泄和释放。田大鹏恍惚觉得是从姥姥家出来，跟着老姨和姜辉舅舅往家走。姥爷为什么非要他陪着老姨和姜辉舅舅回家睡，而妈妈却留在姥姥家？田大鹏恍然明白，姥爷嘱咐他在老姨和姜辉舅舅中间睡，是要安放一座山。可是，这座小山却像一个土疙瘩被堆放在一边。而他身边凸起一座山，在朦胧的夜色中隆起，在曼妙的天籁中起伏。

“老姨！老姨！”田大鹏忽地坐起来，大汗淋漓，气喘吁吁，他像从山上滚落下来。

隔床的一个女人刺耳地惊叫道：“有人！”

那个男的扑通一声滚到床下，大骂：“你他妈的怎么在这儿躺着？偷着卖呆呀！”男的爬起来，光着身子过来要打田大鹏。

那女人抱起衣服，拉着那男人跑了。

“老姨，我是大鹏！我是田大鹏！”

那一刻，田大鹏——我，忽然惊呆了。我一把拽开厚重的窗帘，刺眼的光线照亮我的身上。我仿佛沉睡多年，一股清新的风猛地吹进我的脑子里，犹如醍醐灌顶，我立刻清醒过来。我的记忆瞬间恢复了！

“妈妈？妈妈！爸爸！”我喊道。

我立刻站起来，感到自己的左腿不好使，我摸到拐杖站起来。我顿时感到茫然，我怎么变成瘸子了？

我顾不得这些，快速下楼，来到浴池外的停车场。我的助力车畏缩在一角，我迈着不听使唤的腿来到车前，把拐杖挂到车把上，一溜烟来到北钢家属区。我的家是 38 栋房 12 号院，我的妈妈是北钢医院的护士，我的爸爸是铁路大修段的技术员。我的老姨是北钢建材厂的宣传干部，我是北钢高中的学生。我好像有多少年没有见到爸爸妈妈了，也没有见到姥爷。那个老姨是不是我原来的老姨，我现在有些怀疑。我的记忆像潮水般涌上来，往事都闪现在我的眼前。

我记忆中的一排排北钢家属房没有了，是一栋栋白色的楼房，都长得一个模样。北钢的家属房怎么不见了？我的家就在这个小区，我叫老姨的那个女人的家，也在离我家不远的楼房里。我来到北钢厂大门前，大门变样了，高大壮阔，门前站立几个穿制服的保安。过去随便进的大门，现在看样子不让随便出入了。我想进职工医院去找妈妈，可是保安把我堵住了。我说我去找郝秀美，她是我的妈妈。他们说职工医院不在这个院子了，搬到启明街去了。

我感到茫然，一位白发苍苍的老者从我面前走过，我忙问：“老爷爷，北钢家属区在哪儿？”

老者觑眼看我，奇怪地说：“小子，你是很长时间没回了？在外地做生意吗？这里的平房早就扒了，盖了这片楼房。你找谁家呀？”

我迟疑一会儿，开始怀疑自己的记忆，一切我都是陌生的，我像重生在这个世界。我没有理会老者，骑上车来到我叫老姨的那个女人的楼前。就在上午，我还在她家帮助看护一个病人。我其实是不情愿来的，她看我总是横眉冷对，我确实有些怕她。我记忆中经历的很多事情，都是她强迫我去做的。我有个媳妇，是个哑巴，我和这个哑巴女人还有个儿子，可我不喜欢。他到我的怀里，我就掐他，让他哭，然后哑巴媳妇就把孩子抱走了。

我拄着拐杖一步步上楼，站在她家门前，我竟然感到胆怯起来。我不知道如何质问她，你是我的真老姨，还是假冒的老姨？

我用拐杖敲门。

门开了，那个女人站在门里，疑问："大鹏，你怎么回来了？我没告诉你吗？我有事找你再来，平时要坚守岗位，给藤老板好好干！"

我喘着粗气，凝视着门里我叫老姨的女人问："你是郝秀丽吗？郝秀美哪儿去了？她不是你的姐姐吗？"

"大鹏？你……你怎么想起你妈妈的名字了？老姨是叫郝秀丽呀！大鹏，你恢复记忆了？"老姨一把把我拽进屋里，惊愕地看着我，忽然搂着我呜呜地哭起来。

我极力回忆，我的老姨那样年轻漂亮，梳着短发，头上还戴着一个发卡，上面有个蓝色的蝴蝶结。脸上两个浅浅的酒窝一笑就露出来。而眼前的老姨，脸色蜡黄，头发灰白，曾经黑亮的眼睛变得浑浊黯淡，背还有点驼。嘴角的两个酒窝，已经让岁月的泥沙填平了。

"你是我原来那个老姨吗？我妈妈和爸爸呢？"我迫不及待地问。

老姨哭泣得更厉害了，双肩不住地抖动。好一会儿，老姨的哭泣才抑制住，狠狠地一巴掌打在我的肩头："傻孩子，你可醒过来了！十七年了，你什么都不记得，我是你老姨呀！大鹏，你的妈妈和爸爸早就不在了……"

老姨又悲恸地哭泣起来。老姨的话让我冷静下来，我父母不在了，冥冥之中我似乎感到家里发生了天大的事情。我的腿瘸了，跟父母去世肯定有关系。我焦急地说：“老姨，你快说，我们家发生了什么事？”

老姨满脸泪水，进到北卧室开始翻柜子。从柜子里拿出两张大照片，放在客厅的沙发上。

“大鹏，你认识吗？”

这是黑框遗照，一男一女。我微微一愣，扑通跪在遗像前，撕心裂肺地喊道：“妈妈，爸爸……”

我呜呜地哭起来。我的意识中，没有概念跟父母诀别了多长时间。好像是昨天，也好像是很久很久。

老姨站在我身边，没有扶我起来。老姨哽咽着说：“十七年前冬天，你和妈妈爸爸在姥爷家坐到十点多钟才回自己家。谁知这一走却是我们跟你父母的诀别。你妈妈爸爸一氧化碳中毒，没有抢救过来。你生命垂危，在医院抢救一个多星期才活下来。可你却留下后遗症，左腿残疾，记忆力消失。以前的任何事情都没有记忆了，这么些年，你从来没有问过你的妈妈和爸爸。大鹏，你像从睡梦中醒来，想起来妈妈爸爸。现在你是个正常的人了，老姨真高兴啊！”

我捧着爸爸妈妈的遗像，陷入莫大的悲痛中。离开双亲这么多年，我是怎么生活过来的？我凝望着老姨，顿时感悟到是老姨领着我一步一步走过来的。我才有了媳妇和儿子，还有自己的小买卖。这一切都是在我混沌的这些年，老姨帮我做的。

我放下爸爸妈妈的遗像，跪在老姨面前，扑通扑通给老姨磕了三个头。老姨惊讶地把我拽起来，问：“大鹏，你这是干什么？”

“老姨，我没了妈妈和爸爸，你为我操碎了心！这些年我是稀里糊涂地过来的，不懂亲情，不知道老姨的辛苦，我现在什么都明白了。老姨，你受累了，大鹏要报答你！”

老姨搂住我激动地说：“大鹏，你真懂事了！”

我跟老姨坐到亮灯时分。其间老姨去给张雨林翻了几次身。我知道这个没有知觉的男人，经常出现在老姨家。我跟小石头和刘大昌都叫他张叔叔，我也知道张叔叔，是因为送小石头回市里遭遇车祸成了植物人。更让我感到痛心疾首的是，我拆卸电视机，姥爷阻止我，我竟然把姥爷绑在屋外的电线杆子上。姥爷突发心脏病，闭上眼睛时还是五花大绑。我痛苦不已，举手扇了自己嘴巴子。

老姨一把抱住我，泣不成声地说："大鹏，那时你就是个小孩子的智商，姥爷也有些老年痴呆，硬跟你杠上了，才激恼你把姥爷绑在外面。姥爷过世这么些年了，你就别自责了。"

我低头不语，心里一阵难过。姥爷被我绑在杆子上的情景，我依稀记得。可现在我才清楚，那是我的姥爷。我后悔不已，陷入深深的痛苦。尽管老姨安慰我，可我仍然不能从痛苦中解脱出来。

"大鹏，你恢复记忆了，吕双会非常高兴。你快回家吧，我不能陪你一起回去。大鹏，我告诉你，你一定要对吕双好。不要嫌弃她是个哑巴，你没有这个妻子，你家的日子不能过得这么好！老姨就是照顾你，也没有这么周到。"老姨充满着担心，生怕我思维正常了，嫌弃吕双是残疾人。

我突然觉得对我的哑巴妻子和儿子的印象，模糊起来。像久别了多日，又像相隔很远。

"你怎么了？"老姨看我眼神恍惚忙问。

我显得很痛苦地说："老姨，我怎么感到吕双和大宝很陌生，他们好像不是我的。"

老姨惶恐地说："傻孩子，你可别胡说！你是想起了过去的事，把眼前的事又忘了？你可别这样啊！老姨宁可让你忘掉以前的事，也别把眼下的事忘了呀！吕双和大宝可是你最亲的人，你赶快回家，告诉吕双，你的记忆恢复了。过去的事和眼下的事，都清清楚楚的。对吕双说些温暖的话。你从来不会关心吕双，成天也没有句贴心的话。"

我从老姨家出来，骑上车回家。我家跟老姨家隔着一栋楼，眨眼工夫就到了楼下。我把车子推进自行车棚里锁好，拄着拐杖走进楼里。我家是一楼，我站在门前，不知为什么心里却一阵慌乱，像自己做错了什么。往常我回来晚了，很少掏钥匙开门，而是举起拐杖敲门。吕双在屋里不管忙什么，听到敲门声，立刻跑过来开门。而今天，我面对熟悉而又陌生的门，掏出钥匙打开门。

吕双看我是自己开门进来的，诧异地看着我，手语问我：“你怎么没敲门？我给你开哪！”

吕双简单的手语，我能看明白。可是，平时我非常厌恶她在我面前做手语。吕双顿时警觉过来，立刻从桌子上拿起笔，在本子上写道：“你是敲门了？我没有听到。对不起。”

我看到吕双像做错了事一样，低下头不敢看我。面对吕双，我忽然感到内疚，觉得一直都愧对她。我从来没有仔细端详过她，她垂下眼睑显得羞怯的样子这么可爱，我似乎才感到她是这么美。

我握住吕双的双手，声音颤抖地说：“吕双，我想起了妈妈和爸爸，想起了老姨，想起平平妹妹。我经历的事情，我都想起来了。我恢复记忆了！”

吕双吃惊地看着我，晶莹的泪珠无声流下来。我猛地搂住吕双，深深地亲吻她。

43

平平知道我恢复记忆了，当天晚上就从省城回来了。她下车没有回家，直接来到我家。我还没有从浴池下班，吕双背着孩子在做饭。平平进屋急忙接过手，让吕双哄孩子。平平对吕双说：“大鹏恢复记忆了，我回来跟他唠唠小时候的事。”

我回来的时候，桌子上已经摆了四个菜。我感到很奇怪，今晚怎么做了这么好的菜。有鱼有虾，还有排骨。吕双嫣然笑着，神秘地看着我。

“吕双，遇到什么喜事了？”我问。

平平从卧室出来，嬉笑地说：“田老板，我回来了，还不是喜事吗？”

我猛然一愣，尽管知道她是老姨家的平平，我的表妹，但我还是像陌生人一样感到惊疑。我猛地想起那个瘦弱的扎着小辫子的平平，从出生就没有见到过爸爸。平平每次听我叫爸爸，她都羡慕地看着我，眼睛里闪着泪花。我把平平的事告诉了妈妈，妈妈伤感地嘱咐我，在你妹妹面前，少说爸爸。从那以后，我在平平面前再不提我爸爸了。

“郝欣慰同学，我可想起来你了！”我兴奋地握住平平的手，尽管平平出落得亭亭玉立，但小时候的模样还留在她青春洋溢的脸上。

平平似笑非笑地说：“哥，这么多年，你把我当陌生人看了？你闷着头，见谁也不爱说话。说话时一个字一个字地往外蹦。你这是记忆断档，以前所经历的事情是一片空白。现在你见到我想起了什么？”

我羞愧地说：“平平，我好像才认识你和老姨。我恢复记忆了才意识到，你们是我的亲人。这么多年，我是稀里糊涂哇！”

吕双在一边指着饭桌，哇哇地说话。我和平平坐下吃饭。小时候，我和平平在姥姥家吃饭的时候，平平从不贪嘴，酸菜碗里偶尔夹到肉片，她都送到我的碗里。

平平剥好一只虾，送给大宝吃。吕双感激地直点头。我对吕双说：“小时候我们在姥姥家，平平把好吃的也给我这个哥哥吃。”

平平笑着说：“哥，咱俩偷姥爷的钱，到红旗广场吃烤羊肉串的事，你记没记住？你失忆的时候，我跟妈妈要钱，领着你去红旗广场吃烤肉串，想唤起你的记忆。记忆没唤起来，羊肉串却都被你一个人吃掉了，我在一边看你吃，你倒好，一串都不给我。当时是两毛钱一串，妈妈给了我五元钱，买了二十五串，最后剩了两串，你吃不下去了，才给我吃。”

吕双咯咯地笑起来，用手语比划着。我解释说：“吕双在笑话我是大歹，吃独食。”

平平笑着对吕双说：“大鹏哥小时候蔫淘，可欺负我了。可我那时候最喜欢和他在一起。”

平平的话，勾起我的记忆。记得那年她的继父刘启田死了，老姨领着平平和我去医院的太平房。老姨让我领着平平在远处等候，不准我俩靠近。那天寒风刺骨，我领着平平蹲在墙根下，看着远处的太平房，那种凄凉感油然而生。现在想起来都觉得一股寒气袭来。

平平也记得清楚，闪出凄楚的目光。她苦涩地笑一下，说：

“哥，咱们不想那些不愉快的事了。”

我想起老姨，让吕双把菜装好，一会儿我陪平平回家，送给老姨吃。平平也说：“妈妈还不知道我回来，明天陪妈妈一天，后天回省城。”

我问：“平平，你是要毕业了？”

“我还有一个月就到了毕业季了。真快呀，妈妈送我去上学就像是昨天的事儿！”平平感叹地说。

我又问：“毕业了，你能分配到哪儿工作？”

平平诧异地看我：“哥，两年前国家对大学生就不包分配了，自主就业。这么大事，全国人民都知道，你不知道？”

“是吗？我浑浑噩噩这么多年，对什么事情都不感兴趣。平平，那你怎么办？”我看到平平瘦弱的身材，担心她的肩头挑不起来生活的担子。

平平沉思一会儿，说：“我不想到体制内工作，就想多挣点钱，让妈妈享福。妈妈受了那么多苦，该享福了！”

“什么是体制内？”我懵懂地问。

平平轻描淡写地说：“简单理解就是端金饭碗铁饭碗吃饭的人。”

我惊喜地说：“平平，这个体制内好哇，端着金饭碗，不愁吃穿。老姨肯定要求你去体制内工作！”

平平抿嘴笑起来：“哥，你是失忆后遗症，对社会了解得太少了。体制内不是你想去就能去的？过去大学生毕业国家包分配，分配到哪儿都要去。现在要到体制内，是万人去挤独木桥，我不想去凑热闹。”

平平的眼里充满淡淡的忧虑，我相信她的话不是敷衍和谦虚。我感到自己像远离了社会才回归。

吕双给老姨带的饭菜装在饭盒里，放进袋中。大宝看到我穿衣服要走，挥着小手哇哇地叫。我过去抱起我的儿子亲热地说：“爸爸去姨奶家，一会儿就回来了，跟妈妈在家等我！”

大宝哭唧唧的样子是不让我走。平平抱起大宝哄着问：“大宝，告诉姑姑几岁了？”

我告诉平平两岁多了。平平惊疑地看着大宝，问：“孩子不会说话？”

我说：“叫爸爸、妈妈还行，简单的话能说几句。”

平平看眼吕双，犹豫一下说：“嫂子，两岁多的孩子开始学话了。你们的家庭特殊，别影响到孩子的语言能力了。”

吕双拿起笔在本子上写道：“我要给大宝请个有文化的保姆，又担心保姆对孩子不好。准备把大宝送幼儿园去。”

我懊悔地说：“吕双知道自己的缺陷，可我过去很少跟儿子说话，也耽误了孩子学话了。”

平平放下大宝，说：“把大宝送幼儿园，抓紧送去吧，现在还不晚！”

我和平平来到老姨家，老姨看到平平回来了，惊讶地问：“你毕业了？”

“没毕业就不允许我回来了？你告诉我大鹏哥恢复记忆了，我能不回来看看真实的大鹏哥吗？”平平嬉笑着说。

老姨舒心地笑了：“你还会放歪话了，妈妈什么时候都盼望你回来！你们小时候的事，都回忆起了吗？”

我说：“老姨，平平记忆力非常好，我有些事想不起来，她都能想起来。”

平平赞道：“哥，你的记忆思维空白了这么多年，能记住一些事情就很不错了！”

老姨舒心地一笑：“过去的事就过去了，想不想起来也没啥。大鹏，吕双虽然不能说话，她心里可有数了。店里的生意，她经营得比正常人都好。你们的日子过好了，我就省了一份心了。平平毕业回来找个好工作，找个好对象成家了，我这辈子就满足了！”

老姨眼中充满希冀。生活中所有的苦水和泪水，汇集在平平的成长道路上，都是甜甜的蜜水。平平要挣钱，让妈妈后半生享福。平平的孝心，我深有体会了。

“老姨，平平说了，大学毕业不去什么体制内工作，要挣大钱让你享福！”

老姨似乎没有听清我的话，皱着眉头问：“不去什么体制内工作？大鹏，什么意思？”

平平立刻说：“现在国家鼓励大学生自主创业，这是好机会。我毕业了想找机会做点什么。”

老姨脸色阴沉地说：“平平，你别以为妈妈在家不出门，对外面的世界什么都不了解！大鹏说的体制内，就是端的金饭碗。有这样的机会，你可不能错过。做生意需要本钱，我可没有那么大本钱！告诉你平平，你别总想着挣大钱，让妈妈享福。我不需要有钱，有钱不一定就是享福，生活平平淡淡，别有大灾大难，吃些苦都不算什么。生活中有苦，才能品味出甜！”

平平瞪我一眼。我不由得后悔了，话不能乱说。老姨对还没有走出校门的平平产生了警觉，担心她不去找工作，任性去搞什么创业。

平平大学毕业，回到家待了半个月，到市里的人才中心去应聘，被一家较大的合资企业录取了。老姨非常高兴，又包饺子又炒菜，我们一家都来到老姨家吃饭。平平不想伤害母亲的愉悦心情，也装出很兴奋。可私下她却很细致地跟我探讨，现在做什么生意赚钱。我悄声地对她说：“你可别任性了，安心上班吧。老姨知道了，又要训斥你了！”

平平带有警告的口吻说：“哥，别嘴尖舌快地告诉你老姨就行！我上班半年，在这半年中要找到目标。你帮我选择，我还要跟吕双交流一下，跟她学学做生意的经验。”

我讥笑道：“平平，你是想做生意想疯了？吕双就是有经验，她也说不出来啊，她只会眼前的几个字，也写不出来，你还不如请教我了。”

平平蔑视我一眼：“哼，你才懂几天事，就瞧不起吕双了！我郑重地告诉你，你不准欺负吕双。我要发现你欺负她，我对你真不客气，狠狠地扇你两个耳光！”

平平目光坚定，我相信她说到做到。她只上半年班，多一天都不去。而扇我耳光的事，因为我没有欺负吕双，她没有机会做到。

平平辞职回家，把老姨气得大发雷霆。任凭老姨怎样发火，平平就是不吭声，躺在北屋不出来。老姨坐在张雨林的床前，跟张雨林嘟囔：“本以为孩子大了，就能够省心，可却越来越不听话。一个女孩子，家里又没有本钱，能做什么生意？”

我看到老姨满脸愁容，去说服平平。平平却不以为然地说：“妈妈唠叨几天就好了。我创业的决心不会改变的！”

我看老姨在张叔叔病床前不住地唠叨，便劝道：“老姨，你叨咕到十天十夜，张叔叔也不会听到的。”

老姨深深地叹口气，说：“他听不听到无所谓，我跟他叨咕叨咕，心里能好受！你妹妹太不听话了，你要说说她！”

我自嘲地笑道：“老姨，我才念几天书，还能说服了大学生吗？你别操心了，平平一心想挣钱，还不是为了你晚年享福。”

老姨听到这话，更加恼火：“她有安稳的工作，有一个幸福的家庭，我就是享福了！”

不管老姨怎么反对，平平依然是我行我素，天天跑市场，有时坐着我的助力车满市里跑。看到平平认真专注的样子，我感觉她能做成事。

44

正当平平选择所相中的项目的时候，老姨接到郭慧芝的电话。郭慧芝知道平平大学毕业了，告诉老姨一个好消息，政府要公开招聘公务员，主要面向的是应届大学毕业生。

郭慧芝神秘地说："这是政府第一次招聘公务员，经验不足，难度不会太大。让平平来图书馆，我帮她找些复习资料。"

老姨非常高兴，就像她的女儿志在必得。平平回家，老姨就对平平说："你郭姨说了，难度不会太大。"

平平轻笑着说："妈，考试是公平的，对谁都一样。我如果参加招聘，我希望有难度，那才能考出水准来。"

老姨听出平平的话有点不对，严肃地问："怎么说如果？平平，在这个事情上没有如果。明天你去图书馆找郭姨，她给你找资料，你抓紧时间复习。"

平平满心不悦，无奈地一笑："妈，你干吗逼我去做我不愿意做的事情？我这些天考察市场，选好了项目。你问大鹏哥，是不是这么回事？"

我在屋里听着她们说话，一直不敢吱声。我怜悯老姨，吃了大半辈子苦，希望寄托在女儿身上。可我又不敢得罪平平，她的嘴巴不饶人。我嘿嘿地笑，不知道怎么说。

“你傻笑什么？我这几天干什么了？你不会说吗？”平平冲着我吼道。

我看到老姨阴沉着脸，便笑着说：“老姨，你生啥气？平平也不是不务正业。平平这些天考察市场，选好了一个麻辣烫饭店，一个油漆代理店。这两个店干哪个都能赚钱！”

老姨讥讽地问我：“你怎么知道能赚钱？你能掐会算吗？平平，我不希望你去做生意，有个安稳的工作多好啊！”

平平选择了服从。平平对我说，不能惹妈妈生气了，用心去复习，考不上再做下步打算。

平平开始备考公务员，我很少去老姨家了。吕双给老姨买了二斤新鲜的小白虾，我送到老姨家。平平看到我，像看到救星一样对我说：“哥，你不会像小时候那样请我去撸串吗？”

我瞧眼正在给张叔叔按摩的老姨，悄声地说：“我敢吗？”

老姨却听到我的话，边做按摩边说：“大鹏，领你妹妹出去散散心，让她轻松一下，换换脑子。”

平平把绾在脑后的长发打开，浓密的黑发披在肩上。老姨忽然喊道：“你把头发扎起来，披头散发的没个稳当样！”

平平充满怨气地说：“妈，你能不能别操这些闲心？我自己的事情，我知道怎么做！”

老姨停下按摩，看着平平把长发扎起来，说：“你要成家了，我就不操心了！”

我感觉出气氛很紧张，笑着对老姨说：“平平到那时候也是个孩子，该管还得管哪！”

“哼，你真是老好人，我才不是个孩子呢！”平平讥讽地看我一眼。

我们走下楼，我要开助力车，平平不让开，我们打车来到红旗广场。我跟平平第一次吃羊肉串就是在这里。夜幕降临，这里越发热闹。原来在广场四周乱摆的烧烤摊，都集中到广场外圈，形成一个大排档。有遮阳棚，有整齐的饭桌凳子，显得很规矩。平平选择人少清静的摊位坐下，让我点菜。

这些年岳城小串很出名，要了两把，又点了烤大虾和牡蛎。平平一下子要了十瓶啤酒。我惊讶地看着她问："你能喝酒？"

平平砰地启开一瓶酒，白色的沫子冒出来，她熟练地斟满酒杯，抬眼看我："我怎么就不能喝酒？"

我从没有试过自己的酒量。前不久跟藤老板喝过一次白酒，我不知道自己喝了多少。也多亏那次喝酒，唤醒了我的记忆。我对酒没有反感，何况第一次跟平平在一起喝酒。平平喝酒很快，几乎是端杯就干。

我惊讶地问平平："你在学校就会喝？"

平平撸着羊肉串，望着满天星光陷入沉思，缓慢地说："在学校不是会喝，是能喝。但很少开怀畅饮过。跟同学们在一起喝酒的时候，我装作不会喝酒。我知道妈妈供我上学不容易，参加同学的吃请，就要回请，不能觍着脸总吃别人的。可请几个要好的同学撮一顿，至少要花掉一二百元。那时妈妈搓个澡才赚五元钱，妈妈要搓多个澡才够我挥霍一次。所以，我远离这些同学，很少参加他们的活动。在学校我的内心很孤独，所以我发誓，我走向社会那天，一定要做生意赚钱，让妈妈过上好生活！"

我没有品出啤酒里的苦涩味，却品出了平平的话里充满酸苦的味道。老姨在浴池搓澡，可我那时却没有感觉到老姨的辛苦，也没有想到老姨这么辛苦地挣钱，是为了供平平上大学。我鼻子发酸，端起酒杯喝下一杯酒。

"你知道妈妈把你供到大学毕业不容易，你就听妈妈的话，安心参加招聘考试吧。考上了更好，考不上再去干别的，老姨不会生气了。"我只能不疼不痒地劝几句。

平平的眼睛里闪动泪花，无声地滴落下来。平平忧郁地说："没出校门，雄心勃勃，理想高远。出了校门感觉完全变了。首先妈妈这关就过不去，要按照她设计的路子走。不听话吧，忍不下心。

辛辛苦苦把我抚养大，有些对不起妈妈。听她的话，又委屈自己。嗨，这也许就是生活！”

平平像受了委屈，默默地流下一串眼泪。

她又给自己斟满酒杯，抬起头看着我：“哥，我就是心里堵得慌，说出来就没事了。我会全力以赴应考的！”

平平考试前，我再没有见到她。考试那天，吕双让我陪平平去考场。我一大早来到老姨家，平平已经梳洗完，正在吃早餐。看到我来了，老姨好像明白了我来的目的。

“大鹏，这是要给你妹妹助阵去呀！”老姨满脸笑容地说。

平平苦笑道：“妈，我是小孩子吗？还需要在外面壮胆？我高考都是自己去的考场，你们也没有去给我助阵哪。”

平平穿着随意，米色半袖衫，有几个破洞的牛仔裤。老姨眉头紧蹙，说：“平平，你是进考场，穿着还是正规点。”

平平把书包扔到桌子上，回卧室换上白色碎花连衣裙，背起书包走了。

两天考试结束，平平显得很轻松。我想请平平吃烧烤，吕双摆手不同意，手语告诉我，请平平来家吃，她包三鲜馅饺子。平平来我家，知道大宝进幼儿园了，她高兴地抱起大宝，教大宝背诵：

“鹅鹅鹅，曲项向天歌……”平平一字一字地念。

大宝吐字不清，听起来像“咳咳咳，曲酱酱天喝”……

吕双手里包着饺子，笑得蹲在了地上。

我没有笑，乜斜吕双：“你傻笑啥？这儿歌你听都没听过，知道什么对错！”

吕双的脸色唰地红了。她把手里的饺子包好，用湿巾擦手，然后拿起笔在记事本上写下：

鹅鹅鹅，曲项向天歌。白毛浮绿水，红掌拨清波。

吕双写完递给平平看，平平讪讽地说：“田大鹏，你别自我感觉良好！如果吕双语言没有障碍，你真不能娶到这样的好女人！”

我轻蔑地说：“能默写一首儿歌有什么了不起的。我要不是瘸子，我跟她还真走不到一起去！”

平平瞪起眼睛：“田大鹏，你是好了伤疤忘了疼！当年你的小电器店，勉强糊口。要不是吕双及时转向，你今天还能活得这么自在吗？你什么事不管，吕双又洗衣又做饭，还带着孩子去店里，挣钱养着你和孩子。你恢复记忆了，觉得自己是正常人了，就嫌弃吕双了。我告诉你田大鹏，这不是你做的事！你听没听明白？”

平平犀利的话，刺激得我耳根子疼，让我感到无地自容。我瞥一眼吕双，她低头在专心包饺子，好像什么都没有听到。

我忙岔开话，问：“老姨让我问你考得咋样？看你这么轻松，一定是胸有成竹吧？”

平平淡淡地说：“你别转移话题！你还没回答我的话，我可要为吕双撑腰哇！”

我嬉笑地说：“看你还当真格的了，我不能嫌弃媳妇。家里的钱都她管着，她是家长。你问吕双，我说的是不是真话？”

吕双抬起头，冲着平平微微笑了一下。

几天后，考试成绩公布。在二百多人的考试中，平平名列第五。老姨非常高兴，郭慧芝打电话祝贺。郭慧芝对平平说，要认真准备复试和面试，发挥正常就有把握考上。

老姨虽然没有表扬平平，可抑制不住的笑意还是挂在了嘴角上。平平在家认真地准备下步考试，我也不敢去老姨家，怕打扰她的学习。

平平距离成功的目标仅有一步之遥了。复试成绩公布，郝欣慰的名字赫然在榜首。郭姨来到老姨家，向平平讲解面试要注意的问题。郭姨讲道，着装要合体，举止要大方，说话不急不躁，把握好语速。回答不上来的问题，要谦虚地说不懂，或是不了解。不清楚的提问，要问清楚，不要胡乱回答。郭姨在图书馆工作多年，对官场的信息还是比较了解的。

平平参加面试那天，要坐我的助力车去考场。我有点意外，不愿意她在这个关键时候，坐我这个破车去赶考。一旦出点意外，耽误了她的前程，我可担当不起。平平看出我有点不情愿，便问道："我还需要付车费吗？"

我不好意思地笑了："平平，哥的车太旧了，半路坏了耽误你进考场，我可没法向老姨交代。你还是打车去吧。"

平平严肃地说："田大鹏，你这小胆还能干成什么大事！车坏半道，我再打车去。我坐你车，是想放松一下心情，在街上溜达一圈再进面试考场。"

平平坐在车后面，我小心翼翼地驾驶。我没有走大街，在小街上穿行。面试考场设在望儿山公园里的市人才培训中心。经过几年建设，荒山秃岭的望儿山已经绿树成荫，一座汉白玉的母亲雕塑，竖立在慈爱广场上。

保安站在大门前，拦住没有通行证的车辆。我停下车，平平从车斗里跳下来，整理下衣服，拿出准考证要往大门里走。一辆奥迪轿车开过来，缓缓停下。车上下来一个披发的女人。她惊喜地喊道："郝欣慰！"

平平没有感到意外和惊喜，微微一笑打招呼："宁涵昭，你好！"

宁涵昭兴奋地说："我在名单上看到你了，你考得真好！我也是来面试的。欣慰，坐我爸车进去吧！"

平平婉言谢绝，宁涵昭上车走了。平平对我说："我大学同学，毕业就在政府上班。复试榜上倒数第二名，也许还真能考上。她爸爸是局长。"

平平走进大门里，我心里不住地祈祷：

保佑郝欣慰一定过面试关！

45

平平落榜了。参加面试六十人，录取六人。平平显得很平静，苦涩地一笑：“妈，让您失望了，我没有被录取。”

老姨看到平平的眼睛里噙着泪花，安慰地说：“你尽力了，妈理解你。以后你愿意做自己的事，量力去做，妈不阻拦你了！”

我拿着《岳城日报》，递给老姨，气愤地说：“老姨，你看看公示，平平的同学宁涵昭复试成绩倒数第二名，面试却是第一名，复试第一名却被淘汰，这到哪儿去说理！”

平平若有所思地说：“黑格尔说过，‘凡是现实的都是合理的，凡是合理的都是现实的’！我完全接受，这就是现实！”

我不知道这个姓黑的老头是谁，似乎也不明白这两句话是什么意思，但我感到平平和老姨都接受了失败的现实。老姨没有埋怨平平，平平没有嫉妒倒数第二的同学上位。这件事像一股烦躁的风，从老姨和平平的面前一吹而过。平平继续着她要做的项目选择。我陪平平走了两天市场，平平最后选定在农贸市场旁边租个一百平米的门店，开个麻辣烫加盟店。平平选择开这个小吃店，主要是投资少，不用聘厨师。她爱吃麻辣烫，熟悉配菜。

老姨给平平拿了一万元，吕双借给她三万元。经过一个多月的筹备，平平的麻辣烫店开业了。店里雇了两名女工，一个在厨房洗菜、择菜，一个烫菜，平平负责采购、接待、收款。我闲着的时候来到店里。我虽然做不了什么，但平平也喜欢我来。这个地方有点乱，每天来农贸市场的人流不断。周围没有上档次的大饭店，都是门面不大的小饭店、小吃部。在这些小饭店里，经常有人喝着喝着就打起来。掀翻桌子，摔啤酒瓶子的事情时有发生。平平庆幸自己干的是麻辣烫，没有人在麻辣烫店里大吃大喝的。

我告诉平平：“有喝大酒的也不怕，我坐在这儿，手里的拐杖，就是行侠仗义的屠龙剑！”

平平马上说：“哥，真有这事发生，你千万别动手打人，咱不能犯法！”

我嘿嘿一笑：“瞧你那点胆儿，我还没打架呢，就把你吓得脸像张白纸似的。”

“这不是吓的，这是遵纪守法！”平平瞪我一眼。

平平早起晚归，把小麻辣烫店经营得红红火火。半年后平平把吕双的钱还上，又把老姨给她的钱交回去。平平让我陪她去医疗器械商店一趟。

“你要给张叔买什么用品？”我立刻想到平平的意思。

平平说：“妈妈太累了，每天给张叔叔翻身。如果有好的护理床，不管多少钱，我都要买一个，让妈妈少受累。”

我的单手拐杖就是在医疗器械商店买的，我直接把平平拉到商店门前。平平看好一张最先进的护理床，电动升降，可以侧面倾斜，便于瘫痪病人翻身。床下有自动清便器，床铺有可调节的按摩垫。价格八千元。平平没有犹豫，当即交钱就把护理床买下了。

老姨没有高兴，花这么大的价钱买张床，太不值了。老姨趁着平平去卫生间的机会，悄悄问我：“这床能不能退回去？”

我吓得把老姨拉到张叔叔的屋里，指着张叔叔躺的床说：“老姨，平平心疼你才花这么多钱买个高级床，减轻你的负担。你可别伤了平平的孝心！”

老姨咋舌说："我是心疼钱哪！平平起早贪黑地挣几个钱不容易！"

平平从卫生间出来，听到老姨的话，平静地说："妈，当年你挣钱容易吗？不辛苦，不卖力气怎么能挣到钱？我不能止步在这个小麻辣烫店的生意上，我的目标是大饭店！"

平平也许是给自己确定了奋斗目标，每天的心思都在生意上。老姨却开始为平平的婚姻发愁了，暗自联系工友和同学，让他们遇到合适的小伙子，给平平介绍对象。

平平每天忙忙碌碌，不知道老姨暗中在为她的婚事操心。直到有一天，老姨的工友乔阿姨来电话，有个年龄相当，长相、家庭和工作都不错的小伙子。他的母亲要看看女方的近期照片。老姨翻遍平平的屋里，找了几张平平在学校毕业时跟同学们的合影和单独照片。那时平平身体瘦弱单薄，显得弱不禁风。老姨没有选出满意的照片。老姨跟我商量，是直接告诉平平，还是想办法让平平去照一张单人相。

我轻笑着说："老姨，你以为平平傻吗？怎么突然让她去照相，她知道是为了相亲用，一定会反感的。我可了解她的脾气，越让她做的事，她肯定不愿意做。要么借个相机偷拍几张，挑张好的送给媒人。"

老姨想了一下，说："我还是跟她实话实说吧，二十三四岁的人了，老大不小了。年龄相仿的姑娘都结婚生子了。她能有什么反感的？"

老姨跟平平实话实说，平平果然反感。平平冷冷地说："妈，我的婚姻事，你不要操心了。放心吧，我不会臭家里的！"

"你是不会臭家里的，可年龄不小了，抓紧相处一个。家里条件好坏不重要，只要人品好就行。没有房子，咱家在电业局家属楼的房子给你们住，虽然是老楼了，收拾一下也挺好的。"老姨耐心地说。

平平烦躁地说："哎呀，妈，你能不能不操心了，我自己的事情自己做。你够累的了，别再给自己添累赘了！”

老姨脸色不豫地说：“平平，我累的是体力，你别让我心累就行！”

平平无奈地笑一下：“好了，我听你的，明天我就去打对面，我可不能让可爱的妈妈心累呀！”

老姨高兴地说：“明天你去照一张相，人家要先看看照片。”

平平怔住：“妈，你答应了？对方怎么不把照片拿来，让我们看看？他不给我们照片，我就不给他照片。我们是平等关系！”

老姨的脸色又难看起来。我半天没有说话，看到娘儿俩尴尬的局面，我对老姨说：“平平说得对。男方家既然要先看照片，他家也应该把照片给我们一张。老姨，平平的要求不过分！”

老姨没有说话，到张叔叔的床前，用湿毛巾给张叔叔擦脸。老姨动作缓慢，似乎在想什么事。平平拎起包要出门，老姨喊住平平，说：“咱不管他家给不给照片，明天你必须去照一张！”

“我没有时间！”平平头也没回，走出家门。

看到老姨气愤的样子，我劝道：“老姨，平平心里肯定有数，到时候就把对象给你领回来了。”

老姨嘴角一沉：“平平这孩子有逆反心理，我说什么事，她都不听我的。大鹏，你说平平在想什么？”

我反问老姨：“平平成天起早贪黑，老姨你说她在想什么？”

老姨沮丧地说：“我知道平平看我累了大半辈子，她能挣钱了，让我享福。可一个女孩子在社会上拼搏那么容易吗？我不能让平平去遭受我的罪，她找个好男人，有个班上，我就心满意足了。”

老姨这样的话，我已经听了很多次。我理解老姨的心情，她辛苦劳累了大半辈子，不想让女儿像她一样为了生活而不辞辛苦地奔波。平平有一个稳定的工作，有一个稳定的家庭，这对老姨来说是最大的期盼了。

平平虽然反感向男方提供单人照片的做法，但她还是服从了妈妈的要求，没有着意打扮，很随便地照了一张相片。男方看到平平的照片，要求尽快见面。男方约定在港丰大酒店的茶座见面，平平告诉媒人乔姨，见面地点离她的饭店太远，要想见就在碧霞山公园大门前。平平一大早把当天的蔬菜买好，给我打电话，让我开着助力车送她去约会地点。

我笑着说："平平你这不是耍笑吗？满街出租车，你坐着破三轮车去见面。这不给自己找难看嘛！"

平平不屑一顾地说："你想得复杂了，坐三轮车出行有什么难看的？马上过来！"

我骑着车拉着平平来到碧霞山公园。半上午，公园游玩的人多了起来。我把车停在大门右侧靠近马路边上的树下，一片阴翳遮住了整个车子。平平显得很惬意，像是游玩累了在乘凉。平平的手机响了，平平一看是陌生号，冲我一撇嘴："这小子来了！"

一辆本田雅阁车，呼一声冲过来，一个急刹车停在我的助力车旁边。司机的车门打开，一个高个头的男人下车，雪白的衬衣有点晃眼，脖子上系着红条领带，胳膊弯里夹个黑包。他走到三轮车前面，摘下墨镜，看着坐在车斗里的平平，谦和地问："您是郝欣慰女士吧？"

平平微微一笑，说："是啊，您是乔阿姨介绍来的王同志？"

"王可北，可以的可，北方的北。"王可北从手包里拿出一张名片，双手递给平平。

平平接到手里，瞄了一眼，说："抱歉，我没有名片。您已经了解我的情况了吧？您是政府官员，我是个体户，我们不是一个阶层的！"

王可北会意地笑着说："我们去茶座坐会儿吧，那儿的环境好。"

平平看我一眼，说："这是我表哥，他一会儿要办点事，我得陪他去。在这儿聊一会儿吧。"

王可北冲我微微点下头，说："表哥去政府部门办事吗？需要我帮忙吗？"

我仓促地摇头："啊，不用，是……是家里的事。"

王可北看着平平，矜持地说："我们到车里坐一会儿吧，车里空调很凉快的。"

平平抬头看一眼形如伞盖的大树，说："自然的大遮阳伞，既廉价又凉快，多好哇！"

王可北勉强一笑："那是，这棵大树有几十年了，我小时候来公园玩，就爱在这棵树下乘凉。"

王可北说话间瞥我一眼，那目光充满厌恶。我拎起拐杖要走，平平立刻喊道："哥，你坐这儿不妨碍我们唠嗑。对吧，王科长？"

王可北尴尬地咧着嘴："是，是，不影响我们说话。我声明一下，我们之间的称呼自然为好，在你面前什么科长不科长的，叫我的名字吧！"

平平淡然一笑，说："那好，我们随便聊聊。你还没回答我的话呢。"

王可北一怔，问："什么话？"

"我是个体户，你是官员，我们不在一个层次。说实话，我来见你，是为了让我妈高兴。快到中午的饭点了，我的小吃部开始忙了。"平平可能感到说得有些直白，抬手拢了拢齐耳的短发来掩饰自己不安的神色。

王可北看了一下手腕的表，抬头看着平平说："我承认现实，我们确实不在一个层次。我了解你，国民经济管理专业毕业的大学生，现在是经济体制改革时期，正是政府经济部门需要的管理人才。你上次参加了政府第一次公开招聘公务员的考试，你的成绩非常好，只是面试关没有过。面试是有很多人为因素在里面的。以后这样的招聘还很多，你只要参加招考，我们能保持关系的话，面试不会再发生意外了。你的命运一定会改变的！你想好了，可以联系我。有幸的话，我们可以深入了解一下，我会给你惊喜的！"

平平点点头："谢谢！"

46

经过一年多的经营，麻辣烫店的生意红火起来。平平考虑要改成中餐馆。老姨不同意，我也劝她不要盲目投资，赚了几个钱留在手里，等看准机会扩大再生产。

平平讥笑道：“你还懂扩大再生产？你知道扩大再生产的基本条件是什么？简单地说，有了一定的剩余价值。我现在手头有些钱，可以按照自己的想法做事了！”

平平认准的事情，谁也说服不了她。平平投资五十万元的中餐馆，经过半年多的装修筹备，在国庆节前夕开业了。老姨抽空来到位于世纪广场的欣慰海鲜馆，看到饭店不大，四个包房，六个散座。很少到饭店就餐的老姨，一走进来就惊呆了，清新淡雅的装修，给客人一种温馨的感觉。老姨脸上露出一丝笑容。平平嬉笑地说：“妈，您也是开过饭店的老板，请指教！”

“我没有看到你的营业执照，妈开的小饭桌不算什么饭店，没有营业执照，被勒令停止，差点罚钱！”老姨脸色严肃，心有余悸。

平平从吧台的抽屉里拿出营业执照和卫生许可证，放到台面上：“妈，我不会做违法的事！证照齐全，经得起各种检查！”

我说：“平平，把它挂墙上吧，来检查的人一眼就能看到。”

我找来水泥钉，蹬到折叠梯子上，把执照挂好。老姨端详一会儿，才松了一口气。

老姨领着两个女服务员，把餐厅的桌椅板凳擦了一遍。老姨帮忙收拾完，着急回家。平平把老姨喊住，说："妈，有个事我要听取你的意见。"

"什么事？"老姨诧异地问。

平平瞥我一眼，说："原来的麻辣烫店，在市场旁边，买菜方便，我自己就干了。现在店大了，去市场也远了，我想让我哥来采购，高于他在浴池的报酬。"

老姨松了一口气："你问你哥，我能给大鹏做主吗？"

"你是长辈，我不问你，我去问谁？"平平认真地说。

老姨看着我说："藤老板这些年也是在养活你，你要征求一下藤老板的意见。不能撂挑子就走人，藤老板对咱的好到什么时候都不能忘了！"

这事很突然，我有点蒙。我当然愿意给平平打工。老姨嘴上说不给我做主，可是她的话显然在给我做主。我说："老姨，现在开浴池的太多了，一家比一家豪华。藤老板的浴池要重新装就得上百万元。他说自己老了，不能再投资了，准备把浴池兑出去。我趁早辞职，免得藤老板还难心。"

老姨感叹道："藤老板做了多少年生意，最后也面临困境！饭店竞争更厉害，平平，你要有思想准备！"

平平莞尔一笑："妈，市场经济就是竞争，倒闭也是很正常的。我早有思想准备！"

我看到老姨充满担心，宽慰地说："老姨，你放心吧，平平是做生意的料。麻辣烫做得风生水起，要是我就知足了，肯定把麻辣烫做到底！"

老姨嘱咐我说："你多照看一下，平平看不到的事儿，你看到了要提醒她！"

"老姨，你就放心吧，我不会袖手旁观的！"

我对老姨没有食言。在接下来的日子里，我每天在欣慰海鲜馆是早来晚走。我去市场买新鲜的蔬菜，去仙人岛的鱼码头，买刚下船的海鲜。很少掉秤，账目清楚，平平对我的工作很满意。小海鲜馆在平平的精心经营下，日渐红火，回头客逐渐多了起来。平平忙里偷闲，还考取了驾驶证。饭店红火，食客剧增。每天晚餐时间都要电话预订座位。饭店座位不够用，平平把旁边一个生意惨淡的烧烤店和一个花店兼并了，饭店面积达到一千多平米。饭店规模大了，我开着三轮车购买食材，已经明显跟不上趟了。平平买了一辆箱式冷藏车，招来一个司机。平平向司机交代，车辆由我管理。司机叫严玉明，中等个不胖不瘦，长得很白净，额头光泽发亮，文质彬彬的像个刚毕业的大学生。平平是在报纸上打的广告，来应聘的司机有三四个，严玉明是最后一个来的。平平像面试第一个司机一样，提出饭店的要求。但是我发现，平平在跟他谈薪酬的时候，比原来定的每月一千元标准多给五百元钱。我不解地问平平，干吗多给他五百元？平平回答很简单，凭感觉。

我不知道平平的感觉是什么？也许上升到缘分的层面了。严玉明似乎感觉到平平对他印象很好，在平平面前他充分展示自己勤劳、吃苦还有点小聪明的特长。到市场进货买菜，货主把菜送过来装上车。回到饭店自己卸车。我骑三轮车采购时，进货量少，我自己就拎到后厨了。现在一进就是大半车货，一大早进货，卸车就是我和严玉明。头两天严玉明不知道我是平平的表哥，卸车的时候，他是跟着我的脚步走。我瘸着一条腿，扛着大袋子的菜，他也慢腾腾拎着一袋子菜。我瘸着腿走一趟，他健全的腿也跟着走一趟。我表妹的生意，我不能偷懒，我也不能攀比他多干还是少干，我任劳任怨。第三天，严玉明在服务员嘴里知道，我是老板的表哥，他的腿脚立刻勤快了。我要卸车，他笑眯眯地对我说：“田哥，你歇一会儿，这点活我一个人就干了！”

我惊诧地看他，不知道他为什么突然对我热情起来。早晨忙完了，我和严玉明吃点早餐，然后就去仙人岛鱼码头进海货。头几天严玉明什么也不说，我让他把车开到哪儿，他就开到哪儿。这天，他突然问我："田哥，仙人岛鱼码头是你的主道吗？"

我明白他的意思，生意场上的主道，是长期利益来往所形成的。我做采购时间不过一个多月，正在筛选商户，还没有可信赖的主道。

"没有。"我坐在副驾驶座位上，干脆地回答。

严玉明又问我："仙人岛码头没有主道，你还往这儿跑干吗？"

"不往这儿跑，去海鲜市场进海货，又贵又不新鲜，你说我去哪里进货？"我反问他。

严玉明减慢车速，渐渐停下。严玉明扭头看我问："白沙湾码头你去过吗？"

白沙湾的海滩沙子雪白细软，越来越多的城里人到那里洗海澡。我和吕双领着儿子曾去玩过。可不知道那里还有鱼码头。

严玉明用商量的口气说："去看看吧，看好了就在那里进货，多个地方选择，也是为你妹负责任！"

白沙湾和仙人岛相距不远，一条蜿蜒的滨海路，把两个新兴的旅游景点串联起来。成片的槐树林，像一条绿色的彩带沿着海岸线伸展。白沙湾正在修建景区，到处都是施工工地。严玉明驾轻就熟，七绕八绕地来到白沙湾最南边一座大桥下的鱼码头。

小码头很简陋，用沙子堆积而成的一道坎子，隔离了潮水。几条破旧的小渔船靠在岸边，在海浪簇拥下不停地摇摆。严玉明把车停在岸边，熄火下车。

"就是这里？"我的心凉了半截，两条小破船，龇牙咧嘴，海水都能灌进去，还能到海里捕鱼？

严玉明看出我的疑惑，笑着说："田哥，别看船破，他们可是海中蛟龙，出海必有收获！过去看看，他们这是刚靠岸。"

船上有两个光着膀子的汉子，在往一个大筐里捡海货。船上的人看到我们走过来，一个人直起腰喊道："三弟，今天怎么闲着过来了？正好有几只母蟹，你拿回去吃吧！"

严玉明摆手让船上说话的人下来。那人从船上蹦下来，蹚着膝盖深的海水走过来。这个渔民年龄好像没有我大，个头不高，褐色皮肤，肌肉块凸起，像个举重运动员站在我面前。严玉明向他介绍说：“老黑，这是田哥，饭店老板的表哥。他来看看海货，都有什么？”

老黑嘿嘿地笑着说：“三弟，我的货有主道了，也是城里酒楼的。他们不管我上什么货都要。”

严玉明抽出一根烟扔过去，老黑接到手里矜持地低头吸了两口。严玉明口气生硬地说：“老黑，别说主道不主道的，我领来的人就是主道！你把海货都拿下来，田哥挑好的拿，还要比他们拿货的价格便宜。剩下的给他们！”

老黑迟疑片刻，说：“三弟说话了，我还能说不行吗？我上船把东西抬下来。”

一大筐海货很杂，两只大鱿鱼柔软的触须爬出来，大小不一的虾爬子、几只螃蟹也在往外爬。本海的螃蟹很少见了。物以稀为贵，不差钱的食客，都爱吃本海的螃蟹。我在仙人岛鱼码头上货的时候，很少见到有船打上来。即使有几只，也是早有预订。我把螃蟹和虾爬子都挑出来，又挑了一些够斤数的鲅鱼、踏板鱼。总体算账比仙人岛码头上货便宜一百元。我暗自高兴，平平加五百元聘这个司机是“物有所值”！

严玉明开车很稳，坑洼不平的路，车并没有太大颠簸。我问：“你跟他们很熟？”

严玉明嘴角滑出一丝得意的笑，目视前方说：“我就是白沙湾人，这些赶海的我说话都好使。”

我当即决定，以后进货就到白沙湾。

回到饭店，我把平平找出来让她看一下我进的货。平平看了一眼，问：“这不是仙人岛的货？”

我指着身边的严玉明说：“他老家白沙湾的货！”

平平惊喜地说：“啊，你是海边人！好哇，以后上货，我们多个渠道！”

严玉明轻轻一笑：“到白沙湾进货没问题，我能帮上的！”

47

欣慰海鲜馆的生意红火，客流不断，每到饭点，一座难求。饭店每天开张都在按部就班、有条不紊地进行，我头天晚上拿到大厨开的采购单子，第二天一大早就开始按照单子进货。海鲜不是天天采购。冰柜有冰鲜的，水箱里有打氧的活海鲜。

我跟严玉明很熟了。我发觉他很会来事。来我家一回，就给我儿子带点小礼物。每次我去白沙湾的时候，他都给船上的老大带几瓶白酒或者两条烟。不管哪条船靠岸，船上的海鲜让我随便挑选。我告诉平平，严玉明为了店里能进到好海鲜，他自掏腰包买烟酒送给船老大。平平却不屑一顾，说她心里有数。

我带车去白沙湾鱼码头。在车上，严玉明挺爱跟我唠嗑的。话题转来转去就转到平平的头上。不知道严玉明是心里佩服平平，还是耍嘴找嗑唠。他自言自语地说："田哥，你表妹挺厉害啊，大学生出校门就自己做生意。嘿，真了不起啊！"

我没有对他说过平平做生意的经历，问："你怎么知道我妹出大学校门就做生意？"

严玉明不由得点着头说："女强人的传说，店里的人都知道。她干过麻辣烫，然后干这个海鲜馆。我看得出来，你表妹还有远大的理想。”

“什么理想？”

“你表妹二十几？”严玉明反问我。

我迟疑一下，说：“记不准了，二十四五岁吧。”

严玉明讥笑道：“自己妹妹的年龄都不知道，你这个哥不称职。”他又叹道，“一个女孩子能干事，我真佩服！我要好好干，跟着你表妹有未来呀！”

严玉明是跟我贫嘴，我不相信他能在酒店干长。我看出这个人不会满足开个车混生活。我从他那双冷峻的眼神里，似乎看到他不是一个安分守己的人。

这天中午时分开始退潮了，渔船抛锚处还有很深的海水，船上的海货不能卸下来。严玉明说难得清闲，下海玩一会儿。我说我不会游泳，我坐在岸边看他游泳。

严玉明脱下衣服和裤子，扔到我旁边就往水里走。我看着他宽厚的后背惊呆了。他满后背是纹青，我细看是一只苍鹰。红黑相间，尖尖的鸟喙伸延到左肩膀。我惊诧凝视他的后背，他下意识地回头朝我会意一笑，问：“漂亮吗？”

我尴尬地点头：“嗯，漂亮！”

严玉明嘿嘿一笑：“田哥，后背有这玩意儿的人不一定是坏人！”

我心里嘀咕，本分人没有往干净的身上弄这玩意儿的。身上有刺青的适龄青年，参军都不要。我想问他，这说明什么？可我还是缄默了，看着他越游越远，越来越模糊，越来越难以捉摸。

平平考取了驾驶证，准备买车。老姨不同意平平开车，担忧地对我说：“大鹏，你说说平平，不能让她开车。她开车，我成天要提心吊胆的！”

我显得很为难，说：“老姨，平平的性格，你不是不了解。你越阻止她做的事，她越做。她也不出远门，在家门口转悠，你不用担心。”

平平去车展，让我和严玉明陪她去看看车。我不懂车，严玉明说他对小轿车也不太懂。平平说懂不懂无所谓，凭感觉看车。我们打出租车，去体育馆的车展。出租车沿着宽阔的滨海大道，向新建的体育广场方向疾驰而去。走到望儿山风景区，平平突然让司机靠边停车。

平平把车费付给司机，让我们下车。我不解地问："干吗在这儿下车？"

平平抬头看路边掩映在绿树丛中的小区，半天才说："这个小区我来过，我们进去看看。"

我拄着拐杖跟在平平和严玉明身后，向小区大门走去。我有点莫名其妙，平平今天突然下车要进小区。我知道这个小区叫御海明珠，是岳城的高档小区。平平到门卫，对保安说了几句话，登记完就放我们进去。

小区绿树成荫，一排排花园洋房和独栋别墅交相辉映。外面是喧闹的马路，而仅一墙之隔的小区院里却格外静谧。小区没有多少人走动，楼前停着高档小轿车。

我跟在他们身后，豁然明白平平是要在这里买房子。我紧走几步追上平平，问："你要在这里买房子？"

平平缓慢地说："我念初中的时候，就来过这个小区。那时妈妈做保洁，我帮助妈妈干活。业主是妈妈的同学郭阿姨。干完活回家，我对妈妈说，我一定让妈妈也住上这样的房子！"

平平改变主意，不买车了。平平开始关注全市的楼盘，经常打车去售楼处参观。老姨知道平平要给她换房子，对平平说："你结婚了，家庭稳定了再说。我这房子也不旧，住得挺好！"

我也说："老姨说得对。你找对象还不知道家庭条件如何？没有房子，你不得买房子呀！"

严玉明却说："现在生活节奏快了，应该有代步工具，出门办事有效率。"

平平瞥眼严玉明，微微一笑："你说得有道理！可我决定不买车了，先给妈妈换套房子，把饭店生意做好再考虑买车。"

平平精心经营的海鲜馆在这条街上，知名度越来越高。平平给我和严玉明每月涨五百元。平平说，海鲜馆这么火的主要原因是海鲜好。这功劳要记在我和严玉明的头上。我对平平说，你聘正了司机，小严在白沙湾码头说话好使，我挑剩的海货，他们才卖给别人。

平平似笑非笑地看一眼严玉明："表现好了，还给加薪！"

严玉明工作更加卖力，基本把白沙湾码头的海货控制住了。源源不断的海鲜供应海鲜馆，形成顺畅的供应链。饭店红火，吸引众多食客，也招来社会上的小混混到饭店来收取保护费。

这条街上有个绰号叫"二老肥"的人很有名号。他游手好闲，手下有几个跟他混的小兄弟。在街上对小店铺、饭店和农贸市场的摊位收取保护费。平平的饭店开业，二老肥就让两个人来要保护费。平平开麻辣烫的时候，知道有伙人靠这吃饭。这些小混混每月在饭店弄个三头二百的抽烟钱，店主求的是平安。这些人也很讲究，每月来店里一回，拿了三百元就走，不蹭吃不蹭喝。这天二老肥手下的小混混来找平平，告诉平平，老大发话了，欣慰海鲜馆的保护费每月八百元。平平问："为什么？"小混混说："广场周围你家的生意最好。"平平说："我的生意好不好，我自己清楚。既然你们说我的生意好，求个吉利给你们八百元。"

严玉明在旁边没有说话，平平要掏钱的时候，严玉明上前说："哥们，回去给你们老大捎个口信，这个饭店的保护费就免了吧！"

小混混瞪起小眼睛，上下打量严玉明，蔑视地问："嘿，你是谁呀？口气这么大，给你捎个口信，你不怕闪了舌头？"

严玉明冷冷地一笑，说："我的舌头闪不了，我怕你的腰闪了。回去告诉你们的老大，白沙湾严三打工的饭店，就不要收什么保护费了。"

平平看出这气氛充满火药味，马上把钱塞到小混混的手里："你拿走吧，转告你大哥，别来这里要钱了。"

小混混嬉皮笑脸地看着平平："老板娘，你理解错了，我们不是要小钱的，这是保护费！什么是保护费呢？这么跟你说吧，警察叔叔管不了的事，我大哥在这条街上都可以管！没人找你的麻烦，和气生财。你们吃干饭，我们喝口汤也不过分吧？”

严玉明还要说什么，我向他递个眼色不让他说话。严玉明气得脸色发青，看着小混混得意忘形的身影，恨得咬牙切齿。

这件事过去一个多月，我们几乎把这事都忘记了。一天中午，我和严玉明去码头进海鲜回来，我下车就听到饭店里一片吵闹声。我问服务员餐厅里干吗吵得这么凶？服务员说，不知道哪儿来的几个人，喝了半天酒，结账的时候开始找病，要砸饭店。

我拄着拐杖，几步蹿到餐厅。四个光着膀子的人围着平平在大吵大叫，餐厅吃饭的人都离开座位。进来的客人不敢落座点菜了，餐厅成了吵闹的菜市场，生意受到严重影响。我厉声喝道：“你们要干什么？滚出去！”

一个瘦高的人斜视着我，恶狠狠地说：“妈的一脚没踩住，从哪儿蹦出个瘸子来？”

平平用力推我走：“哥，你去市场买菜，这儿没有你的事！”

我的太阳穴怦怦地跳，脑袋在膨胀。我没有打过架，有人鄙视我，我不能这样退却。我抬起拐杖，指着瘦高那小子的鼻子吼道：“你说话干净点！”

旁边站着一个光头的胖子，穿着白色丝绸衫，粗短的脖颈上戴着一条小手指粗的金项链。他一把夺过我的拐杖，瞪眼睛吼道：“看你是个残疾人，不好意思把你另一条腿打断！”

平平怒斥那个胖子：“你凭什么打人？你们不是来就餐的，明显来找茬打仗的！哪个菜品有问题，我要不给解决，你们可以投诉，我认罚！”

胖子冷冷一笑：“收你几个保护费，你舍不得。还有人报号白沙湾严三，好大的面子！谁的面子也阻挡不了我发财！”

严玉明站在旁边一直没有说话，胖子的话显然是冲着他来的。严玉明脸色阴冷地看着胖子，说：“你是来找白沙湾严三的吧？我就是严三。你们不要找饭店的事，一个女孩子做个小生意不容易。我不准许你到这里来勒索，这就是我严三的面子！”

胖子一愣，眯起眼睛问：“你是这个饭店的什么人？”

“我是打工的！”

胖子讥讽地说：“你一个打工仔蹦出来找事啊？就不怕你胳膊腿断了！”

平平惊恐地上来拉严玉明，推他往外走说：“你出去，不关你的事！”

严玉明甩开平平的手，对胖子说：“咱们不在这里打，出去找个地方，群殴和单挑你们随便！”

胖子眼睛一瞪：“给你鼻子还上脸了！我今天就砸这个店，我看你这个打工仔能他妈的怎么的！砸！”

四个赤裸上身的人，猛地掀翻一张桌子。平平和我上前去阻止他们，一个小子一扬手，打了平平一个耳光。

严玉明一把夺过我手里的拐杖，举起来用力抽打那个打平平的人。胖子喊道：“嘿，你小子真不怕腿断胳膊折！给我打这个小子！”

几个人围过来，操起椅子往严玉明的身上砸。严玉明抡起拐杖，发疯地迎战。有人喊：“快打 110 啊！”

平平赶忙拿起手机报警。

48

严玉明头部被椅子砸破一道口子，左臂桡骨骨折。对方一人头部被啤酒瓶子砸了一个口子，其他人都没有外伤。警察把没有受伤的人带到派出所，平平也被带走了。严玉明和对方受伤的人，120接到医院处置。两个警察跟去了。我在饭店看家。饭店里一片狼藉，警察拍完照，才允许我收拾。警察带着平平又返回饭店，把监控硬盘取走。

最后结案，那几个人寻衅滋事，违反治安条例，处十日拘留，赔偿饭店损失一千元。严玉明没有处罚，批评教育。这是因为平平在做笔录时说，严玉明是她的未婚夫。自己的准妻子被打，他挺身而出是正当防卫。

严玉明桡骨骨折接好，在医院输液消炎。我跟平平去医院给严玉明送饭，看到严玉明头上缝合五针，缠着白纱布，左臂端在胸前，像个战场上下来的伤兵。

我观察出严玉明的脸上没有痛苦的表情，却有一丝难以掩饰的愉悦，像立了战功等待嘉奖。平平安慰他，他却说没有把他们全部打趴下，有点遗憾。平平问他："你过去是经常打架？"

严玉明马上说："我可是遵纪守法的公民，从来不做违法乱纪的事！”

平平轻轻一笑：“看你无所畏惧的样子，真是个男子汉！”

严玉明像个小学生受到老师的表扬，脸色通红，羞怯地低下头。我听了心里有些不舒服，当时是我最先拿着拐杖冲上去的。如果严玉明不从我手里抢过拐杖做冷兵器，一定是我抡起拐杖冲锋在前，也一定是我躺在医院里。平平褒奖的是严玉明，其实贬低的是我。

我坐不住要走。平平对我说：“哥，你回去吧，今晚我在医院护理他。”

我愣了，平平护理他不方便，我便说：“平平，我留下吧，你回家！”

平平毫不犹豫地说：“不用，你去告诉妈妈，今晚我在医院护理员工。”

老姨听说平平是护理一个男员工，气得喘粗气：“这个平平啊，做事就是欠考虑，一个丫头怎么能在医院陪护一个男的？大鹏，你去医院把平平换回来。告诉她，她不回来，我就去医院找她！”

我返回医院，没有如实把老姨的话告诉平平，撒个谎说：“老姨身体不舒服，躺在床上不敢起来，你赶快回家吧，我在这儿护理小严。”

平平直视我的眼睛，似乎识破我在撒谎。但平平没有问我话，对严玉明说：“你安心养伤，工资给你双倍！”

严玉明显得很大气，说：“不用，正常工资就可以了！”

病房四张床位，空着两张床。我躺在严玉明旁边的空床上，跟严玉明唠闲嗑，严玉明却不爱搭理我，瞪着眼睛望天花板，像有什么心事。第二天严玉明就要求出院，医生给开了几天的消炎药吃。

严玉明没有回家养伤，白天在饭店的办公室，躺在平平的床上输液，晚上回到他的出租房，平平安排一个男服务生护理。严玉明像功臣一样享受着平平对他细致入微的照顾，甚至是达到关爱的地步。我很不理解平平为什么如此关心这个打工仔。如果不是他在几个小混混面前吹牛，报号白沙湾严三，他们是不会来饭店寻衅滋事的。其实，严玉明才是这场闹剧的始作俑者。平平应该看清楚事情的真相，工资要给双份，又躺在平平的床上输液，每顿饭都是营养餐。平平是在纵容严玉明这个痞子的行为。我要跟平平谈谈，照顾这样的员工要有度，不能走得太近。

没有司机开货车，平平让我去租车市场雇车进海鲜。我雇了一台恒温车，去白沙湾鱼码头。平平跟车去看看。我和平平坐在驾驶室，司机年龄很大，不爱说话。我也不怕司机听到什么。我问平平："你干吗那么细心照顾严玉明？是不是有点过了？"

平平望着窗外，没有回答我。到了白沙湾鱼码头，我和平平下车。渔船还没有靠岸，平平在沙滩上慢慢溜达，我跟在她的身后。轻轻的海风，吹拂她的秀发。平平明显胖了，一身白色休闲运动装，很是鲜亮。平平时而低头，时而望着潮水涌动的大海。平平把海风吹乱的长发拢起来，用皮筋扎到脑后，转身冲我灿烂一笑。

我莫名其妙，问："你笑什么？"

平平嘴角露出自嘲的一笑："你问我干吗那么细心照顾严玉明，我实话告诉你，我爱上他了！"

我惊讶得半天说不出话。平平浅浅地笑了："我的话，你没听清楚？"

我鄙视一眼平平："我明白了，你要跟他搞对象！"

平平似笑非笑地点头："你理解得对，也可以说，我和他正朝着恋爱的方向发展。"

"平平，你就这个档次呀！找个文盲对象，老姨气得能打你！"我激愤地说。

"老姨老姨的，她的话是你的圣旨，不是我的圣旨！"平平瞪我一眼，向岸边走去。一艘渔船开始靠岸了。

两个月过去，严玉明的手臂可以自由活动了。平平不让他出车，继续雇车进海鲜。可他坚持出车，说雇车费用太高。

严玉明嘴角溢出得意的笑，开车的姿势都是扬扬得意的，像开奔驰车似的。

“哥，郝欣慰是你的表妹，你们小时候在一起玩的时候，她是不是就非常聪明？”

严玉明这一声“哥”，我浑身起鸡皮疙瘩。我厌恶他那神态，仿佛我就是他的大舅哥了。我蔑视地看他一眼，待搭不理地说：“不聪明能念大学吗？”

严玉明像煞有介事地说：“是这么回事啊，不聪明，智商不高是考不上大学的！我就笨，初中都念不下来，一进教室脑瓜子就嗡嗡的！”

我乜斜严玉明，心里非常气愤。感觉他像一只苍蝇，在平平眼前飞来飞去，弄得平平眼花缭乱，分不出是苍蝇还是蜜蜂。

“严玉明你别高兴得太早，你和平平不般配！一个大学生怎么能跟初中没毕业的人在一起，你别痴心妄想了，我老姨这关就过不去！”我冷眼看他。

严玉明似乎早有心理准备，轻松地笑起来：“哥，你别生气呀！我知道配不上你妹妹，你说我是癞蛤蟆想吃天鹅肉，一朵鲜花插到牛粪上，还是好白菜让猪拱了，我都认！可我告诉你，我会让你妹妹过上无忧无虑的幸福生活，你相信不？”

我嘲讽地说：“严玉明，我以前认为你很诚实。挨了一啤酒瓶子脑瓜子受刺激了？会瞪眼说胡话了！你有啥？兜比脸都干净，还让资产百万元的郝欣慰跟你过上无忧无虑的生活！”

严玉明瞪我一眼：“哥，你平时也不爱唠嗑呀，可唠起嗑就往死里撑！平平如果不相信我，她会跟我处对象吗？哥，老人言，宁拆十座庙，不毁一桩婚。你要支持我跟你妹妹处对象才对呀！咱们是亲戚，你是我的舅哥，我发财了，还能忘了你吗？”

我看他自信的目光，感到好笑。人真是可以白日做梦，瞪眼说胡话。

我回家对吕双说平平看上严玉明，我要告诉老姨。吕双马上打手语，不让我这么做。吕双在纸上写道：“妹的婚事，你不要干涉。

妹不会看错人的！”

我把纸撕碎，扔到桌子上，冲着吕双吼道：“你知道个屁！那个姓严的小子满后背都是刺青，我看他不是个好鸟！”

吕双眼睛噙满泪花，不知是我吼这一嗓子让她受了委屈，还是她为平平担心。我不敢再说什么了，怕她的眼泪流下来。吕双一天很累，家是她支撑着，里里外外的事情，都是她去做，而且她只能无声地表达自己的诉求。

“我听你的话，不干涉我妹的事情。”我哄着吕双。

吕双眼泪流下来，提笔写道：“你跟老姨说吧，老姨好给她把关。”

我决定告诉老姨，让老姨阻止平平跟严玉明相处。上午从鱼码头进货回来得早，我准备去老姨家。我把活的螃蟹、虾爬子放进打氧气的鱼缸里，死的送到冰柜里继续保鲜。我在忙活，严玉明在旁边指手画脚。但我不来气，平平把他抬举到准老板的位置，还不允许人家装模作样地表现一番？

我收拾完，骑上助力车准备走，平平从餐厅出来喊住我：“哥，你去哪儿？”

我犹豫下说：“没什么事，我想去看看老姨。”

平平走过来，严玉明也跟到我面前。平平看眼严玉明，说：“你回去照看下餐厅，我跟哥说句话。”

严玉明走了，平平讥笑地说：“去打小报告吧？不用你去，你老姨会找你的！我向你老姨挑明了我跟严玉明的关系。田大鹏，我向你交个底，你老姨阻挡不了我择偶的事。我看好谁了，就跟他结婚。即使是个文盲，我也心甘情愿！你知道怎么跟你老姨说了吧？”

我眨巴眨巴眼睛，好像面前的人很陌生。

我的手机响了，是老姨的电话。我犹豫接不接。

“哼，来电话了！我给你假，跟你老姨好好唠唠！”平平用嘲笑的眼神看我。

49

我一进门，老姨就阴沉着脸责问我：“大鹏，你是怎么关心你妹妹的？这么大的事，你对我缄口不提，你什么意思？”

我像挨了一闷棍，感到头昏脑涨。我嘿嘿地咧着嘴，不知道说什么。老姨气哼哼地说：“平平跟那个打工小子，相处到什么程度了？”

我一脸苦相，感到委屈。我怎么知道他们偷摸地相处到什么程度，只好说：“老姨，我也才从平平的嘴里知道他们搞对象了。我说你是大学生，去跟初中都没毕业的人搞对象，你是糊涂了！”

“她怎么说的？”

我犹豫下，说：“她看好的人，就是文盲也要嫁给他！”

老姨的脸陡然变成了铁青色。病床上的张雨林呼嗒呼嗒喘气，老姨赶忙去里屋处置。老姨用吸痰机把张雨林堵在嗓子里的痰吸出来，张雨林喘气平稳了。老姨回到客厅里，又问我：“你跟那个姓严的小子在一起这么长时间，你看他人怎么样？家里都有什么人？可能是贫困户吧？”

我若有所思地说：“他这个人说话不是虚头巴脑的，处事挺稳当的。我看这人有心机，看不透他成天琢磨什么。哎，老姨，他洗澡的时候我看到，他的后背上刺着一只山鹰。”

老姨忧心忡忡地说：“嗐，平平太草率了！大鹏，暗中打听打听严玉明的家庭情况，和他在村子里的为人处世。要真不像样子，我决不允许平平眼睁睁地往火坑里跳！”

我和严玉明去白沙湾鱼码头进海货，我留意到这些渔船靠到码头，把船上的海货处理完，他们就回村了。把海鲜运回饭店，严玉明跳下车，端起准老板的架子指指画画的。我把进货登记、出库的过秤完，跟平平请假，说是吕双让我去趟店里。

我骑上三轮车去白沙湾。平时坐货车四十多分钟就到了，我骑着助力车跑在平坦的柏油路上，却感到那么远。我加大油门，一路狂奔。一个多点才走到通往鱼码头的道口，我去村里还要顺着柏油路再走一段时间。

走进白沙湾村，看出这是个富裕村。大部分民房是锃光瓦亮的瓦房，有的还是别致的二层洋房。临近中午，街上却不见闲人。我沿街慢慢地往里走，看到前面一辆拉货的大三轮车陷进泥沼里，发出呼呼的喘气声，排气管子冒出一股股黑烟。我麻溜上前，看到开车的是个中年妇女，头上戴着红围巾，遮住大半张脸。她坐在车座上咬牙加大油门，车轮子在原地打转，搅起烂泥向后甩去。

我摆摆手，让她停下来。那女人把车熄火了，疑惑地看我一眼，说：“你有办法把车弄出来？”

我下车弯腰看下，一个车轮陷在泥沼里，陷得不深。垫几个石块，肯定能走出泥潭。我热情地上去帮忙，指挥她搬来几块石头，扔到车轮下。我从车里拿出一条绳子，拴在车后，另一头拴在她的车前。我和她配合默契，一鼓作气把她的车从泥沼里拽了出来。她摘下围巾，汗津津的脸露出感激的微笑。

“哎，我怎么不认识你，不是咱村子的人！你到咱村子来干吗？是收购肉食鸡？白沙湾村养鸡户，我家的最大，我姓孙，你要是收鸡的，到我的鸡场看看，就在前面不远。”那女人说话爽快，上下打量我。

我忙说："大姐，我不是做生意的。我打听一个人，是这个村子的。"

孙大姐要上车，拉住车门说："打听谁？村子里的人我都熟悉。"

"严玉明。"

孙大姐惊疑地看着我，问："你找严老三？你是来找他讨债的？"

我点点头："大姐，看样子他外面欠了不少债？都欠些什么债？"

孙大姐愣一下，问："他欠你什么钱了？你还不清楚吗？"

我硬着头皮撒谎："他跟我借钱，说做个小买卖。我跟他很熟悉，又不好意思拒绝，就把钱借给他了。"

孙大姐讥笑道："这个严老三真能撒谎，他要是有心干点正事，早就娶媳妇成家了。"

我佯装惊讶地问："他还没有结婚？我以为他早成家了。大姐，他家在哪儿住？我想去找他。"

孙大姐把围巾戴在头上，准备上车，说："他不在村里，去城里打工去了，村里出海的人说，给一家饭店老板进海鲜，经常来码头，你去那里看看能不能遇到他。"

我显得焦急又诚恳地说："我去了，没有看到他。有人说他回家了。他家都有什么人？他不在家，我去见见他家人也行。"

孙大姐怜悯地看着我："借钱时他是孙子，要钱时你是孙子。严三外表长得溜光水滑的，人品不好，爱结伙打架。这两年知道再作死，媳妇都找不到了。外面也拉了不少饥荒，才到城里去打工。他家有个老母亲，两个哥跟远洋渔船出海打鱼，上了船一年半载回不来。两个哥有家有口的，挣钱也不能替他还饥荒。他跟他妈一起生活，家里的房子在村子里是最破的。你往后街走，靠近东头，哪家房子破，不用问就是他家。"

我按照孙大姐的指点，来到村子的最后一趟街。整齐的房子大多是水泥捣制、铝合金窗户，一看就是近几年新建的。靠近东头，有座低矮的四间土房，门窗陈旧。有的窗户上没有玻璃，用塑料布钉在窗户上。院落很大，院墙是用玉米秸围起来的，大门歪歪扭扭地半开着。院子里的菜地绿油油的，给这个破落的院子增添了生机。我拉开半敞开的门走进院里。

我走到门口，发现菜地里蹲个女人，专心地在往筐里装菜。一个筐里摆放着整齐翠绿的黄瓜，另一个筐里装满芸豆。那女人抬头看到我，忙站起来。她有点驼背，头发灰白，目光呆滞地看着我，问："你找谁？"

我笑着问："大姨，您是严玉明的母亲吧？"

"是啊，你是来找小三的？他不在家，你找他什么事？要是要钱，就等些日子吧，我把菜园子里的菜卖完，攒点钱给他还点债。"严玉明的母亲声音颤抖，用乞求的目光看着我。

我心里一阵发酸，忙说："大姨，我不是来要债的。我认识你儿子，今天到村子办事，顺便过来的。大姨，您去哪里卖菜？我开三轮车来的，顺道帮你送过去吧。"

严母听我说不是要债的，脸上露出笑容："不用，孩子，城里有车来收菜，卖给他们，当场就给钱。"

我回到城里直接来到老姨家。老姨看我汗流浃背，给我倒了一杯凉白开。我喝完水，喘口气，说："老姨，你太英明了！严玉明家里的情况我摸清楚了，平平差点让严玉明骗了！"

老姨脸色紧张地问："他家境好不好？"

我把孙大姐跟我说的话，和我去严玉明家看到的场面，向老姨从头到尾说了一遍。老姨惊恐得直咋舌："今天晚上平平回来，你把严玉明的事和家里情况说给她听。让她好好了解严玉明！"

我了解平平的脾气，她肯定冲我发火。我有点为难地看着老姨，老姨看出我的心思，懊恼地说："大鹏，这个时候你不拉妹妹一把，眼看她往火坑里跳吗？"

老姨的话，让我抬不起头。不管平平如何对我不满，我都应该旗帜鲜明地跟老姨站在一起，不能让平平与狼共舞。

平平很晚才回来，看我在，脸色阴沉地问我："你一下午没在店里，去哪儿了？"

老姨板着脸，说：“我让你哥去白沙湾村了。”

平平怔住：“白沙湾村？去那儿干什么？”

老姨阴沉着脸说：“去了解一下严玉明的情况！平平，你对他了解多少？”

平平用疑惑的眼神看着我：“田大鹏，你挺能耐呀，还会搞暗访这一套！”

我忙解释：“平平，你不了解严玉明在村子里的情况……”

“我了解他！”平平打断我的话，说，“他家房子是村子里最破的，他父亲不在世了，他母亲靠买菜挣钱给他还债。你们还想知道什么？”

老姨脸色煞白，半天没有说出话来。我看老姨气得两手抖动，忙说：“平平，你了解严玉明的情况，就要好好想一想，这个人值不值得继续相处了，不能看到前面是个火坑，还要往里跳吧！”

平平冷冷地一笑：“田大鹏，你知道什么是火坑？你看那是火坑，我看那是桃花源！”

老姨的眼泪无声地流下来，哽咽地说：“平平，妈妈辛辛苦苦把你抚养大，不管有多么大困难，我省吃俭用供你上大学。你翅膀硬了，不听我的话了。你不考虑我的感受、不孝敬我可以，可你不能不为自己考虑！你找一个没有文化的人，只要人品好，走正道也行，可他是什么人品？在村子里打架斗殴，赌博不走正道，你将来跟他不是生活，是跟他操心，是担惊受怕！”

平平看到老姨哭泣起来，心也软下来，温和地说：“妈妈，你放心，我会把握自己的。我不会让您失望的！”

老姨抬起泪眼，看着平平，激动地说：“妈妈相信你！”

50

平平最终还是让老姨失望了。

我跟严玉明照常去渔码头进海鲜。严玉明一定知道我去过他家，可他并没介意，跟我说话时谦和尊重的神态，仿佛我就是他大舅哥了。

“哥，有个事我一直想请教你。你毕竟年长我和平平几岁，有社会经验，处事也成熟。”

显然他在跟我套近乎，让我在老姨面前为他美言。我头靠在车门边，睥睨地看着他，说：“你可别抬举我了，我可没有什么社会经验！”

严玉明扭头看我一眼：“哥，说真的，你帮我和平平拿个主意！”

“什么事？”

严玉明放慢车速，目视前方，说：“村里有一千多亩的海滩地要对外承包，我想包。平平也同意我回村承包。”

我立刻明白他的意思，是要平平拿钱，他承包海滩。我忙说：“海滩地能干什么，我不明白。严玉明，你愿意承包就去承包，但是，你可别想用平平起早贪黑挣的辛苦钱去交承包费！”

严玉明微微一笑：“哥，你理解错了，我没有那个意思！平平能看上我，是我家祖坟冒青烟了！我发誓，我要让平平过上最幸福的生活！”

我讥嘲地说：“这可不是上嘴皮子一动，幸福生活就来了！”

严玉明收敛微笑：“哥，我知道你和老姨瞧不起我，我说的话，你们不会相信的。我真有能力让平平一生幸福！”

我越听越不舒服，直起身子恼怒地说：“严玉明，你别在我面前耍嘴！你以为我们不了解你是吧？我问你，你欠别人那么多钱，你靠什么还？就指望你母亲每天卖点蔬菜，为你还债？”

严玉明一副无所谓的神态：“哥，我的事，我都如实跟平平说了，我没有一点隐瞒。我现在确实有四万元饥荒，有赌博输的，有倒腾海鲜赔的。我告诉平平，绝不用她一分钱为我还债！”

“你欠下的债还不上，你们结婚了，平平即使不承担连带责任，但债主天天堵家门要钱，平平能不管吗？你现在的话都是骗平平的，平平被你的甜言蜜语迷住了，可我老姨头脑清醒！”我没有好气地说。

严玉明不急不恼地继续说：“哥，你别发火，我对天发誓，绝不会欺骗平平！我严玉明不会做伤天害理的事！”

“我说你耍嘴，你可能不爱听。你有什么实际行动或能力，来证实自已能有翻身的机会！”我鄙视地看着他。

严玉明充满自信地说：“哥，我今天跟你商量这个事，我就是想证实一下我的能力！”

我不耐烦地问：“什么事？”

“快到鱼码头了，上完货，我领你去那个地方看一下。”严玉明显得很神秘地说。

渔船早已靠岸。我挑选了一些海鲜，过完秤付款。严玉明没有直接开车回城，沿着海岸线继续往南走。我问他去哪儿，他只笑笑说：“别急，快到地了。”

走了一段，车停在荒芜的岸边。正是退潮时分，海水已经退到远处，一大片海滩裸露出来。海滩上有不少人拎着小水桶，用铁锹或是耙子在挖蚬子和蛏子。我不明白地问:“你要收蚬子?”

严玉明抬手向前一比量:“这片海滩有一千亩,我想承包下来!每次涨潮退潮,这片海滩都能留下上百斤的蚬子和蛏子,如果人工放苗,估计每潮收获五六百斤这两种贝类海鲜不成问题。”

严玉明眼睛里闪着激动的目光,好像这片海滩已经是他的了。我揶揄地说:“蚬子和蛏子卖肯定没问题,可问题是你能承包到手吗?需要多少承包费,你能拿出来吗?”

严玉明志在必得地说:“哥,我要想承包,就没有别人敢承包!承包费嘛也不是不可变通的。哥,请你转告老姨,我不会动平平一分钱的!”

不几天,严玉明就办下承包海滩手续。我和老姨不知道平平给他拿钱没有,老姨让我问平平。我不敢直截了当地问,寻找机会委婉地问一下。严玉明承包千亩海滩,竟然不辞去饭店的工作,每天照常开车去白沙湾码头进海鲜。我问平平:“严玉明包了那么大一片海滩,怎么不去管理?这不浪费钱吗?”

平平很敏感,会意地一笑,问:“是你老姨让你来打探我给严玉明投了多少钱,是吧?”

我尴尬地辩解:“老姨想知道就直接问你了,你还能不跟你妈说实话吗?我是看严玉明是一心二用,没咋地就当甩手老板了!”

平平似乎对我的话很反感,冷落地说:“你和你老姨就是有操不完的心!我们自己的生意,有自己的打算,做不好是我们无能!”

我挨了一顿训,长了记性。平平和严玉明的事,我再不多嘴了。老姨表面对平平的事不闻不问了,可内心还是非常惦记平平。我晚上去老姨家,她打听饭店的事。我就一句话,一切正常。

终于有一天不正常了。平平突然把饭店兑出去,她跟着严玉明到白沙湾承包海滩了。我下岗了。

老姨生气地埋怨道:“这么大的事,她都不跟我商量下,自己就决定了。没怎么地就听严玉明的,海滩养殖他们明白吗?平平手里那几个钱,不够他祸祸的!”

老姨对严玉明不满，对平平的担心溢于言表。我劝老姨，平平有经济脑瓜，不会上当受骗的。老姨让我跟他们去，掌握他们的情况，不能两眼一抹黑，平平说什么是什么。

我笑了："老姨，人家是老板，我还能像臭无赖似的要求上班吗？平平同意，严玉明也不会同意的。我感觉得出来，他挺烦我的！"

老姨也为我担心，说："吕双的商店生意也越来越不好干了，你再找不到活干，吕双养活你爷儿俩，就是坐吃山空了。大鹏，你还是去藤老板的浴池看看，他需不需要人手！"

我答应老姨明天过去走一趟。可我没去，从浴池辞职后，一直没有跟藤老板联系，没有出路了就想起他，我感到难为情。

这天一大早我到西关的劳务市场去转悠，找活的力工都是体魄健壮的汉子，我一个残疾人站在这帮人堆里，显得极不协调，甚至是丑陋。没有谁会雇一个残疾人去干体力活的。我赶忙离开力工人堆，来到有技术含量的水暖工、电工、木匠、油漆工们跟前。他们以为我要雇工，纷纷围住了我。我问一个电工："这活怎么样？"身边的人呼啦一下散开。那个电工警觉地打量我："你什么意思？"我讨好地一笑："我腿脚不好，干不了别的，安个灯、接个线的活还行。"那个电工嘲讽地说："你可拉倒吧！腿脚利索的人都挑着用，你还是一边凉快去！"

我失望地离开劳务市场，这条路是走不通了。吕双让我去店里，帮她照看。现在音像磁带逐渐被数字光盘取代，店门前摆个纸壳箱就能卖光碟的年代过去了。吕双的店要承担房租，在光碟压价竞争中，一天比一天惨淡。只好增加学生文具、办公用品来维持小店的正常经营。由于附近没有学校，也没有单位，增加的品种仅能维持店里的费用。售货员也只有一个人了。我不来店里，感到吕双每天忙忙碌碌的挺充实。我在店里待了一天就上火了，这店一天进不来几个人，有什么照看的。吕双让我去接儿子，儿子念三年级了，我没有接送几回。我骑着助力车早早来到学校，儿子一看是我来接他，乐得直蹦高。儿子一路上问东问西的，我吭吭哧哧的回答不顺畅。可是儿子没有嫌弃我，非常乐意跟我唠嗑。我忽然觉得，每天接送儿子上下学也很有意思。一个星期后老姨打电话让我去家里一趟。我几乎每天都去老姨家走一趟，老姨也知道我会去的，可为什么还要特意打电话让我去。吕双手语告诉我：平平可能回来了。

我也感觉平平可能回家了，老姨逼她要安排我去上班。我暗自发誓，要饭吃也不去看严玉明的脸色。来到老姨家，平平不在，老姨在给张雨林擦身，我赶忙上去帮助翻身。把张雨林的身子擦完，老姨满头大汗。老姨去卫生间擦脸，把湿毛巾拿出来让我擦脸。老姨疑惑地看我："在家待得不腻歪吗？"

我觉得老姨话里有话，说："不腻歪，每天接儿子上下学挺有意思的。"

老姨沉着脸，说："你在家是减轻了吕双负担，可你不挣钱，就吃吕双小店赚的几个钱。大宝一天一天长大，以后用钱的地方多了去了。你就在家待着？出去找点活干，能养活自己呀！"

我解释说："老姨，我去劳务市场了，没有我能干的活。哪个雇主能让腿脚不利索的人去干活！"

老姨露出笑容："平平给我打电话了，他们海滩又扩大了，需要人手。平平让你过去，帮助他们管理。工资每月给你两千元，这可是我过去卖冰棍一年挣的钱！"

我没有感到惊喜，他们也许确实是需要人手，平平想起了我。毕竟我是她表哥，用我比外人强。可我不愿意去，实在讨厌严玉明用那种趾高气扬、蔑视的目光看我。

"老姨，我不能去！"

老姨瞪起眼睛诘问："你说什么？你不去？大鹏，你是挑理了，当时没有让你过去？平平才干滩涂养殖，还没有摸到头绪，能让你去吃苦吗？"

我忙说："老姨，我不是那个意思！"

"你一口拒绝是什么意思？"老姨咄咄逼人地问。

我不好意思地说："老姨，我不是那么想的。我……怎么说呢？

我去严玉明家，他知道后对我挺反感的。我不愿意见他！”

老姨怔了一下，笑呵呵地说：“大鹏，你多心了！他俩的事，咱不用操心了。但他们在一起做生意，我要掌握情况。平平耳根子软，容易做出错误决定。你必须到他们那里工作，我还要交给你一个任务。”

“什么任务？”

“监督他们！”

51

海水退潮，千亩海滩裸露出来。然后几十人拿着耙子、铁锹和筛子网一起拥到海滩上，开始抠泥沙下面的蚬子和蛏子。严玉明领着几个人在海岸线监管这些在海滩干活的人。这几个人清一色的光头，脖子上挂着金黄的项链，嘴里叼着烟卷，几乎都是斜眼看人。抠蚬子的人基本都是家庭组成的团队。男人用耙子搂，女人和孩子用筛子筛选，然后装进编织袋里，运到岸边过秤。

我的活就是在收购蚬子时计数。平平背着包，里面装满钱。过磅一袋子蚬子就付钱，每斤三毛钱。一个潮水下来能收购上千斤，然后转手翻番批发出去。一手进一手出，净赚千儿八百元。潮起潮落，大海的恩赐永不间断。我不由得感叹，严玉明有点实力，抢先占有这份资源，这是一个取之不尽的宝藏。

严玉明短短一个月，又扩大了上千亩海滩。白沙湾村海岸线的海滩，几乎都被他承包下来。人手不够，又招了一些人。在白沙湾一带，提起三哥，如雷贯耳。平平这个准三嫂，在白沙湾村已经家喻户晓了。严玉明娶个城里的大学生媳妇，这似乎给白沙湾村都贴上了一层金。严玉明颐指气使，一呼百应。高峰时上百人在海滩上抠蚬子，没有一个人敢把抠出的蚬子和蛏子偷着留下拿回家。平平像一个跋涉者，终于找到可以歇脚的地方了。她开始讲究穿衣打扮了，追求生活质量。严玉明给平平买了一台白色奥迪 A4。严玉明自己买了一台进口霸道吉普车。一帮小兄弟前呼后拥，他趾高气扬，俨然是白沙湾海域一带的海霸王了。

“大哥，没想到你妹夫我还有发财命吧？”严玉明斜睨地看我，脖子上那根小手指粗的金项链熠熠闪光。

我敷衍笑一下：“你发大财，哥看着高兴！玉明，我想跟你说一句话，不管你发多大的财，你都要对平平好！”

严玉明漠视我，好像我是猥琐的小丑。他突然大度地笑了两声：“大哥，你跟我老丈母娘对我还是不放心哪！你给我传个话，我严玉明这辈子最知足的事，就是能娶平平做我的老婆！我要办最隆重的婚礼，把平平娶进门！”

我相信严玉明说的是真话，也相信平平对严玉明的感情是真的。只要严玉明真心对平平好，老姨就放心了。我告诉老姨，严玉明要举办隆重的婚礼，把平平娶回家。老姨的笑中带有一丝苦涩：“平平能感到幸福就行啊！”

我知道老姨担心的是什么，严玉明毕竟没有念几年书，他们在一起的岁月长着呢。过了新鲜劲，矛盾就会显露出来。平平的性格能屈服一个没有文化的粗人吗？我劝老姨，严玉明对外豪横、脾气暴躁，对平平一定百依百顺。老姨惋惜地说：“他没有平平爸爸那样的性格，对我真是百依百顺！”

平平领着严玉明来见老姨了，严玉明正式向平平求婚。老姨满是热情，把家里收拾得干干净净。给病床上的张雨林也换上干净的背心，还给他理了头发。每次理发，都是我抱住张雨林的肩头，老姨用剃头推子，把他头发都剪下来，剃成光头，然后用水洗头。每次我和老姨都是满头大汗。这次张雨林的头发还不长，我不同意剃。可老姨坚持要给他剃干净。我明白老姨的意思，不能让外人看到她护理的常年卧床病人的一副邋遢相。

老姨领着我一阵忙活，把家里彻底收拾一遍。老姨让我去市场买菜，平平却不让在家里吃，要到饭店吃。老姨说你们去吧，我走不了，还要照顾病人。平平担心在家里做吃的妈妈受累，最后选了个折中办法：到饭店打包炒菜，家里包饺子。老姨同意，让我去市场买几斤猪肉。我把猪肉买回来，老姨就开始剁肉馅。平平爱吃韭菜鸡蛋馅的，特意拌了一碗馅，其余是芹菜馅。我跟老姨忙活半上午，饺子包好了。接近十点半，平平领着严玉明来到家里。

严玉明热情而稳重地向老姨问好。然后把精致的包装袋子打开，拿出一件紫红色的羊绒衫，一双半高跟皮鞋。

“姨，给您买一件鄂尔多斯羊绒衫、一条薄毛料裤子、一双半跟皮鞋。这都是平平给您选的，您试一下吧！这儿还有一个金手镯。”严玉明毕恭毕敬地说。

老姨满眼笑意，嘴上却说：“我也不出门，花这钱就是浪费。这个手镯这么重啊！”

平平拿起皮鞋，说：“妈妈，您从没有穿过皮鞋，戴过金首饰。我对玉明说过，玉明就记住了，给您买了名牌皮鞋和裤子，妈妈试一下。先给您一个手镯戴着，春节前再给您买项链和戒指。”

老姨啧啧道：“我也不出门，你们可别浪费钱了！”

老姨穿上很合适，也显得很时尚。我赞赏道：“老姨把头发烫成大波浪，能年轻十岁！”

平平开心地说：“我结婚那天，妈妈要好好捯饬一下，让亲戚朋友看看妈妈还是这么漂亮！”

老姨苦笑一下：“转眼间老了，我哪有人样了？”

屋里的气氛很活跃，严玉明没有感到拘谨。饭店打包的六个菜送来了，饺子又煮好了。吃饭的时候，严玉明给老姨斟满一杯红葡萄酒，还礼貌地给我打开一瓶啤酒，放到我面前。他却不喝酒，给自己倒了一杯矿泉水。平平突然把他杯中的水喝下去，然后拿起我面前的啤酒，给他斟满，讥笑地说：“妈妈今天都喝酒了，你还装什么矜持？”

严玉明眉眼齐笑，说：“姨，平平从不给我留面子，我也不敢招惹她！”

平平嗔怪地说：“第一次进家门，就要告状了，还有什么冤屈，赶快说！”

严玉明咧嘴说：“我当牛做马也不敢喊冤屈哇！”

他俩斗嘴是一种感情显露。老姨也看出来了，没有责怪平平。严玉明端起酒杯，激动地说：“姨，我跟平平相处了这么长时间，我也没登门来看您，请姨原谅我！请姨放心，我一定撑起这个家，让您享福！”

严玉明的几句开场白，老姨听得心花怒放：“我知道你忙啊，姨不挑你。你和平平自由恋爱，都能接受对方，我做母亲的没有意见，只要你们以后过好日子，平安地生活，我就知足了！”

严玉明看着老姨，眼睛里闪出激动的目光：“姨，您放心，我对天发誓，我一辈子都对平平好！姨，我给您养老！”

老姨热泪盈眶。平平也眼含热泪看着严玉明，哽咽地说：“妈妈的苦日子，终于熬到头了！谢谢玉明，你让妈妈放心了！”

老姨和平平相拥而泣。我眼眶也湿润了。平平要成家了，严玉明不管是发自内心的，还是逢场作戏，他的话让满腹苦水的老姨得到了慰藉和满足。

我看眼严玉明，他眉头紧蹙，显得很沉稳。他和我的目光相遇，举起酒杯：“哥，你也放心吧，我严玉明说到做到！你给我做见证！来，哥，我敬你一杯！”

我在老姨家吃过无数次饭，唯有这次老姨的脸上一直洋溢着幸福的笑容。严玉明征求老姨的意见，准备国庆节前后结婚，要在城里买套婚房。平平说：“现在都选学区房，将来为孩子上个好学校做准备。”

严玉明笑着说：“还是平平有远见，我没有念几年书，我们的后代也要像你一样上大学呀！我们老严家也有光宗耀祖的后代了！”

平平和严玉明的人生大事筹划好了，开始选学区房。不知从何时起，好学校周围的房子开始抢手了。平平选好的学区房，是全市最好的楼盘。房价也是当时最高的，楼房已经建好，一手交钱，一手交房。平平买这套一百四十平米的房子没有半点犹豫，全款付完，钥匙到手，就开始装修婚房。

原定国庆节他们结婚，两个月后，平平怀孕了。平平和严玉明的婚礼提前一个月举行。白沙湾村从村头开始就是彩虹门，一直排到严玉明家。他家新建的三层楼房，里外装修一新。平平穿着白色的婚纱，两个女同学是伴娘。婚礼在市内高档的娜堤雅大酒店举行，酒店大门口有军乐队奏乐。二十台奥迪新款A6接亲，头车是白色宝马轿车，象征白头到老。平平在家等待严玉明来接她，老姨看着披着婚纱的平平，喜悦的泪水夺眶而出。严玉明在门外喊妈妈开门，老姨爽快地答应。

老姨不去参加平平的婚礼，在家伺候张雨林。吕双要替老姨，可老姨不让。平平知道，妈妈不到婚礼现场，是担心娘儿俩相拥哭泣不止。平平眼泪汪汪地看着妈妈，临出门，平平拥抱着妈妈，哽咽地说：“妈妈，女儿永远报答不了您的养育之恩！”

老姨流着眼泪，伸手给平平擦去眼角的泪水，说：“大喜的日子，不流眼泪。女儿的幸福，就是对妈的回报！”

52

严玉明在白沙湾村成了呼风唤雨的人物。千亩海滩，成就了严玉明的发财梦。在白沙湾村最穷的严家，转眼间成为远近闻名的暴发户。每天严玉明的各路朋友，在他家的三层小楼上推杯换盏，喝得天昏地暗。

平平怀孕后，不常回白沙湾村。尤其怀孕四个月后，老姨就不让平平在白沙湾村住，更不让平平去海滩收货。平平把收货、批发的活都交给我来做。严玉明让他二哥来跟我一起记账。平平怕我有想法，安慰我说："不是玉明不相信你，他二哥也不出海了，在家没事干。他单独记账收钱，我同样也要安排我的亲人去，这很正常。"

我会意一笑："一人为私，两人为公。我理解。"

到了深秋，海滩上的活不能做了。海水太凉，伸不出手干活。从深秋到来年的四月份，海滩挖蚬子的活基本停止。我放假回家了。严玉明成天不知道忙什么，但他每天都进城来老姨家看看平平。

有一次严玉明喝得醉醺醺地来到老姨家，进门看到平平坐在沙发上，肚子已经高高隆起。严玉明进屋就趴到平平的肚子上，兴奋地喊："我儿子在里面玩呢！那小拳头直打妈妈的肚子！"

平平咯咯地笑起来，一点也没有感到羞怯。老姨把我拉到张雨林的房间，担心地啧啧道："严玉明以后要是像小石头他爸爸那样嗜酒如命，可怎么办？"

我仍然记得小石头的爸爸刘启田经常喝酒，而且还对老姨耍酒疯。老姨对男人喝酒，心有余悸。酒进肚，人品就现原形了。老姨真担心在以后的生活中，严玉明变成刘启田的化身。我说严玉明对平平非常细心，在外霸道欺负别人，在家是不会欺负老婆的。老姨听了我的话，轻轻叹口气，心里好像得到一丝宽慰。

平平在四月末分娩了，生了个男孩。严家欢天喜地，孩子满月席，堪比结婚宴。这时的严玉明是人生赢家的楷模，一帮小兄弟前呼后拥。在白沙湾村一带要风得风，要雨得雨。严玉明腰包有钱了，想给村里做点好事。村里连接省道的一段路是土路，坑洼不平，雨天泥泞，村里人出行不方便。严玉明找人测算一下，这段不到两公里的路，铺五米宽的水泥路面，预算资金十万元。严玉明来老姨家看平平母子俩，征求平平的意见。

平平感到意外，严玉明没有目的是不会舍得拿出这么多钱，干一件没有回报的事情。严玉明看到平平疑惑的眼神，笑着说："媳妇，你是奇怪我怎么干起不赚钱的事了？告诉你，这是捞取政治资本的投资！"

平平瞅我一眼，问："哥，你明白他什么意思吗？"

我摇摇头，看眼老姨。老姨接过话："修路建桥都是积德行善的事！要是有这个能力，做些善事好哇！"

平平瞥一眼严玉明，对老姨说："妈，他可不是为了做善事，他是为了拉拢人心，要当村长！"

"哎呀，知我者，老婆也！"严玉明哈哈大笑。

平平讥讽地说："哟，还之乎者也上了！当村长要有点政治和文化素质，不是靠哥们义气那套就能把村子管理好的！"

严玉明眉头皱了一下："平平，你别瞧不起我！我虽然文化欠缺一大块，政治素质还是有的。我还想争取入党呢！”

老姨看到平平还要说什么，瞪一眼平平，转脸笑着对严玉明说：“玉明，要求进步是应该的。能不能当上村长是小事，在外面触犯法律的事可千万别做。你现在是有家有室的人了，做事要想想自己的妻子和孩子！”

严玉明嘿嘿一笑，说：“妈，您放心，犯法的事，我绝对不干！”

老姨对严玉明承包海滩还是感到担心。一年多时间，严玉明就赚到了很多钱。钱来得这么容易，让吃了一辈子苦的老姨感到焦虑不安。严玉明要出钱修路，这是积德行善的事情，老姨支持。

严玉明说干就干，请来交通设计部门测绘、设计。严玉明的善举，惊动了乡政府。乡长专程来村里看望严玉明，在乡政府干部大会上，乡长一顿表扬白沙湾村致富青年严玉明，富裕不忘乡亲，拿出十多万元为村里修路。这样的好青年，政府要支持他们发家致富！

5 月 1 日，这条村路修好正式通车。严玉明和县交通局长、乡长站在一起剪彩，在县电视台记者镜头前着实风光一把。村长只能当陪衬，跟在严玉明的身后屁颠屁颠的。在气质上，严玉明俨然就是白沙湾村村长了。严玉明喝得醉醺醺地回到老姨家。老姨一看到他喝酒，气得对平平说：“你就不能制止他少喝点酒！”

严玉明酒喝得不少，可头脑清醒。他听到老姨的嘟囔声，舌头根子僵硬地说：“妈，平平管不了我喝……喝酒。在场合不喝酒，就是个傻子，谁能瞧得起我！乡长答应我了，年底改选村委会，我……肯定是村主任，就是村长！”

平平把严玉明搀扶进房间，给他脱衣服，用毛巾擦脸。更让我和老姨瞪大眼睛的是，平平打来一盆温热的洗脚水，蹲在地上给严玉明洗脚。我坐在客厅里的沙发上，瞧着平平熟练的洗脚动作，感到很纳闷。一个女人对丈夫表现如此温柔体贴不奇怪，我媳妇吕双有时也给我打洗脚水，高兴的时候也给我搓几下脚丫子。可我奇怪的是平平能这么做，完全出乎我的意料。平平性格倔强，不服输，更不会对任何人低三下四。也许夫妻之间能够改变彼此的性格，就是一种爱的力量。平平端起洗脚盆子去倒水，看到我用异样的目光看她，冲我嫣然一笑：“有什么奇怪的？你累的时候，嫂子不也这样伺候你嘛！”

我忙说：“是，给我打洗脚水，给我洗袜子。”

平平瞥眼我：“吕双对丈夫能做的事，我就不能做了吗？少见多怪！”

从五月初开始，海滩上的活就开始忙碌起来。今年由于开海时间晚了十多天，第一潮的蚬子比往常明显大了一点，销价上涨一毛钱。接下来循环往复的涨潮退潮后，收获都比往年多。严玉明采用机械化作业，购买三台拖拉机，拖着耙子在海滩收获贝类海货。降低了人工成本，提高了效率。平平在家哺育儿子茼茼，很少来海滩。我还是负责过秤，当天的账都要交给严玉明。我每天晚上都去老姨家，向平平汇报当天的收益。严玉明有时晚上回来，有时候不回来，但钱是要交给平平的。有时我有事就忘了向平平汇报当天的账目，平平开始还主动问我。时间一长，平平追问得也不勤快了。严玉明交给她多少钱，她也没有疑问。

可是，严玉明钱包鼓囊起来，却染上恶习，开始赌博。为了不让平平发觉，他每天下午开车到浮渡河南岸的许屯镇去赌博。每局输赢都在十几万元。白沙湾严三参加的赌局，在道上成为传说，甚至被蒙上一层神秘的色彩。说严三逢赌必赢，四张牌在他手里变幻莫测。方圆百里的大小赌徒，都想跟严三较量一把，目睹严三的风采。

严玉明在外面掀起这么大风浪，我和平平都不知晓。老姨就更不知道了。我每天到白沙湾码头收购海货，可我一点风声都没有听到。干活的人似乎都在避讳我。几个女人从海滩上来，满身泥水，不顾劳累，聚在一起嘁嘁喳喳、鬼鬼祟祟的，还时不时地瞄我几眼。我感觉到一定是严玉明有什么事，她们怕我听到。

还有一辆拉蚬子的马车没有上岸。趁这工夫我佯装去小便，转到板房后面。那几个老娘儿们天生爱扯老婆舌，嘀嘀咕咕起来是热火朝天。我把头紧贴在板房上，断断续续听了个大概意思，严老板昨晚要钱输了十万元。有个大嗓门的女人咋舌：“哎呀，我听熊老大媳妇说，严三子把海滩作价一百万元要押上去。”

我禁不住打个冷颤，脑瓜子像挨了一闷棍嗡嗡地响。我赶紧回到磅秤前，那辆马车一上岸，我让他们把装满蚬子的编织袋抓紧卸车过秤。往常严玉明开车就来海边，把账目交给她。今天严玉明没有来，严老二让我跟他回村里把钱交给严玉明。我像没有听到他的话，骑上助力车一溜烟回到城里来到老姨家。

老姨正在哄茼茼睡觉。老姨看我神色慌张，小声地问我：“干吗慌里慌张的？”

我急问：“平平呢？”

老姨看我神色紧张，忙说：“平平上街烫发去了，她要去省城参加同学婚礼。什么事？跟我说吧！”

我把听到严玉明赌博的事，如实跟老姨说了。老姨愣了半天，好像不相信我的话。老姨眼睛模糊了，眼泪就要流落下来。我惶恐地说：“老姨，我确实听到那几个老娘儿们在说这件事。我没有撒谎！”

老姨默默地流下眼泪，说：“我就担心严玉明的人品，到底露馅了！平平要跟我一样糟心哪！”

我后悔，自己太草率，不应该把这事告诉老姨。我劝慰老姨，平平肯定能让严玉明改邪归正的。老姨担心地说：“严玉明不喝酒时，还能听平平的话。酒进肚里谁的话都听不进去了！小石头的父亲就是这样，我跟他操了多少心？”

平平回来了，头发烫成大波浪，衬托她丰满的身姿，显得很妩媚。平平瞧眼老姨，又警觉地看着我，问：“哥，有什么事吗？”

我目光躲闪，不敢直视她的眼睛。平平又追问我：“哥，你一定有什么事，说吧，不用隐瞒我！”

老姨瞪一眼我，情绪激动地说：“大鹏，把你听到的话都告诉你妹妹，这是为她好！”

平平眉头紧蹙，听我叙述完。平平很冷静，两眼凝视着窗外半天没有说话。我看眼老姨，老姨局促不安，一个劲儿给我使眼色，可我不明白是什么意思。

我正在跟老姨打哑谜的时候，平平忽然转过头凝视着我说：“哥，这几个月的账，我大意了，没有把钱看紧！咱俩去找他！”

53

平平开车回到白沙湾村。老婆婆看到三儿媳妇回来了，高兴地迎上前。看到平平没有抱孩子，急忙问：“三媳妇哇，你怎么没把大孙子抱回来？”

平平搪塞几句，问严玉明这几天回没回家。老婆婆感觉不对，吞吞吐吐地说：“小三忙啊，他没回城里？”

平平回到车上，给严玉明打电话，关机了。平平又给他的小老弟小胖打电话，打开免提，铃响半天小胖才接电话。平平问：“你三哥呢？”

小胖支吾道：“三哥跟……跟一个朋友谈生意。”

平平冷静地问：“你和他在一起吗？”

小胖急忙说：“不在一起。我在许屯镇，三哥跟朋友喝完酒去龙门汤温泉洗澡去了。”

平平放下电话，看着我说：“你跟我去许屯镇，今天我一定要找到他！”

平平车开得很快，我坐在副驾驶座上，紧紧地拽住把手。过了浮渡河的大桥，一路向东。我记得父亲从外地调到岳城铁路大修段上作。父亲曾领我坐铁路的工程车来过许屯镇，这里是长大线上的一个小车站，很热闹的小镇。车站小广场人很多，有拉客的三轮车、摩托车和小中巴车。我和平平茫然了，镇子不大，街面上人却很多。有一排排的红砖瓦房，还有几栋不高的楼房。到哪里去找一伙聚众赌博的人？这又不能像问路那样，可以向行人打听。

平平让我下车去问一下派出所的位置。我惊异地问："你要报案？"

平平凝视车窗外："这是唯一的办法了！"

我想了一下说："警察问你，赌博地点在哪儿？你说在这个镇子里，警察能相信你的话吗？警察能去挨家挨户找吗？"

平平开车缓缓地走在大街上，半天不说话。快要走出镇子，我抬头看见派出所，心里紧张起来，担心平平停车下去报案。平平把车停在派出所门前，我一把拉住平平的手，说："你冷静一下，别把事情弄大了！"

平平两眼冷漠，咬牙切齿地说："严玉明染上这个恶习，恐怕我说服不了他了！他的性格我了解，不撞南墙他是不会回头的！只能让法律来教育他！"

平平说完，打开车门走进派出所。

我急忙跟下去，想阻止平平。我拄着拐杖追上去，平平已经开门进去了。我也跟进去。

戴眼镜的警察迎上前，打量我们问："你们有什么事？"

平平果断地说："我是来举报的！"

警察推了下鼻梁上的眼镜，一摆手，让我们跟他走。警察领着我们进到办公室，警察坐到椅子上，说："请坐。我是派出所指导员，你要举报什么事情？"

平平显得很紧张地说："我丈夫在这个镇上赌博，他们的赌资在十万元左右。我希望派出所能够把这些参与赌博的人抓起来教育一下，让他们改邪归正。不能让他们的恶习毁掉家庭！"

指导员满眼狐疑，似乎对平平的举报有怀疑，问："你说你丈夫在镇上赌博，你丈夫叫什么名字？"

平平说："我丈夫叫严玉明，是白沙湾村人。他肯定在这里赌博，我打电话他关机了。”

指导员又问：“知道具体的赌博地点吗？”

平平摇摇头：“我是听别人说的，他们今天聚集在许屯镇上赌博。”

指导员站起身，说：“如果镇上有赌局，我们是可以了解到的。你们先坐一会儿。”

指导员走到隔壁，几个警员相继从外面回来。我们听到指导员布置工作，发动线人提供线索。只要在镇上设赌局，一定能查到。

指导员回来对我们说：“你们先回去吧，如果在镇上违法赌博的，我们一定会抓获的！”

平平开车走不远，忽然停下来，迅速掉头又回到派出所门前。可平平没有下车，盯着派出所的大门。大门里的两辆警车，静静地停在那里。

“平平，你是怕警车出去抓严玉明？”我从平平不安的眼神里，看出她的担心。

平平问：“指导员说的线人是谁？他怎么知道赌局在哪儿？”

我说：“线人好像就是警察的密探，警察不知道的事都问他。”

派出所的门开了，几个警察急匆匆地上车。两台警车驶出大门，向北疾驰而去。平平启动车要走，我阻止道：“不能跟他们去，不知道他们去干什么，我们跟过去别妨碍公务。”

平平把车停下，口气坚定地说：“我就在这里等着，我要看到结果！”

我无奈地叹气：“平平，你这事做得不冷静！严玉明回家了，你关上门教育他呗。让警察抓来性质就变了。严玉明知道你大义灭亲，能不恨你吗？我担心你们的冷战开始了！”

平平轻蔑地一笑：“我不怕他对我怎么样！可我不能容忍他不走正道，只要我跟他是夫妻，我就不能让他干违法的事！”

我担心地说：“严玉明在白沙湾村一带是道上大哥，你能管住他不干违法的事吗？平平，你以后把钱看住了。严玉明手里没有钱了，他就不能去赌了！”

平平沉默了，眼睛紧紧地盯着警察消失的街，半天才说：“我今天报警没有错，警察教育他，他才能长记性！”

平平把车挪动到派出所大门一边，车头正对警车出去的方向。一个多小时过去，警笛的鸣叫声从街头传来。平平的脸色陡然紧张起来。警车驶进院里，警察押着五六个戴手铐的人下车。严玉明最后一个下来，他转头向大门看一眼，也许他感到奇怪，平平的车怎么停在派出所的大门口。

严玉明赌博被抓现行，没收赌资五万元，被拘留十五天。严玉明从拘留所放回那天，平平去接的。在我的印象中，这半个月的监狱生活，严玉明不知道要瘦成什么样，精神也要萎靡不振。可我看到他，非但没瘦，啤酒肚微微隆起，精神饱满。我甚至怀疑严玉明不是从拘留所出来的，好像是参加了什么培训班顺利结业，一副扬扬得意的神态。

平平严厉地说：“应该吸取教训，不要不以为然！再犯事就要被判刑了！”

严玉明自豪地笑起来：“做大哥的不进去几次，在弟兄们面前都没有资格炫耀！”

平平瞪起眼睛，怒斥道：“严玉明，你如果再赌博，我们就离婚！”

严玉明猛然一怔，赔着笑脸：“媳妇，我说着玩，你还来气了？你放心，我金盆洗手不玩了。以后赚的所有钱一分不留，都交给你！”

从那以后，严玉明每天都回城里。每天卖出的蚬子钱，严玉明都如数交给平平。我每天交给平平的账目，基本都能对上。平平为了给老姨减轻劳累，搬回了他们的新房住。

转眼到了秋天，严玉明开始忙着竞选白沙湾村村委会主任。他跟平平商量，要拿出一些钱，买些礼物送给村子里大家族有影响的长辈。严玉明几乎天天在村子住，他家像办喜事似的，每天都请几桌。找来的厨师是平平原来饭店的大厨，从山里买了两头山猪和山羊。

平平反对严玉明这样做，埋怨他：“明目张胆地请客送礼搞村干部竞争，当选上也不能让村民心服口服，在他们面前没有威信。”

严玉明嗤之以鼻地说：“让他们心服口服就是拳头，在他们面前有钱就是威信！”

平平冷冷地说：“严玉明，你的事我不管，出了什么事，你别连累到我和儿子！”

严玉明哈哈大笑：“我不给老婆孩子带来幸福，我严玉明就白活了！平平，我做这一切是为了让你和儿子过上比别人好的生活！”

“我不允许你做违法的事，那样我和儿子不是在过幸福生活，而是在炼狱！”平平声音不大，口气坚定，抱着孩子下楼了。

严玉明皱着眉，冲我苦笑一下：“哥，跟念书人说话费劲儿，让他们母子过上幸福生活吧，她说在炼狱。我没文化，啥叫炼狱？我还能让她去蹲监狱呀？”

老姨从南屋出来，严肃地说：“玉明，平平的担心你要理解，你成天在外面吃吃喝喝，也不顾家，不能让平平放心安稳地过日子，挣多少钱又有什么用？你去竞选村长，走正道的竞选，平平肯定支持你！我希望你们能过安稳的日子，得不到的东西就不要勉强去争取了，顺其自然最好！”

严玉明冷笑地说：“妈，好事能顺其自然到我们头上吗？那是白日做梦！妈，我的事你不用担心，我会做好的！”

经过家人一番苦口婆心的劝说，严玉明的张扬似乎有了收敛，不再明目张胆地搞请客送礼了。村委会改选日子日益临近，镇党委组织部门到村里考核几名候选人。在考核中，严玉明没合格。严玉明参选村委会主任的资格被取消。

严玉明那晚早早回到老姨家，平平陪他喝酒。老姨担心他们喝醉，让我来陪着。我紧握拐杖，如果严玉明耍酒疯，我不管他是社会的大哥，还是我的妹夫，我都不客气地把他打倒！

54

严玉明的理想破灭了，可他似乎不太在意。不管谁当村长，对他承包的千亩海滩不变，他就不找村长的麻烦。

平平每天开车去白沙湾海滩。潮水退去，渔民们开始在滩涂上采收蚬子。马车把满袋子的蚬子拉到岸边过秤，然后又装到贩子的车上。平平把钱装进包里，开车回家。严玉明有时在场，有时不在。在场的时候，平平拿出三四百块钱给严玉明。严玉明领着几个小弟坐车走了，去喝酒还是去K歌，平平从不过问。

我感到奇怪，问平平："你就这么放心，不怕他去赌场？"

平平自信地一笑："他不敢进赌场了！再说他手里没有多少钱，我每天给他几百元钱零花。让他领着他的几个小兄弟去玩，就是耍钱也是小打小闹。大赌场他不能进了！"

我相信平平的判断，严玉明真的改邪归正了。初秋海滩的活还没有停，严玉明要收购苹果，发往广州销售。有人告诉他，一车皮苹果到了广州转手就能赚一万元。就是有一点很难，进关里的车皮不好办。只要肯花钱，中间人也可以办到。严玉明没念过几年书，算经济账却张口就来。他嘴角叼着香烟，手里的计算器摁得啪啪响。三车皮苹果到广州卖出高价，减去运费、车皮费和其他费用，这一趟净赚两万元。严玉明一脸喜气，就像钱已经赚到手里似的。

平平不相信严玉明算的账，她要去考察一下收购苹果的市场。平平让我陪她去龙门汤、英歌岭、腰屯三个盛产苹果的村子走一趟。严玉明开车，他在车上一个劲儿夸我，工作认真，一丝不苟。严玉明说：“收购苹果过秤的活最重要，还让哥把关！”

苹果产区满山遍野都是苹果树。正是摘苹果的时候，果乡一片繁忙。村道边宽敞的地方，设有多个收果的摊位。干活的女人们在柳条笼子里挑选苹果，然后用纸包上，摆放到纸箱里。她们边干活边嘻嘻哈哈地讲荤笑话，场面繁忙热闹。经纪人忙着过秤点数装车。平平打听苹果价格，果农老汉笑着问：“你打听哪种果的价格？有红富士、乔纳金好几种果，要一等果还是二等果？你还是都要？”

严玉明恼火地说：“都要，你报价吧！”

果农瞧一眼严玉明，冷冷地说：“我家的果都预订出去了，你们到别人家去问吧！”

严玉明还要说什么，平平拉着他上车了。平平愠怒地说：“你以为这是白沙湾吗？你要威风没人跟你一样的。你不改改自己的臭脾气，我不能让你自己出来做生意！”

严玉明嬉笑着哄平平：“媳妇，你别生气。那个老头看你不懂，耍笑你。我能让他耍笑我媳妇吗？”

平平在严玉明软缠硬磨下，同意拿了十万元给他，作为购销苹果的流动资金。严玉明向平平保证，年底一定交回双倍的钱。不管严玉明真心用我，还是满心不愿意让我在他身边做平平的眼线，我顺其自然地跟着严玉明来收果。平平让我掌握钱，做起临时会计。投入实际工作，才知道这是一份苦差事。成天在收购点看着选果的质量，一刻都不敢懈怠。严玉明让绰号叫“三地瓜”的小兄弟跟我一起负责监管质量。三地瓜身材短粗，被称为“地瓜”一点不屈。他会干面子活，严玉明在的时候，吆五喝六的，像模像样地很负责任。严玉明一走，他专门往年轻小媳妇跟前凑，不到一天工夫就开始打情骂俏。过完秤的成箱苹果堆在道边，晚上我和三地瓜在皮卡车上守候。三地瓜耐不住寂寞，去超市买了两袋鸡爪子、花生豆和两瓶啤酒回来。让我自己喝，他去龙门汤的温泉泡泡澡。看他狡黠的眼神，我知道他一晚上是不会回来了。自己表妹家的买卖，外人是不能尽心尽力的。我连续看守两夜，严玉明一大早过来，三地瓜没有回来，我还要替他打掩护。吃人家的嘴短，这时才有深刻的体会。

严玉明找中间人办了三个广州罐车车皮，二百多吨红富士和国光苹果运到许屯车站装车。半天时间装完车，严玉明领着两个小兄弟，从大连坐飞机去广州。一个星期后，严玉明从广州打回电话，告诉平平广州水果市场认东北苹果，三车皮的货被一个水果大商贩全部收下，净赚两万四千元。严玉明让我领着三地瓜继续收果，争取春节前再发六车皮。平平很冷静，不让我收六车皮的苹果，只让我保持上次的车数。我领着三地瓜开始在乡下收果。严玉明在广州待了半个月，回来的时候，三车皮苹果已经收完，准备往车站倒运。严玉明一看是三车货，对我大发雷霆，两个眼瞪得比牛眼睛都大。问为什么不按照他的话做。我说平平不让，我不敢收六车。

严玉明像泄了气的皮球，无奈地摇摇头："没办法，女人念书多了发愚，只能是兔子胆。现在做生意没有胆量就别想赚大钱！哥，下次收六车皮货。你不要告诉平平，听她的就耽误赚钱！"

"可是钱不够哇！还差两车货钱。"我说。

严玉明训斥道："你脑袋不开窍吗？咱们是这里最大的客户！成车皮往南方发货的有几个人？靠信誉也能赊来两车果呀！三地瓜，你跟我舅哥再去收三车果。跟他们说过几天钱回来就结清。三地瓜，我舅哥说大话脸红，你擅长吹牛，明天你就往大了吹，把三车货给我收上来。我去找人办车皮，办下来就装车，别给我耽误了！"

我不敢告诉平平，也不敢对老姨说。严玉明做的是正事，也许真是平平胆子太小了。开始收果了，三地瓜嘴角叼着烟卷，把老板严玉明捧到了天上，就像渤海湾都是严玉明的。我听了脸呼呼地发热。我把手里的钱付给果农。剩下不到两车货的钱，只能欠几天。

果农们看到我们确实不差钱，一时货款周转不开，晚几天给钱不耽误啥事。三车苹果如期装车发往广州。

严玉明没有按照计划回来，平平很焦急，几次打电话催他。严玉明却说，还有三车货款没有收回来。一个月过去，严玉明才回来。他把六车货的本钱和赚到的钱如数交给平平。他们两口子算账的时候，我回家了。至于赚到多少钱我心里有个大概数，前后装走九车苹果。平均每车净赚一万元，那也是将近十万。

可是事情并不是我想象的这样。第二天，严玉明把我约出去。车开到月亮湖公园僻静的路上，严玉明停下车，凝视车外半天不说话。

“玉明，你有什么事吧？”我问。

严玉明叹口气，低沉地说：“哥，这个事你不要对平平和妈说。最后有两车货被骗了。我没有经验，被当地的地头蛇骗走了，我连人都找不到，再待在广州找或是报案，我可能都回不来了！”

我诧愕地说：“你不把本钱和赚的钱都交给平平了吗？”

严玉明伤感地说：“我怕平平和妈知道了上火，跟别人借了六万元交上账了。还有一车货钱没付，还差六万元。这笔钱必须付清，不能欠果农钱！”

我明白了，严玉明是要跟我借钱。我没有犹豫：“我回家跟吕双说一声，她能给你拿钱。”

严玉明感激地说：“哥，你这个人可交！我没有跟你借钱的意思，你和吕双挣点钱不容易。我跟谁吱个声，都能给我面子，拿个三万五万元的很容易。还有四五个月才能赶海，远水不解近渴，只有一个快速来钱道。我是讲信誉的，春节前要把这个窟窿堵上！”

我愕然地看着严玉明，明白了他的意思。他要去赌一把。我怯弱地说：“能行吗？平平要是知道了，你怎么办？”

严玉明似笑非笑，诡秘地说：“哥，我找你出来就是为这个事。上次平平去派出所举报我，我不怪罪你。你也是为我好，我理解。可这次你不能告诉平平和你老姨了！你还要帮我打掩护，你这两天不能回家，告诉平平跟我在龙门汤清账。”

我问：“玉明，你保证两天就能赢到钱，把窟窿都堵上？”

严玉明嘿嘿一笑，志在必得地说：“我现在手气好，不赢多，至少把被骗走的货款捞回来！”

我不能再说什么了，像人质一样跟他来到许屯镇，安排在一家小旅馆住下。严玉明说是怕我闷，安排他的一个小兄弟陪着我。可我明白，这是在软禁我，怕我通风报信。

平平和老姨相信我的话，正忙着清账。两天过去，严玉明晚上回到旅店我的房间，一头扎到床上呼呼大睡。陪他在赌场的小兄弟二驴子也是疲惫不堪，蜷曲在我床上。我挪下身子，给他让出半张床。我一看他俩两手空空，连装钱的那个包都没有拎回来，知道严玉明的梦想破灭了。这一夜我几乎没睡，翻来覆去地想，严玉明怎么向平平交代？严玉明继续对平平撒谎去赌场，我还能帮他隐瞒吗？我想起老姨坎坷的一生，眼睛湿润了。老姨是多么希望平平的命运要比她强，至少有一个好丈夫好家庭，让艰辛的人生路上充满阳光。可严玉明警告我的眼神，又让我不寒而栗。

这一夜，我难以入眠，不知道天亮了，我如何抉择。

严玉明一觉睡到第二天中午。他睁开惺忪的双眼，看到我和二驴子躺在旁边的床上，忽地坐起来，问我：“哥，平平来电话了吗？”

“昨天下午问我还有多少户的钱没付完。”

“没问我干什么呢？”严玉明追问。

我摇摇头，没说话。平平可能是相信严玉明，两次来电话，都没问严玉明。而老姨只来过一次电话，嘱咐我，一定要看住严玉明，不能让他去要钱。

严玉明把二驴子喊起来，让他去买吃的。二驴子两手拍兜，讪笑地说：“三哥，兜里角钱没有！”

严玉明拿起床头上的衣服，又放下，看着我：“哥，你兜里有钱没？给二驴子拿几个去买点吃的。”

我说我去买，严玉明说：“让二驴子去，我要跟你说点事。”

我拿出五十元，递给二驴子。他却不接，说：“哥，大方点再弄几个，还不得给三哥整两瓶啤酒、一盒红塔山哪！”

我掏出一百元给他。他拿着钱高兴地走了。

严玉明眼神飘忽，仰望天花板，哀伤地叹口气：“哥，我现在是进退两难哪！十万元全光了，下场局我必须把本捞回来，不然这窟窿越来越大，我没脸回家了！”

我脑门渗出汗珠子，他无脸回家，可我也无颜向老姨和平平交代。我是帮凶，难辞其咎！

“玉明，别去赌了，我可不能再替你打掩护了。老姨要打我的！”我怯懦地说。

严玉明冷漠地笑了两声，说：“哥，我没有退路了！大不了我把千亩海滩押上，也要把输的钱赢回来！”

“玉明，你为平平和孩子想想吧！一旦再输了，你们吃饭的饭碗都没有了！”我几乎是哀求地说。

严玉明看我真着急了，他反而显得轻松起来：“哥，你没上过赌场。在赌场不管多么有价值的东西，都要贬值。二十万元的江诗丹顿手表，在赌场上就给三五万元。你说我把千亩海滩押上能值多少钱？也就百儿八十万元。我赢了，能赎回来，要输了彻底就失去了。这个海滩哪年不赚个几十万元，啧，输掉了真可惜！”

我急忙劝道：“你知道输掉可惜，就不去赌呗！回家跟平平如实说清楚，平平会给你堵上这个窟窿的。”

严玉明嘴角露出一丝自嘲的笑意：“让媳妇给我堵窟窿，我太掉价了，那不是我严老三做的事！哥，这样吧，你回家跟吕双说一下，借我十万元，我再跟朋友手里拿十万元。这样就不用押海滩了。明年开海的时候，我给你涨工资。人有难的时候拉一把，一辈子都要记他好的。实在亲戚也一样，需要礼尚往来，才能有感情！”

我没有当面拒绝的理由。我解除软禁要出门的时候，严玉明喊住我，冷冷地说：“哥，平平要是知道了，我们这个家散了，你可担当不起这个责任！”

55

我回到家里，吕双还没有回来。我儿子和岳母在家。儿子看我回来了，高兴地说："妈妈说，爸爸回来要做好吃的！"

大宝上四年级了，摆弄手机很熟练。吕双回来，买了猪肉和大虾，和她妈在厨房忙活。我躺在沙发上，儿子让我给他讲故事。平时儿子跟他妈在一起，不能说话，岳母来就是给他一个语言环境。我只要在家都主动跟他说话，给他胡编一些故事听。可今天心情不好，我在寻思怎么开口跟吕双说。吕双自己经营小店，每天都很辛苦。生意不好做，现在赚的钱只能够一年家里的生活费用。吕双存了多少钱，我从来不问。我估摸也有二十万元吧。这是她多年来要比正常人付出更大辛苦挣来的。严玉明张嘴就要借十万元去赌博，我越想越感到不是那么回事！

吕双看见我不哄大宝玩，过来摸了我的前额，她以为我感冒了。感觉我头不热，手语问我："哪里不舒服？"

儿子非常懂事，看见我跟他妈说话，立刻把本和笔递给他妈。我说："吃完饭，跟你商量一件事。"

吕双写道："我妈回避吗？"

我点头："最好不让妈知道。"

吕双炒了四个菜，端到饭桌上，让岳母和大宝先吃。岳母可能听到了我的话，草草吃完，领着大宝下楼溜达。我和吕双坐下来，吕双神色紧张地看着我。

我没有胃口，也不感到饿。吕双看我心事重重的样子，在本上写道:“说出来心情好了再吃饭。”

我低下头，犹豫半天才抬眼看着吕双说:“严玉明赌博输了一大笔钱，他想往回捞，没有本钱了，让我回来跟你借十万元。”

吕双焦急的时候，才咿咿呀呀地边说边打手语。我厉声道:“你急什么？我没答应借他钱！咱俩商量一下，我告不告诉平平和老姨。”

吕双平静下来，可眼神依旧惊悸。我又说:“严玉明发走六车苹果，让人骗走了两车。还欠着果农的钱。他想赢钱把这个窟窿堵上。”

吕双在本子上写道:“告诉妹妹和老姨，不能让他进赌场！我拿钱给妹妹，去堵他的窟窿。”

我鼻子发酸，眼泪差点掉下来。吕双给了我勇气，我不惧怕严玉明对我的威胁，我是在挽救他，挽救他的家庭。

吕双陪我一起来到老姨家。

平平看我回来了，惊喜地问:“都完事了？玉明呢？”

我低声地说:“平平，跟你说个事，你别先发火。”

平平惊诧地看着我问:“严玉明怎么了？”

我吞吐地说:“他又去赌场了。”

老姨在里屋忽地走出来，气愤地说:“我看他就改不了这个毛病！”

“老姨，玉明这次进赌场是有原因的！”我尽力为严玉明辩解。

平平瞪起眼睛看着我:“哥，你别为他开脱！赌博原因就一个，想不劳而获发财！哥，告诉我实话，他是把货款输了？”

我点下头，缓慢地说:“最后发走的三车货，有两车到广州被骗了。他怕你上火，就用货款去赌博，想赢钱堵上这个窟窿。可是，他手气不好，输了……输光了钱。”

平平显得很冷静，纹丝不动地坐在沙发上。平平缓慢地起身去卫生间，把水龙头打开，用湿毛巾不停地擦脸，半天才回来。

平平抬眼问我：“还欠果农多少钱？”

“十二万元钱款，严玉明可能借八万多元，大约二十万元吧。”

吕双手语：“我拿十万元给妹夫堵窟窿。”我跟平平说吕双手语的意思。

平平笑一下：“嫂子，谢谢你！不用你的钱，我能把他欠的钱都还上！”

老姨气得喘粗气，质问我为什么不打电话告诉她们。平平不耐烦地说：“妈，事情都出现了，责怪我哥有用吗？我哥也是左右为难。严玉明瞒天过海能不恐吓他吗？”

我是有苦难言，不能倾诉。现在告诉她们细节，如同往火上浇油一样。平平开车领我去银行取了二十万元，然后来到收苹果的龙门汤村。我按照收果台账上的名单喊名字。平平从包里拿出一捆捆百元大钞付款。

严玉明在许屯镇的小旅店里等我，看我半天没有回信，给我打电话。我不接电话，严玉明不住地打。平平判断出是严玉明的电话，把我手机拿过去，平静地说：“我跟哥在龙门汤付货款！”

没过半小时，严玉明开车赶过来，脸色慌张地看着平平，苦笑道：“我在等哥，付款账在他手里，我没法付，钱在存折里。”

平平没有理会严玉明，继续付款。

严玉明狠狠地瞪我一眼：“哥，你太不地道了。回家也不说一声，把台账给我呀。平平在家看孩子多累，这点事你折腾她来干吗！”

平平冷静地说：“你先回城里，蔄蔄想爸爸了！”

严玉明僵硬的脸上露出一丝笑意：“好，我也想儿子了！”

忙到中午，还有十几户没有发完。平平问我饿不饿，我说不饿，一气发完。正当我和平平忍着饥饿，继续发钱的时候，严玉明开车来了。他带来热气腾腾的饺子和酸辣汤。可是平平不吃，甚至连看都没看一眼。严玉明向我递眼色，我把餐盒端到平平面前，平平没好气地说：“我不饿！你饿你去吃！”

平平这口气，我也不好意思去吃。直到把欠款全部发完，我才从餐盒里拿出冰凉的饺子吃了几个。平平打开车门要上车，严玉明谄笑地说：“媳妇辛苦了！我一时糊涂做错事了，媳妇别生气了！”

平平露出一丝冷笑，说：“你外面还欠谁的钱，把这些人都找来，一次性还清。我回市里，在悟道茶馆等他们。”

严玉明脸色青紫，苦笑着说：“媳妇，不用你操这心了，他们都是朋友，不着急用钱。以后我慢慢就给他们了。”

平平果断地说：“欠人家钱，我睡不着觉！今天下午必须把这事办完！”

平平说完拉着我回市里了。

严玉明外欠两个人八万元，而且都没有打欠条。平平让他们写了收条，把钱还清。平平压抑在心里的闷气，终于吐出来。

“严玉明，回家吧，该说说咱俩的事了！哥，我送你回家，改日再请你吃饭。”

严玉明的脸青一阵白一阵，搓搓两只手，对我说：“哥，你不能回家，这个事，你要给我做证实啊！”

来到老姨家，老姨看到我们都阴沉着脸，皱起眉头向我使眼色，让我去她的屋里。我直接进到老姨屋，看到张雨林明显胖了。原来消瘦的颧骨凸出，现在陷下去的脸颊鼓起来，也有血色了。老姨把放在张雨林耳边的收音机调到最小音量，问我：“把欠款都还完了？”

我点点头，悄声道：“平平要发火了，你别管！教训教训他也对！”

严玉明脱下外衣，煞有介事地喊：“儿子，儿子，妈妈和爸爸回来了！”

老姨说：“茼茼刚睡，喊醒了要赖叽。”

平平把披肩发扎起来，绾在脑后。倒了一杯热水，放在茶几上。严玉明显得很镇静，嬉笑地说：“媳妇辛苦，我烧水给你泡壶茶，再用水泡泡脚！我去给你端盆热水来！”

平平冷冷地说：“严玉明，你坐下，我要跟你说个事！”

严玉明苦笑一声：“干吗这么严肃？我承认了一时糊涂做错事了。你问哥，我去赌场真不是为了玩。我被人骗了，怕你上火想去赢钱，把窟窿堵上。”

平平失望地叹了一口气：“这不是你辩解的理由！我不管你了，我们离婚吧！房子我留下，手里还有二十万元存款，你要多少？都给你也行！”

严玉明惊呆了，半天没回过神。严玉明忽然跪下，声泪俱下地说：“平平，你给我一次机会，我错了，再也不进赌场了！”

平平咬住嘴唇，止住眼泪流下来。严玉明忽地站起身，跑进厨房，拿出菜刀。我惊愕住了，两步跨到严玉明身边，举起拐杖向严玉明的头上打去。严玉明握住拐杖，用力一推，我摔倒了。

“严玉明，你疯了！快放下刀！”老姨发疯地扑过去，夺严玉明手里的菜刀。

平平坐在沙发上纹丝不动，怒视严玉明。

严玉明扑腾跪下，把左手放在茶几上，声音颤抖地说：“平平，我发誓永远不进赌场。我砍掉我的手指头，向你保证！”

平平一愣，喊道：“住手！”

严玉明手起刀落，咔嚓一声，他把左手小拇指头从中间砍掉，一股鲜血喷出来，溅到平平的身上。

老姨惊叫一声，昏厥过去。

56

平平原谅了严玉明，给他一次悔改的机会。老姨从此也落下毛病，每天晚上都要把菜刀、剪子、水果刀藏起来。严玉明在屋里一走动，尤其看到他半截小指头，老姨就脸色煞白，心就怦怦地跳。

平平知道妈妈心有余悸，再次从妈妈家搬出去，住进自己的家。平平开始过独立的家庭生活。

沉寂了一冬天的海岸线，又热闹起来。严玉明承包的千亩海滩，也开始了新季节的收获。我还干过磅记账的活，平平每天都来一手付款，一手收款。严玉明成天也在海边转悠，赌场不去了，每天喝酒的事也减少了。出门必向平平请示，平平如果眉头紧蹙，他就不敢跨出门槛。严老三怕媳妇，在他的朋友圈广为流传。有人在跟严玉明开玩笑，卤水点豆腐，一物降一物。在外面一呼百应，可以吹胡子瞪眼，而在家里却乖顺得像只猫。严玉明却沾沾自喜地说：“怕老婆不是丢脸的事！你们如果娶个大学生的老婆，就知道怎么去爱她了！家有贤妻不遭横事！老婆高素质，下一代肯定比爹强！”

我把严玉明的话告诉平平，她惬意地轻轻笑道：“他对谁都没有坏心眼，非常顾家，爱家人。”

经过多年跟严玉明接触，我觉得严玉明是这样的人。他在白沙湾村算是有钱人，他没有欺负村里任何人。有时候还给家里没有赶海的老人送去新鲜的鱼虾。至于严玉明顾家，爱老婆孩子更是事实。被骗了，却瞒着平平，怕她跟着上火。我从平平眼神里读懂了她对严玉明的感情。

随着旅游产业的发展，来海边玩的人增多。有些游客准备搂耙子、铁锹、水桶等抠蚬子的工具。潮水一退，蜂拥地闯进海滩抠蚬子。严玉明承包的海滩，不能让这些人无缘无故地抢走自己的果实。他的弟兄们阻拦旅客进海滩，与游客发生冲突。派出所介入，平息了殴斗。这样的矛盾纠纷，在海边其他承包场地经常发生。当地政府为了开发旅游产业，开发海岸资源，决定收回承包出去的大片海滩。所有承包海滩的合同被提前终止。

家里的生意骤然失去，平平心情郁闷。严玉明安慰她，海边有的是生意可以做。海滩不让承包了，可以承包滩涂。严玉明告诉平平，现在兴起在滩涂挖圈养海参。把海水引进圈里，春天的时候把海参苗放进去，秋天就可以打捞。品相好的海参能卖大价钱，一般品相的海参价格也要远远高于蚬子。这是附加值高的海产品。

平平很冷静，没有因为无生意可做了，而盲目去投资其他项目。平平领着我去市里的海鲜市场考察销售情况，又去街上的专营海参店去打听海参价格。平平又让严玉明带她去滩涂养殖海参的人家看看。我跟平平上了严玉明的车，严玉明沿着海岸线新建的滨海路一直向南行。

平坦的柏油路是沿着海岸线修建的，路西侧是波涛汹涌的大海，路东侧是蜿蜒起伏的山峦。大海上帆船点点，山峦中高大的风力发电塔杆上的巨大扇叶在缓慢地旋转。

平平望着大海，轻轻地感叹：“面朝大海，春暖花开！”

再往前走，大片滩涂上出现一排排拱形大棚和篮球场大小的水池子。车下了山坡，开到离路边不远的一个大棚前停下。大棚里走出一个中年男人，他以为我们是来买海参苗的，非常热情地把我们让进屋里。从屋里直接进到大棚里面。这是一个封闭的大水池，循环水哗哗地响。那人用网兜从水池里捞了半网兜的海参苗，对我们说，他家的参苗是最好的，一斤都在五百到一千头，而且价格也是最便宜的。平平问了一些养殖海参的情况，又到外面海参圈看了半天。

回来的路上，严玉明露出自信的微笑问平平："这个生意是不错？"

平平沉思一会儿，说："不是潮水一退，可以抠到蚬子那么容易！养殖海参要有一定的技术。那些养殖成功的商户，一定有成熟的经验。我们要摸索出来经验，是要交学费的！"

严玉明听懂了平平的话："那好办，我挖几个明白人来养殖，咱们有实际经验！"

平平很冷静地说："不是你想的那么容易。聘用有养殖经验的员工是前提，但更主要的是自己要掌握养殖的技术。多看这方面的书，用心观察海参生长的规律。这可不是抠蚬子，一点技术含量没有，养殖海参可能是水产养殖业比较复杂的项目。水温、换水、喂食、打氧气，都需要在实践中摸索，才能掌握好。技术含量越高的项目在市场越有价值。这个项目值得考虑！但是，严玉明你必须保证，全身心投入这里。不会看技术书，可以在实践中学习。只要用心，就能做好！"

严玉明啧啧称赞："媳妇，你就跟养参的人唠了一会儿嗑，就能给我上堂课呀！我听你的，什么也不干了，非得把养参这个生意干红火了！"

平平做事认真。她领着我去海边的养殖户看了几家，做出投资预算。这才让严玉明去村委会申请租滩涂的事。

村主任对严玉明还是挺客气的。他痛快地答应，村里海边三角地二百多亩滩涂，可以五年免费租用。严玉明知道那块地与邻村高家窝棚有争议，两个村子谁也没有动这块地。两村主任都心知肚明，谁想动这块地，都绕不过去两个村子的名人。现在白沙湾村的严玉明主动要包这块地，村主任巴不得赶快让他去占上，任何协议都不用签。严玉明也知道，高家窝棚村霸龚树川，绰号“狗牙子”，一定会出面跟他争这块地的。但严玉明没有把他放在眼里。狗牙子年龄要比严玉明小几岁，见到严玉明叫“三哥”，背后却相互鄙视。狗牙子初中念了半年，经常打架斗殴，偷鸡摸狗。学校把他开除了，家里通过关系把他送到省体校跆拳道队。什么比赛成绩没有，混了两年回家了。这几年霸占了村码头，不管是哪儿的渔船靠岸，所有的海货他全部收下，然后转手卖给鱼贩子。严玉明承包的是千亩海滩，跟他是井水不犯河水，从不来往。

严玉明很容易把二百亩地拿下来，并且五年内一分钱不用交。平平感到奇怪，说：“承包合同拿来我看看。”

严玉明就把滩涂地的情况说了。平平果断地说：“这样的地我们不能用，宁可不做生意，也不能被村主任利用了。他把滩涂产权弄清楚了，我们签上合同，哪怕租金多一点都可以接受！”

我觉得平平说得有理，说：“玉明，村主任用心险恶，合同都不签，一旦发生争议，你这是个人行为，一点法律依据都没有。”

老姨也劝说严玉明，不能图便宜上人家的当。

严玉明没有反驳，沉默半天说：“我明天回村，看看有没有别的滩涂。”

第二天严玉明回到村里，让村主任写承包合同。平平让我跟着严玉明一起回村。严玉明反感我，脸阴沉得能拧出水，可他不敢顶撞平平。来到村部，严玉明不让我进屋，他领着两个小兄弟进屋里了。我走到窗前，在窗边听他们说话。

严玉明：“你不跟我签个承包合同，我去三角地挖参圈算怎么回事？到时候你们反咬一口说不知道，我不就是霸占村集体土地了吗？我不懂法，我老婆是大学生，她可懂法！”

村主任嬉笑道：“你是有个好老婆！今天你要签承包协议，我就知道是你老婆出的主意。你不会想到的，挖个坑你就能跳下去！”

严玉明激恼地说：“我告诉你，你这个村主任的位置，想坐稳定，没有我严老三帮你，你也就干这一届！三年后还不知道谁在这个位置上！我这一票是有影响力的！”

村主任谄媚地说：“那是，那是少不了三弟的帮忙！这样吧，三角地承包给你，村里跟你签承包合同。咱丑话说在前面。高家窝棚村要是提出异议，你自己摆平。”

严玉明哈哈大笑：“我说你跟我不会差事的！你把合同起草好，我拿回去让我媳妇把关。”

严玉明拿着承包合同，回家给平平看。平平看了几眼，拿起笔，在原稿上改了一遍，抬起头看着严玉明，说：“村委会要补充两条：一是该地块与邻村发生争议，村委会出面协调解决争议，如造成损失，村委会要承担责任；二是必须写明经过村委会班子研究决定，三角地二百亩滩涂承包给本村村民严玉明。不能含糊写成‘同意承包’，谁同意？村委会主任自己同意不代表村委会同意。其他条款还可以。”

严玉明皱起眉头，说：“这个村长是耗子胆，就是写上了，出现争议，他们也不会出面去解决的。好了，我让他把这两条都写上。”

严玉明找到村主任，把平平提出的两条加到条款里。村主任一看，对严玉明说：“你老婆不愧是大学生，这两条都是盯在肉上！老三，你知道村部是角钱没有，拿什么给你承担责任？你能签就签，胆小怕事就别干了！”

严玉明被村主任的话刺激了神经，他把没有修改的合同揣到兜里。回家告诉平平，合同改好了，等着村部会计回来盖章。平平信以为真。严玉明开始租挖掘机挖参圈。平平让我每天跟着严玉明去现场，帮助照看一下。

两台挖掘机连夜挖海参圈。挖出的泥土，堆叠在方塘边，垒成坝体。不到两天，一个长方形的养海参的水塘初具规模。正要大功告成，这天中午忽然来了五六十人，把海参圈围上。一个矮个头、体魄健壮的人，嘴里叼着一根烟卷，一步一晃地走过来。身后跟着五六个人。严玉明没有在现场，我赶忙给他打电话。严玉明在城里，问我是谁。我说是个胖子，个头不高。严玉明轻蔑地说，狗牙子终于登场了！

狗牙子十分猖狂，让手下的人把挖掘机的钥匙拔下来。司机下车跟他要钥匙，两个小子把司机摁倒，抬脚就往身上踹。我愤怒地冲过去，举起拐杖指着他们吼道：“你们干吗打人？把他放开！”

狗牙子轻蔑地看着我：“怎么蹦出个瘸子？你是谁？”

“我是严玉明的舅哥，你们为什么打人？”我质问狗牙子。

狗牙子一咧嘴，露出两颗犬牙。他冷笑道：“谁让你们来这里挖参圈的？知道不，这是高家窝棚的地，严老三的手伸得太长了吧！”

我说：“这是白沙湾村承包给我妹夫的。有承包合同！”

狗牙子吼道：“白沙湾村有什么权利承包我们高家窝棚的滩涂！”

我没有怯懦，眼睛盯着狗牙子说：“是谁的滩涂，要有证据。你们随便打人，这是犯法！”

狗牙子眼睛眯成一条缝看着我：“我不打残疾人，但你给我闭嘴！给你妹夫打电话，不来我就把钩机扣走。”

不到半小时，严玉明带着两台车呼啸地飞驰过来。车没停稳，严玉明就从副驾驶座位上跳下来。随后七八个人，手里拎着镐把。狗牙子手一挥，呼啦一下，五六十人围了过来。

严玉明回身对他的人说：“你们都回车上。我跟狗牙子谈，谈不好我跟他单挑！他们人多，咱们不能吃眼前亏。”

“小川，你打了我的人，这账怎么算？”严玉明冷冷地看着狗牙子。

狗牙子冷笑道：“咱们都是社会人，做事要讲究。这块地归属还没有确定，你就出面占了，也没有把我龚树川放在眼里！”

严玉明冷笑地说：“我确实没把你放在眼里！白沙湾村的滩涂，为什么要问你？我这里有村委会的合同！”

狗牙子脸色陡变，说：“这是我们村的地，你那合同就是废纸！”

严玉明阴沉地说:“看样子你是不给三哥面子了? 告诉你，这块滩涂我严三要定了! ”

狗牙子凶恶地说:“这要看我答不答应! ”

严玉明狠狠地说:“好，咱俩就找个地方，看看谁服谁? ”

狗牙子一挥手，对身后的人说:“咱们今天都回去，不关大家的事，是我跟严老三的事! ”

狗牙子临走对严玉明说:“中午老鳖湾见面! ”

我的腿不住地哆嗦，拄着拐杖的手都在颤抖，我拉住严玉明说:“妹夫，别跟他较劲儿，咱们另找地方干吧! ”

严玉明瞪我一眼:“哥，你不懂，我严老三要是这样撤走了，我在社会上还怎么混了? 你不要告诉平平。你也别回城里了，在这儿守着! ”

严玉明领着他的小兄弟开车走了。

我异常紧张，两腿发软。我不能隐瞒平平，立刻给平平打电话。平平让我在原地等她。半小时后，平平开车过来。平平让我上车，问我:“严玉明在哪儿? ”

“我听狗牙子说去老鳖湾。我不知道老鳖湾在哪儿。”

平平冲我发火:“你为什么不阻拦他? 在这儿等我也不问一下老鳖湾在哪儿? ”

我急忙去打听，老鳖湾在浮渡河入海口上游十来里地的河湾，顺着河边的路走就能看到。车在河边的土路上疾驰，平平神情紧张，恨不得马上把严玉明拉上车。

浮渡河转个弯，留下一个水潭。青草覆盖，死水微澜。可今天的死水湾却上演了一出悲剧。我和平平来到的时候，严玉明和狗牙子都躺在地上，俩人胸前都插着一把刀。沙滩上两摊鲜红的血格外刺眼。

平平发疯地跑过去，抱住严玉明失声喊叫:“玉明! 玉明，你睁开眼睛啊! ”

严玉明奄奄一息，缓缓地张开眼睛，毫无血色的嘴唇嚅动儿下，声音微弱地说："平平，我对不起你……我不愿意……死……"

平平抱住严玉明，拼命地喊叫。我急忙对身后人喊道："快抬上车去医院！"

跟着严玉明的几个小兄弟惊魂未定，好像从梦中惊醒，立刻把严玉明抬到吉普车上。平平紧紧地抱住严玉明，不住地呼喊："玉明，玉明……"

三地瓜把车开得像飞起来似的。赶到市中心医院，迅速送进急救室。平平满脸泪水，无力地依偎在椅背上。

我浑身哆嗦，拐杖都握不住了。我蹲下身，靠在墙上，眼睛紧紧地盯着急救室的门。在把严玉明抱到车上的时候，我把手放到他的鼻下，感觉还有一丝鼻息。

急救室的门打开，护士喊："患者家属请进来吧！"

平平跑进去，急救床上的严玉明身上盖着白床单。平平一下子昏厥，倒在地上。

57

严玉明扔下三岁的儿子和妻子匆忙地走了。平平领着儿子茼茼在大清河边一坐就是一天。老姨担心平平想不开，让我跟在平平后面，暗中观察她，别出什么意外。老姨一脸憔悴，说话的力气都没有了。成天守在张雨林的病床前，自言自语地唠叨不休，眼睛干涩，没有泪水了。

平平领着儿子走在大清河的堤坝上，低垂的柳枝挂到她的头，也不知道躲闪。头发凌乱，步履蹒跚。走累了，坐在堤坝上，脚下是平静的河水。我担心起来，平平如果想不开，只要往前倾斜一下，就能坠入深深的河水里。

我快步上前，猛地从后面抱住平平和茼茼，拖下堤坝。平平冲我发怒："我不会投河的！我干吗要为傻子殉情？"

"那你也不能领着孩子坐在那儿，多危险哪！"

平平表情麻木，呆滞的目光望着大清河缓慢的流水，惆怅地说："没有茼茼，不想到妈妈，我也想寻找归宿！"

我说了无数次没有新意的劝慰话，又重复一遍："平平，你要想开，你还年轻，茼茼还要你抚养，你还要做很多事情！"

平平凝视着我，眼里充满哀伤："哥，难道我就是这个命吗？

我不相信我是这个命！我是遇到了一个没有头脑的人！”

这是严玉明烧完头七，平平第一次跟我说出她的心里话。晴天霹雳的横祸降临到她的头上，瞬间跌入人生谷底。平平不认命，真是让我感到欣喜。只要平平能振作起来，她干什么都会成功的。

平平为了不给母亲增添负担，她没有搬回母亲家。领着茼茼住在自己家，把茼茼送到幼儿园。平平考察市场，不准备重操旧业干餐饮了。她选择了代理办公家具。这个办公家具是个品牌，平平的同学邱欣欣是区域总代理。邱欣欣和平平是大学同学，她家在省城，毕业后分配在省城供销总社。干了三年也下海经商，代理了多个品牌。她从同学那里知道平平遭遇不幸，主动联系到平平，把岳城区域代理让平平做。租门店、铺货都是邱欣欣出钱。

门店不是邻近商业街，租金相对便宜些。平平聘了两个年轻有经验的销售员，出去跑市场。平平让我在店里看守。办公家具的特点就是主动到公司、政府机关去推销。他们感兴趣了，就来店里看样品。平时很少有人登门买大件成套办公家具，来的人不是买把椅子，就是电脑桌这样的小物件。在店里一天卖不出去多少货。平平很多时候都是在外面跑推销，店里只有我看家。

半年过去，销售业绩不好。邱欣欣从省城来，帮助平平分析销售问题。邱欣欣不愧是多个品牌的代理商，很快就给平平指出问题。办公家具销售重点放在港务局下属的公司机关和在建的大公司办公楼。平平调整销售重点，放弃注重经营状况好的小公司，转向那些正在开发区筹建办公大楼的公司和港务局。平平领着两个销售员，往返于岳城的各大公司。港务局新建的一万五千平米的办公楼所有办公家具配套合同，平平终于拿到手。拿下这一大单，平平代理的品牌在岳城一炮打响，订单连续签订几个，销售额突破千万元。

经商再次成功，平平已经彻底从悲伤中走出来。她把茼茼送进岳城最好的私立幼儿园，自己也换了一台白色 E 级奔驰车。平平开始注重自己的形象，每周都去美容院保养。把自己打扮得像换了一个人，她说她要换个活法。老姨看到平平精神头上来了，还把自己捯饬得像模像样，满脸愁容也随之消失了。

平平一年多推托了几次同学们的聚会。平平的同学聚会很频繁，可她最不爱参加的是大学的同学聚会。我问平平为什么？平平说，那个时期就是江湖了。同学交往很世故，甚至很虚伪。平平最爱参加小学的同学聚会，那天真的过去，回想起来真是美好的回忆。可是小学同学却一直没有聚成，可能是因为时间太长了，同学们之间都淡忘了。

国庆节期间，平平的小学同学终于进行了一次聚会。一个家里有矿的女同学赞助了这次聚会。平平在这次同学聚会中，见到了同桌的男同学杭行（xíng）。聚会后，平平跟这个男同学联系频繁。开始我不知道她跟谁通话，而且每天是固定的中午时间。我以为她在联系客户，可我很快发现，平平通话时的眼神不对。我看到平平坐在她的老板椅上，红色的话筒贴在耳边，仿佛对方站在她面前。含情脉脉，慢声细语。我站在店门口有些睡意，想进去到展厅里的沙发上躺一会儿。平平摆手不让我靠前，我生气了，像我走进去就能把那个人吓跑了。我骑上车来到老姨家。

老姨看我气哼哼的样子，心烦地问：“平平又训斥你了？”

我气恼地说：“她不让我在店里待着，把我撵出来了。”

老姨问：“她干吗撵你走？”

我说：“她每天中午不知道跟谁打电话，原来我以为是客户。哪有客户一通电话就是两个多小时。我能老在外面待着吗？我进屋要躺一会儿，她不让我进，摆手让我继续在外面打溜溜。”

老姨脸上露出少有的笑容，说：“大鹏，你是真傻呀！这可不是客户！你妹妹是什么时候跟这个人开始打电话聊天的？”

“从小学同学聚会后，每天中午时间，准时打电话。声音不大，有时候笑得可开心了。那眼神就像看到了帅哥似的。我想偷听几句告诉你。我没到跟前，她捂住话筒瞪着我。一看就不是光明正大的事！”

老姨听了我的话，高兴得合不上嘴："傻小子呀，你妹妹是谈恋爱了！老天保佑，她可别再找个山猫野兽的男人！"

老姨让我暗中观察，那个男人肯定会来店里的。老姨的判断很准，周末那天，平平休息，我和两个业务员上班。半上午平平突然开车来了，让我们赶快把店里的卫生收拾一下，每天都要擦拭的样品还要业务员再擦一遍。平平也着意打扮自己，一套浅色连衣裙，显得却很高雅。平平站在镜子前涂抹唇膏，描眼影。我奇怪地看着平平，她跟严玉明处对象的时候也没有这样刻意去捯饬自己。平平喊我："哥，你别闲着，你把门口的两棵发财树浇点水，树叶上的灰尘用喷壶喷一喷。"

我讥笑："哪个大领导来视察？"

平平白了我一眼："势利眼！普通同学来就不收拾干净了？"

"得了吧，什么普通同学？谁也不是傻子！"我咧下嘴，去拿喷壶。

平平走到我面前，低声地说："你别嘴尖舌快地告诉你老姨！我这次找男人，不能像遇到茼茼他爸那样，过于草率地恋爱结婚。当时没有听妈妈的话，到了今天的地步。"

"你是应该慎重了，别剜筐就是菜！"我提醒她。

平平推我一把，嗔怪地说："别提闹心的事儿了，干活去吧！"

接近中午，一台奥迪车停在门前。驾驶门打开，一个中等个头的男人下来，看到我站在门口，微微地向我点头，问："郝欣慰在吗？"

"在呀，你是他的同学？"我瞧了一眼，从外表看，显然比严玉明斯文。虽然个头略显矮点，身材很顺溜，没有啤酒肚，脸色红润，戴着眼镜，显得文质彬彬。白色衬衫，扎着紫色领带，笔挺的深色西服裤，皮鞋闪着黑光。他微微含笑地说："我是郝欣慰的同学，我叫杭行。"

平平轻盈地走出来，落落大方地说："欢迎领导参观！这是我哥田大鹏！"

杭行热情地握着我的手："您好，大哥！"

平平领着杭行在展厅里转了一圈，然后在平平的办公室坐下了。我挺纳闷，从外表看这个同学工作不会差，按照时髦说法，应该是个白领。如果在政府部门工作，至少也是个科级。这样优秀的男人不会没有家庭吧？有家庭，平平跟他只是同学聚会见面还可以。可是我从平平的眼睛里看到她对这个男人的一种爱慕，这么多年，我没有看到平平看严玉明的时候，眼睛里充满钦佩和爱慕。我担心平平把握不住混进第三者的队伍了，这个事情，我必须告诉老姨。

临近中午，平平和杭行才从屋里出来，杭行很有礼貌地跟我打个招呼，走出门外。平平拎着包，也上了杭行的车。

我来到老姨家，老姨在给张雨林喂流食。然后我帮助翻身。这个活我经常帮助老姨做，可这一次却感到张雨林身体好像胖了点，体重增加了。老姨成天鸡蛋水、奶粉、蔬菜汁、营养液喂他，他的身体没有消瘦。脸膛也长肉了，没有前几年病态的模样，像酣睡的正常人似的。

老姨好像才回过味，问我："你怎么现在跑出来了？店里有人吗？"

我神秘地说："老姨，平平可能又搞对象了！"

老姨却没感到意外，显得很平淡地说："什么事值得大惊小怪的。你妹妹还能为严玉明守一辈子寡吗？再找可不能找个没有文化的粗鲁人！我要给她把关！你见到那个男的了？"

"见到了，他到店里了。看外表没说的，戴个眼镜，白白净净的像个书生。跟茼茼他爸比，完全不是一个层次上的人。老姨，平平瞅他的眼神，可不是瞅严玉明那样不冷不热的，两眼火辣辣的！"我声音很大，比比画画地说。

老姨莫名其妙地看我一眼："你也学会了虚头巴脑的？"老姨又深沉地说，"我相信平平这回处对象能够慎重，找一个有固定工作、有事业心的人，家庭条件说得过去的！"

58

杭行第一次登门见老姨的时候，是平平跟他相处一个月后。平平第二天过生日，头天晚上，老姨才得知平平的男同学要来家里认门。老姨开始埋怨平平，这么大的事怎么才说？家里也没彻底收拾，该换的东西也该换上新的。

平平不以为然地说：“妈，用不着特意去准备！我这个同学很随和，没什么挑剔的。”

老姨埋怨地说：“他有工作吗？人品怎么样？你也不跟我说说！”

平平撒娇地说：“妈，您着啥急呀！现在还没到说的时候！”

老姨生气地看眼平平：“你这孩子就是有主意！两人都相处了，我当妈的还蒙在鼓里。你不用我把关，但最起码让我知道他的工作和家庭的基本情况吧！”

平平像个孩子似的说：“他来了，你问吧。我说你也不会相信的！”

老姨瞧着我问：“大鹏，你听到了，她搞对象，家里什么情况不了解，让我去问，我才不去问，你自己的事，自己定！当初我就不满意茼茼他爸，你最后听我的了吗？”

我笑了：“老姨，平平能不了解对方吗？她让你亲自过问，你就会放心了！”

平平说我的解释很准确，她就是这个想法。

杭行到了楼下，平平拢拢头发，穿上外衣急忙开门，突然又返回身，在镜子前抹了一下口红。老姨像衣服上有灰尘似的，忙拍打几下，又把张雨林身上的夏凉被整理一下，用湿毛巾把张雨林的脸擦了一遍。

平平领着杭行进屋，老姨迎上去。平平还没有介绍，杭行毕恭毕敬地向老姨微微鞠下躬："阿姨，您好，我是杭行！"然后，向我微微点头，"大哥好！"

老姨接过杭行手里的礼品盒，杭行换上拖鞋进屋，没有坐下，直接来到张雨林的床前，深沉地凝视一会儿，询问了老姨几句便回到客厅坐下。

老姨的眼神不离杭行的身上，从上打量到下，抿不住的惬意从嘴角流出来。老姨端茶、洗水果，忙得不亦乐乎。杭行不住地谦让，显得彬彬有礼。老姨跟杭行寒暄几句，开始到厨房做饭菜。我给老姨打下手，剥蒜、择菜、洗菜。

一桌丰盛的菜肴上桌，杭行抱起茼茼坐到桌前，他夹起一只盐水虾，扒掉虾皮，放到茼茼的手里。茼茼高兴地吃起来。老姨暗自向我点点头，露出赞许的笑意。我拿起啤酒瓶，准备打开。平平马上说："哥，你自己喝吧，杭行不喝酒！"

我握着酒瓶呆住了。杭行看出我尴尬的样子，笑着说："欣慰，我第一次跟大哥吃饭，敬大哥一杯酒吧？"

平平粲然一笑："就你这么讲究！你们俩喝一杯吧！"

我要给杭行斟酒，杭行从我手里把酒瓶拿过去，先给我斟满杯。然后放下酒瓶。拿起矿泉水，给老姨的杯子倒了半杯水，又要给平平的杯子倒水。平平捂住杯子，说："我也要喝一杯酒！"

杭行笑道："你要发挥同学聚会时的水平，我是甘拜下风！"

老姨瞪一眼平平："竟在外面耍虎！"

杭行看到老姨训斥平平，满脸愧色，说："阿姨，欣慰没有喝多少酒，是同学们开玩笑！"

“你不用跟妈解释，妈还不知道我能不能喝酒吗？”平平打断杭行的话，笑吟吟端起酒杯，说，“杭行，我们的相遇是上帝给的机会，我会珍惜的！”

平平眼里闪着激动的泪花，把满满一杯酒喝下去。杭行端起酒杯，看眼老姨和我，亲切地说：“阿姨、大哥，我走进您的家感到非常高兴！和欣慰小学毕业后，这么多年又相遇，我感到很幸运！阿姨，您放心，我会珍惜和欣慰的感情，让她过上幸福的生活！”

老姨低下头，抹下眼泪，又抬头笑着说：“你们快吃吧！咱们说话不耽误吃！”

平平给杭行夹了一块排骨，杭行给老姨夹了一只虾。杭行擦了下手，看眼平平，问：“我的情况阿姨知道吗？”

平平摇头：“我没说，你自己说吧！”

杭行疑惑地看着平平，似乎不相信平平的话。杭行拘谨地笑了一下，说：“阿姨，我在红巷街道团委工作。我是离婚的，有个女儿，今年六岁了，跟她妈在哈尔滨生活。我和她们没有来往。我们离婚原因很简单，她太张扬了，我妈妈看不惯，婆媳关系紧张。”

老姨眼里流露出不安的神色，惊诧地问：“你父母都是干部吧？”

杭行微微点头：“父母都退休了。父亲原来在政府部门工作，母亲原来在国有银行工作，我是独生子。”

老姨皱起眉头：“嗯，你家庭条件这么好，父母同意你们相处吗？”

杭行说：“父母不干涉，我和前妻结婚、离婚他们都没有干涉过。”

老姨沉默了片刻，充满忧虑地说：“小杭，你非常优秀，你跟平平相处，我没有意见。可我们是普通家庭，跟你家门不当户不对。你要征求父母的意见。你们都是二婚，都需要慎重！”

杭行答应，要领平平到家见他的父母。

从杭行第一次进门后，杭行再登门的次数就无法算计了。几乎天天下班后来老姨家，有时留下吃饭，有时坐一会儿就走。老姨问平平："你们的事，他父母知道吗？"

平平显得不耐烦地说："妈，我们知道怎么做，你就别操心了！"

老姨忧郁地说："我能不操心吗？咱们跟人家肩膀不一般齐，到了人家别让人另眼看待！"

平平激动地说："我不是跟他父母过日子，杭行爱我，我也爱杭行。我过去那叫婚姻，没有恋爱。现在我才知道爱一个人是多么幸福！别人都无权干涉我和杭行的相爱。妈，我准备换房子，现在的房子有严玉明的身影，我不愿跟杭行生活在那里。杭行五一路有处三居室的房子，是他的婚房，我也不能去。哥，明天陪我去选房。"

我佩服平平的性格，说做就做，从不犹豫。在房价上涨的今天，说换房子就换。她手里有多少钱，我很清楚。严玉明给她留下八十多万元，去掉还外债，手里剩不多少了。现在开这个办公家具店，一年去掉房租、员工薪水和一些费用，顶多剩二十多万元。平平开了两年店，能攒二十来万元。平平开车专往高档楼盘转悠。到售楼处询问价格，我都惊掉下巴。一百三十多平米的三居室，都要八九十万元。

我劝平平还是把房子重新装修，原来的一切都烟消云灭，哪还有什么阴影？

平平瞪我一眼："怎么装修，屋子还是原来的屋子。我不能在跟杭行的生活中，留有过去的一点阴影！茼茼也要改姓杭了，他是杭行的儿子。我的人生重新开始，我的爱情才能开始！"

平平脸颊泛起红晕，眼睛里充满向往。我感觉平平是让爱情冲昏了头脑，把自己廉价地嫁了出去。这房子应该杭行准备，不是女方张罗的事。我有点看不过，说："平平，哥说句你不爱听的话，你们的房子，应该是杭行张罗呀！他们家条件好，理应是他家的事！"

平平自嘲地一笑："哥，自己是半斤还是八两，我最清楚了。我有铁饭碗吗？我的家是个完整家吗？我还属于年轻漂亮的美女吗？我在杭行面前有自卑感，我要用真心来感动他和他的家人！我要珍惜跟他的相遇。我要尽我的努力，把重新组建的家庭经营好，我要做一个称职的贤妻良母！”

我惊疑地看着平平，她似乎突然间变得温顺起来。平平冲我说：“你不要用怀疑的眼神看我，我说到做到！”

我忙说：“我相信你，杭行能找到你这样的媳妇也是烧高香了！”

平平最后选择在大清河南岸的凯旋大地买房子。小区一期二期业主已经入住，三期正在建设。平平看好二期靠近岸边的一栋花园洋房，一百五十六平米。每平米七千五百元，这在全市是高价格了。小区环境没的说了，前面是省果树研究所的植物园，现在开发成亚洲植物公园。后面是绿树成荫的大清河公园，河对岸是市政府新盖的办公大楼和建筑风格新颖的文化宫。

要拿下这处房子，全款近一百二十万元。平平没有犹豫，交了一万元定金，一周后交全款。回家的路上，我对平平说：“钱够不够？让吕双垫付点。”

平平摇头：“够了，装修钱也够了。现在的房子卖掉，我一步都不想迈进去了！”平平笑吟吟地问：“哥，你知道我为什么看中这个小区了？尽管这里的房子要比其他楼盘贵，可我也不惜代价买下。”

我说：“看好这里的环境和物业管理了。”

平平神秘地说：“这只是一个小原因，更主要的是我为杭行以后着想。他能老在社区工作吗？以后要往政府大楼里进。到那时候，他上班多近，过了桥就到政府大楼了！”

平平的目光充满自信和期盼。

59

房子装修好，他们就同居了。平平的心思不在店里的生意上了，而是在家庭生活上。看到平平成天喜滋滋的样子，老姨却很生气。老姨跟我唠叨：“平平是稀里糊涂哇，也不知道杭行跟他父母说了没有，杭行也没有个话。”

我显得老成世故，劝老姨：“你就别操心了！他们老大不小了，自己这点事还处理不明白？杭行父母意见不重要，重要的是杭行和平平他们俩。他们铁了心在一起，父母就是反对顶个屁用！”

老姨充满担心地说：“我怕平平倔强的脾气上来，跟杭行父母搞不好关系。杭行这不两头受气吗？”

我说：“平平那么孝顺严玉明的母亲。他母亲还是个没有文化的家庭妇女。杭行的母亲是知识分子，知书达理，她们沟通肯定顺畅。老姨，你就别瞎想了。”

春节临近，平平准备节日期间去杭行家拜望他的父母亲。这是平平第一次登杭行家的门。平平从自己的穿着打扮，到给杭行父母送什么礼物，都煞费苦心。杭行告诉平平，他父亲喜欢喝绿茶，只要是当年的新茶就行，没有其他讲究。母亲爱穿，但是别人买的衣服很难看中。不要买衣服，买一条质量好的纱巾就可以了。

春节开始置办年货，平平没有张罗给家里买年货，却为给杭行的母亲买一条名牌纱巾，跑遍了市里的各大商场，也没有买到满意的。平平专程去大连，在麦凯乐买到两条同款不同颜色的爱马仕纱巾。大年初二，杭行来老姨家串门，初三平平去杭行家。老姨告诉我，平平一大早就起来收拾，对着镜子不知道如何化妆了。

下午，平平和杭行回来了。平平脸颊红润，嘴角挂着甜甜的微笑。

“你喝酒了？”老姨问平平。

杭行笑着说：“姨，欣慰跟我妈喝了一点葡萄酒。我妈很少喝酒，她们只喝了半杯。”

平平反驳杭行：“我跟阿姨喝了半瓶啊！杭行，你妈妈是能喝酒的人，那气质我自叹不如哇！”

平平眼睛里充满敬佩和羡慕。杭行去厨房烧水，老姨悄声问平平：“他父母对你还满意吗？”

平平也悄声地答：“他爸很慈祥，他妈有点清高。妈，他妈比你大一岁，可相貌却要比你年轻十岁，像不到五十岁的人。”

老姨伤感地说：“嗐，我能跟人家比吗？”

阳春三月，万物复苏。大清河边的柳树渐渐吐绿，河边踏青的人也逐渐多起来。从五年前小石头和刘大昌在大清河溺水后，老姨再没有来过大清河。老姨让我拉她去商场给张雨林买几件内衣，回来的时候，老姨要到大清河边站一会儿。

大清河水在漫长的冬天沉睡得很深沉，春天唤醒了它，却步履蹒跚地往前走。河面上成群的白色水鸟，贴着水面飞翔。岸边公园里有一群大姨，穿着色泽鲜艳的运动服装，伴随着悠扬的音乐跳广场舞。老姨可能第一次看到跟她年龄相仿的女人们，这样快乐地生活着。老姨羡慕地看着她们，半天才回过神离开大清河回家。

老姨坐在张雨林的病床前，一边给他喂流食，一边喃喃地说：“老张啊，你哪天能睁开眼睛，我也要跟她们跳舞去。我在沙金村小学那几年，领着我的学生们跳舞，那些动作都是我编排的。每次学校组织文艺比赛我们班都获奖。”

老姨说着，突然惊喜地喊道：“大鹏，你快来，他的手动弹了，好像在抓我的手！”

我从客厅里几步进到卧室，轻轻地握住张雨林的手，感觉到他的手在微微颤抖。这么多年，我时常帮助老姨给张雨林翻身，用清水擦身子。张雨林全身僵硬，只有微弱的鼻息，才能感觉到他还有生命迹象。

“老姨，他的手确实有点活动！快看一下他的脚。”

老姨摸他的脚，摇摇头：“没有感觉。”

老姨看我一眼，悄声地说：“大鹏，我告诉你一个喜事啊，你不要对你媳妇说，别让你媳妇认为老姨不正经了。”

“嗨，老姨，我是最听你话的！你说吧。”我显得漫不经心的样子。

老姨两颊绯红：“昨天晚上我给你张叔洗身子，也给他的下身洗一洗。你猜怎么？”

我惊异地问：“是起来了？”

老姨垂下眼睑点头：“从来都没有过的事情。”

我兴奋地说：“老姨，你没有白付出辛苦！张叔叔的大脑一定有思维，他也许知道你在精心护理他。也许哪一天他就能睁开眼睛！”

老姨眼睛滚动泪花：“他一定会睁开眼睛的，我的命不会这么苦！”

张雨林有了知觉，老姨流下激动的泪水。

平平领着茼茼回来，老姨高兴地告诉她。可平平像有什么心事，闷闷不乐，只是勉强地笑一下，进到卧室不出来了。

老姨拉过茼茼轻声地问：“茼茼，告诉姥姥，妈妈怎么了？”

茼茼看一眼卧室，悄声说：“妈妈领我去医院了，妈妈出来就不高兴了。”

老姨脸色陡变，慌忙地来到平平床前，紧张地问：“平平，你检查出什么病了？”

平平坐起来，把一张化验单递给老姨。我要上前，平平指着我说：“哥，这事跟你无关！”

我灰溜溜地回到客厅，隐约感到平平可能得了避讳男人的病。不大一会儿老姨出来了，老姨情绪有些激动，手里拿着化验单，说：“大鹏，这事不避讳你！你帮忙分析一下，平平怎么办？”

平平跟出来，气恼地说：“妈，我的事我自己处理！”

“大鹏是你哥，这事不能瞒着他！”老姨看着我说：“大鹏，你妹怀孕了。你说这孩子要不要？平平才跟我说实话，杭行的妈妈不同意他们的婚姻。”

我怔住，问：“平平春节去他家认门，不是挺好的吗？他母亲知书达理，对平平非常热情。”

平平愤懑地说：“他妈妈太能装了，背后给杭行施加压力，对杭行采取冷暴力，不理会杭行。杭行是孝子，受不了他妈妈对他的冷漠。这些天来我这里闷闷不乐，心事重重。我问他才说出他妈妈不同意我进他们的家。”

老姨伤感地说：“这是瞧不起我们家呀！这样的家庭，平平你要慎重考虑！”

平平眼泪唰唰地流下来，低沉地说：“我舍不得杭行，跟他受再大的委屈，我都能承受！”

老姨嘴角抽搐地看着平平。老姨半天没有说话，屋里安静下来。茼茼也很懂事，畏缩在沙发角落里，胆怯地看着妈妈。

我看出老姨心里很痛苦，自己一生婚姻坎坷，受了莫大的苦。她不希望女儿也像她那样命运多舛，可是却偏偏出现不幸。平平第一次婚姻是以严玉明的暴毙而失败告终，再婚遇到这样的家庭，似乎又充满着不幸。

我轻轻咳嗽一声，说：“平平，这个事不能一厢情愿。主要看杭行对你是什么态度。孝敬父母不一定就要唯命是从，他应该有自己的主意！”

老姨接过我的话，愤愤地说：“大鹏说得对，杭行要是没有主意，平平你就应该放弃，这个孩子不能要！强扭的瓜不甜，去巴结他家的事，我们不能做！你不是找不到男人了，要找就要找一个对你关心、疼爱的人！”

平平含泪说：“杭行对我好，处处体谅我、关心我。如果我跟杭行成不了，我一生也不找男人了！”

老姨问：“杭行什么态度？”

平平抬眼看着老姨：“他还没有跟我谈呢！”

老姨嘱咐：“你要征求他的意见，他要是有一点犹豫，你都不能留下这个孩子！”

平平怎么跟杭行说的，我和老姨不知道。杭行来见老姨，诚恳地向老姨表态，让老姨放心，他跟平平的婚姻一定走到底！

杭行来到老姨家，已经没有拘束的感觉了。老姨做了一桌子丰盛的佳肴，如同他第一次到家里似的盛情款待。杭行落落大方，给平平夹菜，看着平平吃下去，他才拿起啤酒瓶给我斟满杯。

杭行跟我碰杯喝下酒，谦恭地看着老姨，声音略显激动：“姨，您为我们操心了！欣慰这几天也上火了，这是我优柔寡断、态度不明确造成的。欣慰怀孕的事，我跟父母说了，父母表示可以接受这个孩子，也同意我跟欣慰的婚姻。”

老姨冷静地说：“小杭，这是婚姻大事！你们可别看这个未出生的孩子的面子，勉强接受欣慰。尤其你母亲的意见很重要，我女儿进到你们家门不能受气！你要多关心爱护她！”

平平瞪一眼老姨：“妈，不用你嘱咐，杭行做得比你要求的还要好！”

杭行嘴角露出深沉的微笑，说：“姨，您放心，我一定会爱护照顾好欣慰的！”

老姨紧绷的脸露出了笑容：“我相信你，你是个厚道诚实的人！”

60

平平和杭行去民政局领取了结婚证。平平也到派出所把严庆茼改名为杭茼茼，也改口叫杭行爸爸。尽管白沙湾村严家哥们提出反对意见，不让茼茼改姓，但也没能阻止平平的决定。

他们要搞个小范围内的婚礼。主要招待一下双方的亲戚。杭行跟平平商量，在举办婚礼前，双方家长见面相互认识一下。平平回家告诉老姨，老姨激动得眼圈红了。我告诉老姨，你放心地去，我在家照顾张叔。平平却说，大鹏哥也要到场。我说让吕双来照顾张叔叔。老姨说，咱跟人家要是说不到一起去，坐一会儿就回来了！

老姨翻箱倒柜找出两件像样的衣服。老姨想起来，这是多年前她在浴池干搓澡工时，老客户黄主任临走时送给她的。老姨很少出门，也没有穿过几回。老姨把一件淡蓝色半袖穿上，还很合身，可是裤子明显瘦了。平平去商场给老姨买了一条裤子和一双皮鞋，又领着老姨做焗油，老姨两鬓的白发被遮掩得严严实实。老姨一捯饬显得年轻了。

周六中午，杭行在港都酒店订了包间。他的父母先到酒店坐在包间里。平平开车拉着我和老姨到酒店门口，杭行在门口迎接。我们跟着杭行来到二楼包间。

杭行父母从座位上站起身。杭行介绍说:“爸、妈,这是欣慰的母亲和表哥。姨,这是我的爸爸妈妈。”

杭行父亲面色红润,稀疏的头发很规矩地背到脑后,脑门油亮。他声音洪亮,伸出手笑呵呵地说:“您好哇!我叫杭新成,这是杭行的母亲黄静雅。我们应该早认识一下,现在见也不迟啊!我年龄肯定比你大,你就叫我大哥吧!”

杭行的母亲黄静雅微微一笑,声音不大地说:“请坐吧。”

老姨忽然一惊,神色慌乱地说:“您好!”

杭行把我介绍给他父母,然后落座。座位是事先杭家精心安排的。杭新成落在正座,左侧是黄静雅,下来是平平;右侧是杭行,下来是老姨,我坐在平平和老姨中间。

我瞄一眼杭行的母亲。她戴着金丝眼镜,齐肩的黑发打着卷,表情不冷不热,像个旁观者端庄地坐在那里。有一种居高临下的感觉,像在俯视着我们。老姨显得拘谨,低下头不敢正视她。

杭行让服务生打开一瓶葡萄酒,然后他亲自给他父母斟酒,又给老姨和我斟酒。杭新成右手轻轻地摇晃高脚杯,红色葡萄酒在杯子里不停旋转。

杭新成轻叹一口气,说:“嗐,两个孩子的事情,我和静雅是最近才知道的。杭行跟他妈要钱,说是要装修房子。我们感到奇怪,他那套房两年前装修的,住两年就要重新装房子?怎么有钱了?有钱也不能这么浪费呀!后来问清楚,是小郝买的房子,他们作为婚房。我和静雅才恍然哪!他们确定了婚姻关系,开始准备婚房了。我们家长不干涉你们的决定。你俩能走到一起是好事,我和静雅欢迎小郝走进我们杭家!我没有更多说的,对你们俩提个要求吧,生活中相互包容、互敬互爱,工作上要相互支持、相互帮助!”

老姨瞥眼平平,平平似乎明白妈妈那一瞥眼神的意思。平平站起来,看着杭新成和黄静雅,亲切地说:“叔叔、阿姨,我和杭行能走到一起,是我们俩的共同心愿!我们都会珍惜这次婚姻的。我和杭行一定把我们的小家建设好。叔叔、阿姨还有妈妈,您放心吧！”

杭行抬头看眼他母亲，说：“妈、爸，我和欣慰会孝敬父母，不让父母为我们的生活操心！”

黄静雅淡淡一笑，轻声地说：“这是你们自己的选择，我和你爸不干涉你们的生活，希望你们能按照你爸爸的要求做好！”

老姨有意躲避黄静雅的目光，看着平平，显得很激动地说：“我女儿从小失去爸爸，跟我吃了不少苦。她是个懂事的孩子，替我分担家里负担。女儿是我的希望，杭行是个优秀的年轻人，各方面都是我女儿不能比的。我女儿是高攀了。他俩能够走在一起，组建新的家庭，我从心里感到高兴！我希望你俩能真心相爱，把日子过得红红火火，不要让父母操心！”

老姨低下头，用纸巾擦拭濡湿的眼睛。

杭新成露出僵硬的一笑：“亲家，两个孩子走到一起，不存在谁高攀谁。郝欣慰确实很懂事，我和杭行母亲都很满意！他们能把日子过好，就是我们的希望！”

黄静雅推了一下眼镜，盯着老姨疑惑地问：“你是叫郝秀丽？曾经在金泊水岸浴池工作过？”

老姨的脸色唰地红得像杯子里的葡萄酒。老姨尴尬地笑一下：“是啊，我看您也眼熟，您是黄主任？我不敢认您了！”

在座的人都感到惊疑，但是谁也没有问是怎么回事。那时我在浴池上班，还没有恢复记忆，对老姨也没有亲近感，只知道她在浴池搓澡。在这样的场合，谁也没有追问。

“黄姨年轻，妈妈是认不出来了！”平平接过话，为老姨打个圆场。

饭桌上的气氛轻松起来，老姨和黄静雅简单地交谈几句，黄静雅问老姨退休没有，老姨说退了。又问开多少养老金，老姨说两千五百元。杭新成感叹道，企业退休人员开得是低些。我好奇地问，黄阿姨开多少？黄静雅似乎没有听到我的话，伸筷夹口青菜，轻轻地咀嚼起来。杭新成笑着对我说：“这没啥保密的，是你老姨的两倍多吧。”

平平瞪我一眼：“哥，黄姨是领导，跟妈妈没有可比性！黄姨对社会贡献大！”

老姨惨淡一笑：“平平说得对，我是个下岗工人，对社会没做出啥贡献。”

杭行严肃地说：“郝阿姨，社会存在很多不公平的事情，随着社会的发展，慢慢都会改变的！”

杭新成深沉地说：“杭行，你们这一代年轻干部任重道远哪！”

黄静雅讥讽地看眼杭新成：“还没从领导的角色走出来，现在是普通聚会，不要什么场合都讲政治！”

杭新成苦笑一下：“来，吃菜呀，我们唠嗑不要耽误吃！”

这顿见面午餐总算在沉闷的热情中结束了。平平和杭行送他父母，我和老姨回家，老姨脸色红润，兴奋地说：“那年我在金泊水岸浴池上班，黄主任每次去洗浴都是我给她搓澡、做足疗，她是我的老顾客。她那时可爱跟我唠嗑了，我家里的情况她都知道，同情我领着两个孩子生活不容易，我身上这件衣服就是她当年送给我的，现在穿还不落后。那时候她对我可好了，每月结账，她都多给我几百块钱。后来市里开了一家高档洗浴中心，她去那里消费了。她还介绍我到那里上班。当时我想藤老板对我挺好，我不好意思跳槽。从那以后再也没有见到黄主任。可做梦也没想到这么多年过去，我女儿竟是她的儿媳妇！”

老姨兴奋劲儿还没过，突然冷静下来，皱起眉头说：“我跟她见面就认出她了，我假装不认识。谁知她认出我了，她是忌讳我给她搓澡做足疗的事吧？我想说，又怕在杭行和平平面前尴尬，给平平难堪。”

我会意地笑了：“老姨，你都想到让大家别尴尬，黄主任这么大的领导能想不到吗？一个搓澡工的女儿，嫁给一个领导家的儿子，这本身就是门不当户不对的婚姻。可能人家也想到给你留点面子，不让大家尴尬。”

老姨忧心忡忡地说："我给她搓澡也没有什么丢人的！平平到他们家，我担心她受气。我要嘱咐平平，一定要跟老婆婆搞好关系。哪怕不孝敬我，也要孝敬好老婆婆！"

平平和杭行的婚礼要低调举办，只邀请双方亲朋好友参加。地点选在全市唯一的五星级酒店海之蓝。他们没有婚车，也没有穿婚纱，宽敞的餐厅也没有什么装饰，只在前面的墙壁上挂了一个大喜字。杭行的爷爷奶奶和姥爷姥姥都来了。两对老人身体硬朗，精神矍铄。这是一个大家族，直系亲属就坐满五张桌。平平在杭行的陪同下，去拜见他的七大姑八大姨。相形之下我们娘家这边显得异常冷清。老姨领着我和我媳妇儿子，还有老姨的同学郭慧芝、吕双的父母。本来老姨为了照顾张雨林，不能来参加婚礼。平平情绪低落地说："妈妈，我们家亲人本来就少，你再不去，我娘家这边更显孤单了！"老姨求诊所的小护士来家里照顾一会儿张雨林，才走出来。看到平平的婆婆家是一个四世同堂的大家庭，老姨忧伤地对我说："平平的命苦呀！从小到大没有进过爷爷奶奶的家门，甚至连面都没有看到过。有个大姑也从来不联系。娘家亲戚也没有什么人了，只有你这个表哥了！"

我看到老姨伤感的样子，低声地劝慰道："老姨，我和平平就是亲兄妹，我们不孤单。你老了，我和平平养你！"

"大外甥啊，老姨没白付出心血呀！"

平平和杭行来到我们的桌前，平平向杭行介绍娘家来宾。杭行彬彬有礼，热情地握手、递烟，斟酒和饮料。杭行风度可人，博得大家赞许的目光。平平穿一套红色套裙，大波浪披肩发，明亮的眸子闪动着激情。男才女貌、才子佳人在我表妹和妹夫这对情侣身上体现得最为完美。

婚礼简单地开始了，没有婚礼进行曲，也没有双方家长讲话。主持人是杭行的表姐，自我介绍是从北京专程赶回来参加表弟的婚礼。她说话很幽默："表弟杭行再婚，就像又爬了一座高山，放眼望去风光无限！这种美景只有再婚的人才能欣赏到。我估计，我们家那位，只有羡慕地看别人欣赏，他是欣赏不到了。”杭行家人那几桌人哄堂大笑，目光集中在一个穿黑色T恤的男人身上。显然那个男人就是杭行的表姐夫。那男人落落大方地站起来，向大家挥下手。平平事后告诉我，杭行的表姐夫是京城某首长的秘书。

婚礼极其简单，杭行的三姨代表男方亲属讲话。杭行三姨穿着时尚，脖颈上是白色珍珠项链，手腕上是绿莹莹的玉镯，耳朵上挂着金色的耳坠。珠光宝气，绚丽夺目，俨然是个富婆。她说话很干脆，送上一连串的祝福，然后还跟平平拥抱一下。老姨的同学郭慧芝代表我们讲话。郭姨见过世面，讲话沉稳，字正腔圆，清脆的声音像个播音员。

最后主持人让新郎新娘讲话。杭行让平平讲。平平拿起话筒，异常激动。她看眼杭行，缓缓地说：“今天我和杭行的婚礼，虽然没有绚丽的彩灯，没有优美的音乐，没有华贵的婚纱和礼服，但我感到我是世上最幸福的新娘！在这里我要感谢我的公公婆婆，赞同杭行的选择，支持我们的婚姻！我要感谢我的母亲，她含辛茹苦把我养大，我一辈子也报答不完母亲的恩情！孝敬老人、相夫教子是我的天职，我会努力做一个好儿媳妇、一个好女儿、一个好妻子！在此，我祝爷爷奶奶、姥爷姥姥和各位长辈身体健康！”

平平和杭行深鞠一躬。平平挺起身的时候，我看到她眼睛里噙满泪花。

婚宴很快结束，平平对老姨说：“妈，让大鹏哥送你回家吧。我和杭行送他父母。”

老姨忙说：“你快去吧，我不用你管！”

老姨送走郭慧芝，吕双陪着他父母走了，我和老姨下楼。走到大厅，平平挽着杭行母亲黄静雅的手臂，在我们前面慢慢走出旋转大门。

61

平平怀孕五个月的时候，知道孕育的小生命是个男孩。从没有过问过平平怀孕的杭行父母，拎着一袋水果来看平平。这也是他们第一次走进平平和杭行在凯旋大地的新房。

我不知道他们看到平平全款购买和装修的婚房有什么感受，但他们给了平平五万元的大红包，似乎是给平平的一点象征性的补偿。杭行晚上跟平平来到老姨家，平平打电话让我过来。

杭行跟平平商量，不让平平做生意了，要她把办公家具店兑出去。理由是孩子出生后，爷爷奶奶和姥姥都不能照顾孩子，找保姆又不放心。平平疑惑地说："我妈妈是照顾张叔叔，没有精力帮助我看宝宝，你妈退休了，帮我照看下孩子，我的门店可以继续做！"

杭行显得很为难地低下头，犹豫半天才说："我妈没有时间，她每天都要去夕阳红艺术团排练，没有时间在家。"

平平情绪激动地说："照看她的孙子重要，还是去消遣玩乐重要？我不挣点钱，靠你的工资我们以后怎么生活？"

杭行很耐心地说："我父母的养老金高，而且我妈妈退前是银行高管，年薪百万元。家里不需要你去辛苦开店，在家相夫教子就可以了！"

我头一次看到平平和杭行之间这样激烈地说话。老姨赶忙数落平平："有话慢慢说，杭行是体谅你，不让你在外面辛苦挣钱，全心培养儿子。这是对的！吃穿用都不用你操心多好哇！杭行，这件事我做主了，把那个店兑出去！"

平平赌气地说："妈，你别管！我自己不挣点钱，以后看脸子生活吗？经济上我必须独立！"

杭行一脸惆怅，显得很无奈。

老姨想了一下，对杭行说："平平从大学毕业就一直在做生意，虽然没有挣到多少钱，可她习惯了那种紧张的生活。这样吧，那个店先让大鹏去经营。你们的孩子大了，我可以帮忙照看，那时候平平再接手干。你看怎么样？"

平平提高声音说："妈，我哥不会经营，交给他还不如兑出去还能挣几个钱。我哥干半年就得赔光了！"

我苦笑一下，说："是的，我看个摊还行，别的干不了。"

那天晚上，尽管平平心里极度不乐意，还是服从了杭行的安排，决定把门店兑出去。从此做起了全职太太，每月杭行的工资都交给平平。平平预产期前一周，住进市妇婴医院。老姨不放心，让我在家伺候张雨林，她到医院陪护平平。

平平住院一天后，半夜剖腹产下一男婴。两天后，杭行的父母来医院看孙子。老姨告诉我，黄静雅看到孙子，显得不是特别喜欢，只淡淡地说了一句，跟小行小时候模样差不多，脑门也有一块红痣，长大就没有了。黄静雅从包里拿出三万元，放在平平床头，告诉老姨，她没有伺候月子的经验，不会照顾月子里的孩子和欣慰，让老姨找个月嫂伺候平平母子。

平平出院，回到家。老姨不相信月嫂能够精心伺候好孩子，承担起伺候的任务，每天去给平平做饭、哄孩子。我在老姨家看护张雨林。老姨两头跑，回来就向我嘟囔，杭行每天都回他妈家，雷打不动。平平在月子里，最需要关心的时候，他每天还是雷打不动地回去陪他妈。老姨生气是生气，可她对平平母子的精心照料一点不敢懈怠。毕竟躺在床上的母子是老姨的亲骨肉。在平平将要满月的时候，老姨背着平平把杭行找到家里。我坐在张雨林的病床前，给他输流食。老姨和杭行坐在客厅里说话。

老姨口气和蔼地说：“小杭，你当爸爸了，生活就不能像以前那样轻松了。抚养一个孩子可是父母的共同责任哪！”

杭行微微一笑：“妈，您放心，我知道怎么做，我不会让平平受累的！”

老姨满脸笑容：“你的话我相信。我提个建议，你考虑一下该怎么做。现在你们有儿子了，有时间要多在家照顾他们娘儿俩。回去看你父母是孝敬的表现，但要有时有晌。即使你回家，也要领着他们娘儿俩一起回去。”

杭行低下头，半天才缓缓地抬起头，一脸愧色地说：“妈，我会照顾好他们母子的。可我也不能不关心我父母。尤其我的妈妈，我每天都必须回家看妈妈。这是我和平平结婚时我答应我妈的条件。”

老姨情绪激动：“杭行，你回家看望父母，我想你媳妇郝欣慰不会说什么。我已经说了，你要有时有晌，有轻重缓急。你媳妇和襁褓中的儿子需要你守候的时候，你应该守候在他们身边！”

杭行有些坐立不安，脸色很难看，苦笑一下：“妈，您不用操心，我每天不回家陪我妈妈一会儿是不可能的。我十几岁的时候，还跟妈妈在一个床上睡。我就是妈妈的精神支柱，妈妈每天不见到我，饭都吃不好，觉也睡不着！我不能不孝敬我的妈妈！”

杭行说完站起身，礼貌地说：“妈，没有别的事，我先回去了！”

老姨脸色苍白，嘴唇哆嗦，气得直跺脚：“表面像模像样，一点责任感都没有的男人！平平怎么这个命？”

我气不忿，对老姨说：“杭行的妈妈也不是个明白人，见面那天我就看她牛烘烘的。”

老姨沮丧地说：“咱家跟人家肩膀不齐，他们家从根上就没把平平放在眼里。”老姨磨叽一阵，突然对我说，“大鹏，我找杭行来家的事，不要对平平说。”

我没有对平平说。可是，平平几天后便知道了。杭行怎么跟平平说的，老姨不清楚。但平平冲着老姨火冒三丈：“妈，再别给我添乱了！这个世界上还没有人能够做到把杭行跟他妈妈的感情疏远了！”

老姨辩解：“我没有去疏远他们母子的感情，我是告诉他在家里多照顾你们母子，回家要有时有晌的！”

平平激恼地说：“妈，这话不用你去说，以后不要管我和杭行的事！”

平平不用老姨伺候她的月子了，找个月嫂来伺候孩子。老姨气得回来跟我磨叨，我只好安慰老姨，让老姨消气。老姨去市场买个老母鸡，炖好后让我送给平平。

平平给儿子取名，乳名叫果果，大名叫杭天宇。小果果长得胖乎乎的，招人喜欢。两只肉嘟嘟的小手，不住地舞动。茼茼趴在果果旁边，好奇地看着小弟弟。他轻轻抚摩弟弟鲜藕似的手臂，乐得合不上嘴。也许是茼茼的手重了，果果哇的一声哭了，平平训斥茼茼，茼茼躲到一边抹眼泪。平平抱起果果，在怀里轻轻地摇晃。老姨说孩子白天还好，饿了哇哇地哭，喂上奶，吃饱了就睡，可是晚上却哭闹不停，月嫂都不能承受果果整夜的哭叫，几天后就不干了。平平抱着果果在屋里来回地走。平平每晚睡两个小时觉。精神疲惫，日渐消瘦。杭行晚上睡不好，白天没精神工作，跟平平商量他回妈家睡，平平同意了。老姨白天两边跑，给平平做完饭，回家伺候张雨林。晚上再到平平家，我晚上在老姨家看护张雨林。

我按照老姨的吩咐，每天晚上半夜起来，给张雨林倒尿盆。一夜要给他翻两次身体，每次都要喂水。半夜三四点钟要给他喂老姨配置的营养流食。老姨把每次进食的量都分装好，装在小瓶子里。进食的时候，把食管顺到张雨林嘴里，伸延到喉咙处。老姨怕我把握不好尺度，呛到张雨林，就让我把食管插入她口中练习。直到我掌握了进食技巧，老姨才放心地去平平家。我几乎整夜睡不着，张雨林床头的音响，要整夜低声播放音乐。多年前医生告诉老姨，植物人患者常听音乐，有唤醒的可能。老姨一直坚持在床头播放音乐。前些日子，张雨林的手微微动了起来，老姨更加坚信音乐能渐渐唤醒张雨林沉睡很久的大脑。

我不知道老姨这么多年是如何熬过来的。几天下来，我有些顶不住了。吕双让儿子跟姥姥在家，她来陪我，帮我护理张雨林。除了接尿和接屎是我的活，喂流食，洗脸和手脚，都是吕双去做。我和吕双换着看护。吕双看护，我在客厅的沙发上睡。我迷迷糊糊睡着，吕双突然把我推醒。我一个激灵起来，吕双拉着我来到张雨林的床前，我惊呆了，张雨林急促地喘着粗气，喉咙里发出咕噜咕噜像冒水泡的声音，随即口吐异物。我有点蒙了，不住地喊："张叔叔，你怎么了？"

吕双向我做打电话的手势。我拿起手机，打了120急救电话。几分钟后救护车来到楼下，四名医护人员进来。看到病人是植物人，立刻戴上氧气罩，抬上担架去医院急救。

我立刻给老姨打电话，老姨迅速打车赶到医院。老姨惊慌地问："医生，他有危险吗？"医生说："患者长时间处于昏迷状态，免疫力低下。初步诊断是绞窄性肠梗阻，必须马上手术。"

老姨在手术通知单上签下名字。老姨问我经过，我把在家里发生的情况说了一遍。老姨说我处事果断，争取了抢救时间。老姨焦躁不安，神色慌乱。

"老姨，我想你应该给张叔的女儿打电话，告诉她一声，最好让她回来。"我提醒道。

老姨猛醒："对，倩倩应该回来！"

老姨看了手机上的时间，犹豫地说："天还没亮，亮了再说吧。"

张雨林的手术很快完事。但是，张雨林却被送进重症监护室。医生告诉老姨："患者肠梗阻手术很成功，但由于患者常年卧床，心肺功能下降，出现衰竭现象，需要在ICU观察治疗。"

"他有危险吗？"老姨紧张地问。

医生不动声色地说："进到ICU的患者都存在风险，请家属们要有思想准备！"

老姨哀求道："大夫，请您多费心！我回家拿钱，给他用好药！"

老姨把自己的养老钱五万元都拿来了。

天亮了，老姨给张雨林的女儿张倩倩打电话。张倩倩很长时间没有联系老姨了，接到电话听说父亲在抢救，焦急万分。她说现在手头上的事急于处理，晚上飞回去。

躺在ICU病床上的张雨林，没有脱离危险。老姨一夜没睡，她还要去平平家做饭。老姨让我在医院顶一会儿，她回来后我再回家休息。看到老姨消瘦的背影，我感到心酸。老姨快到花甲之年了，生活的担子还压在她的肩头。

62

张倩倩半夜从大连下飞机赶回来。老姨把病危通知书递给张倩倩，老姨满眼泪水。张倩倩痛苦地闭上眼睛，眼圈发红。她安慰老姨说：“没有您精心地伺候我爸，他不会活到今天的！如果我爸能说出一句话，爸爸一定说，他是爱你的！”

老姨哽咽起来：“伺候你爸这么多年，无时无刻不盼望他睁开眼睛，说句话……”

张倩倩拥抱老姨，哭泣起来：“您受了很多累，您尽力了，我替爸爸谢谢您！”

张倩倩知道平平还在月子里，需要老姨伺候，就让老姨回去。平平知道张雨林病危，就不让妈妈来家里照料她和果果了。平平让杭行回家住，帮她哄哄孩子。杭行回来了，可只在家里住一晚上就受不了了。果果到了晚上就哭闹，平平抱着他，大半夜都要在屋里溜达。杭行说睡不好觉，没法上班，第二天又回他妈家了。平平指望不上杭行，更不敢想让杭行母亲来帮她。只好让老姨再找个月嫂来家里。这次找个年龄大一点的月嫂，能安心坚持到底。月嫂在市场上刚刚兴起，找个好月嫂真不容易。面试几个平平都不满意，有的虚情假意，说得天花乱坠，眼神诡秘。传闻有的月嫂就是拐骗婴儿的人贩子，老姨不同意去找个陌生人来家里照顾平平娘儿俩，平平也打消了找月嫂的念头。老姨晚上在医院的时候，吕双来平平家顶一晚上。白天我在医院，张倩倩不分昼夜，大部分时间都在医院。

张雨林奇迹般地度过危险，喘气逐渐平稳下来。老姨和张倩倩万分惊喜。医生感叹道："这个病人膏肓的患者，生命力太强了！没有思维意识的人，却好像有一种信念在支撑他活下来！"

老姨激动地说："他一定有思维，只是不能睁开眼睛，不能张嘴说话！"

张倩倩握住老姨的手，眼泪止不住地流下来："妈妈，这么多年您付出了巨大辛苦！没有您精心地照顾我爸爸，爸爸不会从死亡线挣扎回来！我谢谢您！"

老姨声音颤抖地说："倩倩，你是你爸的好女儿，也是我的好女儿！这么多年，我没有白付出辛苦，你爸爸病情好转了，我就从痛苦中挺过来了！"

张倩倩眼含热泪地说："妈，我跟平平姐一起孝敬您！"

老姨感动得紧紧地拥抱着张倩倩，激动的泪水夺眶而出。

张雨林转入正常病房住院，每天输液。张倩倩给父亲办理了一个高档病房，晚上她在医院护理父亲。老姨去平平家照顾孩子，抽时间往医院跑。老姨是两头忙活。

张倩倩在广州经营的演出公司，几乎每天电话不断。老姨让张倩倩回广州。张倩倩舍不得离开，这么多年没有尽到孝心，她要再护理父亲几天。

夜晚，老姨和我来到病房。这个高档病房非常宽敞，一张病床，还有一张陪护床。套间里具备一般生活用具。电视、沙发、电脑一应俱全。这跟普通病房形成鲜明对照。

张倩倩守在父亲床边，握住父亲温热的手，看到父亲紧闭眼睛，喘气平稳，像个正常人似的在深沉地睡觉。

我环视房间，问："倩倩，这是高干病房啊，一天要花多少钱？"

张倩倩轻笑地说:“不管多少钱，我都要让爸爸享受一下！”张倩倩感叹地说，“爸爸一生也很苦哇！出身贫寒，跟妈妈恋爱后，姥姥姥爷都不同意。我长大知道，妈妈对爸爸是有感情的。爸爸脾气倔强，只是从来不跟妈妈说一句解释的话。”

老姨低声地说:“倩倩，我那年刚下岗，不知道干什么好。最后选择开个小饭桌，照顾中午家长不能接孩子回家的小学生。我当时什么都不懂，写个小广告都漏洞百出。是你爸爸帮助我把小饭桌干起来的。那次我脚崴了，不能接学生，你爸爸来接学生，帮助我做饭。倩倩，相信姨，你爸爸和姨都是有道德底线的人。你妈妈错怪了你爸爸！”

张倩倩痛苦地摇摇头:“他们离婚不是因为您，只是妈妈拿爸爸在您的小饭桌帮忙作为导火线而已。”

老姨难过地说:“都是我不好，让你爸爸也跟着倒霉……”

张倩倩搂着老姨，抽泣起来:“您别这么说！这是爸爸的命！”

张雨林的病情稳定了，尤其呼吸顺畅，比入院前大有好转。张倩倩准备回广州，临走前要去家政公司找一个护工，帮助老姨护理她父亲。老姨不同意，说她完全可以护理。

张倩倩对老姨说:“妈，平平的孩子小，更需要您的照顾。等平平的孩子大一些，您再把主要精力放在爸爸身上。我在经济上完全可以负担爸爸的费用！”

老姨同意张倩倩暂时找护工，在医院帮忙护理张雨林。病情进一步稳定，出院后就不用护工了。张倩倩交给老姨一张银行卡，里面有二十万元，让老姨支配护理花销。

老姨眼泪汪汪地握住她的手，深情地说:“倩倩，关心好自己，遇到合适的就成家吧！事业干到什么时候能有个头？平平大你一岁，都俩孩子了。你也要抓紧结婚生儿育女，这是女人的必经之路哇！你爸爸睁开眼睛那天，能看到你一切都好，他该多么高兴啊！”

张倩倩抿嘴一笑:“您放心吧，我不会错过机会的！”

张雨林继续住在医院病房。老姨把家里收拾好，才把张雨林接回家。老姨为了照顾平平母子俩，也让平平回家住。平平让杭行开车，把他们母子送回来。我多日不见平平和杭行了。坐月子的女人一般都要发胖，可平平却瘦了。满眼疲惫的目光。而杭行却胖了，两腮鼓起，下巴颏浑圆，没有了棱角。杭行谦恭地说："妈，您受累了！"

老姨看到平平抱着果果进卧室了，她轻声地对杭行说："我受点累是小事，你要多和老婆孩子在一起呀！果果晚上闹，我抱过来，在我的屋子哄，不影响你休息！平平廋了，就是晚上睡不好觉。你多陪陪她！"

杭行点点头，说："妈，我知道了。我回去跟我妈商量一下，我每周回家一次陪父母。我妈妈能同意！"

老姨脸色陡变，向我使个眼色，让我说说杭行。她去厨房做饭了。我给杭行斟满茶水，仿佛我是主人，他是客人。我喝了一口茶水，轻声地说："妹夫，工作挺忙吧？"

杭行略显疲惫地说："嗯，全市正在搞创城活动，社区任务很重，每天都很忙！"

"是啊，你工作忙，家里的事情也顾及不上。你岳母和平平都支持你的工作，家里的事情不用你操心。你岳母的意思，以后她照看果果，不会影响你休息。以后多在家陪陪老婆儿子。"

我声音很低，怕平平听到。平平哄睡了果果，来到客厅看了杭行一眼，惊疑地问我："哥，你跟杭行说什么呢？"

杭行微笑一下，说："哥问我工作的事。果果睡了？你坐下休息一会儿吧。我去厨房，帮妈干点活。"

平平拉住杭行的手，依偎在杭行身边，撒娇地说："哎呀，你陪我坐着吧。给你妈打个电话，告诉她今晚你在家住了。"

杭行拿起电话，犹豫一下，站起身去阳台打电话。

我起身要走，老姨让我吃完饭再回家。我没有在老姨家吃饭，回家陪我的老婆孩子去。我没有工作干了，换了一台三轮车在客运站拉脚。城管管理很严，见到三轮车拉脚，抓到罚款扣车。我冒着风险在客运站周围转悠等着拉脚，被城管队员抓到，我把残疾人证拿给他们看。城管队员看到一个瘸子挣点钱养家糊口不容易，对我网开一面，睁只眼闭只眼。那些腿脚好的拉脚人，城管人一来如鸟兽散。我却可以正常揽客。我的生意挺好，每天忙忙碌碌，也没有空往老姨家跑了，时常给老姨打个电话。

我这几天干得挺起劲儿，每天都能收入个百儿八十元的。这天我去万达广场送客人回来，路过实验小学附近，看到老姨拉着茼茼的手向学校走去。我把车停在老姨身边，老姨愣了："大鹏，你怎么在这儿？"

"老姨，茼茼不是杭行上班时顺道送上学吗？"我疑惑地说。

老姨叹口气："嗨，这几天杭行回他妈家住了，说就在这儿住他休息不好，影响工作。都把他供起来了，晚上我哄果果，把门关得紧紧的，还说孩子哭影响他休息！"

我说："老姨，你告诉我呀，我每天接送茼茼上学，不用你来送！"

老姨说："平平不让我找你，怕耽误你生意。平平的车送去修了，过两天修好了，平平开车接送茼茼了。"

老姨把茼茼送进校门，我送老姨回家。我有一个星期没来老姨家了，平平脸色红润，充满精气神。平平抱着果果，说："果果，舅舅来了，给舅舅笑一下！"

果果的小手不住地舞动，看到我没有笑却哇地哭起来。平平哄着果果，在客厅里来回走动。老姨说："这孩子认生，有时我抱都不行，成天不离他妈的怀。"

我好奇地问："他爸呢？"

老姨撇了嘴角，抱怨地说："好像不是他儿子，没看他抱过！他爷爷奶奶也能坐住，满月了也没来看看自己的孙子！"

平平脸色阴沉下来："妈，你别总挑杭行的毛病，他工作也挺累的！他不爱哄孩子，这不是他不爱自己的儿子！果果的爷爷奶奶不是普通的长辈，他们稳重、深沉。果果大大，他们能不喜欢自己的大孙子吗？妈，你老挑这些小事有用吗？”

老姨眉头紧蹙，说：“平平，正因为他们家不是普通人家，我才为你担心，你缺少他们的关心哪！”

平平嘟囔道：“我不用别人关心，只要杭行对我好就行了！”

63

果果的满月宴席，延迟了一个月，平平才决定举行。平平迟迟不办儿子的满月宴席，是因为果果的爷爷奶奶没有明确表态。他们不表态，平平就不能办，办了他们也不会到场的。他们二老不到场，这个满月宴席有何意义？平平耐心地等了一个月，他们好像忘记了平平打电话征求他们意见的事。平平第二次打电话问果果的爷爷，这个说话充满威严的老爷子，捂住话筒，半天才回话："果果的奶奶说了，你们的事自己决定。"

平平在刚开业的港丰大酒店订了两桌满月席。主要招待杭行父母和亲属，我们这边只有老姨和我全家参加。一切准备妥当，只等第二天中午，满月席如期举行。可当天下午，杭行在单位给平平来电话，告诉平平父母要见果果，晚饭回他妈家吃。

平平异常兴奋，边给果果换尿不湿边逗着说："一会儿去见爷爷奶奶喽，儿子你长大了，爷爷奶奶一定非常喜欢你的！"

老姨帮助平平收拾东西，好像平平抱着果果要出远门似的。平平把自己的衣服都摆在床上，逐个往身上比量。身体微微发胖，这些怀孕前的衣服都显得有些瘦了。平平很懊恼，就像没有衣服可穿，无法出门了，气得把衣服扔了满地。老姨压住火气，说："平平，这些衣服都能穿，衣服瘦点也不难看。你去老婆婆家，也不是见外人怕笑话！”

平平愤恨地说：“妈，我不能在他们面前有一点闪失。本来我们的家庭跟他们就存在差距，我再没有形象，更让人瞧不起！”

老姨木然地给平平收拾东西。

我安慰老姨，说：“平平是要强，在他们家人面前要有形象！平平给他们家生个大儿子，爷爷奶奶见到大孙子，不知道要高兴成什么样了？”

平平选了一套浅米色套裙，对着镜子反复看。平平剪的齐耳短发，显得很精神，目光充满了自信。

杭行下班过来接平平。平平抱着果果，老姨和我拎着包送到楼下。杭行坐在车里，像出租车司机一样在等待客人。平平坐进车里，说：“妈，告诉茼茼，我今晚在果果奶奶家住。茼茼晚上没离开过我，没有心思写作业了，妈，你要看着他写完哪！”

老姨还没答应，杭行就开车走了。

我把茼茼接回来，茼茼进屋问：“姥姥，妈妈和小弟弟呢？”

老姨说：“妈妈和小弟去奶奶家了，今晚妈妈不回来了，妈妈让你吃完饭写作业。”

茼茼的眼泪唰地流下来，抽泣地问：“姥姥，是妈妈不要我了？”

老姨哄着茼茼：“妈妈是爱你的，怎么能说不要你了呢？妈妈明天就回来了。明天你上学，不能去酒店吃饭，姥姥给你带回来好吃的。”

茼茼含着眼泪把饭吃完，拿着书包进里屋写作业。我要走，老姨说：“大鹏，明天让吕双早点过来，陪我去把头发收拾收拾。平平说得对，我们不能让人家瞧不起！”

我跟老姨正在唠嗑，平平抱着果果回来了，杭行拎着包跟在后面。老姨赶忙接过平平怀里的孩子。果果睡得很香，老姨轻轻地放到床上。我看到平平和杭行脸色阴沉，好像发生了争吵。老姨也看出来了，冲我摇摇头，示意我别走。

杭行放下包，一下子坐到沙发上，很是疲惫的样子。平平自己回到屋里，咣当一声把门关上。果果被惊醒，嗷嗷地哭起来。

杭行脸色煞白，眼里冒火似的从沙发站起来，三步两步来到平平的卧室，推开门大声地质问：“你拿孩子撒什么气？把孩子惊吓到了怎么办？”

我惊讶得下巴都要掉下来了，第一次见到杭行发火。平平立刻抱起果果，在屋里走动哄着。老姨责怪平平：“孩子睡觉不知道吗？难怪杭行跟你发火！”老姨从平平怀里接过果果，轻轻地抚摩果果的头，说：“摸摸毛，吓不着，摸摸腚，好安静。”老姨又轻轻地哼起摇篮曲：“月儿明，风儿静，树叶遮窗棂啊……娘的宝宝闭上眼睛，睡呀睡在梦中啊……”果果的哭泣声渐渐地消失了，不一会儿又睡着了。老姨把果果小心地放到床上，把门半关上，回到客厅里。

平平和杭行坐在沙发两头怄气。平平脸色苍白，眼睛湿润，像受了莫大委屈。杭行低着头，喘着粗气。老姨平静一下，问：“你俩怎么啦？有话好好说嘛，两口子之间有什么事说不了的？”

杭行看眼老姨，嘴角露出歉疚的一笑：“妈，刚才我不应该对平平耍脾气。可平平也不听我解释，上来就发火！一路赌气，回家还摔门，把儿子都惊醒了！”

平平似乎在忍心中的怒气，压低声音说：“你妈不参加果果的满月宴，你为什么瞒着我？我到港丰大酒店订酒席，为的就是让你的父母和亲属，别小瞧我。我的家人用去这样的高档酒店吗？订好了，你父母不去，这是什么意思？”

杭行眼神充满无奈：“我妈不是告诉你了嘛，她不爱见家里那些人。他们事儿多，妈看到他们就闹心，几天睡不好觉。”

平平紧咬嘴唇，不让眼泪流下来，可还是无声地流下来。平平带着哭音说：“你不要为你妈辩解！她跟你三姨通话，我在楼上都听到了！你妈以为我跟果果睡着了。我准备下楼去拿东西，你妈在大厅里正跟你三姨说，她不参加果果满月宴席，是不想见果果的姥姥。你妈说，见不得给她搓澡按脚的人！她女儿怎么能成为她的儿媳妇！”

杭行的脸唰地煞白。他看眼老姨，吞吞吐吐地说：“妈，您别生气，平平是听错了！”

老姨却如释重负地叹口气，缓缓地说：“平平，你不要难过！小杭，你也不用为你母亲辩解了。其实我心里什么都清楚，只是我不愿往这上想。你们结婚前家长见面，你妈妈认出我了，我是当年给她搓澡做足疗的浴池女工。那时你妈知道我家的情况，很同情我。曾劝过我说，过日子家里要有男人。二十多年过去了，没想到我们在这样的场合见面了。你妈很尴尬，我的女儿怎么能成为她的儿媳妇？”

杭行困窘的眼神看着老姨：“妈，您不要多心，我妈没有这个想法！”

老姨忧伤地说：“小杭，你妈有没有这个想法我能看出来。以前对我那么热情，现在却像陌生人。其中原因很清楚，我一个搓澡工的女儿，不应该进你们的家门！我们两家确实地位不同，可你跟平平是自由恋爱，你看的是平平这个人，不是看她的家庭出身！我们出身虽然低微，我靠自己的双手挣钱，把女儿养大，我不丢人！”

平平满脸泪水，仿佛受了莫大的委屈，哽咽地说：“妈妈，你不要责怪杭行！他没瞧不起我，也没瞧不起咱们家！”

老姨心情沉重地说：“小杭，你是个知书达理的孩子，我相信你对家里能够尽到丈夫和父亲的责任！”老姨又对平平说：“不要生你婆婆的气。明天果果的满月宴，你婆婆和公公不来就不来吧。他们有自己的想法，作为晚辈要尊重他们！”

第二天果果的满月宴如期举行。老姨领着我们围坐在后面的餐桌，杭行的亲属坐在前面的两张餐桌。他父母没有来。杭行的几个姨姨，围着平平看襁褓中的果果。他们啧啧称赞，跟杭行小时候一个模样。满月宴后，老姨回到家里就病了。这么多年，我很少看到老姨有卧床不起的时候。有点头疼脑热的，老姨都能扛过去。可现在老姨再也支撑不住，上午躺了一会儿就起床，给张雨林喂流食。

平平这么多年没有给妈妈做过一次饭，她背着果果在厨房做饭。老姨喂完张雨林流食，从屋里出来，一头栽倒了。平平惊慌地呼喊妈妈，急忙打急救电话。我赶来的时候，救护车也到了。老姨躺在地板上，脸色苍白，昏迷过去。急救医生给老姨简单检查一下，急速送到医院急救室。平平抱着果果跟来医院。我和平平在走廊里焦急等待，果果嗷嗷地哭。平平犹豫半天，才给杭行打电话。杭行赶过来的时候，老姨苏醒了。

医生诊断为脑部缺血性疾病引起昏迷。医生让患者住院治疗，开出住院单子。我去办理住院手续，然后杭行和我推着担架车。老姨坚持不住院，她记挂着张雨林没有人照顾。平平找来一个临时护工在家护理张雨林，老姨这才放心住院。

平平要跟着去住院部，杭行阻止平平："果果这么小，受到传染怎么办？"平平难过地看一眼病床上的妈妈，无奈地抱着果果回到杭行的车上。把老姨安顿好，杭行说："妈，平平不能抱孩子来病房了。大鹏哥在这儿陪护您，我下班就过来。"

杭行走了，老姨微弱地说："大鹏，杭行生平平的气了。怨我呀！"

我笑着说："老姨，你安心治病，别为他们操心了！"

平平回到家里，频繁给我来电话。问输液还有多少？医生给开的什么药？晚饭吃什么了？妈妈的精神头怎么样？老姨示意我把电话给她。我把电话送到老姨的耳边。老姨声音微弱地说："你不用惦记我，可别抱着果果出来！看着护工按时给你张叔喂流食。"

晚上，杭行拎着一袋水果，来到病房探视。杭行笑容可掬，嘘寒问暖。我站在床边，身上起了鸡皮疙瘩。这哪是姑爷看望丈母娘，简直就是领导到老弱病残家慰问来了。杭行坐了不到十分钟，站起身对我说："哥，你辛苦了！我回家照看果果。"

老姨听了杭行的话，苍白的脸上涌出微笑："你快回去吧，平平需要你！"

我连续陪护了老姨三天，晚上在老姨的病床旁边地上铺个塑料布，上面铺上海绵垫。房间里四张病床，有两个病人是花钱找的陪护。老姨看到我连续三天没有回家，让我也去给她找个陪护的。我没有听老姨的，坚持在医院继续陪护。平平来了，老姨正在输液，要坐起来，我把老姨摁下，不让她起身。老姨没等平平说话，责怪地说："你心可真大！孩子放家里醒了怎么办哪？我不用你惦记，再住一天我就出院！"

平平像在赌气："我把果果送给他奶奶了！我不管她愿不愿意哄，也要哄一天孩子！"

老姨神色慌张地说："你去把孩子抱回家！你要不去抱孩子，我现在就把针头拔下来出院！"

我劝平平："别惹你妈生气了，快回去把果果抱回家，我在这儿你就放心吧！"

平平委屈的泪水滴落下来，怒斥我："妈住院，我能不着急吗？我怎么会惹她生气呢？"

老姨有气无力地说："跟你哥发什么火？他够辛苦的了！果果哭闹要影响爷爷奶奶休息，我们遭点罪、受点累没什么。平平，听妈妈的话，把孩子抱回家。"

平平流着眼泪走了。

64

老姨住了一个星期院，出院那天是杭行开车来接的。下车的时候，杭行从车后备厢里拎出两盒包装精美的滋补品。老姨体质羸弱，进到屋里就有点气喘，额头冒出虚汗。杭行把滋补品放到茶几上，说："妈，这是我妈送给您的滋补品，是澳大利亚进口的，对增强身体免疫力很有好处！"

老姨眼睛一亮，感激地说："看你妈妈还惦记我，替我谢谢你的妈妈！"

平平揶揄地说："妈妈，你很有面子了！果果到今天还没有吃上澳大利亚进口的奶粉呢？果果就像不是她的亲孙子，现在果果还没吃过奶奶爷爷的一口东西呢！"

杭行显得局促不安："平平，你别挑他们了。果果以后吃的用的都离不开爷爷奶奶！"

老姨费力地支撑身子，我忙上前扶她坐起来。老姨身体羸弱，声音低沉地说："杭行，我身体差劲了，不能照看孩子了。以后你下班回家帮平平照看果果。"

杭行点头应允，平平脸色也温和了。平平把果果哄睡，她和杭行下厨房做饭。老姨让我去接茼茼，顺便把吕双和大宝接来一起吃饭。我们很少跟杭行在一个桌子上吃饭，吕双知道杭行也在家吃饭，她手语说："我不去了，你领儿子去吧。"我说："你不去老姨会生气的。老姨出院了，平平心情很好，你不去要扫兴的。"吕双目光犹豫，手语："杭行的眼里有鄙视的目光，我不敢抬头。"

我笑了："你看他干吗？他牛烘烘的，咱就不跟他说话。不过杭行跟我还行，挺尊重我这个大舅哥的。走吧，你是去看老姨，也不是看他。"

在我的说服下，吕双才跟我一起来到老姨家。在楼下的超市给老姨买了一箱奶和一箱鸡蛋。老姨看到一家人聚在一起吃饭，疲倦的脸上露出笑容。

果果夜里发烧，平平给吃了一片药。杭行没有在家住，早晨平平给杭行打电话，让他回家送孩子去医院。杭行说单位有事回不去，让妈陪你去。老姨陪平平一起去儿童医院。可老姨下楼感到眩晕，平平把我喊来，跟她去医院。平平开车，我坐在后面抱着昏昏欲睡的果果。走到大清河公园，平平突然停下车。平平眼睛盯着前面一群跳广场舞的大妈。那群大妈统一穿着紫红色秧歌服，手里挥舞着扇子，伴随欢快的音乐在尽情地扭动。

"平平，你还有心思看扭秧歌？果果烧得都烫手了！"我摸下果果的额头，生气地说。

平平凝视那群人，说："果果的奶奶在这儿跳舞，我下车找她！"

平平说完，下车用力关门，好像要让关门的声音压过扑面而来的音乐声。大妈们继续舞动，没有人注意到平平向她们走去。

平平站在队伍旁边，队伍里出来一个女人。我看出是杭行的母亲黄静雅。她俩说了一阵话，不知道说什么。平平的情绪很激动，不时地指着车的方向。我理解，平平是让我把果果抱过去。我下车，一手抱着醒了的果果，一手拄着拐杖走过去。我来到她们面前，平平接过果果抱在怀里。

"妈，您看果果烧的，体温达到三十九度了。"平平焦急地说。

黄静雅脸色阴沉着，瞥一眼哭闹的果果，嗔怒地说："你不马上去医院，找我来干什么？我是医生吗？我不能去医院，你的事你们自己处理，别指望我们去做什么！”

平平眼泪汪汪地看着黄静雅说：“妈，我从来就没有想让你们为我做什么。可是，杭行不能一周回家四五天去照顾你们，孩子需要我和他共同照顾抚养！”

黄静雅轻蔑地看着平平：“我没有让杭行回家，你留不住他，是你无能，你不要埋怨我们！”

跳舞的队伍解散了，几个大妈围过来。看到平平怀里的孩子发着高烧，有位大妈说：“黄主任，快陪大孙子去看医生吧！”

黄静雅立刻显得焦急地对平平说：“你快去医院吧，我回家换上衣服就去！”

平平转身抱着果果来到车前，我坐进车里，平平把果果交给我抱着。她开车急速赶到医院。

果果被诊断为小儿肺热，需要住院治疗。果果开始输液，我一直坐在病房门口，不时地往走廊门口看。果果的两瓶点滴完事了，也没有见到黄静雅的影子。果果住了三天医院，杭行要在夜晚陪护。平平还是没有忍心让他在医院。我很来气，对平平说：“你不能处处替杭行考虑，这家不是你自己的！”

平平神情怅惘，无奈地说：“他白天还要上班，别牵扯他的精力了。杭行对我还是很好的，我不能难为他。他愿意回去陪他妈就陪吧，反正我们过日子的时间还长着呢！”

平平满脸倦容，眼里闪出期许的目光。我忽然感到平平做生意时候的泼辣性格不复存在了。生活磨平了人的棱角，也改变了人的性格。女人做贤妻良母没有错，逆来顺受就是委屈自己。

杭行来接平平母子出院。平平抱着嬉笑的果果，一身疲倦顿时消失了。回到家里，老姨要去厨房做晚饭。平平不让去做，让杭行去饭店打包几个菜。杭行问：“妈，您想吃什么？”

老姨惬意地说：“我吃点什么都行，给茼茼要份锅包肉吧。”

杭行走后，老姨惋惜地叹道：“杭行哪儿都好，心还细，也知道关心平平，可就是太顾他妈家了，他妈妈也太自私了！杭行也是左右为难哪！”

平平在翻看茼茼的作业本。听到老姨跟我说杭行，立刻从卧室出来，气恼地说：“妈，我都跟你说过，不要说杭行！谁都无权阻拦他回家孝敬父母，我们生活的日子长着呢！现在果果小，在家里有你照顾，杭行也放心，果果的奶奶爷爷也放心！”

杭行回来，拎着一摞子餐盒，还有两瓶啤酒。大家围在餐桌开始吃饭，杭行给我斟满一杯啤酒，说：“哥，我敬你一杯！家里的事都需要你帮忙，你辛苦了！”

我忙说：“妹夫，这可不是帮忙的事，这是家里事！我十六岁父母去世，老姨为我操碎了心，老姨就是我的妈。没有老姨我娶不上媳妇，也不会有可爱的儿子！”

平平瞥眼杭行，意味深长地说：“一家人就应该这样，相互关心体贴，不能像看别人家的事情那样漠不关心。人还是要讲良心的！”

平平显然是有所指的。杭行感觉到了，他把半杯啤酒喝下去，低下头说：“平平，你不要说我妈了！你到公园去找她，好像我妈不关心自己的孙子！她回家就病了，多少天不能出门活动了！”

平平揶揄地笑了：“杭行，你真敏感哪！我也没说你妈妈呀，你怎么心惊了！”

杭行被半瓶啤酒染红的脸，唰地变得煞白。他放下筷子，声音低沉而激动地说：“是我心惊，还是你有心机？果果去医院，你可以打电话告诉妈妈，何必把发着高烧的果果拉到公园去。我妈妈在那些阿姨中社会地位是最高的，特别受她们尊重。你把孩子抱到那些人面前，让她们怎么看我妈妈，是不关心自己的孙子？还是家庭一点琐事都需要妈妈操心？郝欣慰，我没有想到你这样不明事理！”

平平瞪着眼睛半天没有缓过神来，怔怔地看着杭行，好像杭行是个陌生人。平平淡然地一笑：“杭行，你说我不明事理？你的话真让我伤心啊！我不向你解释什么，我只问你一句话，你跟老婆孩子过日子，还是跟你妈妈一起生活？你一周在家几天？频繁地回你妈家，这个家却成了你的驿站了。家里的事，你管过什么？我对你有过一丝埋怨吗？”

杭行凝视平平质问道：“我孝敬我的父母有错吗？”

老姨急忙说：“平平没说你孝敬父母有错，但你也要顾及他们娘儿俩哪！”

“妈，你吃饱了领着苘苘下楼去溜达吧！”平平冷冷地说。

杭行的怨气是因为平平送果果住院那天，去公园找他母亲了。平平赌气不解释，我不能不解释。我轻咳嗽一声，说：“妹夫，果果住院那天，平平还真不是去找你母亲，这事我可以证实。果果发烧，平平着急没有走大道，从清河路走的。在栈桥公园边上看到你母亲在跳舞的队伍里。平平停下车，去告诉你母亲果果发烧了，是我抱着果果下车的，我想让奶奶看看生病的孙子不为过！你母亲让平平赶快送果果去医院，她说回家换衣服就过去。事情就这么简单，平平就是特意去找你母亲也不过分。你不应该怪罪平平！”

杭行低头不语，半天才抬起头，歉意地看着我：“哥，我有点不冷静了，我回去跟我妈解释一下。平平，我刚才发脾气不对，你别生气了！”

平平起身回到卧室，杭行面露赧色，坐立不安。

老姨轻声地责怪道：“小杭，你怎么能说平平不明白事理！平平可是处处为你着想，怕牵扯你精力影响工作，家里的事基本不让你做。你回家陪父母，平平宁可孤单也没抱怨你。小杭，你想想吧，想好了进屋去哄哄平平。”

杭行随即进屋，轻轻把门关上。老姨低声地说：“大鹏啊，我这辈子就是操心的命！”

老姨目光黯淡，充满忧伤。我怜悯老姨，劝慰道：“哪有舌头不碰牙的？过日子免不了磕磕碰碰。老姨，你就别为他们操心了！平平也不让你管，你就别管了！”

平平把全部精力放在果果身上。果果几乎一时一刻都离不开平平，姥姥抱他，有时很乖，有时哭闹。果果感冒去医院，也没有牵扯杭行的精力，更没有影响他每周回家陪伴父母的心情。平平对杭行表现出最大的忍让，他来去自由。

果果要过周岁生日了。杭行事先告诉平平，果果的奶奶爷爷不能来参加孙子的庆生宴。平平问为什么，杭行漠然地说：“不为什么，他们身体不舒服！”

平平抱怨地说：“杭行，你是以为我忘记你妈说的话了？果果满月的时候，你父母不来，是因为跟我母亲坐在一起掉她的身价！你母亲的心胸这么狭窄？在她眼里，我母亲当年养家糊口的工作，是卑微的。这么多年她还不能释怀！”

平平说的话，我和老姨在客厅里都听到了。老姨脸色煞白，我要领老姨出去散散心，可老姨不去，老姨担心他俩吵架。

杭行可能意识到他们的话被我们听到了，随即把门关上。老姨让我靠前，去听他们说话。我轻声地说：“不能窥探人家隐私！”

老姨一巴掌拍在我肩头：“还隐私？你是卖呆不怕乱子大呀，他们要吵起来怎么办？”

他们房间门在卫生间旁边，我到卫生间门口，脑袋靠到门上。

杭行声音不大：“他们每天接触的人都是政界商界人士，谈论的都是他们这个层次的事情。谁家的儿女怎么样都在他们的眼里。你说我父母能希望我找一个普通人家的儿媳妇吗？我前妻工作还在体制内，我妈都不同意。我再婚找一个我妈不认可的妻子，你知道她是什么心情？我这边要护着你，那边要安慰妈妈。我们的儿子都有了，他们逐渐就能接受你了，现在只能尽量少见面！”

平平口气很冲：“怎么自己的孙子都不要见面了？”

杭行说：“我妈不是不想见自己的大孙子，果果再大一点，我妈可以抚养他！”

“我不用你妈抚养！我能把果果和茼茼抚养成人！果果可以去幼儿园了，我就出去做生意！”

我的脖子抻得有点疼，里面有走动的声音。我立马回到客厅里，随后平平开门出来，说：“妈，果果周岁生日回他奶奶家过，我们就不用张罗了。”

平平抱着果果去奶奶家过生日那天，老姨在阳台上目送平平开车出小区才回到客厅里。老姨问我：“平平和杭行都说什么了？”

我龇牙笑：“他们嘀嘀咕咕的，我没有听出个数。”

老姨气愤地说：“他们家是瞧不起平平的出身。当初我要知道杭行是黄主任的儿子，我说什么也要阻止平平。黄主任可不是一般的人，洗个澡都十分讲究，每次消费都是最高的。搓澡的几个妹子都羡慕我有个大款客户。那时她很平易近人，还开解我和张雨林的感情问题。劝我人品好就可以接受，不要相信什么命！现在她变得这么冷漠。就像我曾经是个要饭的，成为亲戚给她丢脸了！”

“管她怎么样呢，你是果果的亲姥姥，这个事实谁也改变不了。果果大了，肯定不会嫌弃姥姥的！”我开导老姨。

老姨担心地说：“果果会不会受奶奶的影响，跟我不亲了？”

我果断地说：“血浓于水，不会差的！”

平平下午回来，脸色阴沉地进屋。她把没睡醒的果果放到床上，来到客厅里，一下子坐到沙发上，神情沮丧，半天不说话。

“平平，你怎么了？”老姨忙问。

平平情绪激动地说：“妈，我决定回凯旋大地小区自己的家住。再在家里住下去，杭行对我们娘儿俩一点责任感都没有了！他妈还理直气壮地说，她儿子就应该回去照顾父母。这样下去，杭行最后在他妈的唆使下都能把我和果果扔下！”

老姨惊恐地问：“他妈说什么了？”

平平眼里滚动泪水，低头不语。

老姨看我一眼，愤懑地说：“你妹妹是受气了！他们家欺人太甚了！”

平平的眼泪无声地流下来，充满怨恨地说：“我为杭行考虑，不让他在我和他妈中间为难，自己忍受痛苦，让他用大部分精力照顾他的妈妈。我原以为我的善良、我的孝顺能慢慢感化他妈妈，能够让她从心里接受我。可是我想得太天真了！他们从骨子里就瞧不起我们这个家，我怎么做都是在巴结、在讨好他们！”

老姨问：“我有病他妈还送来进口的营养品，这不是对咱家改变了态度吗？”

平平冷笑一声：“妈，我们把他妈想得太善良了！那是杭行在进口商品店买的。我从他的消费卡上看到的。”

老姨叹道：“杭行是为了安慰我呀。你要理解他呀！”

平平气恼地说：“他妈跟我说，杭行要经常在家照顾她和他爸。你要是感到自己抚养果果不行，我们可以抚养，让他得到更好的教育。”

老姨惊愕地说：“他妈这话是什么意思？是要逼你跟杭行离婚吗？”

平平充满怒气：“我问他妈这话什么意思，杭行解释说，‘我妈是看到果果的姥姥有病，还要照顾一个病人。你又太累了，妈要帮你照顾孩子’。我当时就同意，可以回来住。他妈说她不是这个意思，她要我把果果送回来。这不是明摆着要把我拒之门外吗？我问杭行，你也是这个意思吗？杭行把他妈劝走。杭行说，他妈是想让果果换个环境成长。我问杭行，傻子听不出你妈话里的意思！你妈是不是让我们离婚？杭行说，不是。他还说，不管到什么时候，他不会跟我离婚的。我对杭行说，我明天搬回咱们的家住，你陪伴你妈生活，还是跟老婆孩子过日子？你自己选择！”

老姨担忧地说：“平平，你领着果果回家，我也不放心哪！果果爸也不能天天在家，你自己能照顾好孩子吗？我还用护工护理你张叔，我去照顾你们娘儿俩。”

平平立刻说：“妈，我跟你说过，我和杭行的事你别操心了！我不能忍受了，再忍他妈就要拆散这个家了！我要杭行回来过正常的日子，我不反对他孝敬父母，但不能容忍她过分的行为而损害我们的家庭，影响我和杭行的感情，拆散骨肉亲情！”

平平哭了，老姨也哭了。我望着窗外雾霭尚未消散的天，心情沉重。感觉生活的苦不只是缺食少衣，也包括强势者施加给弱者心智上的苦。

我帮助平平把凯旋大地的房子收拾好，第二天下午，平平去市场买了菜，晚上在家做饭。杭行回来，平平让我来她家吃饭，我没有去。

茼茼留在老姨家，我每天接送茼茼上学。老姨高兴地告诉我，杭行在家天数多了。我也很高兴，平平选择独立生活是对的。

65

初秋某日凌晨四点，一阵手机铃声响起，我迷迷糊糊地接听电话。

“大鹏啊，你快过来，杭行死了！”老姨声音惊慌颤抖，绝望地喊道。

我忽地坐起来，惊愕地问：“老姨，你是睡蒙了？做噩梦了？”

老姨哀号道：“你快来呀！天塌了……”

我惊出一身冷汗，敲敲自己的脑袋，好像我在做梦。吕双也惊醒了，打手语问我，我告诉她老姨让我去她家。

我拉着吕双急忙赶到老姨家。我惊呆了，平平披头散发、脸色煞白，僵直地站在门口。老姨看我进来，一把拉住我的手，失声痛哭起来。我看着平平问：“快说呀，杭行发生了什么事？”

平平目光呆滞，毫无反应，像没有听到我的话和老姨悲戚的哭泣声。忽然，平平躺到地板上打滚，薅住自己散落的头发，声嘶力竭地号叫起来：“我不是做梦啊！我害死了杭行……”

我和吕双把平平搀扶起来，坐到沙发上。果果在屋里哭叫，吕双进屋抱起来哄着。平平一把抓住我的手，痛苦地说：“哥，我完了，你快救救我啊！”

老姨指着平平哭喊道：“大鹏，你妹妹把杭行害死了，怎么办呀？”

我愕然，大喊：“你们俩别哭了！到底发生了什么事？”

平平抬起泪水蒙住的双眼，颤抖地说：“我没有想到杭行能死！昨晚我把他叫回来，让他回家住。他妈这些日子逼他跟我离婚，我不想失去他，我想让他瘫痪，变成植物人，我伺候他一辈子……”

平平泣不成声，说不出话来。茼茼被惊醒，惊吓地扑到平平身上，哇一声哭起来：“妈妈，你怎么了？我害怕！”

我让吕双拉住茼茼，把他领进房间里，我随手把门关上。

“老姨，你别哭了！让平平快把事情经过说出来，咱们好想办法呀！”我很冷静地说。

老姨擦了一把眼泪，哭泣地说：“平平，快向你哥说清楚，好想办法呀”

平平唏嘘地说：“我在杭行房间里放了一氧化碳，我没想到过量了，早晨我去他房间，他没有气了……”

平平嘤嘤啜泣起来。

我意识到平平已经严重触犯法律了，没有任何可以逃脱的办法。平平用绝望的眼神，祈求地看着我。

“老姨，我们马上去平平家看一下，赶快打急救电话。确认杭行死了，再想下一步。”我异常的冷静。

吕双留在家里照看两个孩子，我开着三轮车拉着老姨和平平，迅速来到凯旋大地小区。我进了平平家门，来到南屋的大卧室。杭行安详地躺在床上，身上盖着浅粉色的薄被。窗扇敞开，晨风吹拂白色窗纱微微摆动。

我把手指放在杭行的鼻下，没有一丝气息。我镇静地说：“平平，你没有别的路走了。老姨，你领着平平去自首吧！我打 120 急救，让医生来确定杭行的死亡！”

平平哇一声号啕大哭，瘫倒在地。

老姨凝视着我，目光坚定地说：“大鹏，我替平平顶罪！平平还年轻，两个孩子不能没有妈妈抚养！杭行是我害的，我去投案自首！”

我一把抱住老姨，仿佛她就要下楼去自首。我大声说：“老姨，平平犯法了，你不能再去犯法呀！你快领平平去公安局自首，不能再耽误了！”

老姨哭着说：“我给平平梳洗一下。”

老姨把平平搀扶起来，让她坐到椅子上。老姨用湿毛巾给平平擦把脸，又把平平凌乱的头发梳理整齐，用皮筋扎成马尾辫。老姨找出平平喜爱穿的米色半身风衣，蓝色牛仔裤，白色运动鞋。平平像小时候那样乖，静静地坐在凳子上让妈妈打扮自己。

平平目光呆滞，面无表情。老姨搀扶着她走出家门下楼了，我和吕双望着楼下恸哭，拿手机的手剧烈抖动，手机掉到地上，我捡起来，打通 120 急救电话。

救护车鸣着笛急速驶进小区。几个医生护士进门就开始进行紧急抢救，医生问我：“你是患者的亲人吗？”我点头。医生说：“亲属一起去医院！”

护士把杭行放到担架上，盖上白色床单抬下楼。这时警车急速驶进来，警察下车，封住单元门。几个警察迅速上楼，两个警察跟着救护车来到医院。

在急救室医生进行抢救，最后诊断为一氧化碳中毒死亡，出具了死亡通知书。在让家属签字时，警察通知了杭行的父母，让他们来医院。

我没等杭行父母来，便溜回平平家。两个孩子呜呜地哭，吕双抱着果果，牵着茼茼在屋里来回走动。

茼茼看到我回来，扑到我身上，哭喊着：“舅舅，妈妈呢？我找妈妈！”我把茼茼揽在怀里，痛苦绝望地哭起来。

咣咣的敲门声响起，我忽然紧张起来。两个警察站在门口，问：“你叫什么名字？”

“田大鹏。”我胆怯地说。

警察让我跟他们走一趟。我被带到公安局，坐在一个屋子里，面对两个警察问话。我如实地把早晨所经历的事情说了一遍，然后在笔录上摁手印、签字。快到中午，警察才让我回家。我走出公安局大门，蹲在对面的马路边上，紧盯着大门，盼望老姨出来。我一直等到下午三点多钟，没有看到老姨，我悻悻地回到家。刚进家门，又来了两个警察，身后跟着两个女人。

警察向我出示警官证，说："我们是柳巷派出所的，这位是社区王副主任，这位是杭行三姨妈黄静娴。杭行的父母要看护杭行和郝欣慰的儿子果果，请你们配合，把孩子抱出来。"

吕双打手语告诉我，果果刚睡着。我对警察说："果果刚睡着。"

黄静娴阴沉着脸，对警察说："不能等，必须抱走！"

警察让吕双把果果抱出来，我跟吕双进卧室，给睡梦中的果果穿衣服，用薄被包好。吕双轻轻地抱起来，示意我把果果的奶瓶和衣服都装进包里。果果醒了，瞪大眼睛看着吕双。黄静娴从吕双怀里接过果果，刚抱进怀里，果果哇一声哭起来。

我把包递给黄静娴，可她却把包扔到地上说："不要你们的，回去全部换新的！"

蔄蔄看到陌生人要把果果抱走，从屋里跑出来，他一把抱住黄静娴的腿哭喊道："我不让你抱走我小弟！"

社区王主任把蔄蔄的手扒开，搂住蔄蔄，对我说："看住孩子，别让他乱跑！"

我搂住蔄蔄，看着黄静娴下楼的背影和果果乱蹬的小脚丫，我的眼泪唰唰地流下来，吕双搂住我痛哭，巨大的痛苦压在我们的心上。我们如同坠入了万丈深渊，到了走投无路的绝境。吕双做好晚饭，可我一口也吃不下去。老姨还没有回来，我也没有办法打听到老姨和平平的消息。整整一夜，我没有合眼。第二天我又来到公安局大门前，呆呆地等了一上午也没有看到老姨的身影。

我开着三轮车，准备回家。我一直在想，谁能帮我打听老姨的消息？我一下子想起老姨的同学郭姨，我记得老姨说过，郭姨的爱人是公安局干部。我立刻去市图书馆找郭姨。我不知道郭姨叫什么名字，见到工作人员就问，我要见郭姨。工作人员问我哪个郭姨，我说就在图书馆工作，她丈夫是公安局的干部。工作人员领我去见郭馆长。郭馆长不在办公室，让我在屋里等一会儿。

郭馆长回来，认出了我。郭姨还是那样精神、干练。郭姨奇怪地看我："你老姨是有什么事？"我抑制不住地哽咽起来。郭姨惊疑地问："大鹏，你老姨怎么了？我们有很长时间没有联系了。你慢慢说。"

我抽泣地说："郭姨，您帮帮我老姨吧！平平犯法了，她用一氧化碳把杭行熏死了！"

郭姨大惊失色："什么时候的事情？"

"前天晚上的事，老姨领着平平去公安局自首，可老姨到现在还没出来，郭姨能不能打听一下，老姨怎么回事？"

郭姨愕然地说："平平是没有把煤气关好？平平不会做出这样的傻事？你别着急，警察会把事情勘查清楚的。你们要给平平聘位律师，为平平做辩护！"

郭姨让我坐在办公室等她一会儿。十几分钟后，郭姨回来。郭姨神色凝重，看着我说："大鹏，我刚才给你姨夫打了个电话。他问了一下情况，平平的案子是清河区分局办的。你老姨现在没有出来，是因为她把案子揽到自己身上。现场勘查和尸体解剖都没有结束，所以要等一两天现场勘查结果出来。大鹏，你老姨这一生太不容易了！以后全靠你来要照顾老姨了！"

我点头："嗯，我知道。"

我回到家里，吕双已经把午饭做好，可我没有心情吃。吕双手语问我，我把老姨的事告诉她。吕双跑进卧室呜呜地哭起来，我眼泪唰唰地往下流。第二天一大早，我到公安局大门前等老姨。我的手机响了，我惊呆了，是老姨的电话。老姨问我在哪儿，我说在公安局门前等你呢。老姨说："警察把我送回家了，你回来吧！"

我急忙赶到老姨家。老姨眼睛发红，一脸疲惫，说话明显气力不足。老姨拉住我的手，饮泣地说:“大鹏啊，你妹妹完了！她怎么能做出这样的傻事啊……”

老姨悲戚的哭声像针一样扎在我的心上，疼得在滴血。我不知道怎么安慰老姨，垂下头默默地流泪。我去洗手间把湿毛巾送给老姨，说:“老姨，我去找郭姨了。她让我们聘请个好律师为平平辩护。老姨，我们赶快去聘请一个律师吧！”

老姨抬起泪眼，混浊的眼睛露出一丝亮光:“好，找你郭姨，让她帮忙聘请好律师，怎么地也要把平平的命保住！”

66

郭姨领着老姨和我来到瀛点律师事务所。律师王晨，是律师事务所主任。王律师脑门光亮，头发灰白稀疏，深沉地向我们微笑一下，显得稳重和成熟。郭姨说是李政委介绍来的。

王律师热情地握住郭姨的手，笑着说：“您是李政委的爱人！我们多年前见过面。李政委来电话，说您的同学家里发生了刑事案件，让我了解一下案情，看看能不能接手这个案子。李政委客气了，为当事人服务理所应当。这两位是当事人的亲属吧？”

郭姨指着老姨说：“是的，当事人郝欣慰的母亲郝秀丽。这位是郝欣慰的大哥。”

王律师让我们坐下，然后询问情况。老姨把平平家出事那天早晨发生的情况，从头到尾说了一遍。王律师听得很认真，没有插话，时不时地在本上写着什么。老姨带着哭腔把话说完，用渴望的目光看着王律师。

王律师神色凝重，抬头看着老姨说：“我问你几个问题，你知道的就如实回答。杭行对郝欣慰有过家庭暴力吗？”

老姨答：“没有。杭行很少跟平平发脾气。”

“杭行一周内回他母亲家住几天，郝欣慰是同意的吗？”

“平平说过，杭行两头为难，她只好做出让步，让杭行每周回家陪父母两天。”

“郝欣慰往杭行卧室放一氧化碳气体，她跟孩子晚上住在哪里？”王律师异常严肃地问。

老姨嘴角抽搐几下，痛楚地说：“我跟女儿去公安局的路上，我问她，你干吗要做这傻事？她说，她不想失去杭行，宁可让他瘫痪伺候他一辈子。她不是用家里的煤气，她在网上买的燃气瓦斯小煤气罐，放在杭行的房间里。她怕杭行吸入太多，阀门只拧开一点点。她没想到能把杭行熏死。”

王律师沉默片刻，缓缓地抬起头看着郭姨，说：“郭馆长，你同学家里发生的案子很严重啊！如果是当事人母亲说的这种情况，犯罪事实是存在的。我接手这案子只能做轻罪辩护。可以说犯罪嫌疑人，涉及两个罪名的定性问题。一个是过失致人死亡罪，一个是故意杀人罪。根据我国《刑法》规定，这两个罪名判处是有很大区别的。前者判刑较轻，后者要重判！”

老姨扑通跪在王律师面前，失声痛哭地说：“王律师，请您救救我的女儿，她不是有心要害死杭行的！”

我也跪下，哭求说：“王律师，只要能救我妹妹，我们倾家荡产都可以！”

郭姨急忙扶起老姨，王律师也把我拉起来。王律师沉思了一会儿，看着老姨说：“我可以接手这个案子，全力以赴进行轻罪辩护。按照法律规定，律师介入案件分为三个阶段，分别是侦查、审查和审判。这三个阶段收取律师费是不一样的。这样吧，李政委和郭馆长介绍来的，我收一半律师费，我将亲自办理这个案子！”

从王律师开始介入平平的案子，老姨绝望的眼神里透出一丝期盼的目光。老姨每天盼着王律师能给她带来好消息，艰难地熬了一个多月，没有什么确切消息。这天王律师来电话，告诉老姨他已经会见了郝欣慰。她精神状态不太好，睡不着觉，痛悔不已，表示对不起母亲。她不能给母亲养老送终了，让大哥抚养老姨到善终。并嘱咐母亲，不要去管果果了，把果果忘了吧。照顾好茼茼，不要在茼茼面前提起妈妈。让他好好学习，忘了妈妈吧。

老姨的眼泪流干了，精神萎靡不振。只有茼茼放学回来，老姨才勉强地提起精神，跟茼茼唠会儿嗑。茼茼知道家里发生了大事，可从来不问妈妈去哪儿了。茼茼的话多了起来，吃饭的时候也讲学校里发生的事情，撂下饭碗就去屋里写作业，从不用大人操心。老姨轻轻地叹口气说："茼茼心里清楚，怕我伤心，从不问妈妈去哪儿了，也不提小弟果果。"

"茼茼是懂事了，回来小嘴就不停地说话，其实是分散你的精神。"我看着里屋茼茼写作业的背影，心中一阵心酸。

老姨去收拾碗筷，我来到茼茼屋里，看他写作业。我走到茼茼身后，惊疑地发现茼茼在轻声抽泣，眼泪吧嗒吧嗒地流下来，打湿了作业本。作业本上写着：妈妈，你在哪儿？我想你呀！

我把门关上，一把搂住茼茼，低声地说："茼茼，想哭就哭几声吧，姥姥听不到。"

茼茼在我怀里啜泣，抬起头问："舅舅，妈妈能不能活着？"

我眼泪止不住地流出来，说："能，一定能活着！"我紧紧地搂着茼茼，悄声地说，"舅舅知道你懂事，不在姥姥面前提起妈妈。更不要在姥姥面前流眼泪呀！你是男子汉，要坚强啊！记住了吗？"

茼茼抹着眼泪点头："舅舅，我记住了！"

老姨收拾完，来到茼茼的屋里，看到茼茼脸上有泪痕，看我一眼问："茼茼是想他妈妈了？"

我把老姨拽到客厅，说："你别在茼茼面前提妈妈，茼茼说不在姥姥面前流泪，要做个男子汉！"

老姨露出一丝欣慰的笑容："茼茼真懂事啊！茼茼可是我的精神支柱，也是他妈妈的希望啊！"

老姨两鬓花白，面无血色，嘴唇干裂，猛然间衰老了许多。老姨趴在张雨林床前，痛苦地哭泣，就像张雨林能够倾听她的哭诉似的。我和吕双看着揪心地难受。我和吕双劝老姨，劝着劝着我和吕双也呜呜哭起来。

王律师给老姨打电话说，原告的亲属要与被告亲属见面。老姨紧张地问，他们是什么意思？王律师说，原告提出要被告经济补偿。如果达到他们的要求，原告可以给予被告量刑上的谅解，郝欣慰可获得较轻的判刑。老姨豁然明白，杭行的父母是要她出钱来买平平的命！王律师说，原告家里不缺钱，他们能做到这一步是看孩子幼小可怜，给孩子的母亲留条性命。

老姨声音颤抖地说：“我就是砸锅卖铁卖血卖房子也要救平平的命！”

杭行的三姨黄静娴约老姨到市民活动中心见面。我和老姨都没有去过那个地方。位于风景宜人的月亮湖公园附近的市民活动中心，蓝色的玻璃幕墙像湛蓝的海水熠熠闪光，显得格外耀眼醒目。大楼里正在举行老干部书画展，大厅四周挂满书画，不少人驻足观赏。宽敞的大厅非常安静，工作人员引导进门的人，沿着警戒线进入大厅参观。

老姨对女工作人员说：“我找黄静娴。”

工作人员问：“你跟黄主任联系了吗？”

“她让我们来找她的。”我说。

那人带我们来到三楼，让进一个小会议室里。我和老姨焦急地等了半个点，黄静娴才开门进来。老姨站起身，眼睛低垂不敢目视她。黄静娴凝视着老姨，冰冷的眼睛里充满憎恨。

“你怎么养了一个没有教养的女儿？竟敢残忍地害死自己的丈夫！我姐的后半生毁在你女儿的手里！杭行的生命和他大好前程葬送在她的手里！你知不知道？”黄静娴怒吼道。然后，掩面饮泣起来。

老姨从椅子上站起来，痛楚地说：“大妹子，我向你姐一家谢罪了！”老姨挪动一下椅子，跪在黄静娴面前，痛哭流涕地说：“请你们开恩，看在年幼的果果，你们对平平的罪过能谅解，我愿意给你姐经济补偿！”

黄静娴用纸巾擦去脸上的泪水，冷冷地说：“你跪下谢罪有什么用？你死了也换不回我外甥的命了！”

我把老姨扶起来。黄静娴抬手整理一下头发，沉默片刻说：“我姐看果果还小，失去了父亲，再失去母亲，这要给孩子的心灵造成多大的创伤啊！我姐想对果果的母亲在法院判刑上给予谅解。但前提条件是你们要给我姐家经济补偿！我姐家不缺钱，需要的是心理平衡！”

老姨感激地说：“谢谢果果的奶奶！谢谢你！”

黄静娴蔑视眼老姨，问：“你家能拿出来多少钱？”

老姨怯懦地看着黄静娴，说：“我辛劳一生，也没有攒下多少钱。我就是住露天地也要把钱凑齐给果果的奶奶。”

黄静雅冷漠地说：“那好吧，你准备三百万元！开庭前汇到指定账户，少一分钱都不行！”

老姨惊呆了，好像没有听清黄静娴的话。我轻声地对老姨说：“她说的是三百万元。”

黄静娴嘴角一撇，满脸怒气地说：“郝欣慰给我姐家带来永远也无法愈合的创伤！当初杭行跟郝欣慰恋爱的时候，我姐就极力反对。你们是什么家庭，硬要往一起联姻。我姐都没有脸见人了！我姐忍痛做出最大让步了，钱不到位就别怪我姐不讲情面了。法院怎么判，你们就怎么接受吧！”

我搀扶老姨走出市民活动中心，老姨坐在花坛边上的长椅子上，泪流满面。老姨呆呆地望着风轻云淡的天空，两鬓灰白的头发在微风中飘动。老姨或许是想起了自己走过的一生，想起了代课老师的那段短暂的岁月，想起了平平没有见过面的父亲，想起了小石头，想起了所有的亲人，想起了一切的过往……

老姨回头看到我低头坐在那里，声音嘶哑地说：“大鹏，这三百万元可怎么凑哇？”

我愤恨地说：“他们是在故意刁难我们！”

老姨深深地叹了一口气，说：“为了平平，就是刁难也得做呀！

把房子卖了，把家里值点钱的东西都卖了，看看能凑多少钱？”

老姨的两处房子是现在居住的北钢回迁楼，八十四平米，另一处是电业局家属楼，不到九十平米。不是新楼，也不是学区房。按照岳城二手房市场均价四千多元一平米，两处房子最多能卖六十万元。

我把账算给老姨听，然后说：“老姨，吕双新买的房子位置好，属于学区房。还没装修，原价五十万元卖出去。这就凑到一百一十万元了！”

老姨苦笑一下说：“你的房子不能卖，别影响大宝上好学校！”

我急了：“老姨，大宝上好学校重要，还是平平的命重要？大宝在哪儿上学都一样！老姨，你就跟我们在北钢回迁楼住，我养活你！”

老姨愧疚地说：“大鹏啊，我把你拖累了！你回家跟你媳妇好好商量一下，吕双要是不同意，你千万别强扭着做！那样的话我一分钱都不能接受！”

我笑着说：“老姨，看你说的，怎么是拖累我了？我还有什么亲人了？没有老姨，还有我田大鹏的今天吗？不用商量，吕双肯定同意。”

老姨皱起眉头，说：“平平的房子不知道我能不能卖，那个房子可都是平平自己掏钱买的和装修的。能卖一百五十多万，平平有个存折，里面有五十万元。这样他们要的钱就凑够了，平平的命就有希望了！”

我激动地说：“平平的房子和钱要是不能动，还差一百九十万元，吕双这些年攒了三十多万，她告诉我老姨家要是需要钱，她把钱拿出来。还缺的钱，我们想办法借呗！”

老姨眼泪汪汪地看着我说：“你把房子卖了，又把留给儿子的钱都拿出来，以后你儿子大了可怎么办哪？”

我满不在乎地说：“老姨，我和吕双再挣。老天饿不死瞎家雀，生活再难，也会有条活路可走的！”

67

老姨打电话给王律师，老姨还没说事，王律师说：“我正要找你，来我办公室吧！”

我和老姨来到王律师办公室，王律师没有笑容，很严肃地跟我们打招呼。老姨紧张地坐到王律师办公桌对面，我站在老姨身边。王律师把眼镜摘下来，放到桌子上，又端起水杯呷了一口茶，缓慢放下，看着老姨说：“我找你过来，一是通报下情况，再就是有几个细节，我要了解一下。你知道的情况要如实地说出来。”

老姨点头嗯了一声。

“公安局侦查结束，开始向检察院移交卷宗了。郝欣慰的行为存在主观故意，检察院审查如果有问题会退卷的，没有问题很快就会提起公诉了。恐怕是以故意杀人罪起诉郝欣慰。”王律师打开档案袋，抽出几页写满字的稿纸看了几眼，抬头看老姨，平静地说：“你女儿跟杭行平时感情如何？”

老姨脸色煞白，低头擦眼泪。听了王律师的问话，缓缓抬起头，说：“他俩结婚以来，没有吵过架。”

王律师问：“他们是自由恋爱，杭行父母不同意他们的婚姻，不给杭行房子。你女儿自己出钱买的婚房，是这样的吗？”

“平平之前做生意挣了点钱，在凯旋大地买了房子，连装修花了一百五十多万元。”老姨加重了语气说。

王律师写了几行字，抬头又问：“杭行婚后经常回他母亲家住，你女儿没有埋怨过吗？跟杭行生气不说话，还是吵嘴？”

老姨马上说：“杭行一周要回家住两三天，家里的事什么也不管。平平生了果果，杭行也没有耽误回他妈家。平平自己照顾不了孩子，就搬到我这儿来住，我帮助她照顾孩子。我看不下去，让平平说说杭行，少在他妈家住。平平说，‘杭行孝敬父母，愿意回他妈家住，我不能难为他，我跟他过日子的时间还长着呢’！杭行回来住的时候，平平给他放洗澡水，不洗澡的时候给他打洗脚水，洗袜子。”

王律师把眼镜戴上，问：“杭家要求补偿他们多少钱？现在办得怎么样了？”

老姨愁楚地皱下眉头，说：“他们家要补偿三百万元！”

王律师愕然：“你们能筹到这么多钱吗？”

老姨眼睛濡湿，看着王律师说：“我和外甥的房子准备卖了，能凑到一百多万元。王律师，我女儿自己花钱在凯旋大地买的房子，我可不可以卖？她还有一张五十万元的存折在家里。如果把平平的房子卖了，存折里的钱取出来，钱就够了，平平就有救了！”

王律师感叹道：“可怜天下父母心哪！从法律角度来说，这件事做不了！首先说房子，尽管是你女儿的婚前财产，但也不能由你来决定卖。你女儿的现金存折，在你手里也动不了。是不是夫妻共同财产，要由法院来裁定。”

老姨难过地低下头，嘴角抽搐几下，什么也没有说出来。王律师温和地说：“律师对当事人说话不能似是而非、模棱两可。所以说话有些直白，你要理解。给原告补偿，这件事情可以做，取得原告对被告谅解，对被告的量刑能起到好的作用。但是，让你们出这么多钱，有点难为你们了。我建议，你找原告委托人再商量一下，让他们让让步，减少点钱。”

老姨心灰意懒回到家里。老姨清楚，让杭家让步是不可能的事情。平平的房子和存折都不能动，凑够三百万元确实太难了！我回家跟吕双说了老姨的情况，吕双把存折拿出来，又在纸上写道："把小店兑出去，能兑三十万元，我回家让我爸妈去跟亲戚借钱，咱家亲戚多，也能凑到三十万元。"

老姨不同意吕双把小店兑出去。老姨说："你们把店兑出去，就等于把饭碗打了。"

吕双写道："我可以去蔬菜市场租摊位卖蔬菜。我能吃苦，干几年就能把所有债务都还上了。老姨，你放心吧！"

老姨眼睛盯在吕双写的纸单上，几滴眼泪落在上面，字迹模糊起来。老姨嘴唇颤动，哽咽着说不出话。我笑着说："咱娘儿俩，什么都不用说，我和吕双就是你的儿子儿媳妇！"

家里这些资产和现金凑够二百万元。如果杭家能够让步，平平就有了生的希望！老姨抱着一丝希望，给黄静娴打电话约她见面，求她跟杭行母亲说说情，少要一百万元。如果不同意减少，打个欠条，容她时间去借，半年之内一定还上。老姨问我，这么跟她谈行不行？我说行，他们家不差钱，差口气，哀求他们也许能开恩。老姨说，应该理解人家，一个活蹦乱跳的大活人说没就没了，哪个当妈的都受不了！别说出口气，就是过来打我这个当妈的，我都要受着！老姨拿着手机不住地抖动，我接过手机，照着纸单上的号码，摁下通话键。

黄静娴开口就问："钱准备好了吗？"

老姨声音颤抖地说："黄主任，我想约你见面谈。"

黄静娴不耐烦地说："我没有时间，也没有什么好谈的。你把三百万元准备好，我给你账号，钱到账了，我们再面谈！"

老姨哀求地说："我能准备二百万元，求你跟果果的奶奶求求情，少要些吧！"

黄静娴冷笑一声："少要些？我郑重地告诉你，少一分钱都不行！白发人送黑发人的心情，你知道吗？你们没有罪恶感吗？"

老姨哽咽地说：“对不起你姐姐，我给她磕头，给她当牛做马赎罪都行！求求你，我先给二百万元，剩下的我打欠条，我半年内就凑到一百万元给你！”

黄静雅厉声斥责：“这是市场上做生意吗？讨价还价，打条赊欠！你在开庭之前，拿不出来三百万，就别再给我打电话，咱们法庭上见，看你女儿是什么下场！”

老姨呆滞地看着手机，半天才回过神来。吕双捅我一下，让我跟老姨说话。我不知道说什么好，泪水在我眼眶里打转。我感到自己的无能，没有办法帮助老姨度过人生的至暗时刻。真是到了叫天天不应、叫地地不灵的地步！我脑子里出现犯罪的想法，禁不住打个冷颤。吕双看到我身子一哆嗦，惊疑而又心疼地看着我。我向她摇摇头，表示没事。我尽快打消邪恶的想法。

老姨缓缓地说：“我豁出老脸了，跟张倩倩借，跟郭慧芝借，跟藤老板借。他们都能帮助我！”

我马上说：“老姨，他们会帮助你的！”

老姨沉思片刻，说：“张倩倩离得远，我可以打电话说。郭慧芝和藤老板我要当面说。明天你跟我先去见藤老板。”

我和老姨来到平安西街的金泊水岸浴池。老姨离开后就没有再来这里，我也几年没有来了。但我跟藤老板时常联系，过年过节他还给我两盒茶。从我跟平平收苹果后，见面的机会渐渐少了，联系也不频繁了。特别是最近半年多没有打过电话。浴池大厅没有太大变化，只是吧台重新装修了，显得很时尚。女服务员看出我和老姨不是来洗浴的，问我们找谁，我说找藤老板。女服务员打电话，不一会儿从外面进来个年轻的小伙，问女服务员谁找他。女服务员指着我和老姨说是他们俩。我愣住了一下问：“藤老板把浴池兑给你了？”那男人说：“你们找的藤老板是我爷爷。他在三个月前去世了。他走得急，没有交代后事。如果我爷爷跟你们有经济往来，不管欠你们多少钱，我都认账！”

老姨好像瞬间失去了记忆，半天才缓过神来。忙说跟你爷爷没有经济往来，我们俩在这里工作过，过来就是来看看你爷爷。小藤老板一阵感谢，要给我们办两张洗浴优惠卡，老姨婉言谢绝了。

回到家里，老姨心里一阵难过。老姨伤感地说：“藤老板是个好人哪！没少帮助我们！”

我也想起藤老板对我的好，让我在浴池门前做保安，其实就是养活我。可他去世的时候，我却不知道，没有送他一程，感到遗憾。

老姨给张倩倩打电话，说了平平的事。张倩倩没有犹豫，说她一定帮助筹集五十万元。老姨感激得一个劲儿说谢谢。

老姨要晚上去郭慧芝家。可是，下午王律师来电话。他上午又去拘留所见郝欣慰了。这是开庭前最后一次会面。王律师告诉老姨，郝欣慰知道母亲在筹集巨款给杭家补偿，以求得他们的谅解。郝欣慰坚决不同意母亲的做法。杭家不怀好意，明知道卖房借钱留下巨额债务，两代人不能翻身，为债务压断脊梁。老姨哭着对王律师说：“眼看着女儿走向刑场，我能不救她吗？”

王律师安慰老姨：“你如数把巨款给杭家，他们的谅解对郝欣慰量刑有影响，但是影响有多大不好说。对她的轻罪辩护，我会据理力争的。你年龄大了，还要抚养外孙子，没有经济来源，别说还债，就是正常生活都很困难。你女儿的话，还是慎重考虑一下吧！”

老姨陷入痛苦中。如果用钱能买回平平的命，老姨会不惜一切代价。可平平阻止不让做，她又不知道王律师对平平的辩护能到什么程度。老姨问过王律师，王律师只是说，他会去尽力争取的。老姨唯一的希望寄托在王律师身上。

68

开庭时间定在周二下午两点。我和老姨提前两个小时来到辽河市中级人民法院。老姨早晨中午都没有吃饭，我给老姨买了一杯豆浆，老姨勉强喝下半杯。老姨说她心里发慌，我说我的心都要跳到嗓子眼了。可我显得很冷静，安慰老姨说，王律师很有名气，肯定能起到作用！老姨哀叹说："大鹏啊，我做梦都想不到平平这辈子能犯罪呀！生活中吃苦不怕，因为还有自由，还有生活的乐趣。犯罪了什么都没有了！还不知道能不能保住命！"

开庭时间到了，我和老姨登记安检后来到第一审判庭。我和老姨都是第一次进到这个地方。过去只是从电视上看到，身临其境，感觉一种威严笼罩着整个大厅。前面的审判台没有人，旁听席上坐着很少的人。我和老姨坐在稍微靠前的位置。后面的位置上是杭家人。黄静娴向旁边的几个人比比划划，有人向我们这边窥视。

我和老姨孤独地坐在一边，老姨紧紧地握住我的手。老姨的手湿漉漉的，像从水盆里拿出来。书记员请审判长、审判员入庭，全体起立。公诉人、辩护人相继入席。审判长示意，全体坐下。王律师坐在审判席右侧的席位，身边有两位助手。

女审判长声音清脆地说："辽河市中级人民法院刑事审判庭第

一庭开庭，提被告人郝欣慰到庭！”

我和老姨的手都颤抖起来，眼睛都不敢眨动。两个女法警押着平平从侧门走进来。平平穿着蓝白相间的囚服，戴着手铐缓缓走来。平平抬起头向旁听席上注视一眼，不知道她在瞬间看没看到我们坐在旁听席上，但她一定知道妈妈在这里。平平站到被告席上。

审判长：“被告姓名？”

平平声音紧张：“郝欣慰。”

“年龄？”

“三十五岁。”

“职业？”

“无业。”

审判长宣读：“根据《中华人民共和国刑事诉讼法》第152条的规定，本庭依法公开审理由辽河市人民检察院提起公诉的被告人郝欣慰故意杀人罪一案。”

审判长又宣读审判人组成的合议庭人员、检察院指派检察员出庭支持公诉人员名单，受被告人委托的瀛点律师事务所王晨出庭为被告人辩护。审判长又宣读了被告人依法享受的权利，然后问：“被告人，你听清楚了吗？”

平平答：“听清楚了。”

审判长：“被告人，你是否申请回避？”

平平：“不申请。”

审判长宣布，由公诉人宣读起诉书，我记住的大概意思是——

被告人郝欣慰因家庭矛盾，对丈夫杭行不满，故产生杀害之意。2014年7月21日晚10时，把网上购买的便携式瓦斯小煤气罐250克，放入杭行所在的南侧房间，并打开阀门，瓦斯气体外泄。法医解剖确认，杭行系一氧化碳中毒死亡。被告人郝欣慰在实施犯罪行为后，没有终止其犯罪行为，也没有采取开窗通风行为。现场一扇窗口敞开，是被告人郝欣慰在次日3点打开的。本院认定上述事实证据如下：

一、公安局现场勘查记录、照片、笔录。

二、被害人杭行死亡诊断，法医对死者杭行解剖系一氧化碳中毒窒息死亡诊断。

三、便携式瓦斯小煤气罐，容量250克一罐。

四、被告人郝欣慰在某网购平台购买瓦斯小煤气罐付款凭证。

五、其他物证。

本院认为：被告人郝欣慰的行为触犯了《中华人民共和国刑法》第232条之规定，犯罪事实清楚，证据确实充分，应当以故意杀人罪，追究其刑事责任。根据《中华人民共和国刑事诉讼法》第141条之规定，提起公诉，请依法判刑。

审判长厉声问："被告人郝欣慰，你对公诉人的起诉书罪行有异议吗？"

平平沉默片刻，说："我不是故意杀害杭行的。我没有害死他的想法！"

公诉人："被告人郝欣慰，一个初中生都知道的常识，一个正常人吸入过量一氧化碳能引起中毒死亡，你是全日制大学毕业生，难道这个常识都不知道吗？在公安局做的笔录上，你承认特意购买的便携式煤气罐。也知道吸入人体的危害性，明知道一氧化碳气体是能致人死亡或残疾的毒气，你为什么这样做？"

平平哽咽起来，说不出话来。审判大庭格外寂静。忽然，在旁听席上的黄静雅站起来歇斯底里地喊叫："她是故意杀害杭行的，法官不能听她的！"

审判长敲了一下法槌，威严地说："法庭不准喧哗！警告一次，再喧哗驱出法庭！"

法庭恢复平静。审判长说："被告郝欣慰，回答公诉人的提问！"

平平止住了哽咽，沉默片刻，冷静地说："我不想失去杭行！我跟杭行是小学同学。偶然机会我们相见了。我失去丈夫不久，他离婚不长时间。我们俩在婚姻上都很不幸。我们相处一段时间，感到彼此能够接受对方，就确定婚姻关系。杭行出身干部家庭，他本人也是公务员。杭行父母不同意他的婚姻，结婚时不给房子，不拿一分钱。我用自己做生意攒下的钱，在凯旋大地小区买了婚房，在房产证上写下我们共同的名字。婚后杭行跟我说，他每周都要回家住几天照顾母亲。我理解杭行的孝心，他只有舍弃陪伴我的时间，多陪伴他的母亲。杭行对我说，慢慢我们就能感动母亲，她就能接受我在他们家的存在。我期待这一天。我生儿子坐月子，杭行没有伺候我一天。这些我都能忍受。儿子过周岁生日那天，他母亲允许我抱着儿子回家。我以为，我们的儿子出生了，他母亲能接受我了。可是，我想错了。他母亲的骨子里，永远也瞧不起我！我不管忍受多大痛苦，也打动不了她的心！他母亲找我谈话，让我离开杭行。我要孩子，他们给我一笔孩子抚养费。我不要孩子，他们给我一笔补偿费。我跪在他母亲前面，哀求她不要拆散我们。我和杭行的孩子都出生了，您就接受我吧！我一定孝敬好你们！可他母亲逼迫杭行表态。杭行不敢顶撞母亲，又不愿意舍弃我和孩子。只能含糊地说，孩子大了再说。我彻底地失望了！杭行不敢果断拒绝他母亲的无理要求，在我和他母亲面前唯唯诺诺，我和杭行的婚姻就不会稳定。我宁可让杭行残疾，或者瘫痪在床上一辈子，我伺候他、养活他。我知道一氧化碳中毒，能留下后遗症。我表哥小时候一氧化碳中毒，留下腿残疾后遗症。我在网上购买瓦斯煤气罐，翻查资料，根据杭行的体重和呼吸频率，计算出在二十平米卧室释放一氧化碳的量，使杭行达到残疾程度，最严重的状态是植物人。我宁可伺候他一辈子，也不愿意让他离开我！可是，我万万没有想到，杭行……”

平平失声痛哭起来。

审判长挥动法槌，敲打两下：“保持安静！被告人郝欣慰的辩护人，你可发表辩护意见。”

王律师说：“根据《中华人民共和国律师法规定》，我依法接受被告人郝欣慰亲属的委托，为被告人郝欣慰做辩护。被告人不存在故意杀害受害人杭行的主观行为。被告人郝欣慰和她的丈夫、被害人杭行是自由恋爱、结婚。杭行是违背父母意愿跟郝欣慰结婚的。婚后杭行和郝欣慰相亲相爱，杭行要经常回家照顾母亲，郝欣慰没有阻拦。刚才郝欣慰自己也说了，她在坐月子的时候，杭行没有在家伺候她。作为一个女人最应该得到丈夫关爱的时候，莫过于她承受痛苦生下他们的孩子需要照顾的时刻。杭行没有伺候妻子郝欣慰一天，郝欣慰也没有责怪丈夫和她的婆婆。杭行回到家里，妻子郝欣慰照常给他打洗脚水、倒洗脚水，给他换洗衣服。这说明郝欣慰是爱杭行的。当她的婆婆要她离开杭行、离开杭家的时候，郝欣慰感到绝望！她绝望的是杭行不敢反对母亲干涉他们的婚姻家庭的行为，以后也摆脱不了她被杭家抛弃的结局。这是社会固有的深层次问题，不是作为律师的我所能剖析的。我只说明在这种不正常的社会关系压抑下，被告人郝欣慰只有两种选择，要么放弃，要么奋力抗争。为了爱她选择了抗争，而她的抗争是无奈的，是势单力薄的。她偏激地采取冒险行为，愿意承担一辈子的痛苦保全这个家庭。被告人郝欣慰为了这个家，她怎么会故意去杀害与自己相爱的丈夫？根据公安局提供的现场遗留瓦斯煤气罐上标注的储气量，和郝欣慰通过杭行体重计算的呼吸量，郝欣慰把瓦斯煤气罐的放气量调到最低挡。我又了解到，杭行身高一米八，平时爱好体育运动，特别爱打篮球。所以他肺活量大，呼吸量要比普通体质的人大很多。这是导致杭行意外死亡的主要原因。被告人郝欣慰不存在故意杀人的主观行为！”

王律师的话刚落，公诉人立刻问：“郝欣慰，你什么时间把瓦斯煤气罐放到杭行卧室的？杭行当时睡没睡着？放在什么位置？”

平平说：“晚上十点多钟。杭行是九点半睡觉的。放在杭行的枕边。”

公诉人问：“杭行卧室门关了？”

平平迟疑一下，说：“我没有关严实，留了十厘米的缝隙。”

公诉人问：“为什么不关严实门？”

平平说：“我怕他有声音我听不到。”

公诉人问："你和孩子睡在哪里？"

平平说："我把儿子哄睡，放在北卧室床上。我在客厅里坐到半夜。三点多钟孩子哭叫，我才醒。我急忙去杭行房间叫他，可他却没醒……"

公诉人问："窗户是什么时候开的？"

平平哽咽地说："我进屋打开的。"

公诉人问："你打电话叫救护车了吗？"

平平哭诉："没有，我当时什么都忘了，像做梦一样，非常害怕，抱着孩子开车去我妈家。妈妈领我去投案自首，我哥叫救护车把杭行送到医院抢救。"

公诉人说："审判长，我的提问结束。被告人郝欣慰的行为存在主观故意，发现被害人杭行唤不醒了，却没有及时送到医院抢救。"

审判长说："辩护人，你还有什么辩护的？"

王律师说："审判长，被告人的行为过激，没有预测到最坏的结果，轻信自己的判断，导致悲剧的发生。被告人主观上没有故意！郝欣慰发现杭行没有醒过来，产生恐惧感，急于找母亲，这是正常反应，而不是故意不叫救护车。只能是在那种特殊情况下，脑子里已经一片空白。这是人的正常生理反应！"

审判长说："被告人郝欣慰，关于本案和适用法律，你最后还有什么要向法院陈述的？"

法庭安静了，所有人的目光都集中在平平身上。平平声音缓慢地说："我犯了不可饶恕的罪！我对不起我的儿子，我对不起亲爱的丈夫杭行，对不起杭行的父母亲，对不起我的妈妈……"

平平低声啜泣，沉默片刻说："我从出生就没有见到父亲，是母亲含辛茹苦把我养大，供我上大学。妈妈是下岗工人，为了生活办过小饭桌、卖过冰棍，又到浴池做搓澡工。杭行的母亲经常去洗浴，我妈妈为她服务，每次来都是我妈妈给她搓澡做足疗。她了解到我妈妈领着女儿和病残的儿子生活，很同情我们家。没有想到的是二十年后，她们成为儿女亲家。杭行的母亲曾对她的亲戚说，她见不得给她搓澡按脚的女人，她的女儿怎么成了她的儿媳妇！为了感化杭行母亲，我同意杭行经常回家陪他母亲，我和孩子孤独地在家，没有一点怨言。我安慰自己，我和杭行过日子的时间还长着。我和杭行真心地孝敬他的母亲。可是，让我彻底失望的是，他母亲要用钱迫使我离开杭行。我怎么能失去我最爱的人？我怎么能让孩子失去家庭，失去母亲？我是被世俗的偏见逼上犯罪的道路！在卑鄙的世俗面前，亲情和善良打动不了他们冷酷的心！我一个底层家庭的女儿，就不能迈进所谓高贵家庭的门槛，不能得到真挚的爱情！我想将杭行留在我身边，我想和我爱的人朝夕相伴！我不择手段，亲手害死了我最心爱的人！我……我罪不可恕！我不求法律的宽恕，愿意以死去追赶走在黄泉路上的爱人……我的妈妈，女儿对不起您，您一定好好活着！”

平平泣不成声，瘫坐在地上。两个女法警把平平搀扶起来。

审判长抬起法槌，敲了一下：“休庭！把被告人郝欣慰带下去！”

我含泪搀着老姨，步履蹒跚地走出法院大楼。

老姨无力地走了几步，停下来，泪水止不住地往下流。

我哭泣着说：“老姨，你一定要挺住！”

老姨擦干泪水，拉住我的手，颤抖地说：“大鹏，我要活着，我不能倒下！我要看着茼茼长大成人，这是他妈妈的希望！”

“姥姥，姥姥……”

老姨惊喜地看到，张倩倩手里拎着一个大皮包，领着茼茼站在阳光下。

张倩倩领茼茼跑过来。张倩倩泪流满面地说：“妈，我把钱拿来了！”

“孩子，不用了！”老姨绝望地摇摇头。

张倩倩的泪水唰唰地流下来，哽咽地说：“妈，我从家里来的。爸爸睁开了眼睛……”

老姨百感交集，久久地仰望风轻云淡的蓝天……

2022 年 9 月 12 日三稿改毕